KUWEI
酷威文化
图书 影视

三尺春

长青长白 著

下册

江苏凤凰文艺出版社
JIANGSU PHOENIX LITERATURE AND ART PUBLISHING

目录

第七章	吃醋	309
第八章	鱼钩	361
第九章	定情	413
第十章	爱恨	459
第十一章	风雨	507
第十二章	定局	555
番外一	春日	603
番外二	如愿	621

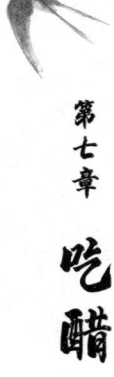

第七章 吃醋

皇宫，华乾宫。

云锦重帐之后，紫檀香炉细烟之上。贵妃榻上，倚着一名容貌艳媚的华贵女人，轻闭着眼，似正小憩。

数名宫女立其左右，仿佛哑女，静默无声。

榻前，摆着一张山水茶桌。祈宁跪坐桌前，垂眸挽袖，正烹煮花茶。

半透的雾气缭绕而上，茶香四溢，榻上的女人忽然轻启红唇，缓缓开口："我听人说，昨夜你去了将士们的贺功宴。"

祈宁手下不停，回道："母妃消息灵通，女儿是去了。"

姜锦拖长声调"唔"了一声，涂了蔻丹的手指轻轻点在膝上："太子多尊贵的人啊，这宫里何人不爱戴尊重他，你对他心生亲近，也是寻常。"

这话姜锦说给祈宁听，又仿佛是在说给自己听。她问道："如何，宴上好玩吗？"

祈宁道："宴上多是些男人，比不得宫中有趣。"

姜锦轻笑一声："知道是些男人还去。这么多公主，你父皇最是疼惜你。要是知道你巴巴地混到男人中去，怕是要心疼。"

祈宁也跟着笑："父皇这些年将我留在宫中，连嫁娶的年纪都熬了过去，是疼惜还是存了别意，谁说得清呢。"

祈宁言语放肆，可周遭的宫女却仿佛并未听见，无一人神色有异。

姜锦缓缓睁开凤眼，媚得生厉的眼看向底下跪坐的祈宁，眉尾轻挑，似怒非怒道："妄议陛下，简直大逆不道。你父皇真是将你骄纵了，宠得没了公主的本分。"

祈宁还是笑："骄纵？西北的战士胜了，我才是公主。西北的战士败了,我便成了和亲的工具,哪里是什么公主?"

她说着,将茶汤倒入杯中,抬眸看向一名宫女。宫女会意,上前端起茶,将茶奉给姜锦。

祈宁放下宽袖,继续道:"如今将士们回来了,我自然要去见一见是哪些英雄救我于水火,说不定还能从中择一位品貌俱佳的良婿。"

祈宁话中似有怨,但姜锦却不以为意。她饮了口茶,又将茶杯递给宫女,回道:"你贵为公主,自当要有身为公主的觉悟。这史上深受外族袭扰的王朝何其多,多的是被送去和亲的公主。怪就怪你父亲是帝王吧。"

祈宁听姜锦高高在上事不关己,抬眸看向她:"母亲说的仿佛待我有差似的。母亲不也是等着把我嫁给某位世家贵族,拉拢其家族势力,让他为哥哥效力吗?"

姜锦不置可否:"你哥哥若坐上皇位,你便是皇上唯一的亲妹妹,而不是这宫里一抓一把的公主。难道你还不肯?"

她说着,勾起唇角,双眼浅弯,眼底却没有笑意:"你这不肯那不肯,你在宴上与那杨家的嫡子眉来眼去,不是高兴得很?"

祈宁没想过自己出宫能瞒得住身为贵妃的母亲,她想起月下红着耳朵拒绝她的人,道:"杨公子生得多好看啊,合我心意,自然高兴。"

姜锦觉得她这话分外有趣,捂唇笑得越发厉害:"傻女儿,看男人可不能只看对方合不合心意,也要看看自己合不合对方的意。太子属意杨修禅的妹妹,杨修禅又是太子的伴读,二人的关系可比太子和你哥哥还亲。你是我的女儿,是他们眼里的带刺花,巴巴缠着人家,人家只怕刺一手血呢。"

她说罢,一个男人含笑的声音忽然在殿门外响起:"怎么了这是,这样好的天,大老远就听见母妃与妹妹在争执。"

姜锦抬眸看向屏风后走近的模糊人影,无力道:"你来得正好,你妹妹犯着糊涂,你且劝劝吧。"

祈铮大步绕过屏风走进来。他站在祈宁身侧,向姜锦行了个不着调的礼:"问母妃安。"

姜锦抬了抬手,祈铮随即脚下一软,没长骨头似的席地而坐,挨着祈宁。

他将矮了自己半个头的祈宁揽入怀中,让她靠在自己胸口上。

他偏头笑着看她冷冷淡淡的脸:"我的好妹妹,母妃是不是又欺负你了?"

祈铮与祈宁皆长得似姜锦。祈铮一个男人,眼梢含情,歪着脑袋含笑瞧人时,勾人得很。

祈宁泄了力气,顺势将自己靠在他怀中,闭上眼回道:"没有,是我不好,惹了母妃动气。"

祈铮漫不经心地捧起祈宁的手,拇指搓着她指甲上红润的蔻丹,问道:"哦?妹妹做什么了?"

祈宁待祈铮比对姜贵妃时的脾气还温和些,她轻叹口气,解释道:"我昨夜去参加太子举办的宴会,和杨家的公子说了几句话。母妃说我痴心妄想,竟敢肖想杨少爷。想来是我识人不清,才叫母妃不满……"

她说是自己不好,可话里话外却无悔改之心,也无懊悔之意。

祈铮听见杨修禅的名字,轻轻"唔"一声:"杨修禅,杨老将军的孙子。我记得他同我一样,也有个好妹妹,与祈伯璟走得很近,都快混到床上去了。"

祈铮说着猛然攥紧祈宁的手,垂着眼,目光锐利地看着她:"我的好妹妹,你不会要弃哥哥而去了吧?"

祈铮宽大的手掌几乎将祈宁细嫩的手全握在其中,力道紧得似要捏断她的手骨,可祈宁却似乎不觉得痛,脑袋靠在他胸口,神色丝毫未变。

她道:"哥哥怎能疑我?我接近杨修禅,自然是为了拉拢杨家。我心中所想,只哥哥而已,哥哥不明白吗?"

她语气听着有些难过,祈铮猛然松开她被捏得发红的手,抚上她的脸颊,拇指擦过她的眼下,似要看看她有没有流泪。

他道:"哥哥自然信你。你心中有哥哥,哥哥比世上所有人都开心。是哥哥不好,妹妹可千万别为此伤心。"

软榻上的姜锦看了会儿眼前这一出天天看日日见的兄友妹恭的场面,似觉得腻歪到无趣,又合上了眼。

祈铮安抚完祈宁，忽又想起什么似的，从怀里掏出了一沓信："对了，我拦到几封妹妹让人送出宫外的信。不知妹妹写给谁的，写了这么多？"

他说着，将信随手扔在茶桌上，桌上还温热的茶水打湿了信封，隐隐露出其中密密麻麻的豪放字迹。

祈宁似并不怎么在意信纸被毁，看也没往茶桌上看一眼，她道："写给许多男人。杨家的，张家的，何家的，成家的。京中有头有脸又未婚嫁的公子，我都写了。"

祈铮摇头，认真道："这可不成，还好被哥哥我拦下来了，不然让人知道，妹妹这一身清誉便坠入泥了。"

祈宁顺着他："既然哥哥不喜欢，那我就不书信与他们来往了。"

反正暂时已不需要了。

祈铮闻得这话，双手抱着祈宁，亲昵地将脸颊贴在她的发上。

他眼神冷漠，唇边却带着笑，似极了姜贵妃方才看祈宁的神色。

不过姜贵妃的眼望着祈宁，而祈铮的眼却是望着桌上被水浸湿了的信。

他以只有二人能听见的声音缓慢道："宁儿真乖，真希望宁儿能一辈子都这么听哥哥的话。"

祈宁望着被祈铮抓红的手，没有丝毫迟疑地低声回他："好。"

祈铮勾唇笑起来，眼中凉意却未回温半点。也不知道他是信了，还是没信。

用过早膳，李姝菀又叫人支起炉子，慢慢悠悠地煮了壶茶喝。

李奉渊看她磨磨蹭蹭，猜到她不想和自己一同出门，喝了她一口茶便先行离开了。

李姝菀的确不想和他同路，等他出了门，她才乘马车去书坊。

李姝菀到书坊时，杨家的马车已停在书坊外，看来杨惊春已经到了。

刘二将马车停在杨家的马车后，李姝菀下了马车，想了想，同刘二道："不用跟着，就在这里等我吧。"

第七章 吃醋

刘二一听，立马摇头："不行，小姐。"

刘二跟了李姝菀多年，数次护她周全，李姝菀心里很信任他。

她以为刘二不放心，笑着道："我就在书坊，不去别处，不会有事的。"

刘二得她保证，还是没松口，他面色为难地看着她，挠了挠头发："可是出门前侯爷特意和我说了，让我跟着小姐。"

李姝菀闻言一愣。今早李奉渊出门前一直在东厢与她待着，赖着喝了她一杯茶才走，不知道他是何时背着她和刘二说的这话。

李姝菀如今已不是无力自保的小姑娘。青天白日，皇城脚下，毫无危险之地，她不需要刘二无时无刻地相护左右。

李奉渊让刘二跟着她，多半是有其他吩咐。

她稍稍敛了笑，问道："他还与你说什么了？"

刘二道："也没说别的。侯爷说书坊雅俗皆售，除了卖诗赋画作，也偷卖些情词艳曲，难免有别有用心之人混在书坊，叫我注意着些。"

李姝菀勉强接受了这个说法："既如此，那就跟着吧。"

可等她走了几步，忽然又想起什么，回头看向刘二，疑惑道："城中兴起这类淫艳诗词也就是近两年的事，他才回望京，是如何知道的？"

刘二不明白李姝菀为何突然这么问，他茫然地摇头："我没问，估计侯爷也是听别人说的吧。"

李姝菀若有所思地点了下头，不知信没信。

西北战事结束，将士大多揣着军饷还乡耕种，还有一些留守边疆或调派去往各地，只部分精兵回了望京。

将士才打了胜仗，这些日军中休假，营里没几个人。

不用练兵，也不用打仗，李奉渊到了军营，摸清了军中基本情况，便闲得没了事做。

他步出军营，在辕门处碰上下了朝的杨修禅。

杨修禅骑马而来，看到他，立刻高声唤道："奉渊！"

李奉渊侧目看去，马上的杨修禅满面笑意，一身官服都没来得及脱。

昨夜宴上杨修禅被祈宁缠住脱不开身,李奉渊见过太子便离了宴回去寻李姝菀了,二人未能得见。

李奉渊此刻见到杨修禅,亦觉欣喜。

他迎上前去,杨修禅翻身下马,一把抱住他,又恨又喜地道:"你小子!五年说不回就不回!真是好硬的心肠!"

李奉渊也笑:"这不是回来了。"

"回来就好,回来就好!"杨修禅说着,热切地拍了拍他的背,"走!说好了一起喝酒!今日明月楼,我请客!不醉不归!"

不料他这几巴掌拍下去,李奉渊的身体忽然僵了一下,随后缓缓放松下来,伸手推他:"别拍。"

杨修禅一愣,意识到什么,立马松开他,拧眉上下打量着他,紧张道:"怎么,身上有伤?"

李奉渊抬手越过肩膀摸了摸右侧的肩胛,道:"一点小伤,无事。"

李奉渊有多能忍痛杨修禅再清楚不过,杨炳教李奉渊武艺那些年,李奉渊练武时被棍子抽紫了背都没喊过疼。

杨炳有徒如此,骄傲得很,常在杨修禅面前夸李奉渊年纪轻轻已是一身男子气概,杨修禅听得耳朵都要起茧子。

此刻他见李奉渊如此,知道他身上绝不是什么小伤。

杨修禅站到李奉渊身侧,动手扯他后领子,探着头往他肩胛骨处看:"伤哪了?给我瞅一眼。怎么伤的?"

辕门外还站着值守的士兵,李奉渊一个将军,威严还是不能丢,在士兵面前被兄弟扯着衣服看伤像什么话。

他推开杨修禅:"无事,别担心。只是背上被人砍了一刀,回来的路上颠簸,盔甲压着伤,这才没好全。"

杨修禅不放心:"伤得重吗?"

战场之上,大刀砍下的伤动辄就是皮卷肉翻,没砍断骨头都算轻伤。李奉渊理了理衣襟,道:"不重。"

杨修禅看他遮遮掩掩,只当他在强撑,半点不信:"不重你喊什么疼?兄弟之间,有什么不能看?我看一眼。"

第七章 吃醋

"当真无碍。"李奉渊抬手挡住他,想起周荣的话,搪塞道,"只是我还没娶妻生子,自然得顾惜着自己些。"

杨修禅一听,觉得有些道理,颇赞同地点了点头:"是得将养着些。那改日再喝酒,今日吃点清淡的,等你把伤养好再说。"

杨修禅和李奉渊各自上了马,缓缓朝着明月楼去。

杨修禅忽而叹了口气,道:"说起成家,如今春儿和姝儿都大了,她二人成家说不定会成在我们前头。"

李奉渊问:"昨日宴上,我观太子殿下似对惊春有意。"

杨修禅点了点头,恨铁不成钢地道:"何止有意,咱们的殿下不知用了什么手段,春儿的魂儿都快给他勾走了。"

他叹了口气:"今日趁着去见旧友的机会,我看她又揣着封信想法子给殿下送了去。"

李奉渊奇怪道:"旧友?她不是和菀菀一同去书坊看画吗?"

"是去看画啊,忘道山人的画。"

李奉渊听过这位画师的名字,听说山水写意出神入化,一画难求。

杨修禅道:"这人你还认识,就是她们以前的同窗好友,被贬的沈家公子,沈回。"

他看李奉渊似不知情,问道:"你不知道?姝儿今儿出门的时候没和你说?"

李奉渊默默摇了摇头。

杨修禅看他眉间带愁,乐不可支地道:"该,谁叫你半封信都不寄回来。换了我,我也不搭理你。"

"不过……"杨修禅拽了拽缰绳,凑到他身边,提醒道,"我听春儿说,沈回心悦姝儿,这些年一直痴心未改,是个难得的情种。"

李奉渊沉默片刻,开口道:"过了春,她便十八了,也到了嫁人的年纪,由她去吧。"

杨修禅见他这不管不问的态度,轻"啧"了一声:"多年未见,谁知那小子如今品性如何,你不替姝儿把把关?"

李奉渊面色不改:"自然要盯着。"

杨修禅和李奉渊嘴上说滴酒不沾,可到了明月楼,话说至兴头,皆是喝了个酩酊大醉。

兄弟二人搂肩搭背出了酒楼,各自牵着马,也不骑,就这么拉着缰绳沿着长街朝前走。

谁也没说去哪儿,但脚下的步子却走得齐,直向着李姝菀和杨惊春所在的书坊而去。

一位侍郎,一名将军,一身酒气行在街头,看起来仿佛是哪家吃醉了要去寻欢的纨绔子弟。

他二人吃饭喝酒去了两个时辰,眼下日已西落,快到申时。

这么长的时辰,杨惊春和李姝菀早已离开了书坊。

可惜两人皆醉得糊涂,等二人到了地方,扑了个空,才回过味来。

杨修禅常来书坊的"五湖四海皆兄弟"的小书阁送信,书坊的老板已认得他,见他进店,猜到他是来寻妹妹,笑着道:"两位女公子和忘道山人去了前面的酒楼用饭,杨大人要不在这儿稍歇片刻?"

杨修禅摆手:"不必,我去找她。"说着就朝门外去,跨过门槛时,脚没抬起来,险些给绊倒,摔在这人来人往的门口。

李奉渊牵着两匹马,站在书坊门外等他。杨修禅出来,抬手一指:"走,去酒楼。"

李奉渊便又跟着杨修禅走。

二人紧赶慢赶,行了约半炷香的时辰,到了酒楼外,就看见杨惊春和李姝菀笑吟吟地站在门口与那名忘道山人说话。

杨修禅近年点灯伏案看文书看得太多,眼神不大好使。他眯眼看了一会儿,抬手轻顶了一下李奉渊:"欸,你瞧瞧,那是他们吗?"

李奉渊"嗯"了一声。

杨修禅看了看那四道模糊的人影,奇怪道:"咦?那细细长长站着的是忘道山人,那边上胖成个球的又是谁?"

李奉渊:"……那是门口的石雕。"

杨修禅走近两步,看清后苦笑道:"当官当得要成个瞎子了。"

李奉渊想了想,道:"我好像从北边缴来了一小面圆透镜,放于眼前可视清物,我回去找找,给你带来。"

"好啊!"杨修禅乐道,冲着酒楼外说话的人喊道,"春儿!姝儿!"门口边说话的三人听见这中气十足的呼唤,齐齐扭头看了过来。

杨惊春见是他们二人,眉眼一弯,开怀地回道:"你们怎么来了?"

李姝菀也看着他们。她回头时脸上还带着抹柔和的笑,不过在看见李奉渊时,那笑意又敛了回去。

李奉渊看见了她变化的神情,一时说不上来心头是什么感受,只觉得血液发堵,全身涩得疼。

他缓缓皱起眉头,停下脚步,有些迟疑地抬手摸了下肩头。

杨修禅看他停下,问道:"怎么了?"

李奉渊面色也有些不解,像是不知道自己怎么了,他想了想,道:"好像伤口在疼。"

沈回待会儿还有别的事,他看见杨修禅与李奉渊,抬手远远与二人行了个礼,便在门口与杨惊春和李姝菀分别了。

杨惊春和李姝菀向醉得迷糊的二人走来,杨惊春闻到二人身上的酒气,皱了皱鼻子:"哥哥,你们喝酒了?"

杨修禅咧嘴笑:"喝了一点。"

杨惊春不满道:"你们偷偷跑去喝酒,都不叫我和菀菀。"

杨修禅打着哈哈,还是笑:"下次,下次。"

杨修禅和李奉渊喝酒不上脸,若是安静待着,其实看不太出来二人都喝醉了。

不过喝醉了的杨修禅一说话就傻笑,一笑就露馅。

倒是李奉渊话少,看不大出来。

杨家兄妹俩说说笑笑,李姝菀看了一眼李奉渊,并未和他说话。

李奉渊垂眸看着面色淡得有些冷漠的李姝菀,仿佛突然回到了十年前在学堂的时候。

她那时在他面前总是怯生生的,连叫他都不太敢。

只是那个时候她是不敢,现在却是不愿。

李奉渊皱起眉,忽然觉得背上的伤口再次疼了起来,牵引四肢百骸,浑身上下都疼得厉害。

他抬起手,再次摸了下肩膀。

杨修禅看他如此,关切道:"还是疼?"

李奉渊微微摇头,放下手:"不碍事。"

"什么疼?"杨惊春问,"奉渊哥哥你受伤了?"

杨修禅叹了口气,替他回答道:"伤了,伤得可重,背上被人砍了一大刀,险些将他劈成两半。"

他醉言乱语,夸大其词,说得人心颤。

李姝菀听见这话,忽然有了些反应。

她看向李奉渊方才摸过的肩,眉心无意识地蹙了起来,似在紧张他的伤势。

杨惊春同样挂着担忧的神色:"找郎中看过了吗?"

李奉渊道:"没那么严重,已经看过了,每日早晚换次伤药就好。"

"天气渐暖,可别恶化了。"杨修禅说着,还是不放心,又上来扒李奉渊的衣服,"不行,给我看一眼伤。"

他喝了酒,手上没轻没重,李奉渊被他拉得脚下一个趔趄,想阻止他,又怕自己还手把本就摇摇晃晃的杨修禅给推摔了。

"当真无事。"他说着,有些狼狈地往旁边躲。忽然一只纤细白净的手伸到他面前,轻轻拉开杨修禅抓在他衣服上的手,而后护着他微微往后一揽,将他挡在了身后。

李姝菀站到他面前,抬头看着面前的杨修禅,有些无奈地道:"修禅哥哥,你有些醉了,同春儿回去休息吧。"

杨惊春也觉得大街上拉拉扯扯实在不成体统,于是忙拉住自家哥哥:"是醉了,走走走,哥哥,我带你回去。"

她一边拽着杨修禅往自家的马车走,一边回头同李姝菀道:"菀菀,那我先带这酒蒙子回去了。你也快些带奉渊哥哥回去,我瞧他也醉得不轻。"

李姝菀点头:"好。"

看着二人上了马车,李姝菀也准备带李奉渊回府,眼一抬,却见李

第七章 吃醋

奉渊低头看着自己，唇边扬起一抹若有若无的弧度，似乎是在笑。

他真是醉了，若还清醒着，必然不会露出这样的神色。

李姝菀抿唇，担忧又不解地看着他："……疼傻了？"

李奉渊仔细感受了下背后的伤口，慢吞吞地道："好像不那么疼了。"

他一时疼一时不疼，李姝菀只当他痛得麻木了，她有些急地拉着他往马车去："回去，叫郎中来看看。"

李奉渊低头看了眼她拉着自己的手，微微勾起长指握回去："不用，换药就行。"

李姝菀似乎没有察觉到他的动作，没有甩开。

马车里，李姝菀和李奉渊各坐在车座一侧，中间空得还能再塞下一个人。

谁也没有说话，车内静得能听见李姝菀头上的珠钗随马车摇晃发出的轻响。

李奉渊多年没喝酒，突然和杨修禅喝了个烂醉，此刻酒气上头，思绪有些迟钝。

他微微侧着身，看向别过脸望着窗外的李姝菀，视线缓缓往下，落在了她搭在膝上的手掌。

那手微微蜷着，并不放松。

李奉渊心头一动，忽而靠近她，探出手，将她蜷握着的手掌展开了。

勒马持枪的手老茧厚重，加之饮了酒，他手心温度高得灼人。

李姝菀一僵，转过头看他。

他虽醉了酒，仪态却依然端庄，肩背挺拔如松。

李姝菀看不出他是否醉了。

她抿了下唇，从他掌中抽回手，揣在怀中，面无表情地偏过了脸。

两人一路无言地回到府中，李姝菀叫人去请府里的郎中。

李奉渊本想道"不必"，但看李姝菀面容严肃，便把话吞了回去。

他醉了酒，走得慢，跟在她身后入了东厢，自顾自地坐在了她的矮榻上。

百岁蜷成一团，缩在矮榻的角落睡觉。李奉渊伸手摸它，它睁着浑浊的眼睛满脸警惕地看了看他,似乎没认出来他是谁,避开他靠近的手掌,迈着迟缓的步子小跑着躲开。

李奉渊见它如此,直接强行将它抱回了身上:"跑什么?"

他身上有伤,人察觉不到,但狸奴却能闻到明显的血腥味。

百岁似有些害怕他,喵喵叫着用力挣扎起来。

李姝菀宝贝这狸奴,李奉渊担心伤着它,只好松开了手。

桃青看着溜进内室的狸奴,笑着开口:"于狸奴而言,五年已经约莫是人类的半百之久了,它小小一颗脑袋记不住事,这么多年没见,它多半已忘记侯爷是谁了。"

李奉渊看着手里被它挠出的抓痕,随口道:"短短五载,便不记得了吗?"

坐在椅中的李姝菀听见这话,忽然侧目看向他:"五载短暂,那在将军眼里多久才算长久?"

她语气平静,却又像是藏着火气。

李奉渊从她口中听见"将军"二字,抬眸迎上了她的目光。

他望着她淡得没有丝毫情绪的眼睛,回道:"情深则长,情浅则短。"

他将问题抛回给她:"你觉得五年算长吗?"

弹指一瞬。

李姝菀下意识想这么回他,但话到嘴边,却又因违心而难说出口。

她从他身上收回视线,和逃走的百岁一样,索性起身回了内室,不打算理他了。

桃青和柳素见二人一言不合又闹僵了,有些无奈地对视了一眼。

柳素打算劝上几句,叫侯爷知道她们小姐这些年心里一直念着他,可不等开口,李奉渊竟忽然起身,像条尾巴一样跟在李姝菀身后进了内室。

李奉渊一身酒气,李姝菀瞧着也在气头上。桃青担心二人待会儿起争执,也打算跟着进去,不料却被柳素拉住了。

她冲着桃青微微摇头,低声道:"让侯爷和小姐私下说会儿话吧。"

桃青不放心:"可若待会儿吵起来可怎么办?"

第七章　吃醋

柳素看得通透，道："吵起来也好过冷冰冰的互不搭理，若能吵通说透，是最好不过。"

桃青觉得有理，点头道："姐姐说得对，是我糊涂了。"

房中，李姝菀刚在妆奁前坐下，便透过铜镜看见了进门的李奉渊。

他三番两次擅入她闺房，不知是从哪里学来的习惯。李姝菀想开口赶人，可想起昨夜他入她房门如入无主之地，觉得自己在这事上讨不到好处，便没开口，只当看不见他。

她不理会他，身后的灼灼目光却一直落在她身上。

李奉渊站在房中，看着镜前取耳坠的李姝菀，低声道："修禅告诉我，沈回待你有意，你如何想？"

李姝菀动作一顿，不知他为何突然提起这事，她道："问这做什么？"

李奉渊听她语气防备，解释道："没什么，只是今春一过，你便到了适婚年龄了，是该考虑婚事了。"

他语气平静，仿佛在讲一件稀疏平常的小事。可李姝菀曾听杨修禅说起杨惊春的婚事，话中总满含不舍。

李姝菀微微蹙眉，正想回答，又听李奉渊接着道："不过沈家举家迁至宥阳多年，应当不会再搬回望京。若你对他并无心思，我便替你在望京城里找个家世人品更好的，招来入赘，如此你也不必舍了亲友远赴他乡。"

他扯了一大堆，话里话外，都是想将李姝菀留在望京、留在他身边。难怪说起她的婚事时没有伤心之意，原来压根没打算把她嫁到别人家去。

李姝菀听了出来，反问他："为何要让别人入赘，我不能嫁到别人家里去吗？"

李奉渊微微皱眉，似乎很不赞同这话。他看着她的背影，过了好片刻，才低声问道："你嫁了人，要留我一人在府中吗？"

李姝菀听得这话，透过镜子看了他一眼。他醉醺醺孤零零地站在房中，垂眼看着她，瞧着竟有几分可怜。

他自小稳重，在李姝菀的记忆里，也只有李瑛离世后李奉渊显露过些许脆弱。

她那时见他难过便心疼不已，如今依旧见不得他这般模样。

她别开眼："将军不也将我一个人留在望京多年不管不问，一个人有什么不能过？"

日光透过窗户映入李姝菀的眼底，亮晶晶的像是眼泪，李奉渊瞧不清。

他听得出她语气有怨，但往日之事不可改，他只能保证道："西北已定，菀菀，再不会有下次了。"

他态度诚恳，语气柔得像在哄孩童。

李姝菀垂着眼，用指腹擦去耳坠银环上从耳洞里带出的血，语气淡漠："有也无妨，五年十年，我都不在意了。"

二人的一番谈话又一次在不欢中结束。

好在郎中很快便到了，僵冷的气氛并没持续太久。

东厢伺候李姝菀的都是些年轻的侍女，不大方便敞着门让郎中给李奉渊看背上的伤势。

李姝菀让人在内室拉开了一道屏风，自己站到屏风外，将位置腾了出来。

梳妆台前，窗明几净，郎中让李奉渊坐到李姝菀方才坐的地方脱下上衣。

李姝菀没有离开，就在屏风后等。

她微微低着头看着面前擦洗得干净的地面，听着里面李奉渊宽衣解带的窸窣声响。

外衣褪下，露出里面浆洗得发白的中衣，背上伤口流出脓水血污，黏住了衣裳，痕迹明显。

这伤势看着不轻，可李奉渊却似乎并不怎么在意，他褪下中衣，抬手就要把黏在伤口上的里衣也硬扯下来。

郎中见此，忙出声阻止："侯爷当心，这衣裳被背上的伤口黏住了，还是让我来吧。"

李姝菀听见这话,侧目朝房内看了一眼。

隔着屏风,她只能看见李奉渊影影绰绰的背影,看不真切。

郎中打开药箱,从一卷刀袋中取出一把细薄的小刀,在烛火上燎过后,同李奉渊道:"侯爷,我要将您伤处的布料挑开取下来,会有点疼,您忍着些。"

李奉渊松开衣裳,低声道:"有劳。"

行军打仗,自是穿不得绫罗绸缎,李奉渊的里衣是耐穿的粗麻布料所制,如今虽回了望京,也没改换回来。

刀刃沿着伤处仔细小心地掀开紧紧黏在一起的衣裳,粗糙的布料与湿烂的伤口分开,泛起明显的痛感。

李奉渊微微绷紧了身躯,忍着痛没有出声。

白浊的污脓糊在刀口上,看得人惊心。待将衣裳脱下,露出背上完整的伤疤,饶是行医多年的郎中也不自觉倒吸了一口气。

阳光透窗而过,照在李奉渊宽厚结实的肩背上,只见一道狰狞的长疤从他的右肩斜向左下后腰,刀口宽长,仿佛被大刀砍伤。

杨修禅说这刀险些把李奉渊劈成两截,并不算虚话。

李奉渊背上的刀伤已经是数月前所受,如今已经愈合大半,长出新肉,但因他平日里需得穿戴甲胄,右肩下的伤口被磨蹭过多,而迟迟未愈。

郎中皱紧了眉头,摇头道:"伤口已经被捂得化脓发烂了,需得去除脓水污血,再用白布敷上好药。若是感染发烧,可就麻烦了。"

李奉渊听见这话,正要开口,忽然听见屏风后传来了李姝菀的声音:"你从军中带回的伤药在哪?"

她的声音听似平静,语速却有些急,李奉渊听出她在和自己说话,下意识回头看她。

郎中忙制住他:"刀刃锋利,还请侯爷勿动。"

李奉渊于是又将头转了回去,回道:"在我房中的柜子里放着……"

话没说完,郎中忽然拿刀沿着他的伤处快速地割下了一块灌脓的烂肉。

剧痛猛然从背后传来，天灵盖都发麻，李奉渊一时未察，咬牙痛哼了一声。

他缓了一息，忍下痛楚，又和李姝菀道："……是一个巴掌大的青瓷罐。"

他的语气听起来并不痛苦，反而平静得很，显然十分吃痛。

可李姝菀闻到屋内淡淡的血腥气，还是有些紧张地握紧了手指。

她动了动唇，打算叫柳素去取，但想起李奉渊不喜欢旁人动他东西，犹豫片刻，起身出门，自己往西厢去了。

西厢的门关着，李姝菀推门而入，进了李奉渊的寝间，拉开墙边的高柜，就见隔层上立着四五瓶伤药。

她拿起李奉渊所说的青瓷罐，正准备离开，却忽然被柜中半开的抽屉吸引了注意。

抽屉里放着两只大小近似的木盒子，李姝菀看着那两只比信封大不了多少的木盒，猜到什么，鬼使神差地伸出手将盒子打开了。

果不其然，两只木盒里都装着信，左侧盒子里的信封泛黄，已有些年头。

李姝菀看着最上面一封所写的"吾儿二十岁亲启"的字，知道这些信是洛风鸢写给他的。

而另一只盒子里的信上则封封都写着"李奉渊亲启"。

李姝菀认得这字迹。这是她的字迹。

厚厚一沓信，整整五年时光，她写给他的所有的信都在此处，对他所有的思念和担忧也都在这窄小的一只盒子里。

每一封信都有打开过的痕迹。

他全都看过，但一封都没有回。

李姝菀呆呆地看着这些信，仿佛看见了曾经伏案桌前，斟酌着一字一句给他书信的自己，又似乎看到了在西北的黄沙里一字一句读信的他。

一阵轻风拂过窗扇，发出轻响，李姝菀惊醒过来，眼睛忽然有些热。

她盖上木盒，想将自己写的信全都带走，可当拿起沉甸甸的木盒，她又犹豫起来。

第七章 吃醋

他将她写给他的信都保管得很好。

李姝菀迟疑了片刻，最后还是将盒子放了回去。她推进抽屉，关上柜门，装作什么都不知道，带着药回了东厢。

李姝菀穿过庭院，郎中背着药箱从东厢出来，似已打算离开。

李姝菀叫住他："郎中留步。"

郎中站在门口，拱手道："小姐。"

李姝菀看了眼门内，问他："侯爷的伤已处理好了吗？"

郎中道："小姐放心，我已为侯爷去除了腐肉脓水，之后只需每日换药，好生将养就可。"

李姝菀稍微放下心，将手里的药瓶递给他："那劳烦先生替他换过药再走。"

郎中有些迟疑地看了眼她手里的瓷罐，没有接过来，有些犹豫地道："侯爷方才说，等您回来帮他换药。"

李姝菀抿了下唇，他们才吵了一架，他为什么觉得她会帮他？

虽这么想，但李姝菀不会在外人面前驳李奉渊的面子，便没有多说什么。

她点头道："今日有劳先生了。"

"不敢。"郎中行了个礼，便准备离开。

但走出两步，他仿佛又忽然想起什么，折身回来，同李姝菀道："方才我闻侯爷身上的酒气有些重。侯爷伤势未愈，暂且还是不要饮酒为好。"

李奉渊如今位高权重，又是太子的人，之后少不了有人来巴结他，接下来的应酬应当是少不了的。

李奉渊上无长辈，旁无妻妾，郎中自知人微言轻，想了想，估计这府内也只有李姝菀能劝上一劝，这便和她说了。

李姝菀微微蹙眉，点头应下："我知道了。"

入了内室，李奉渊还在李姝菀的妆台前坐着。

他穿上了左袖，右侧衣裳褪至腰腹，右背的伤暴露在外，房中血腥气比刚才李姝菀离开时又重了许多。

李奉渊对窗而坐，左身侧对门口，李姝菀进去时，并没看见他背上的伤。

他似等得有些无聊，将李姝菀刚才取下的耳坠子从她的妆奁中翻了出来，正拿在掌中把玩。

温润的玉耳坠艳得似一滴坠下的血，静静地躺在他并拢的二指之间，他抬手将坠子举至眼前，对着光仔细看了看后，忽然凑近闻了一下。

他微垂着眼，带着醉意，神色有几分说不上来的风流。

一丝浅得几乎闻不出的血腥气窜入李奉渊鼻中，那是从她耳朵上流出来的。

李姝菀看着他此举，忽然想起他昨夜动手去捏她的耳垂，她稍稍红了耳根，眉头紧皱，腹诽道：哪里习来的登徒子作风？

李姝菀走过去，将药罐放在桌上。李奉渊见她来了，转过头，微微仰面看她。

李姝菀没有理他，她将自己的耳坠子从他手里抢过来，放回妆奁中，然后转身就走。

既不过问他的伤，也不关心一句。

李奉渊看着她离去的背影，忽然开口道："不帮我上药吗？"

李姝菀没有停下脚步，只道："男女有别。"

他们之间，何来的男女之别？李姝菀这话不是气话便是在刻意疏离他。

李奉渊将这四字在脑海里思索了一遍，莫名其妙地开口问："在菀菀眼里，我是个男人？"

李姝菀脚步一顿，没有回答。

她越过屏风，正准备出去，可就在这时，却忽然听见背后"砰"的一声脆响，紧接着又响起一小串硬物在地上滚动的"咕噜"声。

李姝菀一怔，下意识回头看去，就见她方才拿来的青瓷药罐掉在地上，正在地上滚。

李奉渊的手搭在桌边，似乎是不小心将药罐碰掉了。

第七章 吃醋

也亏得这罐子结实，才没被他摔碎。

李奉渊看李姝菀朝他看过来，淡淡地道："手滑了。"

他说着，俯身捡起罐子，腰一弯，背上的伤便不经意地暴露在了她的眼中。

刀口箭伤，交错狰狞，几乎布满了背，而最长的那一道，斜过整个背部隐在了穿了一半的衣裳下。

肩胛骨处，郎中处理过的伤口还在微微往外渗血，鲜红的血肉翻露在眼前，李姝菀呼吸微滞，不可置信地看着他背上的伤，眼里瞬间便盛满了泪。

行军打仗，不可能毫发无损。李姝菀知道李奉渊必然负了伤，也想过这五年里他身上会添许多伤疤，可当亲眼见到时，还是鼻尖一酸，忍不住泪意。

她下意识背过身，抬手快速擦了擦眼角，似不想让李奉渊看见自己为他而落泪。

李奉渊也似乎不知道她在哭，他打开药罐，安安静静地给自己上药。

李姝菀听见背后传来的声响，站了片刻，最后还是没能狠下心，红着眼眶走了过去。

李奉渊看她回来，偏头看她："菀菀？"

李姝菀没有说话，她从他手里拿过药罐和挖药的瓷勺，轻轻将散发着凉爽苦涩味道的药膏敷在了他的伤口上。

他自己看不准位置，刚才擦上的药将伤口周围糊得乱七八糟。

李奉渊转头想看她，但又被她推着脑袋转了回去。

他没再乱动，静静地坐着，看着铜镜中李姝菀低垂着的眉眼，很漂亮，也很认真。

李奉渊看了片刻，不知是否是因为醉了，他心头忽然有些发热。

她变了许多。

容貌，脾性，和他记忆里的她大不相同，却又好似没什么分别。

还是如小时候一样心软，还是喜欢躲着人哭。

可要说变化，还是和以前不同了。她已不再是个小姑娘了，而是一个女人。

她弯着腰上药时，宽袖轻轻拂过他的腰背，带起几许说不出来的痒，很浅，却痒得仿佛钻进了李奉渊的骨头缝里。

男女有别。

李奉渊忽然想起她刚才说的话。但他不同，他和别的男人，终归不一样。

他缓缓闭上眼，叫了她一声："菀菀。"

李姝菀抬眼，恰看见铜镜中他闭着的双眸。她道："……做什么？"

李奉渊唇缝抿得发直，他睁开眼，与铜镜里的李姝菀四目相对。

他直直地盯着镜中她稍有些湿红的眼眶，低声道："叫我一声。"

叫他一声，让他能看清他的位置。

李姝菀想起昨夜他逼着自己叫他，眉心一敛，只当他醉了在发酒疯。

她垂眼避开目光："不。"

晚膳前，李奉渊让宋静叫人把李瑛当年那几箱遗物从库房里搬了出来，还有他从西北带回来的几箱子东西，一并整齐地摆在了库房外的小院里。

李奉渊暂且撇下自己带回的东西没管，先打开了李瑛留下的木箱，一件一件收拾起来。

当初李瑛病逝西北，走得突然。或许他自己也没料到自己会病亡，是以没来得及给李奉渊留下只言片语。

李奉渊如今连一封他的遗信也不得，只能从他生前所用之物里寻找些慰藉。

几只结实陈旧的铁木箱子里，其中一箱都是书籍。

李奉渊随便捡起面上的几本看了看，兵法游记、食谱典籍，什么书都有，不知李瑛从哪处搜刮来的，杂乱得很。

箱子里还放了一袋干燥的草药，用以驱虫防潮，闻起来一股子清苦的草药香。

一旁的宋静见这么多书，问李奉渊："侯爷，要将这些书搬到您的书

第七章 吃醋

房吗？"

李奉渊将书放回箱中，盖上木箱，道："搬过去吧。"

他说罢，有些不放心地嘱咐了一句："将箱子放在书房别动，我自己来收拾。"

宋静点头应下，当即招呼了两名仆从上来抬箱子。

李瑛不喜奢靡，东西也少，除了书，还有几只大小不一的木盒装着各式上好兵器、一副跟随他打了半辈子仗的沉重盔甲，以及一些乱七八糟的寻常杂物。

当年的李奉渊站在李瑛面前还是个半大的少年，而今他长大成人，在西北吃过几年杀人的风沙，已练成了和李瑛一般高大如青山的体格。

他抚了抚李瑛那副漆面斑驳的上好甲胄，半点没客气，当下便让人将盔甲搬进他的西厢挂着。

而那几件兵器，也自然是收进了他的兵器库。

宋静睹物思人，心里本怀了几分伤情，此时见李奉渊土匪劫货似的做派，又忍不住笑了笑。

李奉渊翻翻找找，收拾了半天，最后在装了一箱子杂物的箱底找到了周荣曾与他提起过的那顶羊皮帽。

帽子很小，比巴掌大不了多少，估计只有三四岁的孩童才能戴上。

李奉渊拿起来仔细看了看，觉得这帽子有些熟悉。

他想了想，没想起来，将帽子递给宋静，问道："眼熟吗？"

宋静接过帽子："这是？"

李奉渊道："周荣说是父亲做给我的冬帽。"

宋静看了看帽子上细密的针脚，笑了笑："将军的手还是一如既往的巧。"

李奉渊听得这话，有些意外："父亲会做针线活？"

宋静回忆着道："本来是不会的，不过在侯爷您出生后，将军空时便跟着夫人学了学，他学得快，后来还给您做了几身小衣裳，现在还在库房里放着呢。"

李奉渊曾见李瑛举过剑、持过缰，但从没见过李瑛手里拿起过绣花针。

他不知这些，也未有人告诉过他。

宋静见李奉渊面色有些低落，扯开话题："这顶帽子，老奴好像是在哪里见过。"

他沉思了片刻，恍然道："想起来了，夫人曾给侯爷做过一顶相似的。"

他浅笑着道："当初将军刚接小姐回府，还将那顶帽子给小姐戴了戴，侯爷您见着后还……"

还动了气。

宋静说着抬眼看了看李奉渊的神色，见他微拧着眉有些自恼，忍着笑，默默将后半句话放回了肚子里。

宋静一提，李奉渊很快便记起了当年的旧事。

倒不是因为他记忆有多好，只是心底一直有些后悔当年的自己心眼狭窄、不解人心。

李奉渊记得，幼时的李姝菀戴了洛风鸢做给他的帽子后，李瑛看出他不高兴，说要重新做一顶给他。

他臭着脸说不要。

李姝菀也看出他不高兴，就戴了一日，第二日便将那帽子洗净烘干还给了他。

而他却没给她半分好脸色，冷言冷语将人辱了一通，最后看着她哭着冒雪跑回了房。

现在想起来，李奉渊发现自己还能记得李姝菀当时卑怯地站在他面前却不敢正眼看他的模样。

他那时屁大个人，不知道哪里来的一身傲气，怎么都不愿给她好脸色。

如今因果循环，轮到他自食恶果，换她不肯给他好脸色。

当年犯下的错在多年后的此刻突然在李奉渊心上划开了一道口子，倾倒而出的全是难以挽回的悔恨。

李奉渊揉了揉眉心，心中懊悔不已。

第七章 吃醋

李行明，你真不是个东西。

收拾完李瑛的旧物，李奉渊又拾掇起自己从西北带回的东西。

他的箱子里装的多是这几年他从西北各族缴获的战利品。

有好些物件其实他也不知是做什么用的，周荣觉得有意思拿来给他，他便收了起来。

李奉渊在箱中翻翻捡捡，找出一只巴掌大的小木盒。他打开盒子看了看，里面躺着几片薄厚不一、透如澄澈冰片的单片镜。

他合上盖子递给宋静："送去杨家，给杨修禅。"

宋静应声接过来，他看了眼天色，见天尚未暗，打算现在就让人跑一趟。

宋静找了个脚快的年轻仆从，将小木盒子给他。那仆从揣着东西准备出发，李奉渊忽然又道："等等。"

他弯腰从箱底取出一只样式古朴的长匣，递给仆从："将这也一并送去。"

仆从见李奉渊单手轻轻松松地拿着匣子，还以为这东西轻巧，直接伸手去接，没想却险些被匣子的重量压得往前摔在地上。

李奉渊略扶了一把："拿稳。"

仆从红着脸急忙将小木盒揣进怀里，两只手抱住匣子："是，侯爷。"

宋静见这匣子足有四尺多长，好奇地道："侯爷，这匣中是何物啊？"

李奉渊低着头继续翻箱子，头也不抬地道："一把羌献部的钢刀。"

宋静一听，犹豫着道："杨大人在户部任职，握的是笔杆子，平日来往的也是文官，您送他兵器，他怕是难用得上。"

李奉渊道："不是送他，是给惊春的。"

今日在明月楼，杨修禅说杨惊春这几年舍了琴棋书画，日日随杨炳习武练刀，长刀已使得有模有样。

羌献的锻刀术远近闻名，这把长刀是李奉渊从一位羌献部的将领手里夺得的，比寻常长刀略短略窄，是把难得的好刀，或许给杨惊春用正好。

宋静了然地点了点头："杨小姐的刀使得的确妙极。"

李奉渊听他这么说,随口问道:"你见过她使刀?"

"见过。"宋静笑着道,"去年小姐染了风寒,深居简出,杨小姐特意来看望小姐,在这院子里给小姐耍了一套刀法。老奴沾小姐的光,有幸饱了饱眼福。"

李奉渊动作一顿,微微敛起眉心,问宋静:"病得重吗?她常病吗?"

宋静见李奉渊脸色严肃,忙回道:"不严重,寻常风寒,小半月便痊愈了。小姐除了脾胃弱些,其余没什么毛病,侯爷不必担心。"

李奉渊稍稍放下心,想了想,又问宋静:"我不在时,小姐与杨小姐来往多吗?"

宋静知道李奉渊在担心什么,温柔道:"多。二人情如姐妹,常出门同游。不止杨小姐,杨大人得了闲暇,也经常和两位小姐一起游玩。"

宋静说着,感慨道:"幸亏有杨家兄妹作友,不然小姐一个人过得不知多沉闷。柳素与我说,前些年小姐在江南的时候,常常周旋在商客之间,忙忙碌碌,三年下来性子虽沉稳了,却也失了活气。后来回到望京,有了杨家兄妹相伴,才渐渐活回了十六七岁的姑娘模样。"

李奉渊听完,忽然不收拾了,他将眼前的箱子一盖,道:"找人将这箱子抬到杨府去。"

他左右看了圈,抬手指向另一个装着金银珠玉的箱子:"那一箱子也送过去。"

宋静看他突然如此阔绰,先愣了下,随即又忍不住笑起来:"是,老奴这就叫人去办。"

李奉渊拢共就带回几箱子东西,豪迈地往外一送,便不剩多少了。

他这箱也看过,那箱也挑过,唯独有一只红木柜箱他没动过。

李奉渊拉开柜门,宋静一看,顿时露出了些许诧异的神色。

和其他箱子不同,这柜中的东西收拾得干净整洁,不像其他箱子里的物件杂乱不堪地堆在一起。

但宋静并非因此而惊讶,而是因这柜箱里装着的竟是华裙首饰。

傍晚的霞光照在柜中几支金钗玉环上,碎光闪烁如天上星子,漂亮得让人着迷。

第七章　吃醋

晃眼一看，全是姑娘家的东西。

李奉渊拿起柜中一只布包，取出里面的衣物，站起身展开衣裳看了看。

这是一件兀城女子在盛大节日所穿的衣裙。

窄袖长裙，红如朝阳的颜色，衣裳上坠满了珠链，一步一动叮当作响，华丽张扬，与京中女子所受教的以静为美的理念大不相同。

李奉渊见当地年轻的女子穿过。兀城的姑娘穿着这样式的裙子围着篝火跳舞时，飘动的裙摆仿佛融化在了烈烈火光里，很是漂亮。

李奉渊当时心头一热，便买了两身回来，但不知李姝菀会不会喜欢。

宋静以前从没见过李奉渊给李姝菀买什么首饰衣裳，李奉渊从前也没心细到那份儿上，此刻他瞧见李奉渊盯着女人的衣裳出神，会错了意，还以为李奉渊这些年在西北有了相好的姑娘。

自己看着长大的孩子有了姻缘，总是让人高兴，宋静笑容满面地看着李奉渊："这么些好东西，侯爷是给哪家的好姑娘买的？"

李奉渊一听他这欣慰的语气就知道他想错了。

他看了宋静一眼，有些无奈："给自家的好姑娘买的。"

宋静一怔："给小姐的？"

李奉渊"嗯"了一声，他把裙子放进布包，和柜子里的几件衣裳一并递给宋静："给小姐送去吧。"

李姝菀摆明了还在与李奉渊置气，这衣服送过去，她怕是不会收。

宋静想到了这一点，伸手接过，委婉道："这衣裳颜色鲜艳，小姐不一定喜欢。"

李奉渊听得出宋静话里的弦外之音，沉默片刻，道："……就说是府里的绣娘新制的衣裳，别提是我送的。"

宋静微微叹了口气："是，侯爷。"

傍晚，李奉渊仍是在东厢用的晚膳。

不知是不是伤口刺痛的缘故，他用饭用得慢，夹菜时筷子也伸得缓。

平日里吃完三碗饭的时间，今日一碗饭都没吃完。李姝菀察觉到他的迟缓，给一旁侍奉的侍女递了个眼色。

侍女心领神会地上前，将摆远的菜碟往李奉渊身边挪近了。

李奉渊看了眼摆到身前的菜，又将目光转向李姝菀。她垂着眼，拿勺子慢慢吃着汤羹，仿佛不是出自她的授意。

李奉渊收回视线，又伸出了筷子，却没动面前的菜，而是非要越过盘子去夹李姝菀面前盘中的酥鸭。

只见他夹了几下，都没夹起来，看着像是伤痛引起的手指无力。

筷子长长地伸到了李姝菀眼皮子底下，她想看不见都难。

在西北即便断了腿也不见得吭一声的男人，此刻这虚弱劲儿一上来，李姝菀看不出他是装模作样还是当真在忍痛。

她拿起公筷，挑了一块肥瘦适宜的鸭肉放到他碗里。

自他回府，她总是若即若离，此刻探明了她的态度，李奉渊唇边漾出一抹浅得几乎看不见的笑。

他端起碗，将她夹的酥鸭吃了，然后又朝着她面前的盘子伸出了筷，李姝菀仍替他夹了一筷。

李奉渊唇边笑意更深。他吃罢，借此机会道："郎中说，我身上的伤需得每日换药。"

李姝菀拿勺子的手一顿，似乎已经猜到他要说什么。果不其然，他扭头看向她："明早……"

李姝菀头也不抬，淡淡地"嗯"了一声。

提起伤，李姝菀总会心软。她想起郎中下午的叮嘱，朝李奉渊右侧的肩膀看了一眼，开口道："烈酒伤身，你若想身上的伤好得快，这些日就不要饮酒了。"

有些酒能拒，有些酒拒不得，李奉渊不敢把话说满了，只能道："尽量。"

李姝菀在江南时，也同那些个商客喝过几回酒。有一次回去时洛佩闻见了她身上的酒气，叫她少饮。

李姝菀当时急于在商会里培植势力，少不了与人来往应酬，她为了安洛佩的心，也是如此般道了句"尽量少喝"。

第七章　吃醋

此刻听见李奉渊这么说，她便只当他是在敷衍，没再劝："随你。"

李奉渊听她语气淡下去，立马改口："不喝了。"

李姝菀低头吃饭，没再理他。

用完膳，天也暗了下来。

月色如水，天上挂着几颗零落的星。李姝菀让柳素、桃青在院子里支了只小炉子，一边赏月，一边煮茶烤干果吃。

几人聚在一起说些姑娘家的话，李奉渊识趣，没凑上去打扰。

他穿过庭院回到西厢，听着外面的笑语，看了会儿书便早早睡下了。

罕见地，他做了个旖旎的梦。

梦中，李姝菀穿着他买的那件艳丽如流火的大红衣裙，躺在他的床榻上。

她面上施了粉黛，化着那日李奉渊在船上所见的红妆，耳下坠着鲜红似血滴的玉坠子，银环穿过的耳洞里正流出一缕鲜热的血。

很细，仿若发丝，那血顺着耳坠子滴下来，坠在他的枕头上，洇湿了枕面。

梦里的他坐在床榻边，低头盯着她耳垂上的血迹，仿佛大漠里渴急的旅人，俯下身启唇含了上去。

他握着她的手，吮吸她耳垂上的伤口，与她相拥相依，亲近缠绵，仿若一对夫妻。

李姝菀用那双澄净漂亮的眼望着他，在他缴械投降的那一刻，忽然轻声开口唤他。

"李奉渊……"

不是行明哥哥，也不是侯爷将军，仅仅是他的名姓。

虚幻与现实在瞬间融合交织，梦中的场景如被涟漪打散的水面，李奉渊心头一震，猛然从睡梦中睁开了眼。

天外星子仍挂着，月华顺着支开的窗缝流入空阔的房间，李奉渊躺在床榻上，起了一身的汗。

梦中的低唤回响在脑海中，他安静无声地望着床顶，似还沉浸在那难以言述的畅快之中，良久没有动作。

许久，他动了动些许僵硬的手，往被下探去。

黏稠温热，濡湿一片。

是连自欺都做不到的湿意。

李奉渊抽出手，拧紧眉心，缓缓闭上了眼。

李奉渊当初离家去往西北，没带多少东西，寥寥几件行李里，洛风鸢写给他的信也在其中。

二十岁这一年，是李奉渊远赴西北的第三年。

又一年生辰，他拆开了洛风鸢写给二十岁的他的信，这是洛风鸢写给他的最后一封信。

从前的信中，洛风鸢总喜欢问他一年到头学了什么东西、交了多少好友、去过哪些地方。

她给李奉渊写那些信时，他尚年幼，是以她在信中也下意识地将他看作了孩子，话语宠溺。

男子二十加冠，到了二十岁这一封，许是洛风鸢终于察觉到她的儿子看到这封信时已经长大成人，信中的内容也变得稍有些不同。

男子及冠，意味着到了谈婚论嫁的年纪。信里，洛风鸢第一次提起了他的婚事。

在洛风鸢最美好的设想里，这一年她的儿子或许已进入官场，她的夫君当已平定了西北，正在为李奉渊的婚事发愁。

然而这一年的李奉渊既没有纵情风月，也没有踏足官场，而是步了李瑛的后尘，在狂风肆虐的西北吃沙子。

莫说婚姻大事，便是他有了心上人，家里也已没了为他向姑娘家说亲的长辈。

洛风鸢预料不到未来之事，也不愿朝着那样的方向去猜测。

于是在美好的猜想中，洛风鸢于信里询问李奉渊有无心上之人，可对哪位姑娘动了情？还是已成了亲，有了自己的孩子？

借着烛光，李奉渊一字一句看得仔细，仿佛见到了洛风鸢披着衣衫坐在桌案前写下这封信的画面。

第七章 吃醋

父母爱子，所计长远。

洛风鸢深知自己活不到为李奉渊行冠礼的时候，便早早为他取了字——行明。

她知道自己不能坐在高堂上，亲眼看着他成家，便也早早为他议了一门好亲事。

信中她写道：

> 娘亲有一位至交好友，我曾与她说定，若她以后生下女儿，我们两家便结为亲家。
>
> 她性情温婉，若是生下个姑娘，必然是如水一般的好姑娘。只是不知她生下的会是男是女。
>
> 若你还无心上人，不妨让你爹帮你去打听打听。
>
> 哎呀，语急笔快，险些忘了告诉你她是谁。
>
> 她叫明笙，夫家是望京蒋氏，你见过她的。
>
> 写这信时的前些日她还来府里看望过我，她拿着糖哄你叫她姨娘，你不肯，不知现在的你还记不记得……

蒋家，明笙。

西北的深夜里，朔风裹着黄沙敲打着营帐，厚重的帘帐在风中猎猎作响。李奉渊有些出神地盯着信上的字，一时竟茫茫然不知如何反应。

仿佛心里本没有墙的地方突然筑起了一道不可翻越的高墙，随即又在一声巨响里轰然倒塌，露出了墙外旷阔的原野。

而有些本来不存在的东西，在这一刻一并出现了，并于一片荒芜的地界寻找到了可以扎根生芽的地方。

东方朝霞初现时，圆月还未隐入重山。

奴仆已经早早起了，正在打扫院子。

忽然，听得"咯吱"一声，西厢的门从内打开，奴仆闻声看去，见李奉渊走了出来。

起这么早,不知要做什么去。

东厢的门紧闭,李姝菀还睡着。

她寝房的窗户半支着,一条细长的海棠花枝从窗户下探出来,顶上立着几朵含苞待放的海棠花。

粉润的花瓣上坠着晨露,鲜嫩欲滴。

李奉渊定睛看了眼,踏出院子,往祠堂去了。

辰时,天色大明,东厢也渐渐有了动静。

李姝菀昨日见过李奉渊背后那道深长的刀疤,忧思过重,夜里梦见他在战场上被一把大刀从头顶劈砍而下。

她梦中惊慌,觉也没睡好,一早便醒了,脸色也差,梳妆后点上胭脂才看着有了精神。

她打开妆奁,取出昨日那对红玉耳坠子,对着铜镜正要往耳朵上戴,目光扫过轻晃的玉坠,不知怎么忽然想起了昨日李奉渊坐在这张凳子上拿起这对耳坠嗅闻的模样。

李姝菀动作一顿,将耳坠放了回去,换了另一对素雅的白珠耳坠。

可就在她对着铜镜戴时,目光又不自觉落在了那躺在盒子里、被冷落的红玉耳坠上。

她望着那坠子良久,最后还是伸手拿起来,戴在了未愈的耳洞上。

李姝菀记着要给李奉渊换药,梳洗之后,便去了西厢。

西厢的房门大开着,仆从进进出出,正忙着打扫。

李姝菀以为李奉渊在房中,到了后却不见他的人影。

眼下还早,不到上值的时辰,他身上有伤,又不能练武,不知道去了何处。

李姝菀看了眼书房,见书房也闭着门,问房内的奴仆:"侯爷呢?"

奴仆道:"回小姐,侯爷一早就出去了。"

内室里,盯着下人忙活的宋静听见门口的说话声,走了出来。

他看见李姝菀站在门口,有些奇怪:"小姐今日怎么起得这么早,待会儿可是要出门?"

李姝菀浅笑着唤了声"宋叔",回道:"睡不着,便起了。"

第七章　吃醋

她问宋静："宋叔知道侯爷去哪了吗？"

这府里上上下下，就连院子里松树上那几只松鼠宋静都一一叫得出名字，他一早来西厢时没见到李奉渊，便问了下人，得知李奉渊往停雀湖去了。

宋静猜他应当是去了祠堂，便去看了看，果不其然见他在那儿。

李奉渊幼时拜祖先，宋静不放心，常在一旁陪着。

他自小话少，拜祖先也不怎么说话，点三炷香，叩三个头，既不念念叨叨，也不闭眼在心里求一求先祖庇佑，安安静静拜完就离开。

但今早宋静去祠堂的时候，却看见李奉渊跪在那儿半晌没起来，似在求什么。

他神色虔诚，眉心皱着，仿佛做了什么愧疚事，正求祖先宽宥。

不过这些都是宋静的猜测，他并未告诉李姝菀，只道："侯爷去祠堂祭拜先祖了，兴许过会儿便回来了。小姐找侯爷可是有急事，要不要老奴让人去请侯爷回来？"

李姝菀摇头："不用，等他回来我再来吧。"

他在边关受了那么多的伤，吃了不少的苦，应该有很多话要和爹娘说。

宋静道："好，那等待会儿侯爷回来，老奴让人来知会您。"

李姝菀点点头，准备离开，刚转过身，没想就看见李奉渊的身影穿过院门回来了。

他脚下本朝着东厢去，瞥见李姝菀在西厢外，顿了一瞬，脚下转了个弯，朝着她走了过来。

宋静笑了笑："真是赶巧了。"

李奉渊停在李姝菀跟前，目光扫过她耳垂上戴着的红玉耳坠，不知想到了什么，垂在身侧的手指不自觉地轻捻了捻。

李姝菀正要开口，却听李奉渊率先道："没睡好？"

她闻言一愣："你如何知道？"

李奉渊仔细看着她的面容，道："看着面色不好。"

她妆容精致，面上扫了淡淡的桃色脂粉，唇上涂了润红的口脂，不知道他是怎么看出来她面色不好。

倒是他昨晚梦后，半宿都没睡着。他不像李姝菀有脂粉可掩，此刻眼下显出抹淡淡的青黑色，比她更像是没得好觉的人。

李姝菀有些奇怪，但没多问，只当他和宋静一样，看她起得早，猜的。

李姝菀闻到他身上缭绕着淡淡的燃烧过的灰烬气，问他："现下就换药吗，还是要等你换身衣裳？"

李奉渊抬臂闻了闻自己，道："换身吧，别把火灰气过给你。"

他说着，就进了门。

李姝菀在门口站了一会儿，估摸着他换完了衣裳，才抬腿进去。

内室里，李奉渊坐在凳上，上衣褪至腰际，正在解身上的纱布。

纱布上敷住伤口的地方带着干涸的血色和药膏的青色，他动作不便，撕下纱布时不可避免地将止血结痂的伤口又扯裂了。

李姝菀看他动作粗蛮，快步走去按住他的手，蹙眉道："我来。"

她拎起桌上的茶壶，倒了一杯烧开放凉的清水，拿一小片布沾了水，将纱布润湿，再轻轻地掀下来。

她动作温柔，速度也慢，取下旧纱布后，又将他伤口周围的血痂和药痕轻轻擦去，再敷新药。

李奉渊安静地坐着，没有出声。李姝菀见他背部绷着，用挖药的勺子点了点他伤处的肌肉："放松些。"

李奉渊闻言，似才发现自己身上在用力，稍微放松了身体。

李姝菀问他："疼？"

李奉渊掩饰道："……有些。"

话音一落，便察觉身后的人似乎停下了动作，他侧首看去，瞧见李姝菀微微俯身，呼气轻轻吹在了他的伤处。

微弱的气息拂过皮肤，带起舒缓的凉意，李奉渊猛然一怔，刚松缓的肌肉瞬间又绷成了石头。

他动了动嘴唇似想开口，可话到嘴边，又回过头，闭上了眼。

失去一处感官，伤处感受到的微风便越发清晰。李奉渊没有制止李

第七章 吃醋

姝菀，他沉默地坐着，在怀疑，在自省。

他想知道昨夜的梦究竟是他一时的鬼迷心窍，还是情动至真。

可背上的气息搅乱了他的心绪，他分辨不清那是什么。

在这安静的时刻，李奉渊唯一听见的，就是胸腔中自己的心脏正一声一声震若擂鼓。

"咚——咚——咚——"

一声声鼓动仿佛响在他的耳膜上，令他脑海中都尽是这声响。

李姝菀不知道他在想什么，她仔细地给他上完药，拿起纱布，轻拍了下李奉渊的左臂："抬起来。"

李奉渊听话地照做。李姝菀将纱布从他的右肩绕过胸口穿过左肋替他包扎，细瘦的手臂环上来，如同从身后虚虚地抱住了他。

李奉渊闻到她身上佩带的香囊香气、她面上好闻的脂粉味道。

浅浅淡淡，紧密地贴在他的脸侧。

李奉渊咽了咽喉咙，梦中之境再次浮现在脑海中，他轻轻动了下大腿，欲盖弥彰地将垂下的衣摆往上提了提。

李奉渊坐着冷静了片刻后，情不自禁地又将目光落在了李姝菀身上。

她今日施了粉黛，佩了香囊，梳妆得动人。

李奉渊没话找话地道："今日也要出门？"

李姝菀低低地"嗯"了一声，她没说去哪儿，专心为他缠好纱布后道："好了。"

李奉渊慢慢穿上衣裳，侧过身看她，又问："还是去见你那位朋友？"

他一句"也"，一声"还是"，好似对她出门去见沈回有什么意见。

李姝菀盖上药瓶，终于肯看他。

她站他坐，李奉渊看她时微微仰着头，柔和的晨光透过窗户照在他的眉眼间，削减去面上几分凌厉之气，竟有些乖巧。

李姝菀平静的目光自上而下落在他身上，在他不知何时泛起薄红的耳根上停了一瞬，忽然朝他的脸庞伸出了手。

李奉渊的视线顺着她涂了蔻丹的指尖看去，脑袋微动，将侧脸下意识地朝她的手掌偏了半寸，似是想贴上去。

但那手最终却并没有如他期望那般抚上他的脸，而是落在了他的头顶。

李姝菀轻轻捻去他头顶上几粒在祠堂沾染的白纸灰，将指腹上的灰尘拿给他看："染上尘灰了。"

李奉渊目光一顿，偏过头，有些不自在地抬手摸了摸颈侧，耳根下一时更红。

只是面上的表情仍镇定平静，叫人看不出他心中所想。

李奉渊这伤养了几日，终于结痂长出了新肉。

而这些日李姝菀时常出门，经常日出出门，日落才归。

李奉渊只要见她施了妆粉，定要一问，她每每都说与朋友有约，约着品书看画，时而还一起去城郊外踏青赏花。

她与沈回来往甚密，李奉渊有意想见沈回一面，但总找不到时间，也没有由头。

若李姝菀坦承对沈回有意，那李奉渊还能以家里人的身份约见她的心上人。

可李姝菀只称沈回为友，每次相约同行杨惊春也在，李奉渊倒不好找借口。

他也做不来非要管着姑娘交友的无趣人。

这日早膳，庭中晨光明媚，几只春鸟停在挑高的檐角上，高声鸣叫。

如今已是三月中旬，三月二十四，便是李姝菀的生辰。

李奉渊听着鸟鸣，问李姝菀："还有几日便是你的生辰，要不要在府中设宴，将你的几位朋友请至家中一聚？"

李姝菀不喜欢过生辰。她在江南时办过一回，当时宴上几名商会里的"老泥鳅"见她还是个十四五岁的小姑娘，借着酒意对她出言不逊。

偏偏那时李姝菀在商会里还没站稳脚跟，暂且拿对方没办法，只得忍气吞声，现在想起来都心烦。

她喝了口红枣粥，道："不了，我那日有事。"

李奉渊本以为生辰这日她会待在家里和他一起过，此刻见她这么

第七章 吃醋

说,怔了一瞬,抬眼看她,问道:"还是和你的朋友有约?"

李姝菀嘴里含着粥,从喉咙里"嗯"了一声。

平时李奉渊这么问,李姝菀只应一声,也不多说去做什么。

但那日是她的生辰,便难得多解释了一句,她咽下口中的东西道:"书坊寻到一批名家孤本,要在那日义卖,我们去看看。"

李奉渊有些遗憾,但并没多说什么,轻点了下头。

生辰当日,李姝菀仍是早早就出门。李奉渊用完早膳,起身去了书房。

李姝菀平日常在书房看账,这一年多里,书房多出了许多她的东西。

木椅中铺了金绣软垫,桌上放了一只玉狐狸的笔搁,宣纸的角落压了精致的桃花印。就连沉静的书香气里,都似乎带上了一抹若隐若无的花香。

李奉渊关上书房门,朝桌案走去。

案上摆放着一张年轻男子的画像,画中人容貌清俊,满身书卷气,正是李姝菀今日约见的朋友——沈回。

画像旁有一张信纸,纸上记载着沈回这近二十年里历经的种种。

这些是李奉渊近日让人私底下调查到的关于沈回的所有消息。

沈回,宥阳沈氏,盛齐二十九年生于望京,后因父受贬,举家迁回祖籍宥阳。

其幼时即嗜学,好书画,品艺并重,十四岁已小有名声,十五岁离家游历各地,绘山川河岳,称忘道山人……

时日太短,查到的东西并不十分详尽,李奉渊正看着,忽然听见门口下人通报:"侯爷,杨修禅杨大人来了。"

前段时日杨修禅事忙,二人没空见面,今日他休沐,便直接上了门。

李奉渊随手将画像和信纸折起来用镇纸压住,道:"请他进来。"

杨修禅哪需人请,自顾自便踏进了书房。他看着站在桌案后的李奉渊,摇头叹气:"好兄弟,大好的日子怎么在书房里待着?"

李奉渊听他这么说,好奇道:"什么好日子?你升任尚书了?"

"哪能，再熬个小十年吧。"杨修禅笑着从身后拎出两坛子酒，"今日是姝儿妹妹的生日，你不会忘了吧。我亲手酿的梅子酒，特意拿来给姝儿妹妹庆生。"

李奉渊道："你来得不巧，她今日不在家。"

杨修禅一愣："出门？去哪了？这么大的日子她把你一个人丢在家中？"

李奉渊听得这话，心中忽然浮现一个不祥的猜想："惊春没和你说吗？她们同沈回去书坊参加义卖。"

李奉渊话音刚落，就听见门外又一阵脚步声响起，紧接着就见杨惊春提着裙摆进来了。

她与杨修禅一后一前，显然她先往东厢跑了一趟，没找到李姝菀才来了书房。

她见着李奉渊，开口便问道："奉渊哥哥，菀菀呢？她的侍女方才同我说她出门了，去何处了？"

李奉渊看着本该和李姝菀与沈回同行的杨惊春，脸色微变，骤然拧紧了眉。

黄昏落幕，明月初升。

李姝菀回府时，天色几乎已经暗透。细风拂行在夜色中，空气很润，今夜似要下场春雨。

栖云院的院门上左右各挂着两盏灯笼，笼烛在风中轻轻摇晃，周围的光影如水光浮动，照在背手立在院门下的李奉渊身上。

若是以往，在看见李姝菀后，李奉渊早已走上前去。

而此时此刻，他却只是站在原地，面色冷沉地望着被侍女扶着摇摇晃晃走来的李姝菀。

在看清她的模样后，他本就严肃的神色一时更加难看。

今早出门还端庄温婉的人，此刻头上的发髻却有些散乱，面色醉红，鬓边别着一朵不知道从哪儿摘的红海棠，开得艳丽。

夜风从她的背后吹到李奉渊面前，扬起一股浓烈的酒气。

第七章 吃醋

她明显吃醉了，走不稳路，也看不清人。走到了院门口，才发现这儿立着个人，李姝菀有些迟钝地歪着脑袋看他。

她仿佛没看见李奉渊面上冷如寒霜的脸色，又像是醉得思绪不清，压根没认出他是谁，有些茫然地盯着他的脸看了好一会儿。

她出门与男人私会整日，入夜才归，李奉渊实在没法笑出来。

他沉着脸看她，正要开口问责，而李姝菀却好像突然认出了他是谁，扬起唇角，冲他露出一抹灿若朝阳的笑意，张开双臂朝他扑过来，醉醺醺地喊他："行明哥哥！"

李奉渊被这充满欢喜的一声叫得一怔，下意识伸手抱住靠过来的温热身躯，宽大炙热的手掌贴在她纤瘦的后腰，单手将人护在了怀里。

李姝菀的确是醉了，醉得连今朝是何时都忘了。

她像是回到了李奉渊还没离家的时候，变成了那个十岁的小姑娘，憨笑着，亲昵地将脑袋靠在他肩头蹭了蹭。

柔嫩的、带着凉意的花瓣蹭过他有些怔忡的脸庞，泛出些许痒意。

李奉渊微微偏了下头，伸手摘下她鬓边的海棠花，本想直接扔了，但动作顿了一瞬，转而又簪在了她的发间。

李姝菀头一回醉成这样，没人知道她会做出些什么来。她笑吟吟地抱着李奉渊的腰，撒娇似的。

温热的、带着酒香的气息拂过他的耳根，李奉渊侧了下脑袋，开口时语气硬得仿佛在给将士下令："站好。"

他虽这么说，手却没松开，怕自己一松，李姝菀就倒了。

而李姝菀也像是没听见，仍靠着他没动。

结实的手臂稳稳地搂着她，李姝菀信任地将身体完全靠在了李奉渊身上。她闭着眼，唇瓣轻轻贴在他的皮肤上，呼吸间能闻到他身上干涩的皂荚香。

他才沐浴过，身上的气息干净浅淡，李姝菀埋头在他脖颈里嗅了嗅，低声喃喃："你身上好香啊……"

夜里安静，周围的仆从听见这话，一时将头低得更深，半眼不敢往李奉渊身上看。

只有一旁的宋静看到李奉渊凛若冰霜的神色在李姝菀几句话里逐渐变得平和下来。

他本来还担心今夜栖云院要闹上一闹，此刻看李奉渊缓和了神色，心里一松，终于放下了心。

李姝菀陡然转变的态度令李奉渊有些不知该如何应对，她像个孩子似的黏着他，叫他半句重话都说不出口。

就算要教训，他都怀疑此刻醉成烂泥的李姝菀能不能听明白。

罢了，今日是她的生辰，等她明日酒醒了再说也不迟。

他有些无奈地扶着李姝菀站好，看向她的侍女，吩咐道："扶小姐回房休息。"

柳素和桃青闻声立马上前来，但李姝菀不肯，她拉住李奉渊不放："扶我。"

柔软的手掌握住他的，她仰头看他，眼中似有水色，在烛光里雾蒙蒙的，叫李奉渊说不出拒绝的话。

他叹了口气，只好牵着她回了房间。

侍女点上灯烛后，便悄声退了出去。李姝菀坐在床沿，脑袋靠着床架子，微微挑着眼角看李奉渊，手还抓着他不放。

自他从西北回来，她就没怎么正眼瞧过他，偶尔四目相对，也会匆匆挪开视线。

此时她仿佛是想把之前没看的都看回来，一直盯着他不眨眼。

李奉渊站在她面前，亦垂眸看着她。

冷静的目光扫过她散乱的发髻，轻轻摇晃的玉石耳坠，最终将目光落在了她口脂花了的嘴唇上。

她与男人在外待了一日，又在夜里醉酒而归，李奉渊不得不多想。

她是如天上月、春日花一般明媚的好姑娘，不知道周围有多少人觊觎着，他不得不看护好她。

但好在，她唇上的口脂只是淡了些，唇瓣依旧饱满、干净，不像被人碰过。

他轻轻抬起手，似乎想触碰她的唇，但又克制着收了下去。

第七章 吃醋

李奉渊此刻心里有千万句话要问,问她今日与沈回做了什么,这么晚才归,又为何醉成这失仪的模样。

想问她有没有被人欺负,是哪个混账同她饮了这么多酒。

但最终,这些话李奉渊一句都没有问出口。

他看着她亮如星石的眼眸,只是低声问:"喝成这样,胃里难不难受?要不要让厨房给你做碗长寿面,吃些再睡?"

府里的厨子干了十多年,做的长寿面年年都一个味。

浓汤细面,配满山珍海味,偶尔吃吃也不错,可李姝菀这时胃里装着酒,她想起那味道,胃里一阵翻滚。

她嫌弃地皱起眉头:"腻口。"

李奉渊道:"那让厨房做碗简单的清汤面?"

李姝菀想吃又不想吃,犹豫片刻,还是摇头:"困了。"

李奉渊知她胃虚,不敢让她就这么睡下,怕她半夜难受,劝道:"我给你做?"

李姝菀一听,忽然来了精神,醉醺醺地冲着他笑:"你会下厨?"

李姝菀见过他习剑纵马,写书作画,但从不知道他会厨艺。

李奉渊一位世家公子,哪里精通厨艺,不过因在军中待了几年,煮碗面还是不成问题。他道:"会一些。吃吗?"

李姝菀用力点头,头上的海棠花从松散的乌发间掉下来,李奉渊伸手接住,轻轻别在了她的耳朵上。

她很久不曾这么听话,李奉渊浅笑了笑,正准备离开,目光扫过她的耳坠,忽然想起件事,开口问:"我从西北带回些漂亮的首饰,是从外族手里缴来的,眼下在库房里放着。我去让人给你拿来,你挑着喜欢的用?"

之前李姝菀待他半冷不热,李奉渊担心她不收,一直没提,此刻她难得喝醉,他才趁机说起,望她收下。

可李姝菀听完,提着的嘴角忽然一拷,她抿了抿嘴唇,定定地看着他,问道:"你为什么有姑娘的首饰,是给我找了嫂嫂吗?"

她的语气听着有些不大高兴,仿佛李奉渊有了心上人就不会再关心

349

她了。

李奉渊看看她紧蹙的眉心，沉默须臾，又问她："你不愿我给你找个嫂嫂吗？"

这话在李姝菀耳朵里如同试探，好似只要她松口叫好，明日他就要迎一位好姑娘进门。

李姝菀面上的表情倏然冷淡下来，仿佛爬了层寒霜，只是因为脸颊上还挂着醉红色，就连生气也叫人觉得可爱。

她松开李奉渊的手，蹬掉绣鞋缩到床上去，背对他坐着，负气道："随你。"

她醉了便半点不经逗，心眼只有芝麻小，脾性也像个孩童。

只是比起从前，性子要直白许多，不高兴了便不理他，从前……李奉渊仔细想了想，从前她从不生他的气。

李奉渊收回空荡荡的掌心，看着她握拳缩回去的手掌，解释道："我在外打仗，哪里来的嫂嫂，首饰都是带给你的。"

李姝菀听见这话，慢吞吞地转过身来，抬眼看他："……真的？"

"真的。"李奉渊哄着她，伸出食指，轻轻钩过她耳垂上的玉耳坠，"簪子、耳坠、玉镯子，都是专门挑了带回来给你的。"

李姝菀听着总算又露了笑，不过片刻又露出有些烦恼的神色："可是我不喜欢戴耳坠。"

她揉了揉耳垂，可怜道："太重了，拽得耳朵好疼。"

李奉渊听见这话，抬手去取她的耳坠："那为什么每日都戴着？"

"戴给你看啊。"李姝菀又笑，"我记得那日你盯着我的耳坠看了好几眼。"

她醉言醉语，李奉渊倒没什么记忆，他将取下的一只耳坠放在一旁，问："哪日？"

李姝菀绘声绘色地描述："你回京那日，在船宴上，我靠着太子哥哥说话，你便是……"

她话还没说完，忽然看见李奉渊微微变了脸色，她"啊"了一声，看着他黑沉的眼睛道："就是这个眼神，那日你就是这么看着我。"

第七章 吃醋

她仿佛看不懂李奉渊不愉的神色,手掌撑着床榻,偏着脑袋忽然靠近他,将还挂在耳朵上的那只耳坠凑到他眼前给他瞧:"你看,好不好看?"

伴着酒香,她身上温热的馨香也飘至鼻尖。微微泛着桃红色的耳垂下,玉坠轻晃,再往下,是从她微微松散的衣襟中露出的白玉似的肌肤。

艳丽的红与冬雪的白陡然撞入眼底,李奉渊始料未及,身体一僵,随后避开视线倏然往后退开了。

"……好看。"他声音有些沙哑,说话时眼睛也没有看她。

他自知心中有鬼,不敢再留,侧过身,丢下一句"我去煮面"便离开了。

门口,十多名侍女正静静候着,已备好热水、棉帕与干净的衣裳,等着服侍李姝菀梳洗更衣。

李奉渊走出房门,同柳素道:"进去伺候小姐吧。"

柳素垂首应下,吩咐身后的侍女带上洗漱用物接连进去了。

桃青正准备一起进去伺候,却忽然听李奉渊叫住她:"等等,去将刘大、刘二唤来厨房。"

今日李姝菀出门,只有柳素、桃青、刘大与刘二四人随侍。桃青听见这话,猜到李奉渊或许是动了气,心下一紧,片刻不敢耽搁,快步出门寻人去了。

李奉渊说完,又对一名侍女道:"去找宋静,让他把我从西北带回的那只装了首饰的柜箱送到小姐这儿来。"

侍女应道:"是,侯爷。"

桃青和刘大、刘二赶到厨房时,李奉渊正站在灶台前,往烧开了水的铁锅里下刚扯好的面。

桃青一路跑得急,福身行了一礼,有些气喘地道:"侯爷,刘大、刘二来了。"

说罢便和兄弟二人站在厨房里,等着李奉渊问话。

灶中柴火烧得旺,照得厨房一派亮堂。李奉渊背对几人,拿长竹筷搅了搅面,很快锅中的水便再次沸腾起来。

他拿木瓢从缸里舀了半瓢清水,倒进锅中,又往锅里扔下一把青菜,打下一个滚水泡过的蛋。

他不疾不徐地忙完这一切,才开口问:"小姐今日出门见了什么人?"

他语气平淡,辨不出喜怒,好似只是随口一问,但几人鲜少被李奉渊喊来跟前问话,是以眼下皆揣着谨慎,不敢草率答话。

桃青低眉垂首,率先道:"回侯爷,小姐今日只见了沈回沈公子。"

李奉渊接着又问:"去了何处?"

刘二回道:"回侯爷,小姐早上出门后便去了书坊,与沈回在书坊从辰时一直待到午后,随后二人一道去了明月楼用膳,之后小姐便回了府。"

这些李奉渊已经知晓,但他想问的并不仅是这些无用的消息。

刘大曾伴李奉渊身边多年,比桃青和刘二对李奉渊的了解更深几分。

他揣度着李奉渊找他们问话的用意,思索片刻,接着刘二的话补充道:"禀侯爷,在书坊时,属下们一直跟着小姐,但到了明月楼,小姐与沈公子在包间用膳,属下们在门外等着,并不知二人交谈了些什么。"

他说"交谈"二字,但关着门,是只谈了话还是做了别的,又怎能说得清?

李奉渊面色微变,盯着锅中将开未开的半锅水,声音有些沉:"小姐和那姓沈的在酒楼待了多久?"

刘大偷偷瞥了眼李奉渊的背影,小心翼翼地回道:"两个时辰。"

李奉渊闻言,回过头,目光寒凉地看向三人:"两个时辰,你们可进去看过一眼?"

三人察觉到他语气中的怒气,低着头不敢言语。

沈回待李姝菀素来温和有礼,而且李姝菀这段时日常与之约见,视之如挚友,几人的确放松了警惕,没对他加以防备。

等到李姝菀从包间里醉醺醺地走出来,几人才意识到不妙。

李奉渊面色冰冷:"她要与外男共处一室,你们无一人劝阻吗?"

第七章 吃醋

刘大与桃青没敢回李奉渊这话，桃青听李奉渊语气恼怒，倏然忆起了多年前书房失火他下令杖责了一名小侍女那日。

侯府人少事闲，少有责罚。李奉渊平日里待府中的下人又太过平和，以至于有时候桃青都忘了一旦关切到他心重之物，李奉渊亦绝非好心肠的主。

那时的李奉渊为了紧要之物杖责了侍女，而如今人人都看得出他最看重李姝菀，若哪一日李姝菀当真在他们眼皮子底下出了什么事……

桃青额间浮汗，不敢再多想。

刘大与桃青心有所惧，只有刘二老老实实地回着李奉渊的话："回侯爷，小姐与沈公子用膳前特意吩咐过，不许我们进去打扰。"

曾经那小侍女也在错后将过错推到李姝菀身上，桃青听见刘二这犯蠢的话，伸出手偷偷扯了下他的衣袖。

刘二一愣，低头看了眼桃青收回去的手，听劝地闭上了嘴。

李奉渊怎么会不知道这是李姝菀的吩咐，问责他们，自然是觉得他们没有尽到劝告之责。

然后这话似乎有些用处，李奉渊竟没有怪罪。

锅中水再度烧开，细面在水中沉沉浮浮，李奉渊挑面看了看，见面已经煮透，便将面盛入碗中，在面上铺上青菜与煮好的溏心蛋，撒下几粒细葱与一小撮盐，熄了灶中的火。

桃青回忆着李奉渊今夜在院门处见到李姝菀时难看的脸色，灵台忽然一清，她看了眼李奉渊，小心翼翼地道："禀侯爷，小姐与沈公子用过膳从包间出来，除去饮醉了酒，看着并无什么异样。"

她思索着李姝菀到府时的醉态，又道："不过因小姐喝多了，回来的路上在马车里小憩了一会儿，乱了发髻。"

桃青这话算是说到了点子上，李奉渊面色渐缓，没再多问。

他抽了双筷子在锅中洗过，端着面碗往外走，吩咐道："今后小姐再与沈回相见，不可叫二人私下共处。若有何意外，即刻来军营找我。"

李姝菀如今已不是当年需人时刻管束的小姑娘，而是能撑起侯府的半个女主人。

三人不敢违李奉渊的令，又担心被李姝菀知道他们私下做了李奉渊的眼线。

桃青迟疑着问："侯爷，若小姐知道了，问起奴婢们……"

李姝菀聪慧敏锐，知道是迟早的事。李奉渊坦坦荡荡："告诉她就是，不必瞒着。"

他并不担心她知晓，她若知道更好，好让她在外男面前清醒些，不要被人轻易欺负了去。

李奉渊想起方才李姝菀醉意沉沉地笑着将耳坠子露给他瞧的惑人媚态，若她醉时在外人面前也是那般风情模样……

李奉渊猛然止住思绪，不愿再想。

李奉渊端着热气腾腾的面回到东厢时，李姝菀已洗漱更衣。

她穿着一身雪白中衣，肩披一件天青色外衣，安静地靠坐在床头。

床下放着他让人送来的柜箱，柜门开着，她正把玩他带回给她的首饰。

李姝菀听见李奉渊进门，抬眸看他。

侍女点亮了墙边的灯树，房中亮堂，暖色的烛光往她身上一照，卸下脂粉的面容看着少了三分艳色，更显清丽。

李姝菀正欣赏手中一条串了细金珠与青玉珠串的华丽腰链，此刻李奉渊一来，她似觉得他比手里的东西更有看头，眼睛眨也不眨地盯着他。

坐也好，行也好，李奉渊身姿都不曾折过，从来挺拔如松。

但不知道是不是因为此刻手里端了一碗汤面，他走得比平时要慢些，腰上的玉佩随步伐轻晃，引着李姝菀的视线往下一挪，落在了他腰上。

所谓虎将，多是生得虎背熊腰，持枪跨步一立，犹如一堵难以撼动的山墙。

然李奉渊虽高大，衣裳一穿，看着更似个有几分力气的文官。

有虎背，却无熊腰，腰身上没有赘肉，腰带一束，掐得腰身劲瘦，叫人忍不住遐想衣下裹着的身躯有多结实有力。

李姝菀盯着他的腰不挪眼，李奉渊察觉到她的目光，在床前站定，

第七章 吃醋

问道:"看什么?"

他说着,正要在床边坐下,李姝菀忽然倾身朝他靠近,将手中细细的金珠玉腰链戴在了他腰上。

因与外族接壤,边关的民俗热情豪放,女子亦是大胆豪迈,着的衣裙也与京中不同,多是短衣长裙,露出中间纤细柔美的腰肢。

这链子便是她们戴在腰上,用以显露纤瘦柔软的腰线,李奉渊实在没想到有一天这种链子会戴在自己身上。

李姝菀倒像是很满意,戴好后盯着看了看,伸出食指在长长的玉链上钩了一下。

玉珠滑过指尖,又摔落在他的衣裳,与玉佩相撞,发出一小串清脆的响。

李奉渊低头看了一眼,李姝菀盯着那过长的链子赞叹道:"好细。"

李奉渊没听明白,他在床边坐下,问道:"什么细?"

"腰。"李姝菀戳了下他的腰身,老实道。

李奉渊闻言愣了一下,忍不住轻叹了口气,伸手去解腰链。

房内伺候的侍女听见这话,默默朝李奉渊腰上看了一眼。金珠玉链,劲腰长腿,倒别有一番美感。

他将链子放在一旁,将碗往李姝菀面前伸了伸,道:"别玩了,趁热吃。"

李姝菀就着他端着的碗,低头喝了口汤,拿起筷子,坐在床上小口小口地吃起来。

李奉渊看着她微微鼓起的两颊,问道:"还合胃口吗?"

李姝菀沉吟一声,如实地点评道:"尚可。"

碗里什么佐料都没多放,就撒了几许盐葱,估计也美味不到哪里去。不过李姝菀酒后正须吃淡些,是以也不觉得有多难吃。

李奉渊担心她积食,煮得不多,李姝菀吃着吃着,像是撑着了,渐渐皱起了眉。

李奉渊道:"吃不下就不吃了。"

李姝菀摇头,把面吃了个干净。

李奉渊将碗递给侍女，端茶给李姝菀漱了漱口。李姝菀饮了半杯，靠着休息了会儿，忍了忍实在没忍住，脸色一变，伏在床边，弯腰吐了出来。

她吐得急，侍女来不及拿痰盂，脏了一地，也溅脏了李奉渊的衣靴。

李姝菀看他衣裳脏了，自己呕得难受，却还在伸手用力推他，然而她的力气哪里推得动李奉渊。他担忧地看着她，托着她的手臂，轻轻替她顺着背："别乱动，吐出来就好受了。"

喉咙里胃酸直冒，李姝菀难受得手都在颤，直到将吃进去的面和喝下去的酒都吐出来，她才缓缓喘着气直起腰来。

李奉渊看她吐红了眼，心疼道："既然难受，何苦还强撑着吃完？"

侍女围上来收拾秽物，递上温热的棉帕和茶水。李姝菀虚弱地靠在床头，漱口后擦了擦嘴，低声道："我怕明年就吃不到了。"

李奉渊道："你想吃，我随时都能给你做。"

他听着她的糊涂话，伸手顺了顺她鬓角的乱发，沉默片刻，又安抚道："我不会走了。"

李姝菀没有回答，只是静静地看着他，仿佛不信他的话。

房中气味有些难闻，李奉渊叫人支起窗户透了透气。

时辰已经不早，他扶着李姝菀睡下，等她面色好些了，便起身准备离开。

可才起身走出两步，李姝菀又叫住了他。

"我一个人睡不着。"她面对着他侧躺在床上，小半张脸埋入柔软的枕头里，睁眼望着他，慢慢朝他伸出了手掌。

袖口褪至小臂，露出纤细的手腕，养护得如玉一般的手掌静静搁在床沿上，等着他去握住。

她醉了实在黏人，李奉渊心里有些说不出来的痒。他折身回来，坐在床边，轻轻握住了她的手，垂眸看着她，低声哄道："睡吧。我就在这儿，等你睡着我再走。"

李姝菀反握住他，安心地闭上眼，呼吸渐渐变得平稳。

酒意之下，她没多久便睡着了，但手却还紧紧攥着他，仿佛怕他在

第七章 吃醋

不知不觉中离开。

李奉渊听着她绵长平缓的呼吸，神色也跟着平静下来。

侍女安安静静地退了出去，不知过了多久，窗外似有雨声响起。

李奉渊皱了下眉，伸手握住疼得如有铁锤在敲打的膝盖，抬眼透过窗户，看向了外面暗沉无光的天色。

几滴春雨轻轻落在屋檐上，渐渐连成一片雨声。

下雨了。

酣醉一夜，晨时，李姝菀在一片密雨声中徐徐醒来。

柳素听见床榻上传来动静，放下手里的烛台，走过去挂起床帐，扶李姝菀起身："小姐醒了。"

因宿醉，李姝菀开口时声音有些沙哑："几时了？"

柳素在她腰后塞了只靠枕，回道："不早了，已是巳时一刻了。"

今日是个阴雨天，天色阴沉，不见日光，房中点了灯烛亦暗蒙蒙的。

柳素端来温茶给她，李姝菀喝下润了润喉，将茶盏递回给柳素。

柳素看她喝得干干净净，问道："小姐还喝吗？"

李姝菀摇头："胃中有些难受。"

她昨晚把吃的东西吐了干净，这又已是巳时，胃中空空荡荡，自然会有些不适。

李姝菀皱着眉头，抬起手，用力揉了揉胀痛的额角，心中懊悔：早知就不喝那么多酒了。

昨日在明月楼，李姝菀与沈回喝的是酒楼的桑葚酒，桑葚味醇厚，喝起来酸甜可口。

饮酒前沈回问过店家，这酒浓烈否，店家口口声声称不烈，说什么这酒是他们家老板亲自让人酿的，谁知道一坛子下去喝倒两个人。

沈回的酒量比李姝菀还逊色，他醉后又作画又抚琴，一曲高歌作罢，脸砸倒在琴上，醉得不省人事。

李姝菀自己也没好到哪去，多喝了两口，也不得清醒。

她最后的记忆停留在自己摇摇晃晃从酒楼包间中出来，至于之后的事，她脑中则一片空白，半点都不记得。

　　李姝菀头痛欲裂，抬眼却见柳素欣慰地看着她笑。她捂着脑袋，问道："何事这般高兴？"

　　柳素伸手替她轻轻揉着发紧的额角，道："奴婢看您和侯爷又亲近如故，自然也跟着高兴。"

　　李姝菀听见这一句莫名其妙的话，有些疑惑："什么？"

　　柳素道："您忘了？您昨个喝醉了，回来后抱着侯爷撒娇呢。"

　　李姝菀面露诧异，随即缓缓皱起了眉头："我同他……撒娇？"

　　柳素听她语气迟疑又不解，摇头笑着道："看来您是醉得没了神窍，万事都不记得了。"

　　李姝菀拧着眉沉思片刻，却仍旧什么都想不起来。

　　她披衣下床，在窗前坐下，垂眸梳着发，委婉地问柳素："昨夜醉后……我言行可有失仪？"

　　柳素看着李姝菀从小小一个人儿长成如今亭亭玉立的姑娘，在她眼中，李姝菀哪哪都好，便是像个孩子似的缠着李奉渊亲近，也谈不上失仪。

　　柳素接过她手中的玉梳，替她梳顺乌发，含笑道："端庄如常，小姐不必忧心。"

　　李姝菀听见这话，缓缓舒了口气。

　　李姝菀今日得闲待在家，上午看了会儿账，中午就见李奉渊撑着伞从外边儿回来了。

　　路上雨密，他湿了衣摆靴面，在东厢门口拂去身上雨水才进的门。

　　李姝菀看他大中午便回来了，奇怪道："你下午不上值吗？"

　　李奉渊在烧茶的炉子边坐下，烤着火道："军中无事，放半日假。"

　　他在营中无人能管束，以往在军中也多得是闲得无趣的日子，可何曾见他营私给自己放过假？

　　他突然回来，李姝菀只当他是为了昨夜她醉酒之事而来。

　　果不其然，李奉渊坐着烤干了衣裳的水，开口问道："胃里还难受吗?"

李姝菀正在拨算盘,听见他这么说,愣了一下,奇怪他怎么知道。

不过她没问,只回道:"……不。"

她语气有些冷淡,似又变回了素日里半亲不近的态度,仿佛昨晚的相近只是李奉渊的错觉。

她态度变化之大,叫李奉渊有些拿不准该如何同她相处。

他抬眸看她,开口叮嘱道:"你脾胃虚弱,当少喝酒。再者你那位朋友终究是个男人,孤男寡女共处一室喝得酩酊大醉,若被有心之人知道,有损你的名声,私下你二人还是少见为好。"

他自小就是个小古板的样子,长大了没想更甚。

李姝菀幼时给杨修禅绣的一只荷包都能被他没收了,更何况她昨日与沈回私饮至烂醉才归,必惹得他好一阵絮叨。

李姝菀听他唠叨了一长串,反问道:"我已不是孩童,你何苦管着我?"

李奉渊听她这么说,坦然自若道:"我年岁比你长,如何不能管你?"

李姝菀望着他一本正经的样子,眉尾轻挑:"既如此,那侯爷要做我父亲吗?要不要……"

她说着顿了一瞬,等到李奉渊朝她看来,才接着道:"我改口叫你爹爹?"

她说话没个正形,仿佛酒还没醒透,好似只要李奉渊答应,她立马就能改口让他再长上一辈。

李奉渊听不得这玩笑话,有些无奈地抿了下唇,声音微沉:"……胡闹。"

第八章 鱼钩

今年最后一场夏雨断断续续下了几日,将时节送入秋才止。

因这阴雨绵绵,李奉渊晨起上值,常常午时便回了。有两回雨下得大了,索性连军营也不去,窝在书房里,格外潇洒。

李姝菀大醉一场,体虚头昏,也是一连几日都没提得起精神,一直待在府中休养,什么事也不理,看看书抚抚琴,乐得清闲。

日子慢慢悠悠地晃着过去,待到秋来时节渐冷,府内这日忽然收到了一封帖子。

原是姜闻廷与万胜雪亲事已定,将于本月廿八迎亲,姜万两家特派人送来了请帖。

李姝菀记得当初在学堂,姜闻廷钦慕万胜雪非常,常常像条尾巴跟在万胜雪屁股后边,不过万胜雪瞧不上他,一直对他爱搭不理。

后来李姝菀下了江南,远离了望京的故友,对二人后来的事也知之甚少,没想到这一眨眼的工夫二人竟就要成婚了。

姜尚书乃姜贵妃姜锦的表兄,姜家便是姜贵妃的娘家。因着这一层关系在,李奉渊本不打算赴宴。

不过李姝菀与万胜雪乃同窗旧友,李姝菀决定前去为她祝喜,李奉渊便随她一起。

迎亲这日,恰逢朝官休沐。迎亲迎在黄昏,吃的是曲水流觞的晚宴。

姜万两家乃京中百年士族,姜家又是皇亲国戚,两家的婚宴办得奢华盛大,京中有头有脸的人物今日都送上了贺礼,就连七公主祈宁也代贵妃赴宴贺喜。

李姝菀到时,新娘子还没迎进门,姜府的来客正聚在花园中,玩投壶、猜字谜等游戏打发时间。

杨惊春与杨修禅今日也来了，李姝菀与李奉渊向姜尚书与万尚书祝过喜，准备去花园找杨惊春，谁知她先一步找了过来。

"菀菀！"杨惊春不知从哪儿钻出来，上前拉住李姝菀，腻歪地抱着她蹭了蹭，"我就知道能在这儿找到你。"

李姝菀笑着缩着脖颈躲："好了，别蹭了，脂粉都要被蹭掉了。"

杨惊春这才停下来，她扭头看向李奉渊，唤了声"奉渊哥哥"，不等多寒暄两句，就拉着李姝菀往花园里去。

"快来一起猜灯谜，第一名有好奖呢。"

李姝菀被杨惊春扯着走，李奉渊背着手跟在二人身后，他问杨惊春："修禅来了吗？"

"来了，就在灯下猜谜呢。那谜题好难，有些我连题都看不明白。"她说着，似怕这片刻工夫奖就被人夺走似的，脚下半点不停。

她风风火火走得急，步子也大，李姝菀一手被她拉着，另一只手提着裙子小跑才跟上："慢些，惊春。"

杨惊春道："慢不得，再慢奖就被人猜走了。"

沿途花木挡路，一截横在路上的桃树枝伸到眼前，李姝菀躲不及，眯着眼歪着脑袋打算迎上去。李奉渊瞧见了，长臂一伸，替她将树枝拉开了。

修长的手指拈着细嫩的花枝，李姝菀侧目看了他一眼，李奉渊朝前方微抬下颌，道："看路。"

几人到了地方，只见猜灯谜和投壶的地方皆挤满了赴宴的宾客。

灯谜写在花笺上，挂在盏盏精巧的九重红莲灯下。杨修禅背手站在一盏花灯下，正盯着一道谜题凝神苦思，想了片刻没想出头绪，又换了道灯谜继续看。

"哥哥！"杨惊春远远唤他，她拉着李姝菀与李奉渊挤过去，忙问，"如何，最后几题猜出来了吗？"

杨修禅耸肩叹气："难。"

他同李姝菀和李奉渊打了个招呼，把花笺抬起给二人瞧。

第八章　鱼钩

四人里杨修禅的书读得最广，学问也做得最深，他猜不出来，二人也没看出个头绪。

杨修禅放弃了灯谜，在怀里掏了掏，掏出一只大腹便便的玉蟾蜍给杨惊春："喏。"

杨惊春接过："这是什么？"

杨修禅道："方才投壶得的。"

杨惊春拿起这丑得离奇的蟾蜍看了看："不是说猜谜，怎么跑去投壶了？"

"这不是猜不明白嘛。"杨修禅无奈道，他见杨惊春嘟着嘴巴似不喜欢这玉蟾蜍，提醒道，"你敲敲它肚子，还会叫呢。"

这玉蟾蜍是用上好的绿翡翠雕成的，绿意通透，满身疙瘩，丑得宛如活物。

杨惊春满脸嫌弃："它已经够丑了，再叫就更烦人了。"

这样的丑物是近年在京中时兴起来的，李奉渊还没见过，他伸手在蟾蜍的肚子上敲了一下，听见它腹中传来"呱"的一声。

巴掌小的物件，声音却洪亮逼真，李奉渊轻挑了下眉头，又敲了一下，又是"呱"一声。

他低头问李姝菀："喜欢吗？我去给你投一个？"

分明是他自己感兴趣，非要拽着李姝菀，李姝菀皱眉道："丑。"

杨修禅可惜地从怀里又掏出一只蟾蜍，递给李姝菀："别嫌啊姝儿，我也给你投了一个呢。"

两个妹妹，杨修禅向来是一碗水端得平得不能再平，在外杨惊春有的，李姝菀也必然有一份。

李姝菀哭笑不得地接过这丑蟾蜍："多谢修禅哥哥。"

李奉渊听见这话，看了李姝菀一眼，不过比起曾听见李姝菀叫祈伯璟哥哥，李奉渊此刻的态度倒十分平和。

因他深知在这几年间，杨修禅看护她，陪伴她。比起他，杨修禅更像是李姝菀的哥哥。

杨惊春见李奉渊将她手里这丑东西敲了又敲，忙把手里这大肚子的丑玩意儿塞给他："拿去，喜欢就拿去。"

　　李奉渊幼时没怎么玩过玩具，眼下成人了倒对这些孩子气的东西有了兴趣，他接过来，饶有兴趣地举在手里仔细看了看。

　　李姝菀索性把自己手里的这一只也给了他："成双成对。"

　　李奉渊来者不拒，也收下了。

　　杨修禅头一回知道李奉渊审美如此别致，叹道："你眼光如此独特，倒叫人有些担心以后心悦的姑娘会是什么模样。"

　　杨修禅本是随口调侃，不料李奉渊动作一顿，接着便扭头朝他看了过来。

　　李奉渊面无笑意地盯着人时自有几分严肃，杨修禅对上他的目光，误以为自己关于婚姻之事的玩笑话说得重了，嘴角的笑还没挂起来便收了回去。

　　他忙改口："开个玩笑，以你的眼光，看上的必然是国色天香的佳人。"

　　他说罢，又觉得自己此言太过狭隘，人之美丑在于内在而非外表，便是容貌普通也无不可。

　　于是他又改口："无论你找什么样的姑娘，我都必会在你们新婚之日备份大礼，送上祝福。"

　　杨修禅以为自己说重了话，全然不知此刻李奉渊心里想的是另一回事。

　　他在担忧若今后当真走到那一步，他将那不该有的情意诉之于口时，杨修禅身为李姝菀的好哥哥，会不会相阻。

　　李奉渊认真地问他："无论是谁，你保证都会真心相祝？"

　　杨修禅听他再三确定，只当李奉渊当真打算要找个容貌非同寻常的，咬牙点头："兄弟一场，一定。"

　　李奉渊将手里的一只蟾蜍给他："蟾蜍为证，我记下了。"

　　杨修禅看着这丑玩意儿，苦着脸接过来，只能在心里期盼李奉渊的眼光别太过诡异，切莫找个和这绿蟾蜍一样的姑娘。

第八章 鱼钩

流云晚暮如火，新娘浴着暮色入门，拜过天地高堂，在此起彼伏的祝贺中夜宴开席。

宴上男女分席，各自围坐在几张宽长的流水茶桌旁。菜肴盛于木盘浮于水面，随水流缓缓往前，吃起来别有趣味。

桌上觥筹交错，李姝菀与杨惊春坐在一处，边吃边说悄悄话。

李姝菀望着前方招呼宾客的姜夫人与万夫人，压低声音同杨惊春道："万姑娘的父亲调任后才升任户部尚书不久，姜万两家便联姻结亲，听说礼部的尚书也与姜尚书来往密切，如此，六部中其三都站在了四皇子一派。太子殿下有何打算？"

朝中党争激烈，祈铮觊觎太子之位也并非一日两日，便是很少关注朝堂之事的杨惊春亦有所耳闻。

杨惊春往嘴里塞了片鲜美的鱼脍，挡着唇小声回道："我前些日见到阿璟也问了这话，不过他看起来并不烦扰，还说姜闻廷和万姑娘交心交情，青梅竹马走到结发夫妻，金玉良缘，他该为之祝贺才是。"

杨惊春说着朝前头看了看，微微抬手指向前头立着的一尊三尺高的金玉树："喏，他还遣人送了礼来呢。"

李姝菀随之看去，看见辉煌耀目的金玉树一角，枝干逼真，枝头缀着几颗大枣、花生、桂圆、莲子，取的是"早生贵子"的好寓意。

李姝菀叹道："不愧是殿下，出手真是阔绰。"

杨惊春连连摇头："比不过祈宁公主代姜贵妃送来的那一对红玉雕琢的百鸟栖树，两块整玉雕成，足有一人多高，装进木箱里让二十来人抬进门的，那才叫栩栩如生，难得一见。可惜你今日来晚了，先前他们还在院子里观赏了一番呢。"

玉石多见，一人多高的玉却难得，李姝菀听着有些遗憾："那下次赴宴我跑快点儿。"

二人正聊着，忽然听见数道屏风相隔的男席那边热闹起来，女客们纷纷好奇地看了过去。

杨惊春抬头打量，不知什么状况，她叫住一名侍女，好奇道："男客那边发生了何事？"

侍女道："回小姐，一位客人猜中了园中所有灯谜，主家正赠其彩头呢。"

杨惊春一听，放下筷子抓着李姝菀站起来："走走走，我们也看看去。"

她一贯爱凑热闹，李姝菀跟着起身，道："人多，你慢些，别磕绊着。"

男女席间的屏风已收叠起来，姜文吟手持一幅超凡脱俗的苍山孤烟字画站在主桌最前头，正含笑抚须，让众人观赏。

围观的人多，杨惊春和李姝菀矮了些，瞧不见姜文吟手中的画作。杨惊春攀着李姝菀的肩膀踮起脚探头张望，也只看见一片黑乌乌的后脑勺。

李姝菀扶着她，目光在男客中扫了一圈，看见坐在席中安安静静用膳的李奉渊。旁人都好奇是什么好彩头，他却似没多少兴趣，只顾着眼前可口的饭菜，端着碗吃得欢快，分毫不为外人所扰。

他身边的人大多站起了身，杨修禅也和众人一样，望着姜文吟手里的画作，然而他在看清画作上题落的诗词时却不显赞叹，而是倏然变得有几分意外。

那笔迹的主人曾与他书信往来多次，他记忆深刻。

杨修禅在怀里摸了摸，摸出李奉渊送他的单片镜架在眼窝，再度往前看去。

人群中，一人朗声开口："此画精绝，敢问姜尚书这画是何人所作？"

杨修禅闻声，紧跟着开口："还有这画中诗，不知是由何人所题？"

李奉渊听见杨修禅开口问，抬头看了他一眼，然后又端碗继续吃起来。

在府中他用膳一向是跟着李姝菀的时辰来，她习惯夜里吃得早，李奉渊也跟着酉时初就吃了。今日婚宴开得晚，看来他是饿着了。

杨修禅自来不爱出风头，此刻随旁人出声，多半是对作诗这人尤为感兴趣。

姜文吟抬掌指向女席中端坐的祈宁，笑得温雅："此画乃抚安公主亲手所作，画中诗词亦是由殿下亲题。今日老夫借花献佛，以此做彩头，一博大家欢喜。"

抚安公主，便是七公主祈宁。

他说着，将画交给得奖的公子："望公子珍视。"

"多谢姜尚书割爱。"那公子小心接过画卷，扭头有些羞赧地看向席中端坐着的祈宁，又道，"多谢殿下，在下必珍藏密敛。"

祈宁乃圣上最宠爱的女儿，金枝玉叶，身份尊贵，容貌艳绝，品行良淑，不知是望京城中多少青年才俊的梦中人。

她本就精于诗画，加之公主的身份，她的画作在城中洛阳纸贵。

众人听闻姜文吟的话，齐齐扭头向祈宁看去。杨修禅闻言，也随之回首。

杨惊春看他回头，冲他悄悄挥手，却见杨修禅的目光略过她，直直望向了长桌主位上锦衣端坐的祈宁。

祈宁缓缓站起身，欠身谦逊道："今日是姜公子与万小姐的大喜之日，诸位宾客所贺奇珍异宝、古玩字画不断，在场亦不乏精通诗画的文人雅士。我这画在各名家面前实有些不堪入眼，还望公子莫要嫌弃才是。"

她温和有礼，将今日来客全夸耀了一番，人人听得舒心，一番奉承的话又接连响起。

那得了她墨宝的公子望着她姣好的身形，一时面色更红。

而好奇题诗人的杨修禅在知道真相之后却一直未开口，只是以一种难以置信的怔然目光看着祈宁。

这么多双看向她的眼睛中，不知有意无意，祈宁敏锐地注意到了杨修禅的视线。

她缓缓抬起双眸，隔着人群静静地看向他。

四目相对，杨修禅心头一跳。她浅浅弯起红润的唇，欲语还休地冲他笑了一笑，很快，又垂落了眼睫。

场上宾客众多，不少人注意到了祈宁这含情一眼。只是除了杨修禅，没人知道她这一眼是送与谁的。

杨惊春注意到了杨修禅怔住的神色，奇怪道："他怎么了？"

杨惊春不知道在船上时祈宁与杨修禅的私谈，但李姝菀很清楚。

她低声道:"看起来,像是被耍了。"

因身份尊贵,其他来客都与祈宁客气地保持着距离,宴上喜庆,但她身侧并无人相伴。

她拢袖孤单地立于宴上,单薄的身影远远地落在杨修禅眼中,竟显得有几分落寞。

她曾在信中所述的落寞沉痛,仿佛在这一刻透出纸面萦绕在了她身侧。

杨修禅垂落身侧的手握紧成拳,心中百感交集,不知是何感受。

那信中人,怎会是她……

宴后,宾客接连散去。祈宁离席,欲借姜家的客房换去沾染了酒气的衣裳,没想才至庭中,便听见身后传来了一道有些急切的声音。

"留步,殿下请留步!"

祈宁认得这是杨修禅的声音,她有些意外地回过身,看见杨修禅独自一人穿过假山流水朝她行来。

此院是今日姜家为祈宁布置的专供她休憩的庭院,院门处有侍从把守,旁人进不来。

祈宁猜到杨修禅今夜会来寻她,但没想到他会出现在这里。

祈宁身边的侍女亦有些愕然,不知他是如何进来的,她看向祈宁:"公主,可要奴婢叫侍卫?"

祈宁摇头:"无妨,你先下去吧。"

侍女心领神会,将提灯留给她,悄声退下了。

四下静寂,只闻浅浅风声。杨修禅快步行至祈宁身前,有些气喘地在距她两步远的位置停下,拱手行礼:"殿下。"

他来得急,额角出了层薄汗。祈宁的视线在他额侧的汗珠上停滞了一瞬,微微颔首,回道:"杨公子。"

她并没问杨修禅叫她做什么,而是往他的来路看了一眼,好奇道:"杨公子怎么进来的?"

杨修禅本有一肚子话要问,此刻听见祈宁这话,愣了一愣,随即耳

第八章 鱼钩

根子发起热,含糊道:"唔,走进来的。"

院门处的侍卫不可能让他一个男子堂而皇之地入祈宁所在的内院,便是让他进了,也不可能无人前来通报。

祈宁扫过他些许凌乱的衣摆和靴上的青苔,猜到他是翻墙而入,无奈地笑了笑:"院墙高窄,杨公子当心,别伤着腿脚。"

杨修禅在朝中练得一身"钻龟壳"的好本事,他见被拆穿,立马从善如流地躬身请罪:"微臣有事想询问殿下,一时性急,不得已贸然行事,望殿下宽恕。"

祈宁道:"公子请言。"

当初在船上杨修禅拒绝了祈宁的好意,此刻二人独处,他心中实有些尴尬,但他心乱如麻,必要从祈宁这儿得一个答案才能安心。

他微微拧眉,开口问道:"微臣曾与一位不知身份的友人以书信交往,但前不久,那友人忽然无缘无故与我断了往来。微臣今日得见殿下墨宝,觉得殿下的字与那人有几分相似……"

杨修禅希冀又疑惑地看向祈宁,情急之下连尊称也忘了:"你可有借助宫外的书坊与人通过信吗?"

他望着祈宁的眼睛,想从她的眸中辨出答案,然而须臾之间,便被她眉眼间的媚色惊得恍了下神。

祈宁在宴上喝了酒,本就媚艳的眼尾此刻染了一抹醉红,狐精般蛊人。

他们祈家人,尊贵无上,却也似乎天生便有以容貌蛊惑人心的本事。

祈伯璟是,祈宁亦是。

杨修禅突然意识到自己失言,立马拱手,改了称谓:"微臣是说,殿下可曾借由书坊的小书阁与人通过书信?"

他话音落下,便听见祈宁轻柔的声音在头顶响起:"有过。"

杨修禅闻声怔住,神色微动,有些急切地抬起头,脱口又问:"那与公主通信之人的笔名可是……"

他说到此处,忽然有些面热,因他取的名字既不文也不雅,古怪得有些难听。

枯橘皮精。

鬼知道他当初怎么一时失智取下这一癫名。

以书信相会时不觉得有什么，此刻要在祈宁面前说出口，杨修禅实觉得臊脸。

他支吾了片刻，不大好意思地放低了声音，问祈宁："可是枯、枯橘皮精？"

他说完，又用那夹杂着希望和困惑的目光看着祈宁，而祈宁却以看着相熟故人的眼神看着他。

那神色有些遗憾，又有些落寞。无须她再承认什么，杨修禅已经从她的神色里得到了答案。

是她。

他面色诧异地看着她，嘴唇微动，却又欲言又止。

祈宁见他如此神色，低声问："为何这样惊讶？杨公子是不是觉得与你书信来往的该是个男人，认为我一个久居深宫的无知公主不该有如男人一般的见地？"

"公主恕罪，微臣绝无此意，只是……"杨修禅说着声音一滞，说不出个道理。

因他的确一开始就以为对方是个壮志难酬、心思深郁的男人，他也并非没猜想过对方是个女人，但那只在一瞬之间，从未深思过。

以至此时此刻，当确切地得知真相，他忽然有些说不出的恍惚和疑虑。

为什么？

她写下那么多的信，她知道和她通信的人是自己吗？

他看着祈宁："公主是不是知道是我？"

祈宁点头。

杨修禅抿了下唇："从何时开始？"

"一直。"祈宁看着他震惊的神色，缓缓道，"从我得到你的第一封信后，写下第一封信的第一个字开始。"

杨修禅听她大方承认，说不准心中翻涌的情绪是被戏弄的愤怒还是

第八章 鱼钩

别的什么嘲意。

又或者，是终于能和素未谋面的旧友相见的惊喜。

祈宁看着他深拧的眉心，缓缓抬起手，似想要抚平他皱着的眉头，可片刻后，又克制地收回了袖中。

杨修禅的目光扫过她拢回宽袖的纤细手指，眉头一时皱得更紧："微臣不明白，公主为何要这样做？"

祈宁浅浅地笑起来："我告诉过你了。"

她的笑很淡，在昏暗的烛光里透着一抹消散不去的愁绪。

杨修禅不解："何时？"

"上次在船上，我说过，我心悦你已久。"她的声音轻而又轻，充满了遗憾，"可惜，杨公子你不喜欢我。"

是了，自从那晚在船上他拒绝她的心意之后，杨修禅就再没收到过友人的信。

原来是这样。

原来是这样。

她便是他的信中人，一切便都说得通了。

杨修禅看她半响，最后问道："那日，殿下为何不表明身份？"

祈宁苦笑着道："那夜，我活生生一个人站在公子面前，放下身段百般示好，但公子分毫不为所动，我又如何敢孤注一掷，言明身份？信中我并非真的我，真的我是祈宁，是公主。真我与幻我，杨公子选择了幻我。我又何必去破坏信中的那人在杨公子心中美好的一面呢？"

她再度如此直白地在他面前剖明心意，杨修禅听得羞赧不堪，只恨自己蠢笨眼拙，伤人伤己，还丝毫不知。

他退后一步，折下脊背，怀着悔意歉疚向祈宁端端正正行了个大礼："一切都是微臣之过，是微臣眼瞎无能，伤殿下心扉，微臣倍感歉意。但还望殿下切莫为此烦忧，如若有宽慰殿下之法，请殿下务必告诉微臣，以慰你我之心。"

祈宁看着他低折的背，伸手扶他。

柔软纤细的手掌抚上手臂，杨修禅不敢让她用力，忙顺势起身。

祈宁收回手,同他道:"的确有个不情之请。"

"殿下请言。"

祈宁弯着媚眼,目不转睛地望着他,有些小心地问:"杨公子,愿给祈宁一个机会吗?"

杨修禅没想到会听她这么说,也没想到她对自己竟情深至此。

他看着祈宁的面容,面色有些发红,但并没一口答应下来。他慎重道:"这非小事,微臣需回去仔细想想,再给予殿下答复。"

祈宁眼中笑意更深,她看他好片刻,直盯得杨修禅不自在地红了一片脸,像是再按捺不住心中欢喜,捂着唇笑出了声。

轻柔的笑音在夜色里响起,祈宁认真地看着他:"我等你,无论多久,我都等你。"

自李姝菀在姜家与万家的喜宴上露过面,之后数月,一直有人陆陆续续登李府的门打探李姝菀的亲事。

李家无宗族长辈,接待这些来客的自然也就是李奉渊。

拜访的帖子一道接一道送来,多得能拿去糊墙。

李姝菀乃侯府唯一的小姐,又手握江南日进斗金的纺织产业,权财皆握在手。

前来打探之人或是因觊觎侯府高门,又或是贪图钱财,亦有纯粹对她生了爱慕之心的,总之人心各异,隔三岔五便有怀着各种打算的人登门。

起初,只要有人递拜帖,李奉渊皆好生接见款待,但他某日接见一名年过而立还大言不惭想让李姝菀进门给他做妾室的世子,李奉渊直接下令将人赶了出去,闭了大门,从此让宋静将拜帖筛过一遍,他再见客。

除了登门拜访的客人,李奉渊私底下也让人搜罗来望京许多青年才俊的消息,为李姝菀相看人家。

不过他看了近百名年轻男子的家世样貌,挑了挑,拣了拣,不是觉得这个容貌不佳,便是觉得那个人品有失。

仿佛李姝菀是天上仙子降凡尘,谁都配不上她。

第八章 鱼钩

也不知道是他眼毒，还是心中压根不愿李姝菀成亲嫁人。

渐渐地，李奉渊为李姝菀的亲事生出许多烦扰，人都憔悴了几分。

李姝菀知道李奉渊在为她的亲事发愁，但李奉渊从来没在她面前提过，李姝菀也就装作不知，平日该会友会友，该出门出门，半句不过问。

李府登门的媒人多了，一来二去，杨家兄妹也听说了李奉渊在为李姝菀相看人家的事。

这日李姝菀与杨修禅、杨惊春在明月楼吃饭，饭桌上两杯酒下肚，杨惊春双手撑在桌上，支着醉乎乎的脑袋同李姝菀提议道："菀菀，要不你同我一起嫁给阿璟吧，他人还不错的。"

她当真是把李姝菀当成亲姐妹，连祈伯璟都能大大方方分她一半。

李姝菀被她的话惊住，一时不知做何反应，有些茫然地看着她："啊？"

桌上的杨修禅听得摇头，他深知他们这位太子殿下的为人，温柔和善不假，雷霆手段也是真。

杨惊春性子纯粹，祈伯璟待她温和，她便觉得祈伯璟待所有人都是如此。

杨惊春眯着眼笑，仿佛卖货娘热切地同李姝菀介绍："你见过阿璟那么多回，你一定知道阿璟是个很好的小郎君——性格好，长得好，说话总是温温柔柔的……"

她掰着手指一个一个数起祈伯璟的优处，数着数着就跑偏了，憨笑着道："身体也好，嘴巴亲起来软软的……"

杨修禅听她越说越不着调，颇有些嫌丢人，轻"啧"一声，抄起折扇敲在杨惊春脑门上："你就胡说吧。等你奉渊哥哥知道你就这么把姝儿的婚事随随便便说定，看你挨不挨揍，到时候我可不帮你。"

杨惊春吃痛，捂住额头瘪起嘴，委屈地看着杨修禅："怎么是随便？！阿璟多好的人啊，因为是菀菀我才肯把阿璟分给她的，别的人我才不愿呢。"

杨修禅把刚放下的扇子又举了起来，在杨惊春脑门上又是一下："醉鬼，等你明日酒醒了我看你还愿不愿意。"

杨惊春吃了杨修禅两记打，可怜巴巴地不吭声了。李姝菀看着抱着脑袋赌气的杨惊春，并没把她的醉话当真。

李姝菀替她揉了揉额头，哄道："醉了难不难受，要不要让人送你回去休息？"

杨惊春不肯，嘟囔道："我还没吃饱呢。"

杨修禅也道："任她醉着，奉渊还没到呢，待会儿吃完我同她一起回去。"

他说着问李姝菀："他今日和谁谈事，要这么久？"

李姝菀道："说是在和太子殿下商议今年秋狝布防一事，兹事体大，想是因此谈得久了些。"

杨修禅恍然大悟般道："哦对，是有这么回事，他前些日还派人来催户部拨款呢，惹得户部里将他好一通骂。"

李姝菀不解："为何骂他？"

杨修禅随意摆了摆手，示意没什么别的原因："无论谁来户部要钱，背地里都得挨上几句，户部传统。"

军营，客室。茶桌上热茶雾气缭绕，李奉渊与祈伯璟围坐桌旁，刚谈罢正事，李奉渊又向祈伯璟问起有关李姝菀的私事。

李奉渊在西北时并非对千里之外的李姝菀不管不问。她在江南的那几年里，读了什么书、结识了哪位友人、新作了什么字画……这些琐事，李奉渊都请祈伯璟让派去保护她的侍卫暗中记了下来。

三月一封信，千里迢迢送到了西北。

后来李姝菀回了望京，祈伯璟撤去了侍卫，李奉渊才断了一年多关于李姝菀的消息。

这些李姝菀并不知情，李奉渊也没告诉她。

他不在时，祈伯璟替他护着李姝菀，对她的事知之甚多。近来李奉渊正为她的亲事发愁，便问起祈伯璟李姝菀这些年可与什么男人有过来往。

祈伯璟听他这么问，想也不想便道："有。"

李奉渊本是随口一问，没想会当真听到祈伯璟肯定的回答，还如此

第八章 鱼钩

果断。

他欲盖弥彰地端起面前的茶水饮了一口,须臾之间在脑海中将可能围绕在李姝菀身边的男人都想了一遍。

"谁?"

祈伯璟也端起茶杯,道:"你当见过,是个文弱书生。"

李奉渊自己是个武将,也并无看不起书生之意,不过听见"文弱"二字,还是不免皱了下眉,脑海中隐约勾勒出一个病秧子读书人的清贫形象。

祈伯璟道:"这人我也是从杨姑娘口中听过,具体叫什么名字我并不清楚,只知道是个握得住笔、提不起枪的考生。"

李奉渊追问:"今年进京的?那考生家住何方,官居何职?"

祈伯璟看他如此在意,细细盯着他的神色看了看,似想从他那张坦荡平静的脸上看出某些不可告人的蛛丝马迹。

片刻后,祈伯璟仿佛的确察觉出了什么,浅浅扬起唇角笑了笑,但什么也没多说。

他道:"此人没考上,落榜了。"

文弱书生也就罢了,看样子书还读得不精。李奉渊听得头疼,可又觉得李姝菀眼光不至于此,毕竟有时候她连他都看不大上。

他拧眉沉思片刻,安慰自己般道:"……此人定有过人之处。"

祈伯璟听得直笑:"是啊,这人是菀儿妹妹从上百名考生里精挑细选出来的唯一一位,听说就是看中他考不上功名。等着这考生离京,带着她一起脱离苦海呢。"

李奉渊闻言一怔,但很快面色又恢复如常,因他对李姝菀要跟着一个没用的书生离京的这番话是半个字不信。

不过李奉渊并没反驳,只谢道:"我已知悉,多谢殿下告知。"

时辰已经不早,谈完事,祈伯璟邀李奉渊一同去自己在宫外的私宅用膳。

李奉渊还记着和李姝菀他们的约,婉拒了祈伯璟的好意:"谢殿下相邀，只是臣已与人约好，今日午时一同在明月楼用膳。"

祈伯璟闻言，面露歉疚："是我留你相谈太久，耽搁了你的时辰。下次你可早早与我说，横竖谈的不是急事，另寻个时日再谈也是一样。"

他说着，朝营外日光下的日晷看了一眼，又关切道："眼下将至未时，已过用午膳的时候，你现在去怕已经晚了。你来时可骑了马？若没有，便骑我的马前去赴约吧。"

祈伯璟虽向来礼待李奉渊，但也不至于体贴到这份上，此刻他说话过分贴心，显然另有别意。

李奉渊是个聪明人，立马悟了他的意思，顺着他的好意邀请道："微臣今日是与菀菀同杨家兄妹在明月楼用膳，定的是味重的蜀菜，殿下若不嫌弃，请赏光一同前往。"

祈伯璟知道杨惊春今日去明月楼吃蜀菜的事，此刻同李奉渊说了这么多好听话，就等着李奉渊开口请。

他半点没客气，直接应下："那便恭敬不如从命了。"

他说着，一拢宽袖站起身，满面开怀道："走吧。"

李奉渊抬手："殿下请。"

祈伯璟稍作乔装，与李奉渊一同打马到了明月楼。

二人同店员打听后，来到了二楼的包房，此时房中几人都已喝得有些醉了。

杨惊春躺在房中铺了软毯的矮榻上呼呼大睡，身上盖着杨修禅的外衣。

而李姝菀左右手各拿着一支筷子，正晕晕乎乎地理碗中鱼肉的鱼刺。

杨修禅还算清醒，他听见推门声，立马起身迎上去，没看清人就已开口："你可算来了，厨子都派人问过几回何时上大菜，你再不来，菜都不新鲜了。"

"是我来迟了，待会儿自罚三杯。"李奉渊说着，进门后往旁边一迈，让出路，"殿下请。"

杨修禅闻言一愣，看见跟在李奉渊身后进门的祈伯璟，脚步一顿，脑子都还没反应过来，双手已经抬了起来，行揖礼恭敬道："殿下。"

祈伯璟微微颔首:"我不请自来,叨扰了。"

杨修禅忙道:"哪里。"

他显然没想到祈伯璟也会一起来,他行完礼忽然想起什么,回头看了眼自己那在榻上躺着的妹妹,用力咳嗽了一声。

"咳咳——"

杨惊春闭着眼,没半点反应。

倒是李姝菀听见了声,慢慢悠悠抬起头看过来,瞧见祈伯璟与李奉渊,轻轻"啊"了一声,开口道:"哥哥……"

李奉渊而今难得从她嘴里听见这样一声软绵绵的称呼,他看着她醉红的耳朵,抬腿朝她走去,一声"醉了?"还没问出口,就听李姝菀含糊着把话补全了:"太子哥哥怎么来了?"

李奉渊听她原来叫的不是自己,身形一顿,但并没说什么,走过去坐在她身旁,接过她手里的筷子,替她挑起了鱼刺。

祈伯璟回着李姝菀的话:"听行明说你们在这儿吃蜀菜,我犯了馋劲儿,便跟着过来了。"

他说着,却没往桌边走,而是朝榻上蜷缩着睡着的杨惊春走了过去。

李姝菀还要再问,旁边却突然伸过来一只修长的手,屈起食指与中指捏住了她的鼻子。

不重,但足够打断李姝菀的思绪。

她蹙眉"唔"了一声,看向动手的罪魁祸首,李奉渊夹起鱼肉送到她嘴边:"别说话,吃饭。"

李姝菀定定地看了他一眼,还算乖巧,张嘴咬住了筷尖上的鱼肉。

李奉渊没理会祈伯璟,因他知道祈伯璟此番来并非当真是想同他们喝酒吃饭,而是来找杨惊春的。

祈伯璟旁若无人地在榻边坐下,伸手替杨惊春将盖在身上的衣裳拉高了些,又将她松散的一缕细发用簪子簪了回去。

杨惊春总爱在杨修禅面前说起祈伯璟的好,说他替她梳妆,学着替她挽发……但那都是私下里,杨修禅从没亲眼见过。

身为兄长,总不免担心妹妹的心上人并非良人,且若祈伯璟当真非良人，以他的身份，杨家也不能如何。

此刻杨修禅见祈伯璟待杨惊春如此体贴，欣慰地笑了笑。

还没笑完，就听见祈伯璟问他："我在两条街外有一处私宅，惊春姑娘醉成这样，不知杨大人能否让我带她去宅中歇息？"

杨惊春偷着和祈伯璟私会也不是一回两回了，杨修禅管不住，也不大想管。

横竖她是和祈伯璟私会，不是和其他哪个不学无术的纨绔子弟，会了也就会了。

但有些话不能答应得太直白，不然显得他杨家人行事放纵，无家教礼法。

他摸摸鼻子，含糊道："春儿已经是大姑娘了，殿下问她自己吧。"

祈伯璟知杨修禅这是答应了的意思，他低头看向睡得不大安稳的杨惊春，轻轻握住她的手晃了晃："惊春姑娘，要不要同我回西街的宅园歇息？"

杨惊春缓缓睁开眼，看向眼前戴着面具的祈伯璟，人或许一时没认出来，但她却认出了祈伯璟的面具。

她抬手摘下他的面具，像是还没完全清醒，嘟囔了一声"阿璟"。

祈伯璟于是又耐心地问了一遍："难不难受，要同我回家歇息吗？"

杨修禅指望着杨惊春能生出点定性，道一句"这不合礼法"，先推拒一番再答应，显得矜持。

没想到杨惊春一听只犹豫了一瞬，便抓着祈伯璟的下巴仰头亲了上去。

清晰的一声亲吻声，李奉渊听见后，手疾眼快地去遮李姝菀的眼睛。

榻上，杨惊春舔舔嘴巴，笑得眼睛都瞧不见了，直接答应下来："好啊。"

杨修禅也被杨惊春此举吓了一跳，实在觉得没眼看，叹息着摇头，心中百思不得其解。

杨家如此浩然家风，怎会养出个女流氓？

因杨惊春醉了酒，祈伯璟同她乘马车回宅园。

第八章 鱼钩

她醉得不省人事,上车后没片刻便在晃晃悠悠的车里睡了过去。

她歪靠在祈伯璟身上,手臂伸长了搭在他肩头,像只吃饱喝足的狐狸安心地依偎在他怀里。

脸庞埋在他温暖的脖颈间,湿润的呼吸喷洒在他耳下,祈伯璟怕她憋着,揽着她的腰,将她靠在他肩上的脑袋挪了挪,让被捂着的口鼻露出来。

但杨惊春似觉得这个姿势不舒服,不满地嘤咛了一声,又把脸埋了回去。

迷迷糊糊之间,她动了动搭在他肩头的手,没轻没重地扯了下他背上披落的长发,嘟囔着道:"别动。"

以祈伯璟的身份,除了当今圣上,几乎没有人敢以命令的语气和他说话。

祈伯璟闻声先愣了一瞬,随即轻声笑了笑。

面具之下,漂亮的眼睛微微弯起来,他温柔应道:"好,我不动,你靠着吧。"

杨惊春似听见了,动了动嘴巴,嘟囔了两句听不清楚的含糊话,片刻后又睡着了,安安静静不再闹腾。

不过她舒服了,祈伯璟却有些苦恼。佳人在怀,呼吸之间,杨惊春湿润的气息落在祈伯璟的脖颈上,渐渐地,那一小片白净细腻的皮肤起了层薄薄的水汽。

仿佛有千百只细小得看不见的、被水打湿了足肢的蚂蚁在那一处爬。

祈伯璟习惯忍耐,没有动作,而是垂头看向了杨惊春。他看不见她的面容,只见簪了透润玉簪的一头乌发。

祈伯璟将脸上的面具抬高些许,露出薄唇,低下头,启齿含住了她的一缕头发。

他微垂着眼,将那缕柔顺的长发在齿间细细地、轻轻地嚼弄起来,仿佛在品尝天地间难得的珍馐。

面具挡住了他的面容,只露出红润的薄唇和白玉般的下颌,黑色发丝陷入唇中,素来温润如玉的太子殿下此时此刻仿佛传说里巫山上的鬼使。

他稍微收紧了手,搂住了杨惊春的细腰,抬起头,再度戴回平静死板的面具。

而面具下的薄唇仍微微动着,含着杨惊春那缕散发着女子香气的发,直至浸润满他的津液。

马车驶入宅园,一路到了休憩的院外才停下,祈伯璟抱起还睡着的杨惊春下马车。房中的侍女见二人入内,识趣地接连退了下去。

祈伯璟将杨惊春放在春榻上,身后房门缓缓关上,"咯吱"一声,杨惊春眼皮子动了动,醒了过来。

她睁眼一看,见四周布局,就知已到了祈伯璟的地方。

这宅园杨惊春私下里来过许多次,已经很熟悉,只是并非每回都依礼先问过祈伯璟或受他邀请才过来。

杨惊春行事胆大,却也好面子,未成婚便与男子私会的事她大胆地做了,却也不肯让旁人知道,是以许多时候她都是私底下偷偷翻进来。

不守俗规翻墙与心上人私会,大抵是杨家祖传的本领。

有些时候祈伯璟不在,杨惊春没见着人,转上一圈便自己偷偷溜了。

运气好遇见祈伯璟在,便和他待上一会儿。

然太子私宅,园里园外、看得见的和看不见的地方,到处都是侍卫。若非没有祈伯璟的旨意,杨惊春爬到墙上还没往下跳怕就已经被人持刀带剑地围了起来。

杨惊春知道这一点,祈伯璟也知道,只是因她喜欢偷偷摸摸,他便依着她的兴味来。

有时候他出了宫,故意在园子里待着,不去寻她,等着杨惊春做贼来采。

其中乐趣,怕只有两人才明白。

祈伯璟放下杨惊春,转身走开。

杨惊春歪倒在春榻上,看他走了,醉乎乎地问:"你做什么去?"

祈伯璟停在房中的衣桁前,摘了面具,温和地道:"天热,方才抱你起了些汗,我去洗一洗。"

寝院辽阔,房中有一处花重金开凿的热泉池,活水不断,洗浴极舒服。

祈伯璟说着,抬手缓缓解下腰带,外衣落地,露出洁白贴身的中衣。

他满面儒雅之气,衣下的肌肉却一点儿也不薄,像个武官。

此刻微微汗湿的中衣贴在背上,抬臂挥手之间,背部的肌肉隐隐显露,犹如成年猛虎。

诚如杨惊春所言,太子殿下有着一副年轻气壮的好身躯。

她看他当着面地脱下衣裳,一时眼睛都直了。杨惊春倏然从榻上翻身而起,跑到他身边去:"我要看你洗。"

杨惊春女流氓再度上身,祈伯璟低头看着她笑,却没答应。

他取下发冠,任由柔顺的长发披落肩背,拖长了声音哄道:"不行。你醉了,我答应了杨大人,接你过来只让你好生休息,不能做别的。"

杨修禅何曾说过这话,分明是他自己欲擒故纵,在这儿使狐媚子功夫。

杨惊春听祈伯璟提起杨修禅,一时有些犹豫。祈伯璟见此,又眯起眸子含笑看了她一眼:"我先去了,片刻便归,你在这儿休息一会儿。"说着便当真不管她,朝浴池去了。

杨惊春眼巴巴看着他的背影消失在眼前,想了又想,忍了又忍,可她年轻气盛哪里忍得住,最终还是跟了进去。

她在浴室外脱下鞋袜,赤脚悄声走进去,看见祈伯璟已经下了水。

洁白的丝质中衣规整叠好了放在池子边,他闭眼靠在池壁上养神,似乎没察觉到杨惊春进来了。

杨惊春轻手轻脚地蹲在池子边,歪着脑袋看他。

祈伯璟生得实在是妙,杨惊春抱着膝盖,盯着他俊逸的面容看了片刻,视线凝在他的唇上,忽而,她撑着地,"咚"的一声跳入了水中。

水花四溅,祈伯璟睁眼,看着杨惊春,神色并不惊讶,仍是那温和的笑意。

"怎么下来了?不是让你在外等我。"他伸手替她擦去脸上水珠,"都湿了。"

杨惊春咧嘴笑,不怀好意地贴上去,双手一伸撑住池沿,将他困在自己与池壁中间,踩在他脚上去咬他的嘴巴:"想亲一亲。"

柔软的唇贴上来,祈伯璟身子不躲,嘴上却道:"不行的,我既已答应了杨大人,就不可失信。"

杨惊春不听,搂上他的脖颈啃他的嘴巴,亲得他气喘,叫他说话都断断续续。

祈伯璟轻轻握住她的手腕,轻喘了几声:"春儿姑娘,放过我吧……"

他说得可怜,仔细一看,唇边却还带着抹浅淡的弧度,真是好一个运筹帷幄的男狐狸精。

杨惊春听他这么说,觉得自己该尊重他才是,可不知为何,心里的欲火却烧得更盛了。

她痴痴地看着他,伸手去摸他被自己亲红的嘴唇:"阿璟,你真好看。"

祈伯璟听她这么说,微微垂首,忍俊不禁地扬起了唇。蒙蒙水雾里,这一笑真是要把杨惊春的魂儿给勾没了。

祈伯璟胸口起伏,玉面泛红,眸中浮出湿气,也不知是被热气熏的还是因她而起。

杨惊春似乎就是为了看他这模样,一时满心欢喜,心痒难耐地在他发红的眼皮子啄吻了好几下。

真好看,要哭不哭更好看了。

祈伯璟还有些没缓过来,他被她亲得睁不开眼,索性闭了起来,感受着眼上细密的吻,垂首缓缓将脑袋靠在了她肩上。

他搂住她的腰,隔着衣裳回吻她肩头,低声含笑道:"我已失身给姑娘,如今又被姑娘玩弄于股掌之间,你定要对我负责。"

杨惊春哪里受得住,连忙抱住他:"负责,负责。"

祈伯璟听见这话,心头一松,又陡然生出一股自厌的情绪。

他知她是如雌鹰一般自由勇敢的姑娘,应该浴在朗日下,展翅天地间。

宫中生活并不如宫外自在,他担心她今后厌恶于此,后悔与他交心,可又自私地想将她拉入深宫。

他收紧手臂,将她抱得更紧,道:"秋狝上,我打算向父皇请立太子妃的旨意,定下婚期后,我们便成亲。"

两人独处时,杨惊春很多时候都能察觉到他心中似在不安什么,只是不太明白那情感源自何处。

他不说,她便也不问,默默地将他抱紧了些,轻抚着他的背,答应他:"好啊。"

醉乎乎的脑子清醒了几分,她想了想,认真道:"哥哥与抚安公主来往甚密,我听他和爹娘商议,想请皇上赐婚。祈铮对太子之位虎视眈眈,若将来有一日发生了什么……"

她顿了顿,坚定道:"我会与杨家站在一起。"

祈伯璟似乎并不担心这一点,没有迟疑:"嗯。"

杨惊春看他应得如此爽快,倒有些愧疚,道:"你这样好,我都不想把你分出去了。"

祈伯璟失笑:"为何要把我分出去?"

杨惊春叹气:"奉渊哥哥正给菀菀找夫婿呢,我想着她若与我一起嫁给你,你这样好,奉渊哥哥便不必为此事烦忧了。"

祈伯璟没想到会是这样的原因,他挂在唇角的笑意慢慢落了下去,显露出几分阴沉,而后张嘴用力咬住了她的肩膀。

杨惊春肩膀一麻,失声叫出来:"痛,痛!阿璟,痛!"

祈伯璟狠着心,直到她嗓音中带了哭腔,才松开口。

他抬起头,看着她含着泪珠的眼眶,俯首轻轻吮去,含糊道:"醉话连篇,以后不许再提,不然定不饶你。"

杨惊春头一回见他动气,自知不占理,只能可怜巴巴地应下:"噢。"

那日与祈伯璟相谈之后,李奉渊虽对他那番关于李姝菀与文弱书生的话存疑,但回去后,仍叫人暗中查探起此事。

辛苦数日,没查到什么有用的消息,只查到李姝菀曾资助过几名江南一带进京赶考的读书人。

她乃江南有名的富商，有此义举，再寻常不过，李奉渊并未在意。

秋狝在即，今年秋狝圣上要骑头马亲自上阵，不得马虎。

李奉渊忙于布防之事，前往围猎的山头勘察地形，在外待了两日，这日回府，夜里叫来宋静，问他李姝菀与书生一事。

灯树烛火明耀，李奉渊坐在凳子上，手搭在桌沿，端起凉茶饮了口，问宋静："之前科考，小姐可与书生有过来往？"

科考已经是去年的事，考上的入了朝堂，落榜的大多都已离京回了老家。

他今日才回来，这大晚上的，宋静不知他怎么突然没头没尾地问起这陈年旧事儿。

宋静在心里揣摩了一番李奉渊的心思，思及他近来正操心李姝菀的婚事，想了想，回道："小姐不曾和什么书生有过往来，只是原先资助过几位书生，为他们提供了往返京都赶考所需的盘缠，后来有几位知恩图报的书生登门道过谢，除此外，也就没什么了。"

这和李奉渊所得的消息相同，没什么新鲜，但在此事上，没有新鲜才算好消息。

若真听得李姝菀挑了个什么没用的书生，等着这书生离京时带她一同脱离苦海，李奉渊不知自己能做出什么事来。

他稍微放下心，不过忽而，又见宋静拊手，恍然大悟道："噢，对了，老奴忽然想起来，那位沈公子也参加了上回科考。"

李奉渊方定下的心在听见"沈公子"三字又悬起来，他端茶的手一顿："……沈回？"

"是他。"宋静有些惋惜地摇了摇头，"只是可惜，沈公子虽精通书画，策论却差了些，也名落孙山。"

沈回乃李姝菀好友，宋静了解他几分，又道："不过沈公子尚年轻，再苦读几年，考上两回，中榜应当不成问题。"

若真是别的什么半吊子书生，李奉渊倒也不担心，但是沈回……二人自小相识，有过同窗之情，而今重逢，志趣相投。

第八章 鱼钩

李奉渊再度忆起祈伯璟的话，微微皱眉，他当真拿不准李姝菀对此人是如何想的。

宋静见李奉渊皱着眉，奇怪道："侯爷既然如此在意此事，何不去问一问小姐她是怎么想的？"

李奉渊抿了下唇，道："问了。"

从明月楼回来的路上李奉渊便问了。

那日他骑马行于车外，李姝菀酣醉着坐在车中。

天热，她开了车窗，歪着脑袋趴在窗框上吹沿途的凉风。

街上人来人往，李奉渊叫刘二沿着街边走，他骑马跟在车窗旁，替她挡着沿途行人的目光。

李奉渊想起祈伯璟的话，低头看她搭在窗上的脑袋。

他看了会儿，手握缰绳微微俯身，压低了声音问她："今日太子殿下与我说，你去年同一位书生来往甚密，那人是谁？"

李姝菀醉了，他故意挑在这时候问她，就是仗着李姝菀醉时好说话，他说什么她都回。

果然，李姝菀听见他的话，转过脑袋，将下巴尖搭在手臂上，仰头看他，认认真真思忖了好片刻。

李奉渊耐心地等着她的答案，最后却听她回了一句："好多书生呢，你说的是哪个书生？"

李奉渊语塞，他哪里知道有哪些？

不过祈伯璟说她精挑细选了个能带她脱离苦海的人，此人必然能叫她托付己身，是她全心全意信任之人。李奉渊便道："令你心安之人。"

李姝菀听罢又是好长一段时间没说话，静静地看他半晌，目光从他脸上落到他腰悬的长剑上。

她说着醉话："世道不平时，都说百无一用是书生。书生孱弱，空有抱负，手不能提，肩不能扛，外族入侵时无力披甲上战场，这样的人，如何让我心安？"

手能提、肩能扛、歼灭了外族大军的李奉渊听她这么说，心间微动，低声问她："那怎样的人能叫你心安？"

他问了一句又一句，李姝菀不答，反问道："你追问这做什么？要替我择夫君，将我早早嫁出去？"

她语气并不激烈，但李奉渊听着却觉得其中似有几分恼。他忽视心中那一分涌上来的不该有的情意，安抚道："我并非此意。"

可醉酒之人哪里听得进解释，李姝菀缩回马车里："你就是此意。你近来见了那么多宾客，无非是想把我嫁人，将我赶出去，好将府中女主人的位置给你将来的妻子腾出来。"

李奉渊听她越说越离谱，皱眉道："胡思乱想，我并无什么妻子，也从未想过赶你走，侯府之中，你永远是女主人。"

李姝菀不信，坐在车中偏头看他："你若当真心口如一，又何必频频为我的婚事操心？"

她醉了，又好似没醉，短短几句问得李奉渊哑口无言。

李奉渊如何能解释清楚，他心中有鬼，为她择夫婿也不过是想说服自己，叫自己不要再生出不该有的心思。

李姝菀见他半天不开口，自认猜中了他心中所想，重重关上车窗，低闷的声音从里面传出来，负气道："你且去寻吧，看你能寻个什么样的。叫我心安之人，已不能再叫我心安了。"

二人那日最后闹得僵冷，时至今日，李奉渊想起那日李姝菀的话，总觉得她话中处处都指向自己。

但他不敢多思，不敢多猜，只怕自己饮鸩止渴，最后沦入不复之地。
而李姝菀醉后向来不记事，醒来后没再提起过那日的醉话。
想来她应该是忘了。

这日午间，一位贵客乘宝马香车，登上了侯府大门。
登门的乃是祈国公夫人，何昭华。
前段时日何夫人来过一趟，当时是李奉渊见的客。
近来李奉渊公事繁忙，今日不在府内，宋静得知贵客登门，忙来栖云院通知李姝菀。
国公夫人身份尊贵，亲自登门，李姝菀不能不见，稍作收拾便快步赶往茶室会客。

路上，她问宋静："可知何夫人为何而来？"

何昭华膝下两子一女，次子今年二十有二，尚未婚配。上回她登门拜访，是来向李奉渊打探李姝菀的婚事，存了与李家结亲的心思。

方才来禀告宋静的侍女没问何昭华今日为何登门，是以宋静也不清楚，他猜测道："应当还是为了和李府结亲一事而来吧。"

李姝菀微微颔首，心里有了底。

李姝菀到了茶室，见一位面容和蔼的妇人端坐在梨花木椅中，手中端着茶盏，正垂眸细细品茶。

她身后的侍女见李姝菀进门，提醒道："夫人，李小姐到了。"

何昭华闻言，放下手中热茶，站起身，打量着李姝菀。

何昭华平日里深居简出，少赴宴应邀，今日乃是头一回见李姝菀。

目光触及李姝菀的面容，她忽然愣住，露出了几分诧异之色。

李姝菀没有注意到她不自然的神色，低头按晚辈的礼节行了个礼："何夫人。"

何昭华闻声，敛去面上惊讶，应声道："李小姐。"

二人在椅中坐下，李姝菀笑着问道："今日天热，何夫人冒烈烈秋日光临寒舍，不知是为何事？"

她问完，何昭华却仿佛没听见，有些出神地盯着她看。

李姝菀心中莫名，以为自己来得匆忙，衣着不妥。

她不动声色地快速扫了一遍自己的衣裙，没看出不当之处，侧目看向身旁的柳素，抬手抚上发间步摇。

柳素明白她的意思，微微摇了下头，示意她并无失仪之处。

李姝菀放心地放下手，出声又唤了一声："何夫人？"

"哦？哦。"何昭华再度回过神，她的随身侍女看出她神游天外，弯腰在她耳边低声复述了一遍李姝菀刚才的话。

何昭华拢了拢宽袖，温声回道："我今日贸然前来，是想打探打探安远侯的事。"

按道理这些事应当由长辈相谈，不过李奉渊头上无长辈，这偌大的侯府里就只剩下个李姝菀,是以何昭华只能从她这里打听李奉渊的情况。

她问道:"安远侯年轻有为,是京中好些名门闺秀的梦中人。不知道他可有婚配,心中是否有心属的女子?"

宋静只说何昭华上次登门是为了与李府结亲,但具体是替自己的儿子说亲还是女儿说亲,宋静却没说清楚。

何昭华上回为了次子同李奉渊打探李姝菀的情况,今日改了目标,为自己的女儿向李姝菀打探起李奉渊的情况。

这二人在望京中皆是品貌俱佳的妙人,她想着若能喜上加喜,自然最好。

不过李姝菀并不知道何昭华的打算,只当她上次登门同样是为了李奉渊。

祈国公家乃皇亲国戚、书香门第,在望京城里名声赫赫,教养出的儿女亦是品行端正。

李姝菀曾在姜家与万家的喜宴上见过何昭华的女儿,是个温柔清秀的姑娘,和她差不多大的年纪。

若李奉渊与之定下婚事,不失为一桩良缘。

李姝菀端起茶饮了一口,道:"他的婚事由爹娘做主,爹娘已去,我不甚清楚。心上人倒没听说有过。"

何昭华闻言展笑,然而接着又听李姝菀道:"不过……"

李姝菀放下茶盏,语调缓缓:"外祖母在世时,我曾听她老人家说,侯爷他原是有过婚约的。"

何昭华面露疑惑:"有过的意思是?"

李奉渊唯一有过的婚约,便是与满门抄斩的蒋家那位未出世的姑娘。

然而蒋家牵连谋逆之事,为避免招惹麻烦,李姝菀不打算事无巨细地将这旧事告知外人。她摇头道:"这我就不知了,外祖母并未同我明说。"

李姝菀既不愿意说,可让何昭华亲自去问李奉渊此事,但她却含糊其词,故意叫何昭华误会。

第八章 鱼钩

何昭华遗憾地摇头："既如此，便罢了。"

二人又坐着聊了几句，临走之时，何昭华又拿探究的目光出神地看着李姝菀。

李姝菀心中奇怪，索性直言相问："何夫人今日为何频频这样看我？可是晚辈身上有何不妥之处？"

何昭华有些尴尬地收回目光，道："也没什么，只是觉得，李小姐眉眼之间与我一位故人有些神似。"

李姝菀见她神色怀念，想了想，问道："何夫人这位故人，可是姓明？"

何昭华闻言一怔，惊讶道："李小姐怎知晓？"

李姝菀神色自若："曾有人这样与我说过。"

何昭华见她坦然提起，暗怪自己多想："是我唐突，见李小姐思故，还望李小姐莫放在心上。"

李姝菀道："无妨。"

许是因心生思情，何昭华神色有些难过，待了片刻便起身告退了。

宋静送何昭华离开后，回来向李姝菀通报："小姐，何夫人已经上马车了。"

李姝菀还坐在椅中，望着虚处若有所思。

她听宋静说完，忽然问道："上次何夫人来时，是侯爷见的她？"

"是。"

李姝菀看向宋静，追问道："他们谈了多久，谈得如何？"

上次宋静未在李奉渊身边伺候，对于二人的谈话内容并不很清楚。

宋静思索着道："老奴并不很清楚，不过侯爷与何夫人谈完之后并没冷脸，想来谈得不错。比起其他登门的人家，侯爷对祈国公家应当还算满意。"

宋静说的满意，指的是李奉渊替她相看上了祈国公家的公子，对这位公子还算满意。

李姝菀却误以为李奉渊是对祈国公家的小姐满意。

宋静说完，许久都不听李姝菀出声，他一看，见李姝菀似并不怎么高兴。

良久，李姝菀语气淡淡地道："我知道了。"

当晚，李奉渊回府之后，宋静与他说起今日府中之事。

李奉渊听他说罢，问道："你是说，小姐不喜祈国公家？"

宋静斟酌着道："倒也不像是对祈国公家有什么意见，只是老奴听着，小姐对祈国公家的公子像是没什么兴趣。"

国公家的次子，已经是李奉渊这段时日为李姝菀相看到的最出色的男子了。

李奉渊倒也不是说对其有多满意，只是单论家世为人，此人还算不错。

李奉渊问道："小姐有提起对谁家的公子有意吗？"

宋静道："从未听小姐提过什么公子少爷，不过老奴觉得，小姐这般才干出众的姑娘，寻常男人她多半是瞧不上的。"

宋静听着有些为李姝菀的婚事操心，而李奉渊听罢却由衷地道："我倒愿她，眼比天高。"

月底，杨炳古稀大寿，大摆宴席。

杨炳乃李奉渊恩师，李奉渊自然要去祝寿。请帖还没送到，李奉渊便早早备下了寿礼。

杨修禅亦是提前同李奉渊打过招呼，叫李奉渊寿辰那日早些到，陪他老人家痛快地喝上一顿。李奉渊欣然应下。

寿辰当日，出发前，李奉渊下到府中酒窖，提着灯翻出了两坛子阴藏了多年的好酒。

他拎起没多大点的酒坛看了看，估摸着不够喝，又从角落里翻出两坛。

酒坛上的红纸封口写有封口期，宋静看他尽找些十年前泡的老酒，有些不放心，在一旁劝道："您手里这几坛子药酒泡了十来年，烈得很，您今日虽是作陪杨老将军，也切莫贪杯，酒醉伤身。"

李奉渊垂着脑袋"嗯"了声，听见了，酒却没放下，最后拎着四坛子酒出了酒窖。

　　李奉渊今日做好了不醉不归的打算，是以没骑马，打算与李姝菀共乘马车。

　　李姝菀梳妆妥当，拿着寿礼先一步上了马车，在马车中等他。

　　她等得无聊，和桃青、柳素二人在马车里打起叶子戏。

　　刘二瞧见李奉渊从府中出来，隔着车帘冲里面道："侯爷来了。"

　　柳素和桃青听见这话，收拾了桌上的叶子戏，忙退了出去。

　　车窗开着，李姝菀透窗看出去，觉得李奉渊看着与往日有些不同。

　　待他走近了，细看之下，李姝菀才发现他身上这件衣裳的领口比之前他穿的那几件要高些，遮住了脖颈处狰狞的长疤，露出了一半凸显的喉结。

　　想来是怕杨炳见了难受，这才故意将疤遮住。

　　李姝菀没有问过他这道疤是怎么来的，李奉渊也没主动提起。不过李姝菀想，这道疤应当令他吃了些苦头。

　　李奉渊提着酒坛钻进车里，与靠在软榻上的李姝菀对上目光，下意识地看了眼手里的酒。

　　他曾亲口答应过她不再饮酒，不曾想今日就要破戒。

　　然而杨炳传授他武艺兵法，待他如亲子，今日这顿祝寿酒，即便李奉渊舍命也当陪他老人家喝个尽兴。

　　李奉渊快速看了李姝菀一眼，她垂着目光，扫过他手里的陈年老酒，微微蹙了下眉，却是什么都没说。

　　她身子一歪，靠在枕上，捞起手边一本封皮无字的书本看起来。

　　李奉渊在她身边坐下，抬手叩响车壁，驾车的刘二听见声音，扬鞭赶马。

　　马车徐徐前行，李奉渊将酒坛子放在脚下，侧目看她，没话找话般地道："在读什么？"

　　李姝菀头也没抬，将手里的书翻了一页，道："描述各地风俗的游记。"

李奉渊垂眸朝书上瞥了一眼，见书上展开的两页大片都空着，右页写了一半，左页完全空白，似是一本未竟之书。他问道："这本书怎么不全？"

李姝菀将剩下几行字看完，合上书道："这是我朋友著的书，天地山河他只见了一半，所以只写得了半本。"

李奉渊听见朋友二字，敏锐地道："那位姓沈的？"

自从知道沈回便是祈伯瓛所说的那位"书生"，李奉渊对他的印象可谓差到了极点，提起他自然也没什么好话。

他待人接物一向知礼，眼下说话含刺，李姝菀不满地道："为何这样叫他？阿沈有名字。"

李奉渊听她叫得亲昵，心里不是滋味，李姝菀却像是没察觉到李奉渊的脸色，又仿佛故意说来刺他，继续道："阿沈是我与惊春的朋友，惊春今日邀了他来，他也要来赴宴，你若见到他，可不要叫他'姓沈的'。"

李奉渊没答应，定定地看着她，问道："你们的关系已经近到唤他'阿沈'的地步了？"

李姝菀道："他是我好友，自然比旁人亲近些。"

李奉渊仿佛非要与沈回在她心里争个高低，又问道："比我们之间还亲近吗？"

他这是什么话？

李姝菀侧目看他，直接撞进他乌黑的眼眸。她皱着眉头，有些不自在地眨了下眼，回答时却不带半点犹豫："……没有。"

李奉渊不依不饶："那为何叫他阿沈，叫我侯爷？"

李姝菀的眉头皱得更深。往日她不是喊他"将军"，就是唤他"侯爷"，也不见他如此斤斤计较。今日夹了个沈回在中间，他倒小肚鸡肠起来。

李姝菀伶牙俐齿："你位高权重，将你捧得高些不好吗？"

李奉渊说这么多，无非是想听她叫声好听的，可她不肯改口，李奉渊也没办法。

偶尔逼她喊一句哥哥听得舒畅，这时候若要逼着她喊出来，李奉渊反倒觉得自己像是在沈回面前矮了一头。

他不再多言，屈起食指轻弹了下她耳下冰凉的玉坠子。耳坠轻摇，李姝菀捂着耳朵，看他作乱的手。

李奉渊垂眸看她，语气淡淡："偏心。"

杨家世代在朝为官，官商结交甚广。杨老将军今日七十大寿，杨府宾客满盈，大门外沿路边摆了二十来桌流水席。

李奉渊和李姝菀刚到杨府片刻，得知消息的杨修禅便匆匆赶来，要拉着李奉渊去见杨老将军。

"叫你早些来，怎么来得这么迟？老头子正念你呢，你再不来，他都打算让我带着人去绑你了。"

杨修禅今日着锦衣戴华冠，衣冠楚楚，一改往日在户部当差时的颓废姿容，看着颇为精神。

他接过李奉渊手中的酒，拽着李奉渊跟他走，还不忘同李姝菀道："姝儿妹妹，人今日我先借去了，待会儿还你。"

几人常约在酒楼吃饭，杨修禅知道李奉渊如今戒了酒，此刻他同李姝菀打这声招呼，多半是打算待会儿还给她一个醉鬼。

毕竟李奉渊若当真被杨老将军灌得不省人事，还得李姝菀领回去照顾。

李姝菀不喜做扫兴人，点点头："去吧。"

杨惊春今日需陪着杨母招待宾客，李姝菀暂时倒无人作陪。李奉渊被杨修禅拽着往前走，回头问李姝菀："你若无聊，要不要与我一同去见师父？"

李姝菀若跟着去，必然也要喝上几杯烈酒，她摇头："我要去找沈回，需得将书还给他，你自己去吧。"

李奉渊叫她一起，便是不想她和沈回有过多牵扯。他皱了下眉，还想再说什么，杨修禅看他磨磨蹭蹭，等不及，揽着他的肩强硬地拖着他走了。

"行了，姝儿有自己的朋友要见，你黏着她做什么，别到时候把姝儿的好姻缘给搅和了。"

李奉渊听见这话，偏头睨他。

杨修禅浑然不觉，继续道："二十好几的人了，这点眼力见儿都没有，我都不敢想平日里你得多招姝儿嫌。春儿要出去见情郎，我素来是想方设法替她瞒着爹娘，让她在外玩得快活。你学学我，替姝儿与沈回嘶……"

杨修禅话没说完，李奉渊忽然抬肘给了他一下。

他力气可不小，杨修禅龇牙咧嘴地捂着肚子："打我做什么？难不成我说错了？你这人，说你你还不爱听。"

李奉渊道："我心眼小。"

杨修禅看他两眼，赞同道："我看也是。"

李奉渊这一去，直到午宴李姝菀都没见到他回来。

午后，吃饱喝足的宾客到园中围着溪流击鼓传花。李姝菀与沈回一同前往，但她坐了没一会儿，实在有些不放心，又同沈回暂别，去找李奉渊。

李奉渊果真仍陪着杨炳在喝酒，杨修禅也在，不过杨修禅已喝趴下了，倒在椅子里，听杨炳絮絮叨叨地同李奉渊说话，时不时应和两声醉话。

喝多的人大着舌头，吐字也含糊不清，李姝菀隔得远，没听清几人在说什么。

几人周围席间的宾客都已散了桌，杨炳眼尖，瞧见远远站着的李姝菀，笑着高声唤她："丫头来了，来来来，陪老头子喝上两杯。"

李姝菀前几次醉酒伤了胃，能不吃酒便不吃，眼下见避不过，只好过去。

李奉渊看她过来，拉过张凳子，又拿起桌上崭新的酒盏，提起酒壶给她倒了酒。

李奉渊带来的那几坛子酒已经喝空了，眼下他陪杨炳喝的是杨炳从前的属下送来的酒，将士喝的酒烈，一口下去，仿佛利刀刮过喉咙。

第八章 鱼钩

李奉渊只给李姝菀倒了小半杯，堪堪挂了个杯底。

他自己陪酒陪得满，倒护着李姝菀。

李姝菀走近，看了眼空荡荡的酒杯，不动声色地将杯子往李奉渊面前推了半寸。李奉渊见此，只好又给她补至八分满。

"本来今日想躲酒的，没想还是被您逮住了。"李姝菀端起酒杯，笑意盈盈地敬杨炳，"那晚辈便祝师父古稀重新，松鹤长春。"

她说罢，憋着气仰头将杯中酒一饮而尽。杨炳看她被辣得皱着鼻子，高声大笑。

"丫头爽快，比奉渊会说话！你看看他，搁这一坐，跟个闷瓜一样，不点他，他能半天不开口。"

李姝菀放下酒杯，笑着道："名师出高徒，闷瓜徒弟在您手里能成将侯，师父当初一定花了不少心思。一日为师，终身为父，侯爷可是将您当作父亲看待的，您可不能嫌弃这闷瓜儿子。"

她奉承得恰到好处，三两句哄得杨炳脸上的笑藏都藏不住。

杨修禅醉醺醺地夸赞道："姝儿妹妹该进官场，你这张巧嘴在朝堂里一定吃得开。"

"说得是。"杨炳赞同地点了点头，同李姝菀道，"丫头嘴巧，来得也巧，帮我劝劝这闷瓜。"

李姝菀看了身边的李奉渊一眼，顺着话问："师父要我劝他什么？"

听杨炳提起自己，李奉渊却没吭声，提着坛子替杨炳将空着的酒杯满上了，然后拎起桌上的茶水，给李姝菀面前的空酒杯蓄上了。

杨炳察觉他的动作，摇头道："臭小子，但凡对别的姑娘有对姝儿丫头一半上心也不至于到现在都没个着落。"

他喝了口酒，拍着李奉渊的肩，长叹了口气，对李姝菀道："如今国也定了，战事也平了。都说立业成家，你看看他，二十好几了，也到了议亲的年纪，可我方才同他说了好多姑娘，他竟一个都瞧不上。"

李姝菀没想到杨炳要她劝的竟是这事，她看了李奉渊一眼，李奉渊还是不吭声，自顾自地端起酒杯喝了一口，全当没听见。

李姝菀收回目光，面上不深不浅地露出个笑，同杨炳道："他若谁都不要,或许是已经有心上人了。"

杨炳方才已问过这话,可李奉渊并不承认,眼下他听李姝菀也这么说,眼神一亮:"丫头是不是知道什么?"

李奉渊听她说得笃定,也扭头看她。

他眉眼间的神色很淡,透着抹疏懒的倦色,看不出情绪;因喝多了,耳根下的皮肤泛出醉红,但眼神依旧清明,显然还没到昏醉的地步。

李姝菀微微摇头,模棱两可道:"我也不清楚,或许是哪位国公家的姑娘吧。"

李奉渊听她说着与他心中情意相差千万的胡话,缓缓垂下眼眸,扬起唇角无声地笑了一下,那笑意很浅,几乎看不出来。

笑中意味说不清也道不明,如同他深藏的、无法剖白的心意,难以昭然于人前。

李奉渊给杨炳斟满酒,开口解释道:"没这回事,师父别听她胡说。"

他嗓音有些哑,说话的语速也慢,带着些许不明显的醉意。

李姝菀回头看他,微微蹙眉:"我胡说?"

"嗯。"李奉渊应着,抬起手,想揉一揉她的脑袋,可看她发间簪着漂亮的金银珠翠,又将手落了下去。

他道:"半个字都没猜对。"

李姝菀陪着杨炳酒过三巡,听说她在这儿的杨惊春过来寻人。

杨炳年纪大了,话也多,一口酒喝完跟着一大段唠叨,念叨完李奉渊的婚事,又把话头扯到李姝菀身上,说的也还是婚姻大事。

杨惊春平日在家被杨炳念得耳朵起茧子,深知自己爷爷那张嘴有多磨人。她匆匆赶来,看见脱不开身的李姝菀,随便找了个借口,把人拉走了。

酒桌上,呼吸间都是辛辣的浊酒气,离了席,李姝菀总算能稍微喘口新鲜气。

杨惊春凑近闻了闻她,皱了下鼻子:"你喝了多少?"

李奉渊给她倒的茶多,酒少,没让她多饮。李姝菀道:"没多少,仅仅三两杯,只是那酒太烈。我从没喝过这么烈的酒,你再来晚些,我兴许就得醉倒在那儿了。"

"是我之错。"杨惊春道,"我方才去园中找你,听见沈回说你去找奉渊哥哥,一猜就知道你被老头子拉着在念话,立马就赶了过来。"

李姝菀本来与沈回说去去就回,没想撂下他小半时辰,心里有些过意不去,问道:"沈回还在玩传酒令吗?"

杨惊春道:"没。我爹请来个杂耍班子,我让他帮我们看了两个好座儿,他正等着呢。"

"倒是好久没看过杂耍了。"李姝菀来了兴致,抬起手臂闻了闻,"不过我身上酒气好重,想换换身衣裳。"

"不换了,估计杂耍已经开场了,去晚了座就被别人抢了。"杨惊春拉着她快步往园中去,提议道,"沈回身上不是常带着花茶香包吗?待会儿让他分你些佩在身上,便闻不到了。"

李姝菀想了想,微微颔首:"也好。"

台上艺人耍过两场好戏,李奉渊也终于陪杨炳喝尽兴了。

杨炳大醉,闹着要耍大刀。杨修禅怕他伤了老腰,和李奉渊搀着他回房休息去了。

二人循着热闹声一同来到花园中,高台上杂耍班子正耍得火热。

一位身强体壮的中年男人赤膊上阵,双手各执一只巨大的铁圈火球,正抡圆了胳膊画圈飞甩。

铁球舞动生风,球中点点火星飞溅而出,又迅速消散,宛如烧灼的繁星生生灭灭,好看得紧。

台下宾客满座,抚掌叫好。李奉渊眼尖,望见宾客间坐着的李姝菀与杨惊春,二人亦看得兴味盎然。

飞溅的火星灼热明亮,有些甩到了台下,李姝菀似有些怕,抬袖遮住半张脸,但面上却笑着,难得见如此欢喜。

李奉渊见她高兴,自己也情不自禁地轻轻扬起了唇角。他抱臂靠在桃树下,含笑看着她。

忽然,身边传来"呕"的一声。杨修禅扶着他靠着的桃树,弯腰背对人群吐了个昏天暗地。

李奉渊怕脏了靴，往旁挪了一小步，伸长了手替他拍背。

杨修禅吐完，酒也醒了大半。他畅快地舒了口气，掏出手帕擦了擦嘴，缓了片刻，问李奉渊："刚才爷爷同你说的婚事，你想清楚了吗？他老人家最放心不下的就是你，就怕自己万一哪天走了，以后你成婚时高堂上没人替你坐镇。"

李奉渊何尝不明白杨炳对自己的照顾，但他想，自己或许等不到那天了。他道："想清楚了。"

杨修禅看他心不在焉地望着别处，只当他在敷衍自己。

杨修禅叹了口气，没再多言，循着他的目光看去："瞧什么呢？"

李奉渊朝着李姝菀的身影轻轻抬了抬下颌："你看，她多高兴。"

杨修禅掏出单片镜戴在眼上，眯眼看去，也笑了笑："姝儿和沈公子一起看戏，自然高兴。"

李奉渊听见这话，微微皱起了眉，这才注意到李姝菀右侧坐着的男人原是沈回。

身上目光灼灼，李姝菀却丝毫不知。杨惊春似有所察觉，回头往他们的方向看了一眼，而后凑近李姝菀说了什么。

然而李姝菀却没回头，反而朝沈回倾身，与他亲密地说起话来。

沈回附耳靠向她，仔细听着，许是察觉二人靠得过近，他稍微又离远了些，耳朵却慢慢红了。

场面喧闹，李奉渊听不见二人在说什么，二人的口型也难以分辨。

他只看见沈回不知同李姝菀说了什么趣事儿，惹得李姝菀抬手捂唇，笑意难掩。

李奉渊定睛看着二人，面上的笑全垮了下去。

他心中妒火猛起，烧得胸口钝痛。

他放下手，朝着站在人群外的李姝菀的侍女走了过去。

柳素和桃青正在说话，看见他面无表情地走过来，心中忐忑，行礼道："侯爷。"

李奉渊道："去请小姐过来。"

第八章 鱼钩

柳素听他语气冰冷,小心翼翼地抬头看了他一眼,询问道:"小姐正在看杂耍,不知侯爷找小姐有何事?"

李奉渊冷眼看着与李姝菀说话的沈回,语气淡淡:"就说我醉了。"

柳素怎么瞧都不觉得李奉渊像是喝醉了酒,只觉得他神色淡得冷漠,仿佛正压抑着一股无名火气。

李奉渊平时温和,动起怒却吓人得很,她不敢再多问,快步行到台下,去请李姝菀。

"小姐,侯爷来了,请您过去。"柳素说着,指了指在原处等着的李奉渊,有些迟疑地道,"侯爷他喝醉了。"

李姝菀顺着柳素所指的方向看去,人群外一方稍显安静的角落里,李奉渊站在绿藤蔓缠绕的花架下,正静静地望着她所在的方向。

杨惊春听见了柳素的话,也跟着回头看了一眼,见李奉渊面上并无醉色,随口道:"奉渊哥哥醉酒不上脸,都瞧不出来他喝了酒。"

她说着,忽然又见观席后的桃树下立着一道熟悉的身影,定睛一看,杨修禅抱手靠在桃树上,一张俊脸被酒气染得绯红,正笑着看台上杂耍。

杨惊春见此,默默地叹了口气,感叹道:"不上脸好啊。"

醉酒上脸再一乐,跟个傻子似的。

李姝菀听说李奉渊醉了,却没急着起身,而是转头同沈回道:"沈回,我有事,先走了。"

沈回盯着台上抢火球的男人,手中握着一支手指长的细小墨笔,正聚精会神地在巴掌大的画纸上作画。

李姝菀声音不高,四周又喧闹,他画得入神,下意识侧耳靠近她听她说话。他手中笔未停,开口问道:"不看杂耍了吗?"

李姝菀不紧不慢地解释:"侯爷醉了酒,我有些担心,便不看了。"

沈回知她与李奉渊关系深厚,点点头:"嗯,你去吧。"

李姝菀说完,却仍旧不慌不忙,仿佛故意拖着时间似的。

她看向沈回笔下活灵活现的小人,又道:"这小画真是有趣,能否画一幅与我?"

沈回听她喜欢,有些腼腆地笑了笑,温声道:"好,我多画些,下次见面，带来给你。"

花架下，李奉渊看着和沈回说个不停的李姝菀，不知二人哪有这么多话要讲，只觉得她与沈回靠得太近，画面碍眼得很。

柳素抬头一望，眼见李奉渊脸色越来越难看，小声催促了一句："小姐，侯爷还等着。"

"我曾等了他多年，现下让他等上片刻又如何？"李姝菀说着，轻抚了下腰上的花茶香囊，这才起身朝李奉渊走去。

她在李奉渊面前站定，微仰着头，目光细细地扫过他乌沉的双眼，问道："柳素说你醉了？"

李奉渊垂着眉眼，看着她。他面上没什么表情，乌黑的眼里亦辨不出是何种情绪。他没有回答，而是开口问："同他聊了什么？"

李姝菀佯装不知他指的是谁："谁？"

李奉渊毫不客气："姓沈的。"

他话语中的敌意叫人难以忽视，李姝菀却仿佛没听出来，坦然道："没聊什么，只是一些寻常事。"

李奉渊不信，目不转睛地看着她："没聊什么为何同他笑得那般高兴？还聊了这样长的时间。"

他语气咄咄逼人，和素日里平静镇定的模样分外不同。李姝菀定定地看了他一眼，道："我看你压根没醉。"

她说着，脚下一转就要离开，似又打算回去和沈回接着看杂耍。

可才挪上半步，她就被李奉渊拉住了手。

他微微用了点力气，将她扯回跟前来，面对面低头看她，承认道："醉了。"

酒气烧身，他手掌热得灼人，李姝菀看了眼腕上骨节分明的手掌，下意识地轻轻挣了一下。

李奉渊察觉到了反抗的力道，却半点没松手，同她道："回去吧，累了。"

二人正说着，台下的沈回忽然朝他们这方看了过来。李奉渊不经意间与他四目相对，手下猛用力往前一拽，倏然将李姝菀扯得更近。

她脚下趔趄了一步，微微晃动的月色裙摆与他的黑色衣摆贴在一起，轻轻摩擦出声响，有种说不出的暧昧。

　　可二人似都不觉得这有什么不对，谁都没有避开。

　　李姝菀见李奉渊眼神不善地看着她身后，下意识就要回头，可李奉渊却抬起另一只手捧着她的侧脸，迫使她将脸转了回来。

　　他如今动手动脚的功夫是越发娴熟自然，李姝菀拉下贴在脸上的手掌，又去扯腕上的手，道："你松开我，我去同他们说一声，便与你回去。"

　　李奉渊闻言，身子微微往后一仰，肩背靠在花架的木柱上。他耷着眼皮，问道："同谁？沈回？沈回是你什么人，你事事都要同他知会一声？"

　　他自顾自猜测完，不等李姝菀回答，便又道："不松。"

　　李姝菀刚才在沈回那儿磨磨蹭蹭，李奉渊看得清清楚楚，眼下他不肯放她。

　　抓在她手腕上的长指得寸进尺地顺着她的手摸到指尖，轻轻在她指骨点了两下："累了，现在就回。"

　　李姝菀头一回见他这无赖的一面，有些好笑又觉得有趣。

　　园中四周尽是宾客，人多眼杂，她只好顺着他的意："好，回吧。"

　　李奉渊与李姝菀同杨母杨父辞别后，坐上马车打道回府。

　　车内，二人仍旧是各坐在软榻一方。马车徐徐往前行得稳当，李姝菀从匣中取出这月新得的茶叶，泡了壶冷茶。

　　李奉渊来时正襟危坐，眼下不知是不是醉了酒的原因，将仪容全然抛之脑后，坐得没个正形。

　　他放松了腰背，靠在软枕上，随意支着一条长腿，安静无声地看着李姝菀挽袖泡茶。

　　车窗闭着，车内有些热，他伸手微微扯松了衣襟，露出了喉结与颈上长疤。

　　衣裳摩擦发出窸窣声，李姝菀手里执着紫砂茶壶，侧目看了他一眼。目光对上他微垂着的疏懒眉目，静静凝视了须臾。

　　他看起来醉了，双眼却沉如深潭，情绪藏在眼底，叫人难以捉摸。

李姝菀没理会他，收回目光，给自己倒了杯茶，端起来慢慢细饮。她的袖口滑至手肘，露出白净如玉的纤纤手腕。

她今日施了粉黛，涂了口脂，茶水润湿了唇瓣，干泽的口脂又变得柔润，唇瓣轻轻一抿，便在白瓷茶杯上留下了一道醒目而模糊的唇印。

她饮罢，放下茶杯，宽袖也随之落下。李奉渊的目光顺着她的唇移至她的手最后又落到瓷杯上，不知道在想什么。

他今日喝得不少，体内酒气一点点蹿上来，思绪逐渐变得迟缓。

方才他说着醉是诓她，眼下倒是真的失去清醒了。

李奉渊微微晃了晃脑袋，看向李姝菀，问道："这是什么茶？"

李姝菀没答，端起茶壶给他斟了一杯："尝尝便知道了。"

话音落下，李奉渊倾身靠了过来，宽大的手撑在车座上，有意无意地压住了她的裙身。

李姝菀以为他要端茶喝，将矮桌上的茶杯往他面前推了推，不料他却将手伸向了她。

茶水湿了她的唇，饱满的唇上显出一抹润亮的水色，仿佛朝露浸润的柔嫩花苞，漂亮得惹眼。

李奉渊直勾勾地盯着她，毫无征兆地用拇指抚上了她柔软润红的唇。

李姝菀显然没有料到他有此举，身子定住，浓密的睫毛也轻颤了一下。

她垂目看向唇上的手，却没有避开，任由李奉渊的指腹在自己唇上缓缓轻蹭。

他举止失格，脸上却没什么表情，仿佛不觉得自己行为孟浪。

长年握缰持器的手满是粗茧，粗糙的指腹压在唇上，有些酥麻，似疼又痒。

柔软的唇瓣被手指压得微微变形，李奉渊伸出食指与中指压在她唇角，将她的唇轻轻往上提，想让她露出在杨府与沈回说话时一般的明媚笑意。

不过强求的东西终是留不住，他手一松，李姝菀的笑立马便消散了。

李姝菀拉开他的手:"不是要喝茶?"

李奉渊没有回答,贴近她的耳畔,闭目轻嗅了嗅,低声道:"你身上就有茶香。"

李姝菀看着几乎靠在自己肩头的脑袋,伸手抚上腰间的香囊,回道:"你闻到的,应是阿沈给我的花茶香囊的气息。"

李奉渊听见这话,神色一冷,倏然睁开了眼。

他面无表情地看向她腰上佩戴着的香囊,长臂一伸,单手解下香囊,扬手便扔了。

小小一只香囊砸上车门,又落下摔在地毯上,发出轻而闷的两声响。

绳结松散,烘燥过的花瓣和茶叶倾洒而出,散落车中,一时茶香愈浓。

李姝菀有些意外地看了他一眼,断定李奉渊已然醉得失去了神志,不然以他的品行,必然做不出如此失礼粗鲁的举措。

她神色淡淡地看着他,明知故问:"为何丢我的香囊?"

李奉渊胸中妒意横生,没有回答,反而沉声问道:"姓沈的是什么好人吗?"

李姝菀如没听见他饱含妒火的质问,自顾自地接着惋惜道:"这花茶是他亲自采摘烘制,难得送我,让侯爷糟蹋了。"

李奉渊拧眉死死地盯着她,同样自问自话:"我是什么恶人吗?为何同他笑谈,却不肯与我露笑?"

他执意要从李姝菀口中讨一个说法,可李姝菀却并不回他任何质问,反倒话里话外都在维护沈回,任由他的妒火越烧越旺。

她微微偏头回望他,那眼神仿佛在嘲笑他的无理取闹,她语气平静:"你无故发些莫须有的脾气,坏了阿沈送我的好东西,改日我见了他,要如何同他说,啊——"

她话没说完,李奉渊已再听不下去,手掌突然扣上她的腰,将她往自己身前一带,低头用力一口咬在了她颈侧。

坚硬的牙齿深入柔嫩的皮肉,剧烈的痛楚传来,李姝菀身子一抖,唇中溢出半声痛吟,剩余的又被她强行吞回了喉咙。

炽热的唇贴在她跳动的颈脉上，一下又一下，顺着骨骼传到李奉渊的耳中。

新鲜的血气涌入口舌，驱散了呼吸之间叫人生恨的茶香，可李奉渊仍嫌不够，唇齿用力，再度加深了力道。

疼，实在太疼了。

李姝菀身子娇贵，已好久没再受过这等皮肉之苦。

她蹙着眉，不受控制地轻颤起来，感觉自己的喉咙都快被他咬断了。

她伸手推他，声音有些抖："松开。"

扣在她腰上的手掌抬起来，转而握住她脆弱的脖颈，李奉渊松开牙齿，闭着眼，将额头抵靠在她发上。

她被掌着细颈，避不得，只能任他靠着。

李奉渊闭着眼，眉心深锁："为什么？"

为什么待别人比待他更近？明明他们才是天底下最亲近的人。

一丝鲜血从李姝菀脖颈处破皮的齿印流出，顺着被咬红一片的皮肤流入衣襟下。

李奉渊用染血的唇蹭过那血迹，满是不甘："凭什么？"

远处天边浮光霭霭，暮色沉落。

马车缓缓停在安远侯府外，车内，李奉渊微仰着头靠在座中，闭目不言。

唇上，还沾着干涸的血迹。

李姝菀看也不看他，拢高衣领，遮住了脖颈上血淋淋的牙印，躬身先一步钻出马车。

今日二人同乘，出门套的马车也高大，柳素伸手搀她，提醒道："小姐当心脚下。"

李姝菀扶着柳素下了马车，抚了抚在车上被李奉渊按得皱巴巴的衣袖，随后也不等他，直接朝府中走去。

柳素见此，有些意外地看了李姝菀一眼。

她看出李姝菀脸色不对，若有所思地往马车看了眼，而后快速给刘大使了个眼色。

刘大乃习武之人，耳力比柳素敏锐不少。回来的路上，车中动静他听了个十之四五，知道李奉渊与李姝菀起了争执，只是没听清二人具体因何事吵起来，闹成现下这场面。

刘大翻身下马，正要推门去请车内的李奉渊，却忽然听车内发出动静，李奉渊扶着车门，自己出了马车。

他面色沉静，却满身酒气。刘大估不准他醉了还是没醉，试探着上去扶他。李奉渊看了眼伸过来的手，语气冷淡："走开。"

刘大不敢忤逆，点头应"是"，站到一旁，看着李奉渊几步一顿地往前走。

李姝菀听见了身后动静，但并没回头，捂着衣领，一言不发地走在前头。

李奉渊落在她身后十来步，任谁都看出二人之间不对劲。

李奉渊醉后行得稳，却难走直，几步路走走又停停，行到门口脚下没抬起来，被木门槛绊了一下，险些往前摔下去。

刘大、刘二见此，惊呼出声，一左一右快步上去扶他："侯爷当心！"

李姝菀心头一跳，这才回头，看见李奉渊扶着门立稳，微微松了口气。

李奉渊脾气上来，甩手推开刘大和刘二，站在原地朝李姝菀伸出手："扶我。"

李姝菀颈侧的齿印还一突一突地跳着疼，她的目光扫过他唇上的血迹，没有上前。

她看了眼刘大、刘二，淡淡道："去扶着侯爷。"

刘大、刘二才被李奉渊推开，心里有些犹豫，可李姝菀发话，二人又不能不听，试探着上去搀李奉渊，可手还没碰到，又听见冰冰的两个字："滚开。"

他脾气难得大成这样，从前便是动怒，也是语气平静地下令责罚，何曾冷声相对。

二人站到一旁，不敢再上前。

李姝菀曾同杨修禅学垂钓,听说鱼上钩后,鱼线要时松时紧。鱼挣扎逃跑时应放长线耗其体力,鱼疲累时要收线拖近。

来回拉扯数次,鱼便可入篓。

李姝菀行了几步,听见身后人没跟上来,缓缓站定。她回过头,看见李奉渊还立在原地,目不转睛地望着她,等着她转身。

李姝菀看着他深黑的双眸,忽然不知道谁才是咬钩的鱼。

李姝菀心想:他眼下是个醉鬼,醉鬼行事,不能以常理待之。

她与他对视须臾,最终还是朝他走了过去。玉手伸至他面前,李奉渊毫不犹豫地握了上去。

周边的仆从见此,隐隐觉得二人之间此等相处有些不对,但无一人敢多言。

李姝菀拉着他,同他并肩而行。他自己走不直,李姝菀也被他拽得左一步右一步,行不大稳当。

她不得已放慢了脚步配合他的步子。

她问他:"我若不扶你,你便打算一直站着不动?"

天边云霞铺展,霞色照在她身上,李奉渊侧目看着她盛着绚丽霞光的眼睛,严肃道:"你若不回头,我便折身去杨府堵姓沈的,将他打一顿。"

"……什么?"李姝菀闻言一怔,有些不敢相信这话是从李奉渊口中说出来的。

她仔细看着他脸上的神色,判断他是否在说笑,然而李奉渊面色坦然至极,显然并非玩笑话。

李姝菀不知他醉后能疯到如此地步,缓缓蹙起眉心:"堂堂一位大将军,喝了几口酒,便要对一位手无寸铁的书生动手,你……"

她话没说完,就被毫无悔改之意的李奉渊冷声打断了:"别护着他,否则我现在就去揍他。"

他这话像个七八岁斗狠争勇的孩童,李姝菀听得好笑,连气都消了几分。

她松开他的手,扬手朝来路一指:"好,你去,我倒要看看你还能做出什么荒唐事来。"

她话音一落,李奉渊当真立刻就沉着脸转身走了。

他今日赴宴未佩剑,此刻朝刘二伸出手,沉声道:"刀给我。"

刘二哪里敢卸刀给他,握着刀柄退后一步,神色求助地看向李姝菀,苦笑一声:"小姐,您劝劝侯爷。"

李姝菀抿了抿唇,上前将他拉回来,安静地往回走,闭上嘴不再激他了。

李奉渊这一醉,第二日睡到日上三竿才起。

昨日李姝菀送他回西厢,没人敢近身伺候,他带着一身酒气便躺下了。

睡醒睁眼,满身过夜的酒臭味。

李奉渊翻身爬起来,望了眼透窗而入的明亮日头,皱眉摁了摁疼痛欲裂的额角,起身从衣柜里翻出身干净的衣裳。

昨晚他回来倒头便睡下,宋静猜到他起后要沐浴,早早便让人备好了热水。

门外候着的仆从见他从内间出来,有条不紊地按照宋静的吩咐抬着热水进了浴房。

李奉渊踏出内室,正准备朝浴房去,忽又想起什么似的,抬手摸了摸自己的唇,扭头回了房中。

内室桌上摆有一铜镜,李奉渊行至桌旁,弯腰对着铜镜一照,看见自己的唇上带着一抹暗红的血迹。

而他的齿间,似乎仍能尝到铁锈般的血腥味。

昨日马车之中发生的种种顿时浮现于脑海,李奉渊单手撑在桌上,看着铜镜中的自己,恍然惊觉那一切并非醉梦。

李奉渊不像李姝菀一醉便什么都忘了干净,就连咬着李姝菀的喉咙时,她控制不住地在他怀中细微战栗的感受他此刻都记得清清楚楚。

他也清晰地记得,她那时并没躲开。

李奉渊抬起手,对着镜子用手掌擦去唇上血迹,再度走出了房门。

眼下已至午时,庭中日头正盛。李奉渊抬眸看向对面东厢,随口问房中的侍女："小姐呢？"

昨日李奉渊傍晚回府，侍女亲眼看见李姝菀扶着醉醺醺的他进的门。

二人举止过密，眼下侍女又听他起床第一件事便问起李姝菀，心中难免多思。

侍女难掩好奇，偷偷抬头看向李奉渊，却冷不防撞进他冷淡锐利的目光中。

那目光犹如鹰狼，侍女心头一跳，只觉得自己妄图窥探秘辛的私欲在他眼下无所遁形。

她立马心慌地垂下了头，有些忐忑地道："回侯爷，小姐眼下正在东厢。"

李奉渊知自己那一口咬得过重，他抿了抿唇齿间的血气，沉默须臾，接着问道："小姐昨日回府之后，身体可有不适？"

府中不允许仆从私下互相打听主人的事情，侍女不知他为何这样问，如实道："回侯爷，奴婢并不清楚。不过奴婢未见东厢传唤郎中，想来小姐应当安好。"

李奉渊闻言，心底稍安。他没再多问，沐浴之后，从衣柜里翻出伤药，穿过庭院朝东厢去了。

东厢，李姝菀坐在软榻上。榻上矮桌摆着嫩红的花瓣和白纱等物，她手执捣杵，正在往石臼里碾碎花瓣，制蔻丹汁。

百岁四仰八叉地倒在她身边睡觉，一人一猫，悠闲得紧。

柳素和桃青在一旁替她摘鲜花瓣，二人见李奉渊进来，起身行礼道："侯爷。"

不等李奉渊开口，二人便颇有眼力见儿地将位置让了出来。

李奉渊在李姝菀对面坐下，李姝菀没理他，继续捣花汁。

秋日天热，她衣襟却立得高，昨日李奉渊动口咬伤的地方被衣襟遮住了，看不见伤处。

"出去，带上门。"李奉渊忽然道。

房中仆从闻言，接连退了出去。

房门关上，眼前光亮稍暗，李姝菀这才停下手中动作，抬眸看他：

"你把她们叫出去,谁来给我打下手?"

"我看看你的伤,待会儿便让她们进来。"李奉渊说着,朝她脖颈伸出手,二指夹住她的衣领轻轻掀开,看见那圈齿印已经结了血红的新痂,周围一圈皮肤带红发紫,瞧着十分可怜。

他动作自然又娴熟,手指触碰到伤处,痛感传来,李姝菀下意识偏头躲了一下。

李奉渊从怀里掏出带来的药膏,用手指抠出一块轻轻涂在齿印上,问她:"疼吗?"

酒一醒,他好似又变回了克制知礼的模样,语气平静,无半点昨日喊打喊杀的莽撞之态。

李姝菀望着他沉稳的眉眼,正要回答,却又听李奉渊道:"疼就对了。"

李姝菀一愣,眨了下眼,仔细看他的神色,这才发现他平静过头,竟无半分愧疚。

涂过药,他用手指在她伤处周围的一圈红紫上轻揉起来。李姝菀忽然想抓住他的手,给他也来上一口,叫他知道这究竟有多疼。

可她看见他脖颈上的伤疤,又觉得自己这点伤痛或许在他眼里算不上什么。

她拉开他的手,合上衣襟,故意呛他:"将军无缘无故咬我一口,还这样理直气壮。"

"无缘无故?"李奉渊道,"下次你若仍分不清亲疏,便不止这点疼了。"

李姝菀缓缓蹙起眉头,敏锐地察觉到他有什么地方变了。

李奉渊没有多说,继续道:"明日我便要护送圣上去猎场,约莫二十日后归。"

又到离别,虽短短不至一月,但李奉渊仍有些放心不下,他看李姝菀的眉头一直皱着,意识到自己刚才的话说得有些重。

他放轻了语气,嘱咐道:"你一人在家中,如有事,便托人送信给我。"

他顿了一瞬,继续道:"等我回来,我有话与你说。"

他这几句话像是在哄小孩子,可李姝菀并不领情。除了她刚来府中那会儿,李奉渊从没凶过她。

如今的李姝菀在他这儿受不得半点委屈,她冷哼一声:"凶神恶煞,谁要和你说话。"

第九章 定情

八月,武胜山举行秋狝之礼。

圣上持缰握弓,亲入猎场,竟猎得一头罕见的成年白虎。

谁人都知道这白虎是有心之人投入围猎之地的,再将其赶至陛下马前,由他猎获,讨他欢心。

大臣们心知肚明,却无人点破,一个个扯笑高颂陛下勇武。

陛下龙颜大悦,下令于山中设宴,杀兽饮酒。

宴上酒过三巡,祈伯璟趁机请旨立光禄大夫杨氏嫡女杨惊春为太子妃。

酒意之下,圣上欣然应允,当即与皇后商定了迎立太子妃的吉日,亲自拟定了圣旨。

第二日,宦官便浴着朝阳下山,喜气洋洋地将立太子妃的圣旨送入了杨府。

然而喜讯传来没两日,武胜山上却出了祸事。

原是圣上狩猎时不幸落马,摔伤了龙体,不得已中断秋狝,摆驾回了皇宫。

户部一年到头都忙得脚不沾地,杨修禅此番没跟着上武胜山,他听说陛下遇事时,朝中已是一片惊惶。

杨府先是得了立太子妃的圣旨,然后皇上便出了这档子事,杨修禅心中觉得有异。李奉渊护送皇上回宫这日,他一出宫门,杨修禅便将他劫走打听详情了。

人多眼杂,杨修禅与李奉渊在街边茶馆中谈话。

事发突然,李奉渊安排着护送陛下回宫,昨夜忙得一宿没合眼,眼下有些困倦。

他边听杨修禅说,边煮浓茶。

"武胜山上怎么回事?陛下怎么好好的就落马了?"

当今圣上方过半百之年,素来勤于体练,不该连马都坐不稳。

包间门窗紧闭,但杨修禅担心隔墙有耳,仍将声音压得极低。

李奉渊倒不怎么害怕,淡淡道:"陛下狩猎之时遇到了一匹发春的母野马,马嗅到味儿,发了癫疯,朝着母野马狂奔而去,陛下这才落马。"

杨修禅原还以为这其中有所隐情,没想竟是这般原因。他想了想,有些奇怪:"这都八月了,马还发春吗?"

军中养的种马一年四季都在求偶,李奉渊倒不觉得奇怪,微微颔首:"嗯。"

杨修禅"啧"了一声,还是觉得哪处不对劲。

此事一出,十一月迎立太子妃的大典也不得不推迟,朝中本来明晰的局势陡然又因此变得模糊起来。

陛下伤得突然,缘由又太正常,反而叫人觉得奇怪。

杨修禅打量着李奉渊的神色,见他平心静气丝毫不慌,微微皱了下眉:"出了这么大的事,怎么一点也不见你心烦?"

李奉渊倒出两碗刚泡好的茶,一杯推给他,一杯自己端起饮了一口。

这茶浓得发苦,刚好解困,他缓缓喝下,坦荡地道:"天子尊贵,却也是肉体凡胎,我担心有何用,那是太医需得操心的事。"

李奉渊说着看向他:"倒是你,摔的又不是伯父,你这么着急做什么?"

杨修禅"嘿"了一声,朝着左侧头顶的空气拱手作礼,大义凛然道:"你这是什么话,身为臣子,我自然忧心陛下龙体。"

二人从小混在一处,杨修禅什么德行李奉渊一清二楚。

忠君不假,但也还没忠到把皇上当亲爹看的份儿上。

李奉渊看着杨修禅不说话,杨修禅被他盯了片刻,没装下去,摸了摸鼻子,叹息着如实道:"我本打算等秋狝之后递上求娶公主的折子来着……"

第九章 定情

李奉渊了然，轻挑了下眉。

不过说起娶妻之事，李奉渊想了想，同杨修禅道："有件事我想与你商量。"

杨修禅呷着茶，抬了下手，示意他直说。

李奉渊放下手中茶碗，认真道："我想请伯父伯母认菀菀为义女，请你做菀菀的义兄。"

杨修禅还以为他要说朝堂之事，没想却听他突然把话头扯到了李姝菀身上。

杨修禅疑惑道："怎么突然想起这事？"

不等李奉渊回答，他又自己找了个理由："你是想等姝儿成亲时，让我爹娘给姝儿撑撑场面？"

毕竟比起李府，他杨家几十来口人，可谓家大业大，娘家人多，气势也盛，以后她的夫家顾忌着，更不敢轻慢她。

李奉渊还不知要如何同杨修禅解释，此时听他替自己找了个合理的缘由，按理心中本该松快几分，没想却越发心虚起来。

他含糊道："……算是吧。"

提起李姝菀的婚事，杨修禅身为半个兄长，也不免为此操心。

他知道李姝菀与沈回走得近，但沈回家居宥阳，离京甚远。

李奉渊看着坦荡磊落，但心眼子比芝麻大不了多少，护短得紧，定然舍不得把李姝菀嫁到那路遥车远的地方去。

万一今后姝儿在夫家受了委屈，他这头得知消息再赶过去，怕是人都已被泪水淹过几回了。

杨修禅思忖着这一层，问李奉渊："前段时日，你不是在替姝儿相看人家，要给她招婿吗？"

杨修禅这话恰好戳到了李奉渊痛处，他抿了下唇，道了两个字："碍眼。"

杨修禅听他这么说，没多想，只当他舍不得把李姝菀许人，摇头道："八字还没一撇的事你便已开始烦，等以后姝儿真嫁了人，你不得拿把刀把人家给劈了。"

417

李奉渊捏了捏眉心："女子非得嫁人吗？"

他方才还要杨家认李姝菀做义女为她的婚姻大事铺路，这会儿话里话外又都是不舍。

杨修禅失笑反问："你以后非得娶妻吗？"

李奉渊不假思索："我可以不娶。"

杨修禅听他越说越不着调，笑意更盛，笑着笑着，忽然又咂摸出这话似乎哪里有些不对味儿。

然而不过一瞬，他便把脑中莫名其妙冒出来的诡异猜测压了下去。

这二人，不舍才是正常。

杨修禅抬眸看向李奉渊，见他不自觉地皱着眉头，看着比自家要嫁女儿的娘还焦愁。

说不上是何种原因，杨修禅还是把话问了出来："什么意思？你这话怎么听着有些怪。"

他口吻轻松，面上带笑，不过随口闲聊。

可话问完，李奉渊却垂眸看着手中饮尽的空茶杯，半天没有回答一字。

杨修禅见他如此，笑意一僵，缓缓收了回去。

茶桌上，小火炉中炭火红热，茶水滚沸，茶壶口冒着白雾。水雾缭绕而上，李奉渊的面容隐在雾后，看不真切。

杨修禅看着他，脑中忽然忆起了从前李奉渊待李姝菀时的种种画面。

杨修禅自己同杨惊春兄妹情深，以前见李奉渊待李姝菀宠溺体贴，也不觉得有什么，可此时杨修禅心里埋了疑种，再回头去想，便觉得从前李奉渊对李姝菀的一举一动都过于亲密。

杨修禅收起了平日吊儿郎当的模样，神色稍肃："李行明，我问你话呢。"

李奉渊还是没应声。

就当杨修禅以为自己听不到他开口的时候，李奉渊才终于徐徐出了声："你我乃挚友，你知我为人，从小到大，我从未对谁动过心。"

第九章 定情

他语气很沉，也极平缓，道的全是真情。可这真情在杨修禅耳中实有些不敢置信："……什么？"

李奉渊看向杨修禅，认真地道："我心悦菀菀。"

杨修禅不知李姝菀身世，李奉渊此番直接承认了对李姝菀的心思，杨修禅听罢急得猛站起了身。

"你、你！"杨修禅想高声骂醒他，又顾忌着被人听见，克制着压低了嗓音，"你知不知自己在说什么疯话？！"

李奉渊直言道："我对菀菀是真心……"

这话实在是惊世骇俗。李奉渊话未说完，便被杨修禅厉声打断："狗屁真心！胡话连篇！我看你是摔坏了脑子！"

杨修禅满面又惊又怒，伸出手去拨李奉渊的头发，想在李奉渊脑袋上找出个拳头大的疤，以证他被利器所伤乱了神智，嘴里吐的全是不知根本的胡言。

可杨修禅看了又看，却只看见他一双清醒得不能再清醒的眼。

杨修禅缓缓松开他，气急道："疯了！我看你是疯了！"

李奉渊虽猜到了杨修禅的反应，但见他情急万分，还是不免叹了口气。

他从怀中掏出一只玉蟾蜍，放在桌面上："那日在姜府，以蟾蜍为证，你答应过我，无论我今后娶谁为妻，你都会真心相祝。此话可还当真？"

杨修禅看着桌上的丑蟾蜍，想起李奉渊再三要自己保证，眼下才终于猛然回过味来。

他咬牙切齿地道："你从那时起就起了心思？你……你！你这个！"

他气得结巴，在房中来回转了几圈，指着李奉渊想骂他，又不知从何骂起。

杨修禅气得拿起桌上的蟾蜍砸了出去，玉蟾蜍砸在墙上摔个粉碎，他怒声道："我当时只以为你要找个丑的，结果你倒好！你身边没女人了吗？对姝儿起心思！"

李奉渊坚定道："心不可改，我意已决。"

杨修禅听他不肯悔改，用力握紧了拳，简直想一拳挥在他身上，但在看到他那双眼时，又挫败地落了下去。

身为兄弟，杨修禅的确知他为人，李奉渊意坚如顽石，千秋万载不可改。

杨修禅深吸了口气，强迫自己镇静下来："你走的时候，亲口要我将姝儿当作亲妹妹照顾。她前些年去江南，是我以公务之名常去看望，生辰节日，是我和春儿陪着她一同过。我将她看作妹妹，我亦是她兄长……"

杨修禅说着说着，突然明白过来李奉渊为何要杨家收李姝菀做义女，他这是想让自己把人接过去，之后他再把人正大光明娶进家门。

他鬼主意倒是打得精，若自己没反应过来，便要助纣为虐。

想到这，杨修禅压下的火气又噌地冒了上来，一甩衣袖恼道："去你的不可改，我说不准就是不准！"

李奉渊今日若说对杨惊春起了心思他都还能平和几分，可偏偏是李姝菀。

杨修禅无法接受李奉渊对李姝菀起心思，这简直乱了章法礼教！

杨修禅指着自己，气急败坏地对李奉渊道："我若对春儿起意，你拦不拦？"

他做着比喻，说罢不等李奉渊开口，自己便起了一身鸡皮疙瘩，将衣袖甩得哗哗作响，厌恶道："恶心！"

李奉渊见杨修禅情绪激动，知道自己今日无法说动他，只好道："我与菀菀之间，同你与惊春不同。"

他胡言乱语道："我并非我爹所生。"

杨修禅听他这话，像看傻子一般看着他："你要不要自己照照镜子李奉渊，你同你爹长得一模一样！"

李奉渊话口一转："那菀菀呢？"

杨修禅一怔："什么？"

有些话不能点破，李奉渊没再说话，就只是看着他，等着他自己想明白。

第九章 定情

杨修禅看着李奉渊冷静的眼,很快便反应了过来。

单从容貌来看,李姝菀与李奉渊看着的确不像,李姝菀与李瑛的外貌也未有半分相似之处。

杨修禅愣了好片刻,才低声道:"你什么意思?你是说姝儿与你……"

李奉渊没说是,也没说否。他给杨修禅倒了碗茶,道:"我知你心有疑问,但菀菀如今这样就很好。前尘往事已经过去,你若愿意,她今后便是你的义妹。"

李姝菀是当年李瑛从外面抱回来的,如果真如李奉渊所说李姝菀并非李瑛之女,那李瑛隐瞒她的身世必然有不能示人的原因。

李奉渊不愿言明,杨修禅便没有多问。

然而今日之事对他冲击过大,他缓缓坐下,皱着眉倒在椅中。房中安静了好片刻,等到桌上的茶都凉了,他才问道:"姝儿知道吗?"

李奉渊摇头:"我不清楚。"

她如今心思太深,他已难看透她。

杨修禅看向李奉渊,又问:"那她知道你的心思吗?"

李奉渊沉默须臾,还是那句话:"我不清楚。"

杨修禅听罢,忽然站起身朝外走。

李奉渊叫住他:"去哪?"

杨修禅冷声道:"将姝儿接走,免得你这发癫的畜生动心思胡来伤了她。这妹妹你不爱护,我同春儿来爱护。"

杨修禅一出门,李奉渊喝了口茶,在桌上扔下银钱,直接推窗从二楼翻了下去。

街头行人见他从天而降,吓了一跳,待看见他那一身显眼的武将官服,又不禁好奇地盯着他瞧。

李奉渊没理会众人的目光,直奔马厩,上马便走。

杨修禅那话认真,不像随口说说,是当真起了把李姝菀接到杨家住的心思,李奉渊怎么肯。

他从怀里掏出一块碎银给马夫,指了指杨修禅的马:"劳烦,将这马立刻送去西街杨府。"

这巴掌大的茶馆少有茶客出手如此阔绰，那马夫见面前人又是个大官，双手接过银钱，乐呵道："好嘞，大人，这就去，这就去。"

说着，他像是怕李奉渊反悔，立马牵着马吆喝着小跑去了。

李奉渊也没耽搁，一夹马肚也离开了。

杨修禅从茶馆二楼下来，都已经想好了要将府中哪间院子腾出来给李姝菀住，然而等他步出茶馆，往马厩一望，却不见自己和李奉渊的马。

他愣了一下，意识到什么，快步返回二楼包间，见茶桌旁空空荡荡，哪里还有李奉渊的影子。

李奉渊一去武胜山中二十日，守门的司阍见李奉渊终于回府，带笑问候了声"侯爷"。

李奉渊将马交给他，叮嘱道："今日杨大人若来，不要让他进门。"

李奉渊和杨修禅是打小的好友，宋静特意嘱咐过，若是杨家的人来拜访，无须通报，直接让他们入内便是。

司阍突然听见李奉渊如此吩咐，有些疑惑，仔细问道："那侯爷，过了今日呢？还让杨大人进门吗？"

李奉渊思虑得周全，道："看他神色——若他怒气冲冲来者不善，便将他拦在门外；若他平心静气神色无异，便请他进门。"

李奉渊说完，又不放心地补了一句："他素爱翻墙，若他要翻墙而入，也要拦着。"

司阍认真地应下："是。"

李奉渊回到栖云院时，东厢的门半闭着，李姝菀正在午憩。

李奉渊进门一看，她就在外间的矮榻上躺着，闭着眼，睡得正香。

午间热，柳素在一旁替她轻轻打着丝扇，见李奉渊来，犹豫着要不要叫醒她。

李奉渊竖起食指，做了个噤声的动作，低声问柳素："我不在时，小姐可一切都好？"

他说话时，眼睛一直看着矮榻上的李姝菀，眼里似浮着暖意。柳素不敢多看，压低声音回道："回侯爷，一切都好。"

第九章 定情

李奉渊点了点头,就这么在一旁安静地看了一会儿,便悄声离开了。

他回到西厢,沐浴更衣,让人传刘大到了书房。

书房屏风后,李奉渊披着湿发坐在椅中,刘大立在桌案前,从怀里掏出了一打白纸,递给了他:"侯爷,按您的吩咐,都记下了。"

纸上记录着李奉渊不在的这二十日里,李姝菀出门时的一切行踪。

李奉渊伸手接过,安静地看起来。

有几张纸几乎写满了,有的只寥寥数行,但每看上一两页,便能看到"沈回"二字。

来往倒是依旧密切。

李奉渊还以为那日他的醉话让她听进了耳,没想她却不甚在意,心里仍念着外人。

刘大偷瞄着李奉渊淡漠的脸色,心里有些打鼓,连呼吸都放轻了。

书房里静悄悄的,一时只听见纸页翻飞的声音。李奉渊一张一张看完,将纸张压在了镇纸下,面上的表情看不出是喜是怒。

李奉渊行事坦荡,吩咐刘大盯着李姝菀,并没让刘大瞒着。

但刘大不敢犯上,他担心李姝菀知道后迁怒自己,记述时不敢正大光明,只能偷偷摸摸地抽空将她的行程写下来,怕李姝菀的侍女瞧见。

许多时候,都是刘大回房照着灯烛写的,写得粗略,只回忆着记下李姝菀当日去了哪儿做了什么,和人说了什么话却没详记。

他也有点不敢写。

李奉渊见刘大欲言又止,屈指敲了下桌案,道:"有事便直说。"

刘大听李奉渊开口,这才道:"您不在的这些日,小姐和沈公子在一起时,总谈起京外的山川水色,譬如西北的黄沙、远地的海河。有一回奴才听小姐说……呃……"

他有些不敢直言,支吾了两声,小心翼翼地放轻音量:"小姐和沈公子,似乎商量着要一起离开望京。"

李奉渊闻言,神色一顿,沉默了好片刻。

祈伯璟曾明明白白地说过一样的话,只是那时候李奉渊不信,此刻再次听刘大说起,却不得不当真。

他心中情绪难辨，好一会儿才开口问道："离开？她要去哪儿？"

刘大摇头："回侯爷，奴才不清楚。有一回小姐和沈公子私底下说话，奴才偷偷跟上去才听见的。离近了，小姐便止了话头。"

刘大说完，李奉渊又不作声了，似乎在想些什么。

刘大觑着李奉渊的脸色："侯爷，今后小姐若同沈公子见面，要派人来知会您一声吗，还是说拦着点小姐？"

和刘大预料中不同，李奉渊并未发怒。也不知是不是气过了头，他反倒平静了下来。

李奉渊道："拦她做什么，任她同姓沈的商议，等二人商量好了，决定远走高飞了，再来知会我。"

这种事按理该是越早了断越好，刘大有些不明白李奉渊任之放纵是何意，但接着就听他道："若小姐回心转意，便当此事未发生过。"

刘大这才了然，垂首应下："是。"

李奉渊站起身，准备离开书房，走前指了下桌上那镇纸下压着的纸张："烧了。"

"是。"刘大应罢，看着李奉渊离去的背影，心里不免有些佩服。

若是别人知道自己家里的姑娘商量着要和外男私行，怕会行霹雳手段，将人关在家中跪上几日祠堂改改脾性，再拎着刀把那外男砍上两刀解气。

然而他们侯爷从头到尾都心如止水，稳如泰山。

刘大在心中叹完，回过头，看见桌案上方才李奉渊说话时随手握着的镇纸，又忽然愣住了。

只见那紫竹实木做的镇纸，不知何时，已碎出了道道深刻如蛛丝的裂纹。

皇上秋猎落马一事发生得突然，回京之后连日辍朝，安心养伤，国事也由太子暂理。

老皇帝年事已高，一场断骨伤病养了又养，迟迟未能好转，反倒身子越发虚弱。太医对此也束手无策，只能开一些药效温和的补方。

第九章 定情

皇帝不理朝事,朝中表面风平浪静,暗地中太子一派与四皇子一派的臣子针锋相对,皆在为自己心中将来当承接天运的天子谋划。

而后宫里,贵妃姜锦日夜服侍皇上左右,就连皇后也无从近身,听闻皇后听太后令,日夜在为皇上抄经祈福。

皇帝将朝中事交予祈伯璟,身边又宠爱着姜锦,以此制衡着太子与四皇子一党,压制着底下蠢蠢欲动的蛟蛇。

前朝后宫,风起云涌之间,似乎又暂得安宁。

祈伯璟手握大权,欲趁此机会提拔人手,插手宫内布防一事,李奉渊也随之一同忙前忙后。

这日,李奉渊入宫与祈伯璟商议罢正事,步出宫门时天色昏黄,已近傍晚。

他方出宫门,便看见刘大在宫墙下来回踱步,翘首朝宫门张望。

刘大在宫墙下已等了近一个时辰,此刻总算见到李奉渊的身影,焦急地快步上前:"侯爷!"

李奉渊自从知道李姝菀存了跟沈回离京的心思,便一直让刘大盯着她与沈回,此刻他见刘大慌慌张张,以为刘大打探清了李姝菀离京的打算。他问道:"小姐的事?"

刘大点头:"是,是小姐的事。"

宫人牵来李奉渊的烈马,李奉渊不紧不慢地整理着马鞍:"说吧。"

刘大欲言又止:"侯爷,小姐她、她同沈公子……去秦楼了。"

李奉渊的手一顿,以为自己听岔了,他侧目看向刘大,缓缓皱起眉头:"秦楼?南街的秦楼?"

南街半条街都是烟花之地,秦楼楚馆赌坊,满街脂粉香银钱臭,不是什么敞亮地,也绝非正经人家的姑娘公子该去的地方。

刘大点头:"是,是在南街。"

李奉渊做好了李姝菀跟着沈回离京去宥阳的准备,却没想过她会上那种不三不四之所。

他冷着脸翻身上马,一夹马肚朝着南街疾驰而去。刘大不敢耽搁,上马紧随其后。

425

落霞漫天，南街的楼馆外已高挂起耀眼的灯笼。琴声笑语自楼中传出，婉转勾人。

李奉渊与刘大行至南街，刘大抬手指向一座辉煌艳丽的高楼："侯爷，就是那儿。"

李奉渊随之看去，看见门口拉拉扯扯的宾客与年轻女子，又别开了眼。

李姝菀的马车就停在秦楼外的街墙下，此刻柳素和桃青也在车旁。刘大本还担心李奉渊待会儿进楼中找人搅个天翻地覆，此刻看见马车旁柳素和桃青的身影，稍微松了口气。

他看向李奉渊难看的脸色，劝道："侯爷莫急，小姐应当已经出来了。"

李奉渊沉着脸没说话，马蹄踏响，再离近些，便见方才马车遮挡住的地方蹲着一个男人，正吐得死去活来。

长发半簪，青衣玉冠，正是沈回。

而李姝菀站在他身畔，正弯腰替他抚着后背，举止亲密至极。

李奉渊勒马停在李姝菀的马车旁，柳素和桃青二人听见声音，回头一看，瞧见马上的李奉渊后，身子明显僵了一瞬。

似乎担心被人认出来，二人面上戴着面纱，只有一双眼露在外面。

二人惊怯地看着李奉渊，屈膝行礼道："侯爷……"

李姝菀闻声，跟着回头看。她同样戴着面纱，清亮的眼眸与李奉渊黑沉愠怒的目色相对，她同样怔了片刻，随后有些局促地错开了目光。

但她并未说什么，而是又回过了头，接着照顾起酩酊大醉的沈回。

李奉渊坐在马上，都能闻到沈回满身的酒气。

李姝菀从怀里掏出帕子递给蹲在地上的沈回："擦一擦。"

沈回似还没察觉到身后凌厉的视线，他接过李姝菀的帕子，低低道了声："多谢。"

李奉渊看着被沈回接过去的雪帕，眉心拧得更紧。

沈回吐完，在李姝菀的搀扶下，缓缓站起了身。

一行人面上都戴着面纱，唯独沈回一人露着面。他醉得面红眼花，

第九章 定情

抬头望向马上高坐的李奉渊，看了好一会儿才认出他是谁。

他轻轻"啊"了一声，站都站不稳了，却还秉持着礼节，动作迟缓地弯腰行礼道："在……在下沈回，见过……"

他行了一半，看见自己手上还捏着李姝菀的帕子，似觉得此举失礼，又把帕子往胸前衣襟一塞，再度折腰："见过安远侯。"

言行举止，全然一副温暾的书生做派。

与满身肃杀之气的李奉渊相比，宛如水火不可共处。

李奉渊脸上没有任何表情，手执缰绳，居高临下地看着沈回，目光扫过李姝菀扶在沈回臂间的手，突然沉着脸拔出了腰间长剑。

长剑铮鸣出鞘，森森寒光掠过眼底，离之最近的柳素和桃青被这剑气震住，不由得打了个冷战。

李奉渊从不轻易动刀枪，骤然拔剑，在场之人无一不面色惊变。

他速度极快，不等李姝菀等人有任何反应，手中剑已指向沈回喉颈。

李姝菀似终于反应过来，惊呼道："李奉渊！住手！"

李奉渊听见这难得的称呼，黑眸微转，快速地看了她一眼，手中剑势稍顿，转向了沈回衣襟里那方雪帕。

锋利剑尖钩住帕子，借着巧力往上轻挑。剑光刺目，晃得李姝菀不自觉眨了下眼，再一睁开，就见自己那帕子已分毫未损地被李奉渊攥在了手中。

沈回醉得神志恍惚，李奉渊已收剑入鞘，他才迟钝地回过神，后知后觉地露出一抹讶异之色，似乎没想到李奉渊会在大街之上对他拔剑相向。

他下意识往后退了小半步，李姝菀扶在他臂间的手也松开了。

李奉渊握着帕子，垂眸冷漠地看了沈回一眼，又看向惊魂未定的李姝菀："怕什么？担心我杀了他？"

李奉渊方才的敌意做不得假，李姝菀微微蹙起眉，面纱下的唇轻抿了抿，然而冷静之后，她却摇了摇头，道："……没有。"

她知他坦荡磊落，不是意气用事的滥杀之人。

李奉渊听她否认，面色更冷："我是想杀了他。"

李姝菀还是那句话:"你不会。"

李奉渊深深地看了她一眼,没再与她争论,将帕子塞入了自己衣襟。

座下的马似乎察觉到李奉渊平静表面下压抑着的怒意,有些不安地甩了甩马蹄,打了个长长的鼻息。

李奉渊紧了紧缰绳,手压在剑柄上,低头看向醉意满面的沈回,声冷如冰道:"都说书生气弱,沈公子倒是胆大,竟带着菀菀出入烟花之地寻欢。"

沈回听得"寻欢"二字,话未出口,耳根子先红了一红,忙解释道:"侯爷误会了。"

李奉渊反问:"误会?"

沈回微微颔首。他喝了酒,反应也慢,顿了一顿正要继续,却听见李姝菀忽然开了口:"是我让阿沈陪我去的。"

李姝菀这话不假,她入秦楼,为的是楼中头牌手里的一本琴谱孤本。

只是秦楼这种男人作乐的地方,概不接见独行的女客,李姝菀这才请了沈回作陪。

沈回今日也是头一遭上风月窟,比李姝菀还生疏羞赧,说他寻欢,倒是高看了他。

楼里的姑娘见多了豪客,倒喜欢他这样的懵懂书生。沈回被楼里的头牌缠着,足足饮了几壶烈酒,喝得面红耳赤,哄得姑娘高兴了,她才答应抄录一份琴谱送他们。

李姝菀今日是请沈回帮忙,如今事情办成,于情于理,她都不应让沈回受李奉渊无由来的怪罪。

可李姝菀这话在李奉渊耳中,却更像是在维护沈回。

李奉渊心中妒怒交织:"你就这样护着他?"

李姝菀还是那句话:"他是我朋友。"

"朋友?"李奉渊沉着脸色,压低了声音问,"你告诉我,谁家的姑娘会与朋友商议着离家远走?"

一旁大气不敢出的柳素和桃青听得这话,诧异地对视了一眼,似乎不清楚这话是从何而来。

第九章 定情

二人看向李姝菀，竟未听得李姝菀否认，反而听她反问了李奉渊一句："……你从何处听来的？"

她此话无异于承认自己的确有此打算。李奉渊握紧缰绳，不甘和妒恨齐涌而上，又被他强行压了下去。

他低眸看向李姝菀，沉默了良久，再开口时，语气有种诡异的平静："跟我回府。"

沈回察觉气氛不对，有些担心地看向了李姝菀："菀菀姑娘……"

话音一落，便被李奉渊打断："沈公子与我妹妹非亲非故，还是不要叫得这样亲密，免得叫人误会。"

李奉渊这话敌意太重，沈回闻声扭头看去，却见李奉渊并未看向他，而是目不转睛地盯着他身边的李姝菀。

那眸色深沉，似藏着千言万语。

沈回晕乎的脑子突然清醒了一瞬。

很久以前，李姝菀便同他说过她心中有一个人，但从未和他说过那人是谁。

但现在，沈回想自己或许已经知道了。

李奉渊轻扯缰绳，朝李姝菀逼近，朝她伸出手，再次道："跟我回去。"

李姝菀看了眼面前的手，并没动作，而是别开视线："阿沈醉了，等我送他回客栈，我再回……"

李姝菀话未说完，李奉渊像是再听不下去，忽然弯腰而下，单臂一伸将她拦腰抱了起来。

失重感骤然传来，李姝菀眼前一晃，下意识攀住了腰间结实的手臂，待坐稳后，她回头看李奉渊，惊道："你疯了，这是在街上！"

李奉渊看着她露在面纱外的眼睛，一言未发。

长臂环过她腰侧，将她困在身前，李奉渊握住缰绳，一夹马肚，于暮色低垂中，掉头疾驰而去。

秋末，冬将至，寒风渐起，转眼天气又凉了下来。

回府途中，身着显眼官服的李奉渊带着李姝菀于长街奔骑，引来不少行人注目。

　　马背上，李姝菀侧身而坐。众目睽睽之下，她心中羞恼，纤细的双手拽着李奉渊腰侧的衣裳，将脑袋深深埋在他胸口，不肯露面，只露出了发红的耳尖。

　　她宛如蒲柳紧贴着李奉渊高大的身躯，李奉渊一低头，就能闻到李姝菀发上浅淡的花香气。

　　二人姿态亲密，但谁都没有开口说话，心中似乎都憋着气，就等谁更沉不住。

　　回到府邸，李奉渊率先下马，朝着马上的李姝菀伸出手："下来。"

　　李姝菀看了他一眼，并未让他接，自己拉着缰绳欲往下跳。李奉渊不再多言，直接伸手掌着她的腰将她抱了下来。

　　李姝菀落了地，也不与他多话，拉开他的手，自顾自朝栖云院走，背影透着一股闷气。

　　她一进院，扭头便进了东厢。

　　李奉渊一路上以落后她一步的距离，跟得不松不紧，也跟着入了东厢。

　　房中，仆从正在洒扫。李奉渊一进房门，便沉声道："出去。"

　　二人面色一个比一个难看，房中洒扫的仆从见此情形，猜到二人多半起了争执，没敢多话，垂首快步退了出去，颇有眼力见儿地关上了房门。

　　房中烛火明耀，骤然安静下来。

　　李姝菀坐在榻上，一只手搭在榻上矮桌上，别过眼盯着擦洗得干净的地面，未看李奉渊一眼，满脸都写着不想理他。

　　李奉渊手搭着剑柄，气势逼人地站在她面前。此刻二人私下独处，他才终于追问起此前在街上未问出口的话："何时起的心思？"

　　李姝菀听见了，但并没有应声。

　　李奉渊盯着她，又沉声问了一遍："你打算同沈回走，是何时起的心思？"

他语气冰寒，竭力保持着耐性。李姝菀听他锲而不舍，终于舍得抬头看他。

她不惧不怕，反问道："你既然知道，想来早查得一清二楚，又何必问我？"

她针锋相对，仿佛将他当作拦在她与沈回中间的拦路石。李奉渊压下心中泛起的苦意，拧眉问她："若我不知，你是不是就打算抛下我随他人一走了之？"

李奉渊将"他人"二字咬得极重，势必要将沈回同他们二人之间分个清楚。

让她想明白，他们才是世间最亲近的人，谁也插足不了。

李姝菀垂眸扫过他紧握着剑柄的手，没有回答这话，而是道："你这样咄咄逼人，是不是我若答得不合你的意，你也要拿剑指着我？"

李奉渊听得这话，神色怔然了一瞬，面上神色难辨，似伤心又仿佛痛恨。随后他直接卸了长剑，压在了桌上。

剑鞘与桌面相撞，发出一声铮然鸣响。

李奉渊屈膝在她面前蹲下，抬起锋利的眉眼看她，难以置信地道："我不过拿剑指了他，你便要为他说这样伤人的话。"

他眼中渐红，不甘心地问道："菀菀，他究竟有什么好？"

李姝菀扫过他发红的眼，有些不忍见他如此，心中泛出酸意，眼也跟着湿了。可隐隐地，她又觉得痛快至极。

她望着他的双眸，认真回答他的话："他虽比武夫少些力气，但不缺胆识；虽文气稍弱，却有丹青妙手。阿沈如此年轻，今后当是前途无量。你告诉我，他哪里不好？"

李奉渊越听脸色越难看，只觉得她被沈回迷住了眼，失了理智。

他死死握着拳，怒气翻涌："你身份金贵，见过世上数一数二的男儿，文武双全者比比皆是，他一介书生，能给你什么？你曾清楚说过你不喜欢书生，他沈回有何不同……"

李姝菀打断他的话："他就是不同。"

她仿佛不知道自己的话伤人，又或者故意说话刺他，继续道："侯爷忘了，我本也不是生在金银软玉中的贵人，粗茶淡饭、织布耕地我也做得来。"

李奉渊听不下去，倏然抓住她的手，粗糙的手指擦过她柔嫩的掌心，举到她眼前让她看："这样的手，连虫子都不敢碰，如何吃得下那种苦？"

他紧紧握着她："还是你以为我会让你跟着那样无用的男人吃苦？"

李姝菀试着抽回手，却被李奉渊攥得纹丝不动。她嘴比心硬："那是以前的事了。你一别五年，难道就没想过往日今朝事会变、人也会变。我早不怕虫子了，也吃得了苦。"

她一字一句，犹如利刃将李奉渊的心脏割得血肉模糊。他怔怔地看着她含泪的眼，痛道："就那么喜欢他？"

李姝菀没有承认，而是道："……他让我安心。"

"好，好……"李奉渊从不知道她性子原来这样犟，嫉妒如春风野草在他心底模糊的血肉处扎根，他一连道了好几个"好"字，而后倏然站起了身，"你既心意已决，我这就去沈家替你提亲。"

李奉渊丢下气话，夺门便出。

李姝菀坐在榻上，看着他消失在门口的背影，神色有些怔忡，似乎没料到他会是如此反应。

沈家在宥阳，距望京千里，李奉渊如何此刻前去提亲。

然而李姝菀心中虽然如此想，但又觉得以李奉渊的脾性，他若气上心头，便是立即快马出城门南下也不无可能。

李姝菀望着大开的房门，不自觉地握紧了拳头。她听着门外逐渐远去的脚步声，站起了身，似想追出门去拦他。

然而不等她动作，那远去的脚步声在完全消失之前，又逐渐变得清晰。

李姝菀动作稍顿，又坐了回去。她抬眸看着门口，离开的李奉渊突然折返而归，出现在了房门前。外面霞光黯然，将尽的天光照在他背后，微弱，但又不甘，宛如他即将熄灭的心火。

李姝菀的眼睫轻轻颤了一颤，在见到他的身影后，心中陡然镇定了下来。

第九章 定情

她微微仰着头，眼睛里还带着湿润的泪，嘴上却道："为何回来？不是要去提亲？"

李奉渊没有回答，仿佛下定了某种孤注一掷的决心，径直阔步朝她走来。

高大的身躯迫近，停在她面前，随即毫无征兆地俯身而下。

凛冽的气势如同铜墙铁壁将李姝菀包裹其中，她怔了怔，下意识往后缩，但李奉渊却又抬手揽上了她的腰。

她避无可避，只能看他："又要做什……"

李奉渊没有说话，甚至没有任何多余的动作，他只是拥住她，而后在她惊讶的眼神中，沉默而坚定地吻了下来。

这是一个深刻而用力的吻，炽热的唇瓣紧紧贴在一起，湿润的呼吸相融难分。

李姝菀睁大了眼睛，无意识地捏紧了榻沿。一时之间，身体仿佛失去了所有感触，她唯一能感觉到的，就只有唇上灼热急躁的呼吸和眼前人饱满痛苦的吻意。

李奉渊吻得又疯又狠，如同发泄，令她有些难以承受，呼吸顿时乱成了一团。

些许窒息感传来，她本能地想要躲闪逃避，可脑袋才稍往后退了些许，李奉渊便蓦然抬手掌住她的后颈，迫使她仰起了脸庞，承受着他的吻。

他没有闭眼，而是一直看着李姝菀讶异而漂亮的眼睛，似要从中望进她的心底，看清这世间她最在乎的人究竟是谁。

幸而那眼中没有厌恶。

潮红徐徐漫上李姝菀的双颊，她张着嘴想要呼吸，却只是被他趁机吻得更深。

泪水盈入眼眶，李姝菀抓着李奉渊的衣襟，有些难受地眨了眨眼。她看见他的眼底也有泪，看到其中无法藏匿的痛苦。

她忽然轻轻扯动了下嘴角，露出一个难以辨别的、极浅淡的笑意。

李奉渊没有发现。

她未再闪避，就这么仰着头，堪称温顺地接受着他的吻。

夜风浮涌，鼓动门窗。久到唇瓣几乎失去知觉，李奉渊才终于气喘吁吁地停了下来。

他轻而又轻地碰了下她被咬得发肿的唇瓣，依依不舍地与之分离。

李姝菀的神色已有些迷离，她的唇上满是莹亮的水色，鲜红的血从她唇上溢出，那是李奉渊留下的伤口。

谁都没有说话，这短暂的片刻中，二人仿佛回到了最亲密无间的曾经。

然而他们又都清楚，他们之间的情早已和曾经的不同，曾经的他们永远不会以唇相吻。

李奉渊喘息着将额头抵在李姝菀的额间，他左手握着她纤细的脖颈，粗粝的拇指轻轻摩擦着她柔嫩的脸庞。

他闭上眼，藏住眼里的悲意，低声问她："是不是只要他？"

他声音有些沙哑，说得也很慢，仿佛问出的话对他而言并不轻松。

李姝菀仿佛还陷在这个深长的吻里没有回神，抿去唇上的血色，没有说话。

她玉身端坐，他俯身将额头靠向她，如同拜神求佛之人叩拜神明，以额点地。

这是一个充满哀求乞怜的动作。

李奉渊收紧手臂，用额头在她额间缱绻又虔诚地轻蹭了一下。

"你背后有我，想嫁给谁都行。皇子权臣，贩夫走卒，只要你喜欢，谁都可以。"他说到这儿，顿了须臾，继续追问，"是非他不可吗？是不是除了他，别人谁都不行？"

他心中煎熬，语气却温柔至极："……我也不行？"

他少有如此直白的时候，几乎将自己的心剖明了端到李姝菀面前，只要她说要，他什么都可以弃之不顾。

遮天蔽日的高墙被打破，光明照入阴沟，所有在心里埋藏已久的秘密都无所遁形，有一种不死不休的快意。

李姝菀思绪万千，心有千言，可在他悲伤的语气里，一句话也没有说出口，只是抓在他衣上的手指却握得更紧。

"菀菀，告诉我，是不是？"李奉渊又轻轻地在她额间蹭了一下，声音认真地如在许誓，"这世上，没有人会比我待你更好。你要别人，还是要我？"

不再是别人，是"我"，是他李奉渊，是在这世上，比一切人都待她更好的男人。

他再度吻下去，但很轻，只一下便退开了。

李姝菀动了动眼珠，直直地看向他，终于轻声开口："……要你。"

李奉渊听见这话，紧绷的身躯徐徐放松了下来。

"再说一遍。"他道。他眼里有泪，但并不意外，仿佛知道她会选自己。

李姝菀声音有些颤，她的手心覆上李奉渊的手背，又重复道了一遍："你最重要。"

李奉渊反握住她的手，如释重负地将脑袋靠在她的肩头。

李姝菀听见沙哑快意的笑声从颈侧传来，很低，很轻，她几乎听不清，但能感受到靠在身上的身躯在轻颤。

君子端方，心不死，情不立。

李姝菀任由他靠着，垂眸看着二人贴在一起的衣袖。

李奉渊没有看见，她那双浮泪的眼睛宛如狐狸一般轻轻眯起，透出得偿所愿的笑意。

夜幕深深，柳素一行人将沈回送回客栈，踩着暮色匆匆赶回了侯府。

柳素、桃青一入院，看见该在房中伺候的下人都如一根根竹竿子似的神色不安地立在门外，有些焦急地互相对视了一眼。

东厢模糊的争执声已经停息，然而未听见传唤，仆从仍旧不敢靠近，都远远杵在门外候着。

柳素与桃青上前，指了指东厢，低声问一名小侍女："侯爷和小姐在吗？"

小侍女轻轻点头，她似有些吓到了，细声细气地道："在呢。方才小姐和侯爷吵了好一会儿，现在停了。"

　　柳素和桃青想起李奉渊在街上拔剑而出的气势，害怕李奉渊气急了对李姝菀动手，快步朝东厢去了。

　　房中，李奉渊仍靠在李姝菀颈间，平息着心中含痛的快意。

　　门外脚步声匆匆传来，李姝菀抚着李奉渊的头发，仿佛在抚慰一头狼犬，她道："柳素她们好像回来了。"

　　李姝菀自己并不在意被人看见，但李奉渊甚重礼法，怕是暂且还不肯让旁人知晓二人之间发生的事。

　　李奉渊听见这话，顿了一顿，终于肯直起腰。

　　他面色淡淡，但眼眶还红着。他似乎不想让人看见他这模样，背对房门而立。

　　柳素与桃青行至门口，看着房中一站一坐的二人，愣了一下，显然没有料到会是这样平静的场景。

　　按她们的猜想，这时房中器具起码也该摔了一半才是。

　　柳素先快速地将李姝菀从头到脚打量了一遍，见她全须全尾毫发无伤，心里才稍微松了口气。

　　李姝菀抚了抚被李奉渊蹭乱的衣裳，若无其事地同柳素道："回来了，将阿沈送回去了吗？"

　　沈回喝得酩酊大醉，若无人护送，他一个人怕是要醉倒在街头。

　　李奉渊听李姝菀提起沈回，微微偏头看她。李姝菀察觉到他的视线，也抬头看他。

　　二人无声地对视着，气氛似乎静止了片刻。

　　两人心里都清楚，从今往后，有许多东西变得不一样了，就如陶土烧成了瓷，再回不去了。

　　李奉渊的目光落在她眼眶下的浅淡泪痕上，忽然伸出手，用拇指在泪痕处快而轻地抚过，而后不等李姝菀反应，立马又把手收了回去。

　　李姝菀没动，只在他的手靠近时，眼睛下意识地轻轻闭了一下。

　　做奴才的最怕主子不合，门口的柳素看见李奉渊这温柔的动作，总算彻底放下心。

第九章 定情

她道:"回小姐,送回去了。奴婢给客栈的店小二塞了些银钱,托他好生照拂沈公子,小姐不必担心。"

三人反应平静,桃青倒觉得哪里有些不对劲,但不是因为李奉渊,而是因为李姝菀的反应。

若在往常,李奉渊伸手欲触李姝菀的脸,她们小姐多半是要往后稍退一退,让李奉渊摸个空,然后用那若即若离的眼神看着他,轻飘飘地问一句:"侯爷这是做什么?"

跟猫儿伸出爪子不轻不重地挠人一样,叫人有点痛,又觉得痒。

哪能安静地坐着等他把手伸过去?

不等桃青想明白,又见李奉渊忽然抓起了桌上的剑,低声同李姝菀道:"晚些时候,我再过来。"

这话更怪了。眼下天都黑了,待会儿李姝菀就该休息了,再晚些,是要晚到什么时候去?

李奉渊说完这话,就要离开。

柳素垂眸看着地面,桃青心里好奇,偷偷抬着眼,想看李奉渊的神色。

却听李奉渊手中那把长剑猛然退出剑鞘又收回去,发出一声荡进双耳的剑鸣。

桃青心中一慌,立马垂了脑袋。

李姝菀看他吓唬人,轻轻扬了下嘴角。李奉渊抬手快速擦了下眼角,等面上看不出哭过的痕迹了,这才步出房门。

他好面子,在李姝菀面前哭一哭也罢,别人就不必知晓了。

等他离开,柳素和桃青快步行至李姝菀身侧。柳素看桌上茶杯空空,抬手给李姝菀斟了杯茶。

桃青拉着李姝菀左看右看,关心道:"先前侯爷像个山匪头子一样把您从街上掳走,看着实在吓人。小姐,侯爷未对您动怒吧?"

李姝菀如实道:"动了。"

她说着,抬手抚上唇瓣上刺痛的伤口,笑了笑:"动得还不小。"

桃青发现了她的动作,侧头看着她唇上的伤口:"这是哪来的?怎么伤着了？"

她话说完，见李姝菀这嘴巴又红又润，还有些肿，怎么看，都像是被人啃过。

她愣了一下，似乎突然想明白了什么，面上骤然露出惊色。

她压低了声音，语气骇然地同李姝菀道："小姐，您这是……您与侯爷……这不可啊！"

柳素明慧，早看出了李姝菀与李奉渊之间非同寻常的情意，轻轻叹了口气，却是什么都没说。

李姝菀眼中清明一片，显然很清楚自己在做什么。

她看着手指上蹭下的血迹，毫不在意道："人这一生不过数十载，活过半百都算高寿，匆匆而过，有什么不可的。"

她想到这，无所谓地笑了笑。又不是亲的。

入夜，月浅影淡。

府中仆从已经睡下，李奉渊沐浴之后，从柜子取出洛风鸢写给他的信，步出西厢，来到了东厢外。

东厢已经熄了灯烛，房中一片寂静，李姝菀已经歇下。

东厢门口，一位小侍从靠坐在墙边，歪着脑袋睡得口津长流。

此刻夜深，李奉渊若是心中坦然，大可直接推门而入，然而他心中有鬼，看了门口的侍从一眼，无声来到了东厢支起半掌高的窗户外。

李奉渊悄声支高窗扇，朝里看了一眼，而后单手撑着窗台，轻松翻了进去。

他半夜爬姑娘窗户倒是爬得利索，然而房内太暗，他双眼一时难以视物，靴子不小心钩了下桌上李姝菀的妆奁，发出好一声闷响。

李奉渊站稳，手疾眼快地接住。趴在床尾打盹的百岁听见声响，猛然竖起耳朵坐起身，睁着一双发亮的眼警惕地朝进门的李奉渊看了过来。

李奉渊竖起食指，在唇边比了个噤声的手势，也不管它看不看得懂。

百岁见是他，身子一团，眯眼又睡了。

床帘未放，挂在玉钩上。李奉渊适应了会儿房中暗淡的光线，等能

第九章 定情

看清后,走到床边坐了下来。

李姝菀躺在床上,闭着眼睡得正熟。

她似觉得热,软被盖在胸前,润如白玉的纤细手臂伸出被子,搭在了床沿边。

腕上串着几只细金镯,衬得手腕细不堪握。

李奉渊侧身而坐,垂眸看了她一会儿,伸手握着她的手,稍用力捏了捏,将睡得好好的她唤醒了。

"菀菀,起了,天亮了。"他张嘴胡说八道。

李姝菀听见声音,迷迷糊糊地睁开眼,盯着他模糊的身影看了好片刻。

她还没清醒,神色有点蒙,但看见李奉渊后,却并不显诧异,似乎并不觉得李奉渊半夜爬她闺房的举止有何不对。

李奉渊将她透着凉意的手塞进被子,道:"醒了吗?我有话和你说。"

这话本来秋狝回来之后李奉渊便打算和她说,后来事忙,便一拖再拖,拖到了今日。

但话又说回来,既然都拖了这么久,并不非得今日大半夜来与她讲,不过是他自己晚上睡不着,发疯跑来扰李姝菀的好觉。

李姝菀困得头昏,闭上眼含糊地"唔"了一声,应付道:"说吧……"

李奉渊傍晚举止有失,原以为李姝菀会对他恼羞成怒,然而此刻看她反应,只觉得她从始至终都太过冷静,仿佛对已发生的一切都早有所料。

李奉渊心中有疑,低声问她:"菀菀,你是不是知道?"

李姝菀仍闭着眼,问道:"知道什么?"

我的情意。

李奉渊想如是说,但出口的话却是:"……你的身世。"

李姝菀听见这话,终于睁眼看他。

洛佩离世后,李姝菀为洛佩收拾遗物,发现了洛凤鸢与李瑛成亲不久后写回江南的信。

信中洛凤鸢提起了自己在望京结识的好友,蒋氏明笙。

当初洛佩将李姝菀错认成"蒋家的丫头"，李姝菀便生出了疑心，后来她私下一查，虽没有查出确切的实证，但其中蛛丝马迹足够她猜明自己的身世。

李姝菀心里虽清楚，不过此刻听见李奉渊问，却仍装作一副茫然的模样："什么身世？"

李奉渊定定地看了她片刻，辨不出她话中真假，但又禁不住想：既然她不知情，那他吻她时，她为何不避？

李奉渊未敢深思，垂眸，从怀里掏出洛风鸢留下的那封"娃娃亲"的信给她："你看一看便明白了。"

他说着，起身取来灯台，点了烛火给她照亮。

李姝菀撑坐起身，拆开信细细读起来。

她微微低着头，一缕青丝垂落在眼前，李奉渊伸手将那缕头发别在她的耳后，安静地等着。

李姝菀读得仔细，阅罢，良久未言，默默将信递还给他。

李奉渊将信收回衣襟，观察着她的神色，对她道："蒋家之事过于沉重，你的身世也本不该让你知晓，如今让你知晓，是为了……"

他说到这儿，顿了片刻。李姝菀看着他，等着他的话："因为什么？"

李奉渊连将她送去杨府再接回来的路都铺好了，还能因为什么。

他看着温润烛光下她的眼，只是道："是怕你多想，被世俗所缚。"

圣贤书里的礼法塑了他的根骨，叫他长成了正人君子，他便觉得李姝菀也是正人君子，可不承想过李姝菀离经叛道，从不在意世俗。

她想了想，忽然拽住了他的衣袖，将他拉近，问道："若我并非蒋家女，若我与你，便是血浓于水……你要如何做？"

微弱的烛光里，她一双眼明亮如星。

李奉渊听见这话，沉默了好片刻，最后他屈指在她额头上弹了一下，声音稍沉："这世上哪来这么多如若？你为何不问我与你若是亲姐妹，又要如何？"

李姝菀愣了一愣，没说得上话。

他扶着她轻轻躺下："睡吧，我回去了。"

第九章 定情

李姝菀靠在枕上,看着他离去的背影。

然而忽然又见他折返而归,他俯身而下,手掌撑在她头侧,一言不发地吻上了她的唇。

和傍晚那个吻不同,他吻得很轻,仿佛在弥补此前粗鲁的吻意。

李奉渊伸手捧上她的侧脸,低声道:"我还以为,你会对沈回念念不忘,推拒于我。"

李姝菀想说什么,但最后又被他堵住了唇。呼吸之间,她只觉得全是他的味道。

高大结实的身躯虚压在她身上,李姝菀呼吸不顺,伸手推他,摸了一手硬实的肌肉。

察觉胸口传来的力道,李奉渊这才抬起头。他缓缓起身,看着李姝菀迷离的眼,伸手抚过她的唇。

"好梦。"他声音沙哑,说罢便丢下李姝菀,翻窗离开了。

房中空空荡荡,只有余风轻轻拂过,李姝菀微微喘着气,还有些没回过神来。

她看着窗前,手掌动了动,轻轻摸上嘴唇,心里燥热难消。

哪学的,亲了就跑。

这日,杨惊春和府中姐妹喝茶时,听说了一位武官带着一位姑娘纵马街头的消息。

她回去后,将这消息当作闲天说给了杨修禅听。

说那武官骑高头大马,着大红官服,腰悬长剑,气势骇人。

因皇上龙体未愈,祈宁公主这段时日于深宫之中伴随贵妃服侍圣上左右,片刻不得闲,杨修禅已好久未与她有过来往。

他近来为此茶饭不思,对外界的茶后谈资也没多大兴趣。

此刻,他背着左手立在桌前,右手执笔,正画一幅面容空白的女子像。

画中女子身姿窈窕,气质出尘,所着衣饰华贵,非寻常人家。

杨修禅听杨惊春说起朝中武官,便多问了一句:"哪位武官如此潇洒胆大，不怕遭人诟病？"

杨惊春往摇椅中一倒，跷着一条腿摇摇晃晃，思忖着道："不晓得。那武官马速太快，都说没看清脸就窜过去了。不过……"她沉吟一声，"听说是个身形高挑略显清瘦的年轻武官。"

杨修禅听见这话，怔了一瞬，忽然搁了笔。

朝中在京的武官不少，但能穿红袍的官员一只手的指头都掰得过来。然这些武官大多长得五大三粗，形如熊虎，有杨修禅一个半么么壮。

能以"略显清瘦"形容的，朝中就两位。一位乃年过六十的老将，早年平乱伤了背，如今背驼似厚壳龟。

还有一位，便是他那吃窝边草的兄弟。

前不久李奉渊还与他坦言道什么心悦姝儿，意决不改，这竟就抱着姑娘打马过闹市了。

什么混账东西！

杨修禅冷着脸在盥洗盆中净了净手，抬腿便往外走。

杨惊春听见脚步声，抬起头看他："这大傍晚的，你上哪儿去啊？"

杨修禅头也不回："安远侯府。"

杨惊春眼睛发光，猛一下站起来，屁颠屁颠地跟了上去："我也想去，我都好久没有见到菀菀了。"

她两步跑到杨修禅身后，想偷偷跟出门。杨修禅点她额心，将她推回去："待嫁的太子妃哪能随便出去串门，好生在家待着。"

杨惊春可怜巴巴地看着他，杨修禅心硬似铁，没理她，随手从马厩里解了一匹马，快马便朝着李府去了。

杨修禅上回来"拜访"时，想把李姝菀带回杨府住。

司阍听了李奉渊的叮嘱，看杨修禅垮着脸，没让他进门。

杨修禅得了教训，今日登门时笑得脸起褶子。司阍见他这喜庆神色，热切地唤了一声"杨大人"，一点没多想，直接放他进去了。

杨修禅熟门熟路地直奔栖云院，站在院子门口扫了一眼，似乎想看看院中有哪处藏着李奉渊带回来的女人。他见院中干净，打算直奔西厢将李奉渊揍上一顿，不过没走两步就听见东厢传来了李姝菀的声音。

第九章　定情

"修禅哥哥，你怎么来了？"

李姝菀在房中冲他招手，杨修禅脚下一转，便朝她走了过去。

他围着李姝菀转了一圈，担忧地看着她。他见她干干净净笑颜如旧，知道李奉渊还没下手，稍微松了口气。

"随便过来看看。"杨修禅道。

但随后他又忍不住倍感焦急，单看李奉渊那日的禽兽话，对姝儿的确是真心，下手也只是早晚的事。

那姑娘也好，李奉渊的情意也好，都是瞒得了一时，瞒不了一世的事。

杨修禅心一狠，凑近李姝菀耳侧，冲她快速地道了几句话。

李姝菀听完，作讶异状看着杨修禅，难以置信地道："这……当真吗？"

杨修禅见李姝菀神色复杂，叹息道："千真万确，姝儿，今后你要防着他些……"

李姝菀听见这话，立马抓住了杨修禅的袖子："修禅哥哥……我怕……"

杨修禅一听这话，顿时心软得一塌糊涂，又难免怨起李奉渊将事弄得如此复杂。

杨修禅安抚道："别怕，我替你教训他。"

正说着，李奉渊听说杨修禅来拜访，便从书房过来了。杨修禅挽起袖子，李奉渊一进门，杨修禅便一拳朝着他肚子上打了过去。

力足，劲大，李奉渊本想躲开，但想着自己欠他一顿，又生生受了。

"这一拳，是为你长街携别的姑娘纵马。"他说着，又快速接着一拳打了过去，"这一拳，是因你对姝儿起不该有的心思。"

李奉渊后背抵上墙壁，平白无故受了两拳，痛得皱眉。他看着杨修禅，伸手拦下他打过来的第三拳，解释道："这其中有所误会。"

杨修禅老早就想揍他，哪里管什么误会："因着姝儿的事，难道你不该挨揍？"

李奉渊听见这话，看向杨修禅身后优哉游哉的李姝菀。

李姝菀对上他疑惑的目光，无辜地耸肩，挑眉，以唇语道："别看我，我不知道呢。"

李奉渊挨了两拳，也不知是真伤着还是怎么，靠墙站了会儿才缓过劲儿。他看着杨修禅紧握的拳头，不动声色地往旁避了半步，同杨修禅道："我原以为你入了户部，拿了笔杆便疏于武艺，没想仍是龙拳铁爪。"

他似在奉承，但杨修禅混迹官场，奉承话每三日便能听一箩筐，耳朵磨得起茧子，并不吃这套。

他轻"哼"一声，道："春儿习武这些年，你以为平日是谁给她喂招？"

他语气仍有些愤愤不平，誓要为李姝菀出气。他盯着李奉渊："我问你，那姑娘是谁？"

李奉渊知道他指的是那日与他纵马长街的李姝菀，他想了想，抬手指了下李姝菀："……是菀菀。"

杨修禅愣了一下，回头看向李姝菀，然李姝菀还是露着一副无辜神色，轻轻摇头。

杨修禅当李奉渊在诓他，神色一凛，又捏紧了拳。

眼见第三拳又要砸过来，李奉渊也不站着硬扛了，脚下一动，大步横跨，灵活地躬身越过他，躲到了李姝菀身后去。

李奉渊不能还手，也没傻到乐意站着挨打。

杨修禅看他躲开，冲他道："你过来，打一架！"

以往在学堂，二人赛马过招是常有的事，如果在平日，李奉渊或许就应了，但眼下杨修禅肚子里揣着火气，他自然不应。

李奉渊见杨修禅靠近，忽然双掌托在李姝菀肋下让她站起了身，他低声同李姝菀道："菀菀，挡一挡。"

李姝菀没料到李奉渊此举，突然像只猫儿似的被李奉渊轻轻松松提着站起来，有些蒙地扭头看了看李奉渊，又看向面前怒气冲冲的杨修禅。

杨修禅怕伤着李姝菀，顿时停了动作。他难以置信地看着李奉渊，瞪眼道："你可真是个铁血铮铮的男人。"

杨修禅语气嘲讽，李奉渊却仿若没听见似的，高大的身躯躲在李姝菀纤瘦的身体背后。他抬手捏拳，凑近唇边，忽然假模假样地轻咳了一声，咳完又沉沉地舒了半口气，一股子虚弱劲儿。

好像这副在西北练出来的身躯已是柔弱不堪的病躯，再经不起半点风霜，差点被杨修禅这两拳给打碎了。

他这虚弱动静不是做给杨修禅听的，而是做给李姝菀听的。

果不其然，李姝菀一听，立马担忧地回头看向了他："疼？"

李奉渊皱眉捂着胸腹，却摇头虚弱地道："不疼。"

李姝菀见他忍痛的神色，也不闹了，赶紧扶着他坐下，伸手在他结实的肚子上摸了摸："要请郎中吗？"

李奉渊还是摇头："不用，忍忍就好了。"

好一个忍忍就好了。

杨修禅很清楚自己用了几分力，绝不可能当真伤着李奉渊。他斜眼看着李奉渊："装，继续装。"

李奉渊抬眸看向他，微微叹气："你好重的手。"

李姝菀见过李奉渊一身狰狞交错的伤疤，知他一身隐伤，并没发觉他在装模作样，只担心他当真伤痛。

她弯腰将手轻轻搭在他肚子上，声音不自觉地放轻了："我给你揉揉？"

李奉渊没说话，只是摊开了双臂，像头慵懒的虎靠坐在椅中，乖乖让李姝菀给他顺毛。

他扮戏扮得全，揉着揉着，忽而极低地痛"嘶"了一声，李姝菀立马收回手："弄疼了？"

李奉渊看着她，抓着她的手放到胸口，拧眉道："方才那一拳顶着心窝了。"

李奉渊这一套演技精妙绝伦，实让杨修禅大开眼界。

他拳拳避开要处，何曾顶过李奉渊的心窝？

杨修禅连忙挪开视线，实在不想看李奉渊这做作之态，然而心底虽万般不屑，但又莫名升起了半分他自己都没察觉到的佩服之情。

……什么狐媚子手段？这么顶用。

杨修禅环臂抱在胸前，眯眼盯着在李姝菀面前扮弱装乖的李奉渊，嫌弃之中又难掩羡慕。

毕竟他的心上人深居宫中，难得一见，不比李奉渊与李姝菀居在同一屋檐下，日日相见，好似夫妻。

杨修禅自己不顺心，也看不得兄弟太顺心，他清了清嗓子，开口唤道："姝儿。"

他这一声叫得格外正经，惹得李奉渊抬眸看了他一眼。

李姝菀应道："怎么了，修禅哥哥？"

杨修禅挑了下眉，面色随性，语气却认真："今日我出门时，春儿说想你想得紧，想跟着我来见你来着。"

杨惊春如今不便出府，李姝菀已有一段时日没与杨惊春见面，心里亦想她得很。

李姝菀轻轻叹气："我也想她呢，只是听说她因立太子妃一事忙得团团转，上门去担心扰了她。"

"她闲得都结茧了。"杨修禅睁眼说瞎话。

宫里送来教宫中礼仪的嬷嬷前几日才离开，杨惊春也就这两日才得空。

杨修禅悠哉悠哉地往墙上一靠，慢慢悠悠地挑起眼皮瞥了李奉渊一眼。

这兄弟二人之间，一个举筷子，另一个就知道对方要夹哪道菜。

李奉渊见杨修禅这不怀好意的眼神，心中一个咯噔，几乎立马猜到了他接下来的话。

李奉渊嘴巴轻动，欲扯开话题，然而杨修禅快他一步开口："既然你俩心有灵犀，不如你随我到杨府住上一段时日，等春儿今后入了宫，你们姐妹之间就没那么多时日相处了。"

这话说得中肯，叫李姝菀认真思索起来。然而她还没回答，李奉渊一听这话，骤然从椅中站起了身。

李姝菀有些茫然地收回手："不痛了？"

李奉渊哪里还有心思坐着讨乖，道："菀菀妙手神医，已经不痛了。"

他说罢，拉着杨修禅往外走："来，我有要事与你相商。"

狗屁要事。

杨修禅轻嗤一声，看不得他那护食的小家子气，边被李奉渊拖着往外走，边不死心地扭头继续朝李姝菀道："姝儿，你考虑考虑，若愿意，派人来杨府知会一声，我亲自驾车来接你，唔……"

杨修禅恨不得今日趁着夜色就把李姝菀带走，而李奉渊知李姝菀与杨惊春要好，有些担心李姝菀答应下来，只好钩着杨修禅的脖颈，直接上手捂住了杨修禅喋喋不休的嘴。

他回头同李姝菀道："杨府人多，你若住过去，不大方便。若想惊春，常去找她玩便是。"

李姝菀哪里不知道他的心思，看着二人的背影，眉头轻挑，假意犹豫："那我便再考虑考虑吧。"

杨修禅想反驳李奉渊的话，但谁知李奉渊力气太大，愣是没挣脱开他的手。

杨修禅含糊不清地支吾了两声，反手顶了李奉渊一肘。李奉渊吃痛忍下，半拽半拖地带着他走，压低声音同他道："确有要事与你说，与祈宁公主有关。"

杨修禅一听与心上人有关，停下挣扎，半信半疑地斜眼看着李奉渊，以眼神道：当真？

李奉渊轻轻颔首，回头看了眼李姝菀，收回视线，不忘低声威胁杨修禅："别再提什么去杨府住的鬼话，我便与你说。"

他缓缓松开杨修禅的嘴，杨修禅摸了摸紧得发疼的下颌，仍睨着他："不是说要我收姝儿做义妹，眼下这就舍不得了？"

李奉渊摸了摸鼻子，心里发虚，语气却淡："两码事。"

义兄的头衔给出去，但人是他的，必须得在他眼皮子底下待着他才能安心。

杨修禅轻哼了一声，为了祈宁，没同他争。

进了书房，李奉渊关上房门，与杨修禅对桌而坐。

烛火幽幽，李奉渊看向杨修禅，认真道："我听闻你之前打算请旨求娶抚安公主,既然有意,便不必再拖了。"

杨修禅听他突然提起这事,有些奇怪:"为何?"

皇上久伤卧榻,眼下俨然不是个求娶的好时机。

李奉渊没有回答,而是指了下头顶,随后提笔在纸上写了个"病"字,冲着杨修禅无声地摇了摇头。

当今圣上多年来沉溺酒色,龙体亏空,而今又年迈,这一摔比预料中要严重许多。

朝中对于皇上的伤病一直议论纷纷,但具体详情谁也不知,此刻杨修禅从李奉渊得到此消息,面上难掩意外之色。

太子如今暂理国事,四皇子党一直虎视眈眈,在暗中搅弄风云,也是皇上在顶上压着,这才没出岔子。

若皇上哪日……

杨修禅思及此,缓缓沉了脸色。

李奉渊看他已然思索清楚,将纸在烛上点燃,让它一点点燃尽。他低声道:"公主在宫中一日,便是贵妃之女、祈铮的手足妹妹,若哪日起乱,她必受牵连。趁现在还来得及,早些决定吧。"

杨修禅听得心乱,倏然起身道:"我这就回去拟奏。"

走出两步,他又忽然停下,同李奉渊道:"我原来还担心你因贵妃对她有意见,是我小人之心。"

李奉渊也随着他站起身,坦荡道:"她是你心悦的姑娘,你是我挚友,何必说这些。"

杨修禅心中惭愧,道:"好兄弟,你放心,今后我绝不再打将姝儿接走的主意。"

李奉渊唇角极轻地提了一下,又生生压了下去,一副兄弟情深的姿态拍了拍杨修禅的肩:"多谢。"

元极宫,帝王寝殿。

高阔华奢的宫殿中,袅袅细烟自博山银香炉中缓缓升起。浅淡温和的熏香料盈满殿内,抚静了榻上人的心神。

第九章 定情

时至九月,要不了多久便要入冬。

寒凉的秋风送入半合的宫门,拂动软榻垂落的龙纹薄纱帐。

龙榻旁,贵妃姜锦跪侍床侧,端着一小碗御膳房刚呈来的鹿茸补汤,正一口口细心地吹凉了送到床上人的口中。

殿内人少,只大太监王培与几位宫女太监静候柱旁,垂首低眉,静默无声。

其余宫人都在殿外候着,未听传唤,不敢进内打扰。

纱帐垂落,遮住了皇帝的龙体,太监和宫女瞧不见榻上帝王的容色,也不敢抬头窥视。

偌大的宫殿中,只时不时听见薄纱之后姜锦和皇上交谈的声音。

姜锦掏出帕子替榻上人擦了擦唇角:"皇上,慢些喝,别呛着了。"

"你总是贴心。"一道年迈沉缓的含笑声响起。

忽然,一名小太监踮着脚无声地进殿,在王培耳边低声说了什么。

王培点点头,以手势让小太监退下。他走近床榻数步,同榻上人道:"皇上,娘娘,抚安公主前来问安。"

姜锦听见这话,端着瓷碗,透过纱帐朝外不动声色地看了一眼,没说话。皇上开口道:"宣她进来吧。"

姜锦这才浅笑着道:"这孩子,日日都来,臣妾都怕她扰了您清净。"

皇上膝下子女众多,然今朝他卧于病榻,频频前来探望的却仅有祈宁一人。

其他人或是不愿来,又或是被姜锦拦着进不来,总之很少露面。

纱帐后,皇帝苍老枯槁的手缓缓盘着一串色泽醇厚温润的紫檀佛珠,徐徐道:"她聪慧伶俐,偶尔抚抚琴,与朕说说话,倒也不觉得闹。正巧,朕也有事与她说。"

他说着,停下手上的动作,朝姜锦轻抬了下手。

姜锦见此,忙放下手中瓷碗,站起跪坐得发酸的双腿,扶着皇帝坐直了些,又细心地拿来软枕垫在他背后。

她做完这一切,又要屈膝在榻边跪下,皇帝拉住她养护得细嫩的玉手,道:"坐下吧,天寒,别把膝盖跪坏了。"

"谢皇上。"姜锦垂眉轻笑,在榻沿坐下,温顺地道,"臣妾有幸能日日伺候皇上,心里暖和,不觉得冷。"

皇上闻言舒畅,轻拍了拍她的手,道:"有你在身边,是朕的幸事。"

太监引着祈宁款步入殿,祈宁望了眼面前的龙榻,屈膝跪下,行礼恭敬道:"儿臣祈宁,问父皇安,问母妃安。"

榻上纱帐依旧垂着,没有掀起。

祈宁只看得见坐在榻边的姜锦和二人握在一处的手,和宫人一样,瞧不见皇上的脸。

祈宁听见榻上传来皇帝的声音:"起来吧。王培,赐座。"

王培连忙应下,上前扶起祈宁。

祈宁轻轻颔首:"有劳王公公。"

"不敢。"王培道,抬手招呼小太监搬来椅凳。祈宁落座后,望着面前遮挡严实的床榻,关切道:"父皇今日可觉得好些了?"

皇上道:"方士新炼的丹药不错,朕的身体好多了。"

他困居病榻,不太愿提起此事,转而道:"昨日太子送来批阅的奏章里有一本是户部杨侍郎呈上来的,洋洋洒洒写了一大篇,为求娶于你,你意下如何?"

皇上这话来得突然又漫不经心。

祈宁闻罢,有些愣怔地看向面前的龙榻,一时没有开口。

姜锦闻罢,也愣了一下。昨日皇上看罢奏章,她还伺候他用了晚膳,却未听他提起,也是此刻才得知此事。

祈宁不是没想过写信给杨修禅,请他上折请皇上赐婚,然而如今朝中局势动荡,皇上卧病,祈宁担心请婚一事惹得皇上愠怒,降罪于杨修禅,这才打消了念头。

可没想到杨修禅竟然当真上请了旨意。

可是为什么,难道他不知道此举不妥吗?

姜锦率先回过神来,垂眸望着坐在殿中的祈宁,提醒道:"你父皇问你话呢。"

祈宁神色微动,并没有一口答应下来,而是谨慎道:"儿臣还小,

第九章 定情

还想在父皇母妃身边多待些时日。"

老来儿女绕膝,几分真心不论,顺耳话总是让人舒心。

老皇帝听得祈宁这话,沉吟了一声,道:"你也不小了,宫中比你年轻的公主嫁人的嫁人、招驸马的招驸马,大都已经成家了。你的婚事也不必再拖了。"

皇上说着,又缓缓盘响手中佛珠。

"噌、噌、噌——"

殿内人听见这细微的木佛珠磕碰声,谁都没有发出声音,皆等着皇上接下来的话。

说起祈宁的婚事,老皇帝的语气却不见得有多伤心,似乎只是想起了随口一说,并没打算当真过问她的意愿。

他缓慢道:"杨修禅在户部任职,人品出众,家世也配得上你,朕已替你做主,应下了这桩婚事。"

姜锦乃祈宁的母妃,然而皇上此刻却没有与她商议之意,他说罢,等着祈宁的回话。

祈宁心中怦然,全然没有料到自己费尽心思筹谋许久的事就这么轻易地成真了。

她拼了命地想出宫,在帝王口中,也不过是随口一句话的事儿。

她从椅中起身,再度行礼,开口时声音有些发颤:"儿臣听父皇的。"

皇上颔首,很满意她的乖顺:"好了,下去吧,朕与你母妃商量商量你的喜日。"

祈宁还有些没缓过神来,压下心中的喜悦和担忧,垂眸应下:"……是。"

祈宁缓缓朝殿外走,听见榻上的皇帝与姜锦说着话。

"今年宫中喜气淡,各宫都无甚喜庆之事,祈宁的婚事便赶在年前办吧,冲一冲喜色。年底忙,十一月不错,朕下午传钦天监来,让他们挑个喜庆的日子。"

皇帝句句看似在与姜锦商议,可事事又都自己拿定了主意,姜锦哪有拒绝的权利。

她还是露着那柔顺娇媚的神色，如祈宁一般温顺应下："都听皇上的。"

皇上看她笑意淡淡的，察觉她心绪不佳，问道："不舍得？"

姜锦听得这话，抬头温柔一笑，挑着含情眼透过薄纱看向祈宁模糊的背影，道："女儿大了，总想着要嫁人，心走远了，舍不舍得，人又怎留得住？"

她声音不低，祈宁听见了她的话，却望着眼前的路，装作什么都没听见。

姜锦说着似怨非怨的话，面上笑意却动人。

自她进宫，皇上便迷恋着她这张美人皮，见她如此，皇帝苍老的眼眸中不自觉露出笑意："你是祈宁的母妃，出嫁一事便得由你负责了。"

他的目光似看着爱妻，又仿佛望着一尊独属于自己的漂亮无瑕的玉瓷，缓缓地道："这些日子你伺候朕，都不曾见你好好歇息过。"

他转着佛珠串，淡淡地道："可惜皇后是个粗人，不如你体贴，若她如你一般温柔，你也不必日日都来元极宫伺候了。"

谢皇后出身将门，皇上当初还是王爷时，娶了她进王府，后来靠着谢家的支持一步一步走到帝王之位。

这些年皇帝表面与皇后相敬如宾，心中却无甚男女之情。

姜锦入宫时眼前人已经是皇上，清楚皇后与他之间的旧事。

姜锦虽不喜皇后，可皇后终究是皇后，皇上说得嫌弃的话，她却不能有丝毫不敬。

姜锦想着，艳润的唇角又挂上了笑，开口道："臣妾去给皇后娘娘请安的时候，听娘娘宫中的宫人说，娘娘这些日一直在宫中为皇上抄经祈福呢。"

她说着，端起鹿茸汤又舀了一勺送到皇上嘴边，看着皇上饮下，又送去一勺，接着道："昨日臣妾去太后宫中问安，还听太后说想让皇后娘娘去寺庙中为您祈福。"

皇后如果离宫，这后宫便握在了姜锦手中，此事谢皇后还没答应太后，然而姜锦此刻却道："娘娘真是有心了，皇后娘娘对皇上的心意深厚，臣妾还有得学呢。"

殿中安静,祈宁行得慢,将二人的话听得一清二楚,然只能装聋作哑。

其他宫人亦是沉默无声。

祈宁缓缓退出宫殿,稍舒了口气,然而走出两步,忽然看见宫门前立着一道高大威仪的身影。

身着蟒袍的祈伯璟于殿外负手而立,背对寝殿,望着延伸至天边的宽长宫道,不知在这儿站了多久。

祈宁看见他的身影,下意识朝传来私语的殿中看了一眼,她不清楚祈伯璟是否听见了方才皇上与姜锦的话。

不过祈宁想他大抵是听见了,不然他也不会站在殿外,却不进去了。

祈伯璟听见身后响起脚步声,回头朝祈宁看来。祈宁抚了抚袖子,正要行礼,然而祈伯璟却抬手虚扶了她一下,而后做了个噤声的动作。

殿门口的侍卫和宫人似乎也都得了他的吩咐,无一人入内通报。

祈宁愣了一下,随后压低了声音道:"多谢太子殿下。"

祈伯璟轻挑了挑眉,摇了摇头,没有说话。周围人多,祈宁也没有多话。

但她与祈伯璟心知肚明,祈宁谢的是何事。

臣子递来的折子如今都是祈伯璟在批,若遇要事才送到皇上面前去。

祈伯璟若不将杨修禅请旨求娶的折子递给皇上,杨修禅便是写一百道折子都没用,祈宁自然该谢他。

二人仍能听见殿中皇上与姜锦的谈话,皇上嫌将门出身的谢皇后不会伺候人,姜锦时不时回上一句,好似说着安抚的话,实则句句含针。

祈伯璟听着自己的父皇和他宠爱的妃子议论着自己母后的不是,而他面上仍旧挂着一如既往的温和笑意。

然而细看之下,却见秋日照着的眼眸中无丝毫温和情绪。

祈宁毕竟是姜锦之女,此刻被迫与祈伯璟一起听着这些话,心中有些惭愧。

祈伯璟见她蹙着眉头,看出她心中所想,竟冲她笑了笑,小声道:"回去好好准备婚事吧,等到大婚之日,可别如此刻这般愁眉苦脸。"

他说罢,也未让宫人入内通报,直接背着手安静地离开了。

祈宁看着他的背影,有些愣神。这位与她同父异母的太子兄长,她一向看不太懂他心中所想。

祈伯璟行在宫道上,仰着头颅,看着这四方空寂的天。

晚秋的朝日照在他脸上,却无丝毫暖意,只觉得心中冷寒。

他没什么表情地收回目光,看着眼前宽阔的宫道。

这宫里的日头,远不及他宫外院子里头的秋日暖和。

他想起在那院中相会的、如朝阳般明媚的姑娘,眼神倏然柔和了下来,浅浅提起唇角,露出了个浅淡却温和的笑。

目送祈伯璟离开后,祈宁穿过道道宫门,回到了华乾宫。

姜锦在元极宫服侍皇上,一座宫殿的主子不在,宫里常静寂得可怕。

祈宁回到自己的寝殿,于桌案前坐下,取出了纸笔,打算将皇上答应赐婚一事书信告诉杨修禅。

宫女见她展平信纸,上前为她磨墨。

祈宁写信时一向不让宫人在一旁伺候,是以宫女磨完墨便安静地退了出去。

祈宁手执玉笔,思忖了片刻,开始落笔。

秋风拂过殿前檐下悬挂的玉银铃,书罢半张信纸,门口忽然传来一道清朗的嗓音:"这是哪家的姑娘不守规矩,偷偷在婚前与夫家暗通书信。"

陡然响起的声音惊了祈宁一瞬,她扭头,看见一身官服的祈铮朝她走了过来。

祈铮数月前才封了秦王,在外自立了王府,华乾宫虽是姜锦的宫殿,但毕竟乃帝王后宫。

若无缘由,平日祈铮鲜少来此。此刻他突然出现在祈宁的寝殿,令她有些意外。

第九章 定情

殿外侍候的宫人们皆知祈宁此刻在房中,但竟然无一人通报,任由祈铮就这么闯了进来。

祈宁顾不得信上未干的浓墨,翻过信纸倒扣在桌面,用镇纸牢牢压住,搁下玉笔,抚袖起身道:"今日哥哥怎么得空来了?"

皇上前脚赐婚,旨意都还未下,祈铮便立马得知了消息,速度之快,祈宁想多半是姜锦派人告知他的。

祈宁唇畔含笑,眉眼弯如细月,似乎很高兴能见到祈铮,然而动作却又处处透着防备之意,不愿他看到她写给杨修禅的信。

祈铮注意到了她的动作,轻轻挑了下眉尾,似笑非笑地道:"不欢迎哥哥?"

祈宁道:"怎会?"

祈铮似乎不信她,没再接话。他不紧不慢地走到祈宁身前,高大的身躯逼近,祈宁下意识往后退了半步,然而祈铮脚下却仍旧未停。

他一双眼盯着祈宁的面容,身躯几乎是贴着她在继续往前迈。

祈宁看着他分明笑着却满盛冷漠的眼眸,随着他的逼迫不得不继续后退。

双腿磕上椅沿,膝盖一弯,她倏然跌坐回了木椅中。

祈铮伸手抓住她的手臂,轻提了一下:"当心些妹妹,可别伤着。"

他说着关心的话,手掌却捏得很紧。祈宁吃痛,皱起眉头,正欲叫他放开,祈铮又突然在她出声之前松了手。

她揉了揉痛处,拉高宽袖一看,白净的小臂上已然烙下了一道模糊的红色指痕。

红色衬着雪白,分外扎眼。

祈铮瞥了一眼她的手臂,并没说话,而是长臂一伸,转而抽出了桌上镇纸下的信纸。

他向来随心所欲,在华乾宫中如众星捧月,从来是想做什么就做什么。

祈宁一向也顺着他,但今日这信却不愿意让他看见。

"还我。"祈宁敛着眉,伸手试图抢回信,祈铮高举手臂,面上的表情说不出是戏谑还是难过。

"妹妹长大了，都有秘密了。"

祈宁未言，站起身试着去拿，但立刻又被祈铮压着肩膀强行按着坐下了。

他站在她椅侧，左手环过她的背，按着她细瘦的肩，如将她半抱在身前。

他微微弯着宽薄的背，当着她的面读起信上的内容。

未干的墨模糊了字迹，有好些话祈铮都看不清楚，但足够祈铮看明白大部分内容。

读至交心之言，祈铮甚至还一字一句地慢慢悠悠念了出来。

"郎君……父皇已答应我与你的婚事……夜中思君如梦，亦请君念我，直至相见喜日，慰解忧思……"

祈铮念罢，垂眸看着祈宁，附身在她耳侧低语道："婚前与夫家通信，我的好妹妹，你怎么如此不知廉耻？"

他嗓音带笑，语气却冷似毒蝎，祈宁侧目看着他嘴角的冷意，也提唇笑起来。

二人同父同母，容貌相似，如此一笑，面色都是说不出的冷漠又多情。

祈宁放肆道："同母妃学的。"

祈铮闻言，面上笑意更深，眸中冷意也更深："如此大不敬，真是放肆。这话若让母妃知道，定要扒下你一层皮。"

祈宁从他手里拿过信纸，揉成团，起身将纸团扔进烧着的香熏炉里，很快，纸团便被引燃。

她毫不在意道："哥哥若不讲，母妃怎么会知道？"

祈铮坐到她的椅中，微微仰着头侧目看她："求求哥哥，哥哥便不与母妃告信。"

祈宁回头，目光在他面上凝了片刻，似乎在判断他说的是真是假。

须臾，祈宁摇头："哥哥告吧，等母妃扒了我的皮，我血淋淋地嫁去杨家，杨大人掀开盖头发现底下是张无皮脸，再告到父皇面前去。"

第九章　定情

祈铮听得发笑，握着她的手，猛然将她拽近。

祈宁不得已躬身靠向他。祈铮抬手抚上她的脸，将脸庞贴上她，温热的体温传到他冰冷的脸颊。他闭眼依靠着她，仿佛一只孤独的舍不得兄弟姐妹的灰鸟。

祈铮语气难过："你若嫁人了，从今往后，这宫里该多无趣啊。"

祈宁看着熏炉中烧起的纸火，没有推开他。她动了动唇瓣，似想说些什么，可最后却只是垂下眼眸，什么都没有说出口。

她清楚，她说什么他都不会听。

他和她的母妃，都早已成了疯子，即便是飞蛾扑火，也要争上一争。

第十章 爱恨

钦天监夜观星象,日查黄历,最终祈宁出嫁的婚日定在了十一月十九。

出嫁这日,华乾宫亮了一夜的灯烛。姜锦喜静,这日夜里宫人里里外外奔来忙去,难得喧杂。

天色未亮时祈宁便起了。她昨夜睡得早,本以为自己夜里会失眠,没想到竟意外睡得安稳。

宫女点燃寝殿的灯烛,伺候祈宁套上一层层婚服,佩戴华冠,为其梳妆。

这过程复杂又琐碎,祈宁耐心地配合着,待一切准备妥当,天光已大亮了。

钦天监说今天是个暖日,但眼下天还阴沉着,透窗看出去,天上阴云密布,不见日光。

喜服厚重,里三层外三层地裹在身上,却不御寒,冷得冻人。

负责礼仪的女官算着时辰,满面喜庆地对祈宁道:"吉时已到了,殿下,请——"

祈宁颔首,侧目看了眼自己的宫女,宫女心领神会,偷偷塞给了女官几颗金珠。

女官乐不可支地收下,笑眯了眼,流利地道出好一长串喜庆的祝词。

祈宁回了女官一抹笑,在宫女的搀扶下缓缓走出了房门。

大殿中,同样盛装的姜锦正等着她。姜锦望着款步行出的祈宁,面上并没什么表情。

她眉眼间一片淡漠,褪去了往日勾人的媚意,瞧不出不舍。明明是嫁女儿，姜锦面上却既不见悲，也不见喜，冷淡得叫人有些捉摸不透。

祈宁看了她一眼，到她面前站定，垂眸行了一礼："母妃。"

姜锦看着举止端庄的祈宁，眯了眯眼，忽而抬起手，捏住了她的下巴。

祈宁微愣，抬起眉眼看向她。

涂了红蔻丹的长指甲点着祈宁的唇瓣，那蔻丹比祈宁唇上的口脂还要艳上许多。

于女人而言，皇宫是天底下最难破的坚墙，进来了便难出去，出去了便难进来。

姜锦目不转睛地看着祈宁，仔细打量着面前这张与自己有五分相似的脸，眼神深如潭湖，仿佛这是母女二人此生相见的最后一面。

然而片刻后，姜锦道的却是："这样漂亮的一张皮囊，便宜给了杨家，真是可惜了。"

她不像在对自己即将出嫁的女儿说话，更像是在品鉴一件上好的货物。

声音不高不低，女官听得这话，心中稍惊，但没有出声。

而周围的宫人却习以为常，垂首静默不语。

祈宁亦将姜锦的话听得清楚，不过她只是回望着姜锦的目光，同样一言未发。

姜锦似觉得无趣，说罢，便松开了祈宁的下颔："行了，去吧。"

祈宁深深地看着她，退后半步，忽而屈膝跪地，恭恭敬敬地行了个叩拜大礼，低缓的声音贴着地面响起："祈宁今后不在母妃身边，望母妃保重玉体。"

姜锦垂眸看着祈宁伏地的身影，片刻后，瞥了一眼一旁站着的宫女："愣着做什么，还不扶公主起身。"

"是，娘娘。"宫女应下，快步上前，扶起祈宁。

宫女跪地轻轻拍去祈宁喜服上的灰尘。祈宁正欲出门，姜锦又忽然想起什么似的，开口留住她："噢，对了。"

祈宁心中微动，回头看向她："母妃？"

姜锦扬了扬唇，难得露了抹笑："女儿要嫁人了，做娘亲的总是不放心。"

她说着，向一旁站着的一位亭亭玉立的小宫女招了下手，那宫女款步走近，向祈宁行礼道："公主。"

姜锦道："除了嫁妆，娘亲也给不了你别的东西。黎画在本宫身边伺候了几年，脑子笨了点，但心却忠，你将她当作陪嫁丫鬟带去吧，有她在杨家照顾着你，本宫也放心。"

这话姜锦早不说晚不说，偏偏这时候塞给祈宁一个身边人去杨家做眼线，分明是料定祈宁不会在自己大喜的日子闹得不好看。

祈宁深知自己母妃的为人，早料到她不会就这么轻易地放过这个机会。

眼下听见这话，祈宁不仅不怒不恼，反而扬起抹笑，释怀般地笑了笑："多谢母妃好意。"

她说着，淡淡扫了黎画一眼，走出了宫殿。

天上层层阴云破开，洒下一道明亮暖热的日光。祈宁踏出宫门，站在日光里，回头看了一眼。

姜锦仍立在原地，未送一步。

日光照在屋檐，光影投落地面，檐沿化作一道斜长的线，割开了地面分明的光影，也分开了这对分别站在光影中的母女。

华丽的喜服裙摆拖拽在宫殿的阴影中，长长的裙尾延伸至姜锦身前，仿佛被姜锦踩在了脚下。

祈宁深深地看了一眼她冷漠又华贵的母妃，收回视线，头也不回地走进了阳光下。

仪队渐渐消失在宫道上，姜锦身边的宫女看着仍站在原处未动的姜锦，上前轻轻唤了一声："娘娘……"

姜锦望着长天叹了口气，抚了抚鬓发，还是端着那高贵不可欺的神色："这天底下的女儿啊，都不可倚仗，除了叫做母亲的难过，还有什么用呢。"

她说着，看向宫女："你说是不是？"

姜锦埋怨女儿，做奴才的却不能顺着话讲。宫女沉默片刻，小心回道："公主心里，是有娘娘的。"

姜锦似觉得这话好笑，冷哼了一声，没再多言。

皇帝养伤养了数月，到祈宁出嫁这日，已能在宫人的搀扶下踱步慢行。

这一场伤病抽空了他的身体，方士进献的丹药吊着他的精神，身体却日渐消瘦，仅仅行上数十步便气喘吁吁。

帝王龙体抱恙，祈宁身为公主，出嫁之礼也一切从简，不可张扬，拜别皇上皇后，一一行过礼程，公主的仪队于傍晚入了杨府。

杨府今日设宴百桌，宾客络绎不绝。

在宾客的祝贺声中，杨修禅牵着祈宁的手入了喜房，然而还没红着脸说上一句话，又被宾客起着哄拽了出来。

杨修禅料到今日自己要被宾客灌酒，趁宴还未开，急急忙忙找到了一旁和众人饮茶闲聊的李奉渊。

杨修禅把李奉渊拉到一边，偷偷摸摸地同他道："好兄弟，待会儿开宴了，你得跟着我，替我挡着点儿酒。"

李奉渊听得这话，有些可惜地摇了摇头："不成，菀菀不让我喝酒。"

杨修禅正需他为自己两肋插刀，哪想他开口便拒绝了，急道："怎么不能饮？上回祖父大寿，我见你陪老头子喝了一碗又一碗，着实海量，姝儿不也没恼。"

他搂住李奉渊的肩，回头看了眼那一堆闹哄哄、提溜着脑袋大的酒罐子等着灌他的流氓兄弟，压低了声音道："你得替我挡着，不然今夜我连房都圆不了！"

成婚之日不能圆房是有些惨，李奉渊也跟着他回头看了看，想了想，问道："你族中这么多兄弟，随便拉上两个替你挡挡不就过去了。"

他说得简单，杨修禅摸摸鼻子，心虚道："你知道，我族中兄弟大多都已成了婚，之前他们成婚时我跟着'劝'了几杯酒，眼下他们就等着今夜报复我呢，巴不得我连新房都没进便醉得不省人事。"

第十章 爱恨

李奉渊看他如此，微微叹了口气。

他朝四周看去，瞧见不远处和杨惊春笑着说话的李姝菀后，向着那方抬了抬下颌："你去同菀菀说，她若准了，我便替你挡。"

旁人惧内惧得藏藏掖掖，他倒是惧得坦坦荡荡。

偏偏杨修禅竟也不觉得奇怪，得了他这话，用力拍了拍他的肩，转头就去找李姝菀了。

"姝儿！"杨修禅快步朝李姝菀走去。李奉渊站在原处，看着他拉着李姝菀不知道嘀嘀咕咕说了什么，说着说着，李姝菀侧目朝李奉渊的方向看了过来，然后又收回了视线。

片刻后，杨修禅笑着走过来，道："妥了！"

李奉渊微一挑眉："行。"

婚宴开席，如杨修禅所料，他家中那几个偏房的兄弟一杯接一杯地上前劝酒，李奉渊两只手一张嘴，帮着拦了，但没怎么拦得住。

不知道杨修禅当初是怎么灌的他族里那几个兄弟，那几人一人手里拎着只酒壶，只要杨修禅手里的酒杯一空，立马就有人替他满上。

李奉渊帮忙挡酒，几人对他一视同仁，李奉渊的杯子也几乎没有空着的时候。

饶是酒仙也架不住这么一刻不停地灌，二人撑了半个多时辰，喝得头晕眼花，实在撑不大住了。

又一杯下肚，李奉渊和杨修禅对视了一眼，杨修禅了然，找了个如厕的借口，扭头遁了。

李奉渊端着酒杯拦着他那几位流氓兄弟，继续与他们周旋，等众人等了半天不见杨修禅回来，这才反应过来新郎早已经溜进新房了。

其中一人醉红满面，大着舌头喊："新郎溜了……走，闹……闹婚房！"

众人闹哄哄地朝着新房的院子去，李奉渊抱臂站在院子门口，独自拦住众人。

众人看着人高马大的李奉渊，问道："李将军这、这是什么意思？"

李奉渊醉笑着摇头："赢了我，就让你们进去闹新房。"

"李将军你……你这不是耍赖嘛……"

他一身杀人抗敌的功夫,没几人能赢过他。

众人面面相觑,大眼瞪着小眼。一人醉昏了头,试探着往前探了一步,被李奉渊用巧劲送了回去。

众人嬉笑闹着,在门口大喊杨修禅的名字,又试图一同上前把李奉渊整个人抬走,然而统统被李奉渊轻松拦了回去。

杨惊春听说有人要闹杨修禅的婚房,忙赶来与李奉渊一同挡在了院门口:"做什么,做什么?!"

她一个姑娘,今日却着一身窄袖皂靴的劲装,英姿飒爽,显然早早做好了替杨修禅守门的准备。

杨家偏房的兄弟瞧见杨惊春,晃了晃醉醺醺的脑子,道:"春妹你……你让开……"

杨惊春自然不肯,她看了一眼身旁抱臂侧倚在院门上的李奉渊,似觉得他模样帅气,双手在胸口一环,学着他的姿势靠在了另一侧的院门上。

"不让!今夜我要替我哥守院门,谁也不能过去!"

李奉渊是侯府大将军,杨惊春又乃陛下下旨亲立的太子妃,若有朝一日祈伯璟即位,她便是一国之后。

这两尊尊贵的门神立在这,纵然宾客有心再闹,也不敢过于放肆。

众人无法,只好散了,回宴上继续喝酒去了。

杨修禅溜出来后,先去偏房洗了把冷水脸,凉水一激,浇灭了几分酒气,感觉自己清醒些后他才去见祈宁。

婚房内,祈宁并未坐在床边安静地等杨修禅,而是烧起了小炭炉,坐在茶桌边烹茶。

开门声响起,祈宁抬眸看向入内的杨修禅,浅笑道:"来了。"

夜冷天寒,室内茶香温润。杨修禅看着一身凤冠霞帔跪坐在茶桌旁的祈宁,没想到她在煮茶。

她语气温柔,熟稔得仿佛多年夫妻,杨修禅倒比她还紧张许多。

第十章 爱恨

杨修禅入内，侍女关上房门，杨修禅脚下一顿，回头将门闩上了。

祈宁见此，垂眸无声地笑了笑。

杨修禅清了清喉咙，佯装镇定地朝祈宁走过去，在茶桌前与她面对面坐下，问道："怎么不坐着休息？想喝茶，可让下人来煮。"

祈宁摇了摇头："给你煮的，茶淡，解酒气。"

她说着，左手拢着右手的宽袖，右手拎着茶壶，将煮沸的茶倒入装着一半凉茶的茶碗中，双手捧着递给了杨修禅："尝尝。"

杨修禅没想到祈宁会为他煮解酒茶，他愣了一下，望向烛光下她美得生媚的面容，又垂下目光，看向了送到面前的白瓷茶碗。

喜服上绣着金丝银线，华丽又厚重，一层又一层的宽袖挂在她纤细的手腕上，叫人担心这手承不住衣裳的重量。

杨修禅忙伸手接过茶碗，两口将茶饮尽。

他喝完，放下茶碗，想了想，缓缓地开口道："其实你不用为我做这些。"

祈宁拿过他面前的空茶碗，拎着茶壶又替他斟满，道："妻子为夫君准备解酒茶乃是分内之事，是我应当做的。"

杨修禅微微摇头："没什么应不应当，你不必做这些琐事。"

祈宁听得这话，以为自己哪里做错了，问道："为何？这茶煮得不好吗？"

她说着，就着杨修禅喝过的茶碗，吹了吹，用袖子挡着，轻抿了一小口。

茶气浅淡，清香醒神，没什么不妥。

她放下茶碗，疑惑地看着杨修禅。

杨修禅扫了眼印在茶碗上的唇印，耳根子有些红，轻咳了一声，开口道："这茶很好，只是我娶你，不是为了让你在家里服侍我。"

祈宁没料到杨修禅会这样说，笑着看他："那你娶我是为了什么？"

二人虽结为夫妻，但心意情思却都寄在那一封封出入深宫的薄信上，面对面时倒不知如何畅言，有些说不出口的陌生感。

杨修禅安静了片刻，看着她道："我娶你，与你想嫁给我的心意是一样的。"

是因相知、心悦,两心不移。

他神色认真,一双眼似要望进祈宁含笑的眼底。

她怔了片刻,渐渐敛了面上的笑意。她看着杨修禅,良久未言,似在思忖什么。

沉默了许久,她终于低声开口:"有些话,我想告诉你。"

她说到这儿,有些不知如何继续,又停了须臾。杨修禅没有出声,耐心地看着她,等着她接下来的话。

祈宁垂下眼眸,望着茶桌,徐徐开口:"当初小书阁你与我往来书信并非巧合,而是因为我……"

杨修禅叹了口气,低声打断她:"我知道。"

祈宁蓦然止声,有些讶异地看向他。

杨修禅望着她的眼睛,又道了一遍:"我都知道。"

祈宁是姜锦之女,若以公主的身份与杨修禅来往,他必然对其避之不及。

是以她才隐瞒身份借小书阁交友之便以书信与他来往,待到二人交心之后,祈宁再不经意表明身份,杨修禅才会卸下防备甘愿入局。

攻心之计,虽是险策,亦是上策。杨修禅都知道。

皇位之争自古有之,宫中形势险峻,祈宁身为姜锦之女,难逃权利的漩涡。若她不为自己所谋,必然会在姜锦的手中沦为为祈铮夺势的棋子。

他并不怪她欺骗自己。

杨修禅解释道:"那日在姜家的喜宴上,我得知你便是信中友人之后,回来一想便什么都清楚了。"

祈宁不解:"既然你都知道,为何还肯与我来往,还请父亲赐婚?"

杨修禅道:"书信虽是假的,但信中一字一句皆是剖心之言。"

祈宁不信他心中毫无芥蒂,她抿了抿唇,又道:"既然以欺瞒开局,你就不怕一切都是假的吗?"

话音落下,房中倏尔静了片刻,杨修禅闻声,抬眸看着她,声音镇定而低沉:"我不信公主对我没有情。"

祈宁心头轻颤,杨修禅又接着开口:"书阁无数友人,我是公主在无数男人之间千挑万选才选中的郎君,不是吗?"

他仿佛当真不在意祈宁骗他,又道:"就算当真一丝情意也无,等公主与我成亲之后,总有一日公主会知我是个很好的……夫君,情也总有一日会生出来的。"

他说得缓慢,字字仿佛斟酌过,皆是肺腑之言。

祈宁望着他坦荡明净的双眸,突然起身,一只手撑在茶桌上,上身越过茶桌,弯腰吻住了杨修禅的唇。

柔软的唇瓣压上来,杨修禅怔忡地睁大了眼,手忙脚乱地扶着祈宁压向他的身躯。

润红的口脂印在他的唇瓣上,杨修禅愣了片刻后,仿佛才终于回过神,站起身,托着祈宁的腰将她横抱起来,朝着喜床走去。

他脚步有些乱,但双手却托得稳当。

祈宁靠在他胸前,忽然听见院中有宾客在闹,她侧了侧目光,道:"宾客来闹新房了。"

"会有人拦着,不必管他们。"

杨修禅说着,将她放在床上,扬手拉下了床帐。

重纱落下,挡住了亲密相依的身影。

灯影摇曳,夜还漫长。

李奉渊被灌了一肚子酒,又站在院门口为杨修禅守了一阵子门、吹了一阵冷风。

回府的马车里,他紧靠着李姝菀而坐,闭目将脑袋轻轻靠在她肩头,似乎有些难受。

李姝菀也不知道他是困了还是身子不适,挺直了背任他靠着,隔着车门低声吩咐前头赶马的刘二:"赶慢些,别颠簸。"

刘二听李姝菀声轻,也低低应了一声:"是,小姐。"

车速明显慢下来,闭着眼的李奉渊听见李姝菀的吩咐,轻轻扬了下嘴角。

到了府门前,李姝菀先一步下马车,李奉渊慢慢悠悠地跟着钻出来。

夜深天黑,路也难行,李姝菀看着下车后靠在车壁上半眯着眼醒神的李奉渊,对刘大、刘二道:"扶着侯爷。"

二人上回要扶李奉渊被他骂了回去,这回听见李姝菀吩咐,有些犹豫地看向了李奉渊,想看看他的意思。

果不其然,李奉渊轻飘飘地瞥了二人一眼,意思很明确:走远些。

刘大、刘二颇有眼力见儿地往后退了一步,李奉渊朝李姝菀走去,轻轻往她身上靠:"你扶。"

他身形结实高大,重得要命,李姝菀不肯:"你比石头都沉,我哪里扶得住?"

话音一落,她便察觉李奉渊卸了力将身体朝她靠了过来。

炽热沉重的身躯压在身上,李姝菀忙推他胸口:"站稳,别靠着我,会摔的。"

话说着,李奉渊却不听,李姝菀只觉得靠在身上的重量越来越沉,自己犹如大风里的柳树,渐渐被压得越来越弯斜。

"别靠了,欸!"突然,李姝菀没站住,脚下打了个趔趄,身子一倒,眼见就要摔了,慌慌张张朝柳素、桃青伸手,惊呼道:"柳素、桃青!"

二人见此,着急地齐声喊了句"小姐",急忙跑着上前,但还没碰着李姝菀,上一刻还歪着身子站不稳的李奉渊忽然直起了身,长臂一伸,搂住李姝菀的细腰,闷笑着轻轻松松将她扶正了。

李姝菀靠着他站稳,听见头顶传来笑声,抚着胸口心有余悸地抬头看了李奉渊一眼,这才明白过来他在戏弄自己。

她轻蹙着眉头,撇下他往府中走,丢下一句:"你三岁?"

李奉渊见她恼了,仍止不住笑,两步跟上去,去抓她的手。李姝菀抽回手躲,但还是被他握进了掌心,扣紧了细指。

柳素和桃青取下马车前挂着的灯笼,提着灯跟在二人身后。

刘二看着前头握着手并肩而行的李奉渊与李姝菀,压低声音问柳素:"柳姐,侯爷和小姐是不是太过亲密了?"

柳素不置可否,只道:"少说话,别多问。"

刘二闭上嘴,扭头又看向刘大,朝前方并行的二人动了动眼珠,以眼神询问刘大。

刘大抱臂耸了下肩,学着柳素道:"少说话,别多问。"

刘二这才收了好奇心。

回了栖云院,李奉渊跟着李姝菀入了东厢。

李奉渊今日大喜,他为兄弟高兴,言行和平日有些不同,透着抹难得的少年气。

说白些,有些幼稚。

李姝菀没理他,入了内间,叫侍女送来热水梳洗。

她洗净了脸,在妆台前坐下。柳素伺候她解了紧紧挽了一日的发髻,拿起玉梳替她梳发。

李姝菀透过镜子看着靠在房门处静静看着她不出声的李奉渊,道:"喝成这样,不回去沐浴休息,待在我这儿做什么?"

李奉渊还是没开口。他看了会儿,忽然走过来朝柳素伸出手:"我来。"

柳素愣了一下,将梳子交给李奉渊,与桃青收拾干净房间,默默退出去关上了门。

房中一时只剩下李奉渊与李姝菀两人。李奉渊站在李姝菀身后,动作温柔地替她一下接一下地梳顺长发。

她的头发抹了发油,黑得发亮,养得极好,闻来透着股淡淡的香。

李姝菀看他的动作不急不慢,透过窗看了眼外面的夜色,道:"夜已经深了。"

她这话便是在赶人了,但李奉渊像是没听懂,慢吞吞地梳完,放下玉梳,低头静静地看着她。

桌上烛火轻摇,照在她姣好的面容上,睫长如羽,肤如暖玉。

李姝菀见他半晌没动静,仰起头,有些疑惑地看他。

四目相对,李奉渊抬起手,想碰她白净的脸庞,但最后,却只轻而又轻地抚上了她肩头的乌发。

他低声开口，仿佛在和她商量："我今夜……不想回西厢。"

李奉渊身上还留有杨府宴上的酒气，回栖云院的途中被冬夜的冷风吹散了大半，但李姝菀仍能闻到他身上残留的淡淡酒香。

他垂首看坐着的她，烛光照不入他黑沉的眼睛，本就深的眸色此刻宛如幽潭，摄人心魂。

仿佛他方才脱口而出的是一句醉话。

然而李姝菀闻着他的酒气，望着他的眼睛，知道他此刻清醒得很。

他并未醉，说的也不是醉话。

他今夜想留在她这里。

李姝菀轻轻动了下眉尾，好似听不懂他的话，问他："不回西厢，你想歇在哪里？"

李奉渊看着她，认真地道："歇在你这儿，与你共枕同眠。"

李姝菀看了眼自己并不宽绰的床，婉拒道："床榻小，容不下你，侯爷还是自己回去睡吧。"

李奉渊不依不饶，轻轻抚着她肩头的发："我只有巴掌大小，留一角给我，我也能睡。"

高大的身躯立在李姝菀凳后，宛如一堵结实的高墙，将李姝菀遮得严严实实。

从李奉渊身后看去，连一片李姝菀的裙角都看不见，也不知道他怎么说得出自己只有"巴掌大小"的话。

李姝菀还是不点头："不行，你睡了，百岁睡哪儿？"

床头打盹的百岁听见李姝菀叫自己的名字，张大嘴巴打了个哈欠，睁开眼看了过来。

李奉渊和它圆溜溜的眼睛对视了须臾，同李姝菀道："让它睡地上。"

李姝菀听他语气认真，有些意外地看了他一眼："和狸奴抢地儿睡，也亏你说得出来。"

李奉渊俯身去嗅她发间的香气，自言自语般道："早一日晚一日，总有一天要赶它下床。"

第十章 爱恨

自那夜一吻之后，李奉渊就再也没与李姝菀亲近过，只偶尔私下里碰一碰她的手，握在掌中揉一揉，除此外，李奉渊恪守礼节，再没逾矩。

他总觉得有些事要等三书六礼之后，才算不唐突了她。

偏偏杨修禅今日赶在他前头成了亲，看着兄弟洞房花烛，李奉渊若说自己不眼馋，必然是假话。

他又何尝不想将自己与李姝菀的名字早早写在一张金字红纸的婚书上。

只是眼下朝堂不稳，若要成亲，还得等上一等。

可李奉渊毕竟是个年轻气盛的男人，情窦初开，血气方刚，日日望着自己的心上人，情至深处，便想抱着她，想亲吻她，想与她行他梦中所梦。

李奉渊想起梦中景，滚了滚喉结，倾身俯首，又低又沉地唤了她一声："菀菀……"

炽热的唇落在她秋水般的眼眸上，李姝菀下意识闭上眼，察觉到他在自己的眼皮上轻轻啄吻了一下。

只一下，那柔软的唇瓣又退开了。

他一举一动克制隐忍，好似请求，但不得她答应又不肯罢休。

李姝菀睁眼，仰头看着头顶那双目光沉沉的眼，问他："你睡觉安分吗？你若吵闹，我便把你踹下床去。"

李奉渊静了一瞬，才听出她这是答应了。

他浅浅扬起唇角，轻笑着保证道："安分，比你的狸奴安分。"

李姝菀轻轻扬眉，也不知道信没信他的话。

她从盒中取出香膏搽脸，李奉渊闻着她满身浅淡好闻的膏脂香气，忽而想起什么，抬起自己的手臂闻了闻。

不难闻，也不好闻，衣裳上飘着一股烈酒气。

他皱了下眉头，起身绕去了屏风后。

水声响起，李奉渊脱去外裳，用盆中剩下的水将自己洗了个干净，片刻后，等身上闻不到酒气了，他才湿着头发走出来。

李姝菀已经上了床榻，靠坐在床头，身上仅着雪白的中衣，及腰长发顺亮如瀑，柔柔地披了满身。

李奉渊与她相视，压下胸腹燥气，熄了蜡烛，朝床榻走去。

百岁被他抱下了床，喵喵地叫着，吵吵嚷嚷不情不愿地去了炉子边蜷着，半边睡得温热的枕头被李奉渊抢了去。

李奉渊放下床帘，掀开软被，与李姝菀一同躺下。

除了前些年行军打仗，李奉渊身边几乎从没睡过人，此刻与李姝菀同床共枕，李奉渊几乎能听见自己胸腔中剧烈的心跳声。

他缓缓伸出手，摸到李姝菀垂在一侧的手掌，牢牢扣在掌心，轻轻放在了自己胸口。

咚、咚、咚……

一声一声，李姝菀觉得自己的手骨都跟着他的心脏在震。

"松开我，吵得很。"李姝菀没睁眼，试图抽回手，李奉渊不肯，反倒抓着她的手送到自己唇边，轻轻亲了一下她萦绕着香脂气的柔嫩指尖。

李姝菀缓缓睁眼，侧目看他："不是说会安分？"

床帘挡住了月色，李姝菀看不清他的脸，只感觉吻在手背上的薄唇轻轻勾了起来。

他似乎偷偷在笑，李姝菀并没有听见笑声。

李奉渊咬她指骨，嗓音有些低哑："骗你的。"

李姝菀的床榻不大，刚好够躺下她与李奉渊两人。

二人的身体若有若无地贴着，李姝菀里侧是墙，外侧是李奉渊，中间仅留了一掌之距，她想躲都没地方躲。

李奉渊握着她的手，察觉到她想抽出去，侧目看向她。

习武之人，一双眼自小练起，比起夜里难以视物的李姝菀，李奉渊更能看清昏暗夜光中她隐隐若现的面容。

她微蹙着眉头，一双眼明净如清泉，正盯着他看，似乎在恼他说骗她。

她微微挣动着手，李奉渊半点不松。她问他："将军想做什么？"

"不做什么。"李奉渊嘴上道得无辜，却又翻了个身，侧躺着面向她。

李姝菀哪里还会信他，侧目睨他，动了动被他抓着亲吻的手："不做什么就松开,何必抓这么紧?"

李奉渊闻罢,竟然当真松开了她的手,不过还没等李姝菀放松警惕,他那手又掀开被子探了进来,摸索着轻轻掌住了她的腰身。

宽大炽热的手掌隔着一层薄如蝉翼的衣裳贴上她的腰,烫得灼人。

李姝菀短促地细细倒吸了一口气,身体也骤然僵了一瞬,仿佛被他掌心的温度所灼热,她的身体有些轻微的颤。

李奉渊察觉到了,语气含笑地低声道:"颤什么……"

他举止轻浮,还好意思说她。

李姝菀很快平静下来,轻抿了下唇,去拉腰上的手,训猫似的训他:"堂堂大将军,说话怎能不算话。手拿开。"

可她的力气哪里拧得过李奉渊,李奉渊闻罢,不仅未松手,还又紧了紧力道。

纤纤细腰,盈盈一握,李奉渊今日算是明白此为何意。

他于昏暗中目不转睛地看着李姝菀的面容,手不舍得松开,却也暂时没有进一步的动作,像是在忍着什么。

李姝菀听见他的呼吸渐渐变得急促了些,仍旧克制而压抑,并不很明显,但在这寂静的深夜,如此近的距离,足够她听清楚。

他既然没动作,李姝菀便也勉强让他将手搭在自己身上,闭上眼打算睡觉,不再管他了。

然而她合眼没一会儿,李奉渊忽然又动了起来。

"菀菀……"李奉渊喊了她一声,声音沉而沙哑。

这一声之后,他仿佛再忍不住,生着粗茧的手掌蓦然从李姝菀的衣摆下滑入她的衣裳,毫无征兆地触到了衣裳下细腻柔软的肌肤。

李姝菀好不容易才酝酿出半分睡意,可又被李奉渊搅醒,她不胜其烦,用力在他手臂上拍了一下。

"做什么?拿出去。"

她力气重,李奉渊手掌顿了一瞬,但也仅有一瞬,紧接着便用粗糙的手掌细细摩擦起她腰上的细皮嫩肉。

他没有说话,只是动着手,粗茧滑过皮肤,不可忽视的酥麻痒意从腰侧蔓延开,李姝菀敏感地打了个颤,半醒半梦的瞌睡顿时全醒了个透,耳根子倏然红了。

李姝菀轻喘了口气,强行去拽他的手。李奉渊顺势抓住她的手,将她的手朝他自己身上拖。

李姝菀心头一颤,手指不自在地动了动:"你……"

炽热结实的身躯亲密无间地贴着她,他身形高挑,此刻微蜷着身体依偎着她,脑袋靠在她耳侧,压住了她浓密的乌发。

粗重的呼吸响在耳边,李姝菀知他不会安分,但没想到会不安分到这个地步。

往日恪守的君子之礼,他此刻倒是忘得干干净净。

李姝菀难得羞赧,朝里侧偏过头,任由他动作,忍着没作声。

李奉渊察觉到她偏过了头,薄唇贴着她的耳郭,带着粗气低声道:"转过来。"

李姝菀没有听,被中衣裳摩擦的暧昧窸窣声钻入耳朵,她恨不得把脸埋进床架子里。

李奉渊用另一只手捧着她的侧脸,强行掰回她的头,张嘴轻轻咬上了她的唇。

"别躲,菀菀。"

他声音含糊,语气放得极其温柔。李姝菀敌不过他,认命地叫他亲。

他蹭着她柔软的唇瓣,低声开口时宛如命令:"叫我的名字。"

李姝菀没作声,过了好一会儿,李奉渊才察觉到贴着的唇瓣无声地动了动。

就如曾经那个绮丽的梦境中,轻而又轻的一声。

李奉渊……

李奉渊喟叹着,下意识用手扣住了她纤细的脖颈,并不重,想感受她唤他时轻轻颤动的声喉。

但很快,他又怕自己伤了她,蓦然将手收了回去,抚上了她的脸庞。

李姝菀睫毛颤了颤,动了动还被他握着的手,想抽出来。

李奉渊抓着她不放,还有些没缓过劲儿:"乖一些,别动。"

李奉渊单手撑在她耳侧,微微支起上身看她。过了片刻,他低头在她额间落下轻轻一吻,将脸贴着她亲昵地蹭了蹭,这才终于松开她。

她睁眼看着还半压在自己身上的人,意思明确,他弄出的东西,自然要他来收拾。

李奉渊看懂了她的脸色,嗓音沙哑地轻笑了笑,翻身下了床。

炉子边的百岁听见动响,睁着一只眼瞅他。

李奉渊点燃半支灯烛,绕去了屏风后。水声响起,李奉渊很快又拿着打湿了的软棉帕出来。

李姝菀不声不响地从里侧挪到了外侧。床帐还垂着,她只将一只手伸出了床帐,纤纤手臂搭在床沿,晾在外面。

她将袖子高高挽至肘间,露出白净如玉的小臂。

他掀起床帐,看见李姝菀脸朝着里侧,并不看他,像是在生他的气,不过李奉渊执她手时,她却也没躲开。

李奉渊低笑出声,上了床榻,落下了床帐。

他怕自己又忍不住,没靠李姝菀太近。

他抓着她的手,就这么捧在掌心有一下没一下地轻轻捏着,安静地闭上了眼。

他唇畔带着笑,低声道:"好梦。"

自李奉渊尝到甜头,隔三岔五夜里他便要赖在李姝菀这儿宿下。

每过上几日李奉渊便从东厢晨起,院里伺候的下人也渐渐察觉出了端倪,但谁都不敢多话。

宋静知道此事后,最为大惊失色,操心操得隆冬时节上火。

但即便如此,他也并未倚老卖老端着半个长辈的架子到李奉渊跟前去教训他,而是言辞委婉地劝告了李奉渊几句。

话里话外都叫他克己节制,别闹大了,叫外人知道了,有损李氏名声。

李奉渊听着宋静的劝告,只当他过于操心,并没多想。

又几日过去,李奉渊变本加厉,竟然连着两晚都宿在李姝菀那儿,宋静知晓后又劝了好半天。

人年纪大了，唠叨话叠了一句又一句，李奉渊左耳朵进，右耳朵出，耐心地听着。

白天听完，夜里他随口和李姝菀说起宋静劝他的事。

年底将尽，江南今年的账册子收了上来，李姝菀正照着灯烛拨算盘看账本。

她听得他的话，停了打算盘的手，若有所思地挑着眼尾看他。

李奉渊看出她有话想说，止了话头，问道："怎么了？"

李姝菀看着他那难得糊涂的神色，似乎想说什么，但最后又没有说出口。

她收回目光，玉指继续拨着算盘，开口道："宋叔既然多次劝你，你就该听劝才是。"

李奉渊血气方刚，听得了劝就有鬼了，当日夜里，他又宿在了东厢。做不做什么另说，他如今总要贴着温香软玉才睡得好。

翌日，李奉渊去军营，午间回来得早，准备和李姝菀一同用膳。

刚进东厢的门，恰巧撞见府内的郎中在给李姝菀号脉，而宋静在一旁面色担忧地看着。

李奉渊见宋静神色严肃，心里慌了一慌，快步走近，问李姝菀："怎么了？可是身子不适？"

李姝菀看他眉头皱着，摇头安抚道："无事，只是宋叔不放心，叫郎中来号一号平安脉。"

这平安脉前些日才号过，今日又看诊，必然有所原因。

郎中一番望闻问切，收了腕枕，李奉渊忙问："如何？"

郎中语气和缓道："回侯爷，小姐身体康健，并无碍。"

李姝菀听见这话，转头笑着看向宋静："宋叔现下能放心了？"

宋静眉头还是未松，低声问郎中："小姐的脉象，只跳了一道吧？"

这话问得委婉，郎中怔了一瞬才明白过来宋静话中之意，李奉渊听完，也愣了一愣。

郎中看了眼端庄地坐在椅中的李姝菀，回道："是，只一道脉象。"

第十章 爱恨

他说罢，顿了顿，又道："不过若是……也至少需两三月，脉象才会有所变化。"

宋静一口气未松一口气又提起，缓缓地叹了口气，让侍女送郎中离开了。

李奉渊看着宋静犯愁的眉眼，总算明白频频劝他的深意。

原来是担心他让李姝菀有了身子，弄个名不正言不顺的小主子出来。

李奉渊今日回来提前让人传了话，说午间要回府用膳。

宋静这个时候请郎中来，恐怕是故意让他撞见，存着提点他的心思。

郎中出了门，宋静一脸不放心地看向李奉渊："侯爷……"

在宋静眼里，如今的李奉渊已不再是从前的小少爷，他在军营里历练了一遭，风沙刷洗过一身皮肉，如今的他就如从前的李瑛一样，是个威严但有些粗糙的男人。

而由宋静看着长大的李姝菀仍是千金贵体，还是个须得爱护宠溺的姑娘。

和杨修禅一样，宋静也莫名担心李奉渊不小心将李姝菀欺负了去。

听见宋静叫自己，李奉渊心底蓦然升起半分羞愧之意，欲盖弥彰地轻咳了一声，保证道："知道，宋叔，我有分寸。"

宋静看他总算把自己的话放在了心上，这才稍微放下心，出门去厨房传膳了。

李奉渊在李姝菀旁边的椅中坐下，饮了口茶，想起昨晚李姝菀欲言又止，问她："你是不是昨晚便知道了宋叔话中之意？"

宋静叫李奉渊不要闹得外人知晓，而这府中里里外外百来张嘴，宋静一一都看得严，仆从们不敢张着嘴巴在府外乱论主子的长短。

李奉渊和李姝菀都是聪明人，在外知道避嫌。

里外严加防守，如何会闹得叫人知道。

现在看来，他不过是担心李奉渊弄大了李姝菀的肚子，如此便是想瞒也都瞒不住了。

李姝菀轻轻挑了下眉，无辜道："宋叔话都讲得这样明白，你还听不懂,我有什么办法。"

李奉渊没说话,默默地端着茶饮。

李姝菀悠悠地靠在椅子里,看着他有些不自在的神色,道:"不过眼下既知利害,总该听宋叔的劝了吧。"

李奉渊喝了两口温茶,沉默片刻后,还是那话:"不,我有分寸。"

冬风涌,霜雪落,十二月的天一日比一日寒。

十二月中旬,沈回准备离京,回南方与家人过年。

本来他月初便打算启程,结果被京中权贵邀入门府做客,耽搁了些时日,到月中这才迟迟出发。

再不动身,怕就赶不上除夕团圆了。

好友离京,李姝菀与杨惊春为他设了饯别酒,午间在城门处为他饯行。

沈回的马车在旁边停着,酒前离别话都已说尽,临别时倒相顾无言。

李姝菀侧目看向柳素,柳素上前,将手中拎着的包袱拿给李姝菀,李姝菀递向沈回:"我知你冬日要走,匆匆让府中的绣娘做了两身毛氅,不大精细,但厚实暖和,你带上,路上御寒。"

今日天公行善,未降大雪,但风却急。

一阵接一阵的寒冬邪风,刮得人双颊生疼。李姝菀披着裘氅,将自己裹得严实。沈回和杨惊春身子骨强劲些,只穿着一身冬衣。

李姝菀送的衣裳,倒正好给沈回用上。

沈回看着李姝菀手中的包袱,愣了一瞬,心中有些动容,面上浮现出了一抹羞赧又真诚的笑。

他不想在离别之际辜负李姝菀的好意,是以没有推辞,双手珍重地接了过来:"多谢,路上我会好好穿着它。"

杨惊春见此,也忽然想起什么似的,从自己袖中取出了一只鼓鼓囊囊的荷包,其中细珠撞响,有些闷沉,听声音,应是一袋子金珠。

她看沈回抽不出手,直接将荷包挂在了他的腰佩上:"我不知你缺什么,便替你准备了些盘缠,你路上花。"

钱财之物,过于贵重,沈回不愿受下,立马就要婉拒。

杨惊春知他性子耿直,抢先嘱托道:"万一你不幸在途中遇上劫道的匪徒,便把这钱散出去消灾,千万不要以命相抗。你要好好拿着,我这是替你多备了一条小命。"

她语气认真,沈回忍俊不禁,思索了须臾,才点头应下:"多谢,我定会好好收着这条命,不让劫匪打了去。"

这一别,再相见不知又是何年。

沈回将东西放上马车,杨惊春不舍地问他:"阿沈,你过完年,今后还会来望京吗?"

高天薄云间,孤鸟一声高鸣,托雪远去。

沈回轻轻抿起唇角,露出了一个不舍但温柔的笑:"应当……暂且不来了。天地高阔,人生苦短,我想去世间的别处看看。"

细雪轻轻飘落,沈回上马车前,最后看向仍站在原地的二人。

他的目光定定地落在李姝菀身上,似有话想和她说,但最后他只是冲着二人摆了摆手,担忧地道:"回去吧,马上下雪了。"

二人摆手示意他上车。沈回眼角有些湿润,低下头轻轻擦了擦,钻进了马车。

车轮徐徐滚动,杨惊春看着沈回的马车逐渐隐入出城的人群中,轻轻地叹了一口气。

她可惜地同李姝菀道:"阿沈是个很好的人,你不能同他在一起,我总觉得有些遗憾。"

李姝菀轻轻点头,附和道:"他是个很好的朋友。"

杨惊春还不知道李姝菀与李奉渊的事。李姝菀说着,挽着杨惊春的手朝停在街边的马车走去,想了想,低头在她耳边轻声说了几句话。

几句耳语间,杨惊春的神色肉眼可见地变了又变,十分之精彩。

茫然之中夹杂着疑惑,疑惑里又掺杂着一丝她自己都没反应过来的顿悟。

杨惊春下意识地停下脚步,瞠目结舌地看着李姝菀,不可置信地"啊"了一声。

李姝菀见她神情多变,觉得有些好玩,伸手捏了捏她的鼻子,轻点了下头:"便是你听见的那样。"

杨惊春呆站在原地,微微张着嘴巴,神色茫然地看着李姝菀,仿佛丧失了言语,过了好一会儿,最后难以控制地惊叫出声:"啊?啊!"

她声量拔得比天上的鸟鸣还高,周遭的路人好奇地朝她们看过来,李姝菀伸手捂她的嘴:"嘘——你小声些。"

杨惊春嘴巴哆哆嗦嗦:"菀……菀菀……你……"

李姝菀无辜地眨了眨眼,抚着她的背,等她冷静下来:"惊春,呼吸,别憋着。"

杨惊春从小到大读了那么些书,自以为少有几本学进了脑子,然而这一刻,多年读过的道法礼教和圣贤之言全在她脑中打着圈地浮现。

今遭杨惊春突然明白天都塌了是何种滋味,她望着李姝菀,声音抖如琴弦:"菀菀,你……你……你要不还是和我一起嫁给阿璟吧……"

她牢牢抓着李姝菀的手,嘴巴一瘪,势要将李姝菀从歧途拽回来:"不然,不然……嫁给我哥……我爹都行啊……"

午后,雪渐渐大了。

冬日天暗得早,李奉渊在军营处理完今日公务,准备早些回府。

周荣收拾收拾,打算与他一道回去。

周荣拿着两把伞站在檐下,抬眼一看茫茫飞雪,叹道:"才住了片刻工夫,这雪又下起来了。"

话语间热气成雾,他抖了抖肩,吐出口热气:"真冷啊。"

李奉渊一身铁骨,难得也觉得寒,应和道:"是有些冷。"

他嘴上喊冷,却是伞也不打算撑一把,抬腿就要步入雪中。

周荣见此忙拉住他,将伞撑开了递过去:"将军,伞。"

李奉渊打小便不爱撑伞,嫌麻烦,如今这习惯也没变过。

他正要拒绝,周荣往他左腿看了一眼,神色有些担心,放低了声音道:"撑着吧,免得雪水湿了衣裳,夜里腿疼。"

李奉渊听得这话,沉默一瞬,这才伸手接了过来。

周荣撑开自己的伞,与他一起往军营外走,边走边道:"上个月这时候,常先生托人捎来了封信,问我您的腿怎么样了,我回信说老样子,还是一变天就疼。"

当初军队从西北回望京时,常安并没跟着一起回京。他老人家心系百姓,领着一帮子徒弟云游行医去了。

李奉渊听周荣提起常安,问道:"常先生现在何处?"

周荣缓缓摇头:"不知道,他老人家一贯神出鬼没的。南方前不久起了一小场疫病,来信时他正在南方行医,不过后来南方疫病已止,我回信过去后,隔了几日派人去打听,听说人朝北来了,究竟去哪儿了也不清楚。"

周荣思忖着道:"不过我见他信中忧心您的伤病,估摸着他应当今冬会来望京一趟看看您的伤。"

到了辕门外,二人各自上马,李奉渊同周荣道:"这几日派人南下打听打听,若找着人,请常先生来我府上一趟。"

周荣闻言,估摸着他身上的旧伤又犯了,连忙应下:"好,我明日便派人沿着南下的路去打探消息。"

李奉渊冲周荣点了点头:"行,走了。"

他说着,一夹马肚去了。

周荣看着撑伞迎风而去的李奉渊,叹了口气,也往家里走。

不过他骑马跑出两步,心里总放心不下,掉转马头折身回了军营,点了几名亲兵,当即让他们收拾东西南下探听消息去了。

李奉渊回到府中,才得知李姝菀一早就出了门,但她去了哪儿,仆从却都不清楚。

李奉渊站在东厢外,同檐下洒扫的侍女道:"去请宋管事来书房。"

侍女应下,放下笤帚,拿了把伞跑去请宋静。

李奉渊将伞伸出檐外抖了抖雪水,合上伞,靠在墙侧,入了书房。

宋静来时,李奉渊坐在案前,手中执笔,不知在写什么东西。

书房里炉子熄着,宋静见此,忙叫人来烧上炭,又支起架子挂上茶壶煮上水。

李奉渊手中笔没停,垂首问他:"宋叔,你知道小姐去哪了吗?"

这府中事宋静大大小小都清楚,他关上正对着炉子吹的窗,回道:"回侯爷,小姐一早去为沈公子……"

宋静年纪大,话也说得慢。李奉渊听见"沈公子"三个字,倏然皱起眉头,打断了宋静的话:"沈回?"

宋静听他语气突变,点了下头:"是。"

一提起沈回,李奉渊总沉不住气,仿佛羊圈破了还要防着狼的牧羊人,变得警惕万分。

他搁笔站起来,抓起桁架上的厚氅便往外走,边走边问:"去了何处?"

看他这急匆匆的样子,是打算出府去抓人。

宋静见他误会,忙出声拦住他:"侯爷别急,小姐今日是去为沈公子送行,估摸着待会儿就要回来了。"

李奉渊脚步顿住:"送行?沈回要离京?"

宋静忙解释道:"是,马上年底了,沈公子要回南方与家人过年,今日启程。"

李奉渊听得这话,微微皱着的眉头蓦然松开了。

他折身回来,将厚氅挂回衣桁上,语气也转了个弯,倏然平静了下来:"怎么这么急?都还没请他来府上坐上一坐,他便要离开了。"

话说得惋惜,可语气里的笑意便是年老耳聋的宋静也听得出来。

沈回在京中待了这么久,李奉渊若当真有意请人做客,早把人不知请来几回了。

宋静有些无奈地轻轻摇了摇头,将李奉渊随手挂上的厚氅取下,规规矩矩挂好,暗忖道:这么大的人了,怎么还如此小孩子气?

李奉渊坐回椅中,体贴道:"小姐的朋友离京,她必然心中难过,晚上叫厨房多做几道她爱吃的菜。"

"好。"宋静应下,又道,"既然都做了,不如也多做几道您爱吃的吧。"

李奉渊有些疑惑："我？"

宋静轻声揶揄道："您难得高兴，也做上几道，喜上添喜。"

李奉渊听得这话，浅浅提起薄唇，失笑不语。

好不容易把沈回这尊大神请走，他心中的确畅快，连腿似乎都不觉得疼了。

李奉渊若只想知道李姝菀的去向，只需派下人跑去问宋静一声即可，不必专门唤他来书房。

宋静想，李奉渊必然有其他事要吩咐他。他低声问："侯爷是否还有别的吩咐？若没有，老奴这就去吩咐厨房提前备上晚膳。"

李奉渊道："是有件事。"

他说着，看了眼围在炉边煮茶的仆从。

宋静心领神会，转身对仆从道："你们先下去吧。"

"是。"仆从应声，安静地退了出去，带上了书房的门。

房中骤然安静下来，李奉渊听见门外脚步声行远后，这才开口："宋叔，你去钱库里支笔钱出来，封箱装好，我之后要用。"

李奉渊在朝中，少不了用钱的时候，宋静没多想，只问道："侯爷，此次支多少？"

李奉渊思索了须臾，没直说，提笔蘸墨，在纸上写下个庞大得骇人的数。

李奉渊从未需用过如此大的一笔钱财，宋静见此，略微睁大了双目，满面惊色。

"这……"宋静怔忡道，"侯爷，银还是金啊？"

不论金银，这数都能让侯府荡上一荡了。

李奉渊搁下笔，将纸揉成团递给宋静，放低声音道："金。"

宋静接过纸团，走到炉边，提起炉子上的茶壶，将纸扔进炉中烧了。

李奉渊嘱咐道："这事你亲自去办，别让旁人知道。"

宋静闻言，面上忽而显出些许犹豫之色，似有话想说，但迟疑片刻，又将话默默咽回腹中，垂首道："是，老奴知道了。"

李奉渊察觉到宋静欲言又止，正准备开口问，但心中稍一思索，很快便明白了过来。

府中的账和江南的产业如今都是李姝菀在管,田产旺铺,事务繁杂,一应靠她操劳。

李奉渊问宋静:"此事是不是要先同小姐说一声?"

李奉渊乃一家之主,他要支取账房银钱,自然轮不到宋静说个不字,但若不提前知会一声李姝菀,又说不过去。

宋静听李奉渊想明白,略微松了口气,展开皱着的眉头:"如此自然是最好。"

李奉渊颔首:"好,等她回来,我去与她说。"

他提笔继续写着此前未写完的信:"无事了,宋叔你忙去吧。"

宋静道:"是。"

杨惊春好不容易出趟府,与李姝菀在街头逛了好一阵子都不舍得回去。

她自己不舍得回,也不让李姝菀回。在她眼里李府如今是熊窝蛇窟,李姝菀一回去,便会被李奉渊啃得渣都不剩。

她心里盘算着事,拖到用晚膳的时辰,跟着李姝菀一道去了李府。

恰巧,李奉渊让厨房备了一桌子好菜,招待她绰绰有余。

半大不小的圆桌上,杨惊春故意坐在了李奉渊与李姝菀之间,如同楚河汉界将二人分开。

李奉渊与李姝菀一般坐得近,侍女上菜时习惯将李姝菀爱吃的菜摆在了李奉渊手边。如今李姝菀被杨惊春拽着坐到了李奉渊对面,连爱吃的菜也夹不到。

李奉渊指了指几只盘子,同侍女道:"端到两位小姐面前去。"

杨惊春捧着碗,嘴里嚼着饭菜,一双眼盯贼似的盯着他。

李奉渊被她盯得莫名,奇怪道:"看我干什么?"

他说着,还给杨惊春和李姝菀各盛了半碗汤,兄长倒是当得有模有样。

杨惊春不买他的账,冷哼了一声:"你心知肚明。"

李奉渊越发疑惑，抬眸看向李姝菀。李姝菀端着碗喝汤，不吭声。

她被杨惊春念了一下午，好不容易耳朵静下来，可不想自找麻烦。

吃完饭，趁着李姝菀暂时不在，杨惊春将李奉渊拉到了一边。她环着双臂，压低了眉，神色愤愤地盯着他："我都已知道了。"

她说完这句就没了下文，似想等着李奉渊自己画押招供。

当初杨修禅上门来揍李奉渊时，也是这般咬牙切齿，兄妹二人的神色简直一般无二。

李奉渊看了眼杨惊春抱在胸前的双臂，似担心她和杨修禅一样一言不发便动手，脚下不动声色地往后退了半步。

他垂着眼皮子看她："知道什么？"

"你心里清楚。"杨惊春目光如炬，说着又一声冷哼。

她今日苦口婆心劝了李姝菀一下午，没劝得李姝菀回头，只好找上李奉渊。

她满篇胡话张嘴就来："我已与菀菀商量好了，菀菀今后要同我一起嫁给阿璟。你心里的龃龉事，就不要再想了。"

李奉渊眉头一皱，不等开口，杨惊春眯眼睨着他，下颌一抬，威胁道："今后菀菀与我一起入了宫，你若还肯好好恪守本分，我便在阿璟面前说几句好话，过上一年半载，便还能让你见上菀菀一面。若你仍执迷不悟，等菀菀入宫，我保你今后再不能见到她。"

她言之凿凿，说得煞有其事。李奉渊垂眸盯着她看了片刻，忽而屈着食指朝她额头敲去。

杨惊春手快，抬掌一拦，拦得准，然而也只拦住一下。

李奉渊翻腕格开她的细掌，结结实实请她额头吃了个爆栗。

"咚"的一声，响响亮亮。

"唔！"杨惊春痛哼出声，皱着眉头抬手一摸，摸到额头渐渐肿起个小硬包。

她双眉一竖，直呼其名道："李奉渊，你……你罔顾礼法，还不思悔改！我要告诉爷爷！"

杨炳于李奉渊如师如父，杨惊春搬出老头子，想着至少能吓他一吓，叫他收敛了心思。

哪想李奉渊半点不惧,还从怀里掏出封信:"去吧,恰好,顺便帮我将这信带给师父。"

杨惊春捂着额头,不肯接:"信里写的什么?"

李奉渊糊弄道:"写的我已知错,向师父坦白罪行,改日登门负荆请罪。"

杨惊春不信,狐疑地瞅着他:"当真?"

李奉渊道:"当真。"

杨惊春迟疑地伸手接过,看了眼装得严严实实的信封,还想再说什么,李姝菀忽然来了。

杨惊春将信随手往胸口一塞,撇下李奉渊,瘪着嘴巴朝李姝菀走去,告状道:"菀菀,奉渊哥哥弹我脑瓜崩——"

她露出肿起小包的额头给李姝菀看,李姝菀凑近仔细一瞧,心疼地"呀"了一声,担心道:"怎么肿成这样,疼不疼啊?"

杨惊春硬挤出两滴泪:"疼得要命。"

李姝菀蹙眉道:"桃青!快去叫人取些冰来,再拿块厚实的棉布。快些。"

"是,小姐!"桃青听李姝菀语气担忧,忙应下。

李姝菀扶着杨惊春到椅中坐下,扭头看向李奉渊,不问缘由便是一通怪罪:"侯爷好大的架子,竟还动起手了。"

李奉渊难得见李姝菀生气,倚在房柱上,道:"她威胁我。"

"我没有。"杨惊春不认。她一字一句都是真心,当真想让李姝菀与她一同进宫,怎能算威胁。

杨惊春坐在椅中,双手抱住李姝菀的软腰,将下巴抵在她身前,抬起脑袋眨巴着宛如清湖的眼眸看她:"菀菀,你不要信他。"

李姝菀心偏到天边去,伸手将她鬓角碎发别在耳后,柔声道:"你说没有,自然是没有。"

杨惊春心头舒坦,偏着脑袋靠在李姝菀胸前,可怜巴巴地蹭了蹭:"菀菀,好疼——"

第十章 爱恨

李姝菀安抚道："一会儿取来冰块，用帕子包着敷一敷就不疼了。"

李姝菀伸出手想碰杨惊春的额头，又怕弄疼了她，回头轻瞪了李奉渊一眼，埋怨道："怎么下这么重的手？"

李奉渊看李姝菀疼杨惊春和疼女儿一样，提醒道："她的拳头比修禅还重，身子硬实着，没那么虚弱。"

杨惊春正要反驳，李姝菀先开了口："胡说八道，惊春一贯娇弱。你那手劲，沙包也经不住你揍。"

李奉渊无力辩解，叹了口气，承认下来："好，怪我，是我没分寸……"

天光徐徐沉没西山，暮色暗淡，时辰已经不早。

杨惊春缠着李姝菀撒了好一通娇，这才依依不舍地回去。

李姝菀将杨惊春送上马车，回到东厢，看见内间亮起了烛光。

桌案旁，李奉渊靠坐在她常坐的梨木椅中，微微斜倚着身子，手边摆着茶盏，捧着她核算了好几日还没算完的年账册子，正颇闲暇地翻看着账本。

房中炭炉挪了个位置，搁在他左腿旁，百岁也蜷着身子在他脚边睡着。

他倚着她的椅，烤着她的炉火，饮着她的好茶，一个人自在得如在他的西厢。

见李姝菀进门，李奉渊合上手中账本，道："回来了。"

柳素和桃青本准备伺候李姝菀梳洗，瞧见李奉渊在，二人知道没她们的活计，识趣地退了下去。

今日在外奔走一日，李姝菀也有些累了，连身上的大氅都觉得重得压肩。

她抬手去解脖颈处的系带，那带子仿佛缠死了，好几下都没解得开。

李奉渊起身走到她面前，拉下她的手，道："抬头。"

李姝菀垂下手，微微仰起了下颌。

李奉渊偏着头，低眸看她，长指动了几下，灵活解开系带的死结，取下她身上的大氅。

外边正下着雪,毛氅下摆被雪水浸出了深润湿色,有些沉。

此刻肩头骤然一松,李姝菀展开眉心,轻舒了口气。

李奉渊难得见她乖乖听话,没忍得住,屈指在她下颌处轻轻挠了两下。

些许酥痒传来,李姝菀偏了偏下巴,拍开了他作弄的手。

李奉渊轻笑了声,抖了抖大氅上化开的雪水,挂在了衣桁上。

李姝菀看得出他此刻心情不错,只是不知道他在欢喜什么。

李姝菀在妆台前坐下,对着铜镜取下耳坠。

李奉渊立在她身后,伸手取她发髻间的钗环,忽而道:"我听宋叔说,沈回今日南下回老家了。"

他语气平静,然而李姝菀透过铜镜看他,却见他唇边若有若无地挂着笑意。

李奉渊没听见她应声,揉了揉她发红的耳垂,又问道:"他明年还来望京吗?"

朋友别离,总叫人伤怀。李姝菀轻叹了口气:"不来了,他说天地浩然,想去周游人间。"

李奉渊听见这话,低声闷笑。

他笑声刻意压得低,但还是叫李姝菀听见了。她望着铜镜中的李奉渊,开口道:"我交心之友不过寥寥几人,如今少了一位推心置腹的友人,你就这样开心?"

她神色不满,李奉渊勉强止住笑意,口不对心地道:"怎会?你不好受,我自然也替你难受。"

李姝菀不信他的话,她抿了抿唇,看着当真因沈回的离开而伤感万分。

李奉渊见她沉默不言,抬起她的下颌,自身后低下头看她。深邃的目光直直望入她盛着烛光的明净双眸,他嗓音微沉:"今日为他送别时,你哭了吗?"

装过黄天大漠的宽阔胸怀一遇上沈回便只剩下瓜子大,沈回离京,李姝菀哭没哭李奉渊都在意得紧。

第十章 爱恨

临别前，好友三人于桌上饮罢饯别酒，李姝菀的心又不是石头做的，多少湿了眼眶，不过李姝菀好面子，不想回答这话，回避道："问这做什么？"

李奉渊动了动拇指，轻轻摩擦着她白净的下颌，心里已明了答案。

看来是掉了眼泪。

他没再多问，替她拆了发髻，用玉梳梳顺了长发。

门外柳素叩响房门，道："小姐，浴房热水已备好。"

"知道了。"李姝菀回道，起身欲去浴房，然才推椅站起来，李奉渊忽而伸手扣住了她的腰。

他往前半步，长腿一伸，抵入她靴间，将她困在他与妆台前，捧着她的颈一言不发地低头吻了下来。

这吻来得有些莫名其妙，高大结实的身体紧压着李姝菀，她被迫仰头，神色有些怔忡，直到唇上被啃了一下才回过神。

他口如野兽，牙齿坚硬，这一下咬得李姝菀有些疼。

她睫毛颤了颤，望着李奉渊幽深的双眼，后知后觉地反应过来：他这是因沈回的事在呷醋。

于情之一事，他从来不是大度的人。

心里的情得不到满足，便急需肌肤之亲得以慰藉。

不知情时想问清楚，求得答案心头又不痛快。李奉渊的心思着实有些曲折难猜。

他吻得深，却并未纠缠，须臾便松开了她。

李姝菀单手后撑着桌沿，轻喘了口气，摸着湿唇上他咬下的齿印，蹙起眉心瞧他："将军的脾气果真越来越大。"

李奉渊不答，低声问："你今日去为沈回送行，为何没同我说？"

他语气沉静，听着并不恼恨也并未生嫉妒，可李姝菀了解他，此时此刻，他反应越平淡反而越表明心中不静。

李姝菀问他："同你说做什么，你那日街头剑指其颈，难不成你还要去为阿沈送别？"

李奉渊想问的不是这个。他沉默片刻，耐心道："往日你出门都会提前告诉我，今日却隐而不言，是故意瞒我？"

他顿了顿，用拇指轻抚着她的脸颊："我不是什么老顽固，即便我不喜他，但你要见他，我也不会阻你。你这样，让我觉得你是想……"

他声未止，李姝菀忽而接过他的话："私会？"

李奉渊看着她明艳的面庞，否认道："我并非此意。"

他如此说，环在她腰间的手臂却紧了紧，就差把她整个人锢在他怀里。

李姝菀定定地望着他的双眼，挑眉轻笑起来："为何不这样想？"

李奉渊知道这是玩笑话，可闻言还是不由得愣了一瞬。他因李姝菀与沈回的情谊跌足了跟头，如今也成了杯弓蛇影之徒。

李姝菀趁机脱离他的怀抱，也不管他愕然神色，撇下他径直去了浴房。

李奉渊看着她的背影，颇无奈地叹了口气。

他抱臂靠在桌边，闭目开始盘算着是不是该给沈回安排个一官半职，再找个将人送去天南地北、到老也不得回京的差事。

李姝菀沐浴回来，李奉渊还在她房中待着。他换了身衣裳，也去了发冠，长发随意披在身后，看着有些湿，似梳洗过。

他姿态闲散地仰靠在宽椅中，双目轻阖，不知是睡着了还是在闭目沉思。

朝中局势动荡，他一日里多的是劳心费脑的苦差事，李姝菀没打扰他，绞着头发放轻了脚步走过去，安安静静地坐在炉边烘发。

坐下后，没片刻，她忽然闻到一股淡淡的苦药酒味。

她起初还以为是房中熏炉换了熏香，然而过了会儿，发觉那淡淡的药酒味似是从李奉渊身上传来的。

李姝菀有些疑惑，站起倾身去闻。

湿凉的发丝垂落，扫过李奉渊的手背，椅中的人陡然敏锐地睁开了眼。

乌黑双眸扫过凑近的人影，李奉渊下意识地仰头后避，椅腿磨过地面发出一声钝响，格外响亮。

他速度太快，李姝菀没想到他会避开，愣了一瞬，抬眸看着他，满脸写着三个字：躲什么？

李奉渊对上她的目光，很快反应过来，又老老实实地凑了回去，解释道："习武本能。"

李姝菀单手撑在他的椅子扶臂上，低头在他锁骨处闻了闻，发觉那药酒味更浓了些，显然的确是从他身上传来的。

她蹙眉问他："你受伤了，为何身上有药味？"

李姝菀在药馆长大，对药酒的气息很是敏锐。李奉渊怕晚上熏着她，抹得不多，没想到被她嗅出来了。

他道："今日风雪大，骑马回来时腿受了风，隐隐作痛，不碍事。"

他怕李姝菀担心，避重就轻地道，刻意隐去了自己膝盖受过伤的事。

李姝菀自己腿脚受了凉风也犯痛，没多想，她坐回去，微微侧着头，用帕子吸着发尾的水，道："我还以为习武之人身体强健，不会犯这些毛病。"

李奉渊回道："肉体凡胎，没什么分别。"

他接过她手中帕子，拖了只矮凳到身前，示意李姝菀坐下："过来，我替你绞发。"

李奉渊是个武将，伺候人时动作却轻柔。李姝菀背对他坐在他腿间，被炉火烤得昏昏欲睡，索性趴在了他左腿上。

她将下颌搭在他膝上，斜着身子，猫儿似的慵懒。

她趴了须臾，眼皮子便开始变沉，半闭半睁，似要睡着。

李奉渊道："别睡，有事和你商量。"

李姝菀没动弹，嘟囔着问："何事？"

李奉渊道："我让宋叔从账房支了笔钱。"

李姝菀"唔"了一声："支吧。"

她随口问："支了多少？"

李奉渊捞过她的手掌，在她掌心写下数。

李姝菀动了动指尖，昏昏欲睡的脑子琢磨了一下这数，而后瞌睡倏然散去了九霄云外。

她蓦然回头,双目诧异地看着他:"你要这么多钱做什么?造反吗?"

李奉渊忠君护国,做不来这样的事。他伸手捏她鼻子:"胡说。"

不怪乎李姝菀作此想,这样大的一笔钱,便是用来养一小支军队也足够了。

李姝菀百思不得其解:"那你要这笔钱做何用?抗震救灾自有国库,用不着你。朝中上下打点,也都是小钱。莫不是太子殿下找你借钱?可太子殿下受享万户,应当也不缺钱。"

李姝菀想不明白,李奉渊也并不打算告诉她:"此事你少知为好,只是你操持不易,想着应该告诉你一声。"

李姝菀闻言,侧目看他片刻,又闭眼趴了回去,道:"随你吧,横竖钱赚来是为了用的。"

她说着含糊地道了句:"我说你今日怎么在看我账本,原是要用钱。"

李奉渊笑了笑,道:"我定会仔细用在刀刃上。"

炉火暖热,长发渐干。

李姝菀趴在李奉渊腿上,鼻尖嗅着暖燥的炭火气和李奉渊身上的药酒气,灯树上烛芯爆裂,忽然间,她脑海中有一道思绪一闪而过。

她缓缓睁开眼,若有所思地看向面前的暖炉,又扭头看了看暖炉原本所在的位置。

她突然问:"这炉子是你拖过来的?"

李奉渊正替她抹发油,应了声:"嗯。怎么了,是烤得发热吗?要不要挪远些?"

李姝菀没说话,脑中思绪飞转,总觉得这不对劲。

在她的记忆里,李奉渊自小风雨不改地习武,从没见他染过病,他身体强于常人,怎会风雪一吹,腿就犯起痛?便是痛,皮肉脓烂也不吭上一声的人,又怎会畏惧区区寒痛?

他会给自己上药,必然是疼得太过厉害。

李姝菀想着,突然坐直身,看着李奉渊离炭火近的左腿,伸手去掀他的裤脚。

李奉渊愣了一下:"菀菀?"

他下意识动了动腿,不愿她碰。

"别动!"李姝菀声音稍厉。

李奉渊动作僵了一瞬,停了下来。

李姝菀掀开他的裤脚,果不其然,见他的膝盖上布着数道狰狞恐怖的伤疤。

纵横交错,仿佛被人切开过又缝上,李姝菀手一抖,心也跟着颤了一颤。

南方至都城一带,最平坦的道便是商客不绝的商路。

李姝菀经营着江南一半的丝织生意,将丝布从江南销往望京,这一路都有人手,打听起消息来比周荣派去的亲兵还要灵通些。

数日后,常安一行人于午后随商队冒着风雪入京。李姝菀得知消息,提前派刘大、刘二在城门口接应。

常安徒弟众多,刘二带常安的徒弟们去客栈落脚,刘大驾车恭敬地将常安送来了府中。

李奉渊还没回来,李姝菀独自在府门口迎客。

挂着李府牌子的马车穿过风雪,于府门前徐徐停下,车前的刘大同车中人道:"常先生,到了。"

车门从内推开,须臾,一位十二三岁的少年拿着把伞利落地跳下马车,回头搀扶车内白发苍苍的常安。

立在檐下的李姝菀上前,于二人跟前站定,快速打量了眼常安与那少年。

常安和李奉渊所形容的不差,白发老者,身形清癯,长了张救过上千条人命的仙医姿容。

而他身边的少年眉眼深邃,眸色浅淡,和望京人士的模样有些不同,似有几分异族之貌。

"常先生。"李姝菀收回目光,颔首行礼,随后又冲着那少年浅笑着道:"小先生。"

李姝菀曾在江南由老郎中夫妇收养长大,素敬重医者。

那少年似乎没想到李姝菀这等身份对他一个孩童亦如此谦逊,抬眸神色严肃地看了看她,目光扫过她唇边的温和笑意,垂首无声地回了一礼。

他小小年纪,看着倒是分外沉稳,有些像幼时的李奉渊。

少年撑开油纸伞,罩在常安头上。常安摸了摸他的脑袋,同李姝菀道:"这是我的小徒弟,雪七。性子沉闷,不善言辞,李小姐勿怪。"

这是李姝菀与常安第一次见面,她听常安唤她"李小姐",有些诧异:"先生知我是谁?"

她说着,抬手示意常安入府:"常先生长途跋涉,想必累了,府中收拾了间清净的院子出来,望先生勿嫌。先生请。"

"不敢。"常安道。

李姝菀放慢了脚步,伴着常安缓慢的步子一道缓缓而行。

一行人朝着院子去,常安回着李姝菀的话:"在军中时,我曾听大将军提起过小姐。"

他说着,顿了顿,似在思考从何说起。

片刻后,他道:"在西北时,我常见大将军翻阅望京的来信,见过几次,有一回便随口问了一句是何人所写,将军道是家中人。将军寡言,聊起李小姐时难得多说了几句,我便记住了。"

其实,这并非是常安第一次从李奉渊口中听得李姝菀的名字。

几年前,李奉渊伤重,常安于其身侧日夜照顾,听见李奉渊于昏沉之际唤过李姝菀的名字。

当时李奉渊性命垂危,半只脚踩在鬼门关中,昏迷了几日才苏醒。

这等陈年旧事常安忧心说来惹李姝菀心思沉重,是以眼下没有提及。

李奉渊在西北的那些年,李姝菀几乎断了和他的联系,她没想到李奉渊竟会同旁人提起她。

她愣了愣,问常安:"不知将军他说了我什么?"

常安回忆着道:"将军说李小姐聪慧明媚,是个如三月春日般的姑娘。"

说起来,李奉渊从没夸过李姝菀,李姝菀也不觉得他那张嘴能说出什么动人的情话来。

她听见常安的话,只当常安是客气之言,轻笑了笑,没有多问。

李姝菀望着眼前鹅毛大雪,寒暄道:"如今正值寒雪,本不想叨扰先生,只是将军职务在身,不便擅自离京,这才不得已请先生前来诊治。"

常安皱起眉,问道:"是不是大将军的腿伤又犯了?"

李姝菀一听常安这么问,便知道李奉渊这腿伤是多年的老毛病了。

她点头:"是,膝盖一受冷便疼,时而夜里疼得发汗。除此外,偶尔还伴有咳症。"

她面色担忧地问常安:"敢问常先生,不知这病痛能否根治?"

常安叹了口气,缓缓摇头:"将军多年征战,伤了根本,根治是不能了,只能好生将养,辅以药浴针灸,缓解病痛。"

一说起李奉渊的伤,常安心中亦有些发愁:"当初大将军左膝骨头碎裂,不得已只能划开皮肉,挑出碎骨,再行缝合。碎骨重生之法冒险,也是亏得将军年轻,体质又远胜常人,才挺了过去。若换作寻常人,失一条腿都算侥幸。"

李姝菀从不知道这些,李奉渊对他在西北所受的苦楚也从来是能瞒则瞒,李姝菀也难撬开他的嘴。

她听得心惊而痛,想再问,又恐自己人前失态,是以便止了声。

常安身旁的少年微抬起头,定定地望着李姝菀担忧的神色,似有话想说,但最后,又收回了视线,没有开口。

元极宫。

前不久,皇帝病痛稍愈,在宫人搀扶之下撑着上了两回早朝。

朝臣都当皇帝龙体渐安,然冬雪一至,怎料老皇帝又病卧龙榻。

祈伯璟把代理国政之权还回去没两月,皇帝一倒,又把大半朝事交给了他。

这日工部上折,言帝王陵寝已完建,祈伯璟午后揣着折子上元极宫,来向皇帝禀奏此事。

冬日严寒，皇帝却身着春衣，敞着外袍靠坐在龙榻上。

姜锦跪坐榻旁，垂眉低首，正为皇帝揉捏双腿。

帝王面前，宫女、贵妃，时而也没什么分别。

姜锦在，祈伯璟抱着折子站得远。他眼尖，朝床榻望了一眼，瞧见皇帝裸露在外的脚背上泛着几处青黑色。

不知近来又吃了多少丹药，才会肉青体燥。

病至此，皇帝不珍重身体，反倒活了回去，拾起了年轻时沉溺酒色的放纵之习。

祈伯璟瞧见殿中多了不少年轻漂亮的宫女，穿得单薄不说，衣裳也不大合规矩，掐出纤腰半露玉臂，举止生媚。

祈伯璟眉眼一搭，没瞧见似的，老老实实地禀着朝事。

温润嗓音于大殿中徐徐响起，语气平得无趣："禀父皇，工部今日上折称陵寝已经完建，不知该派何人去巡查情况。"

对卧病的老皇帝而言，自己亡后久卧的陵寝至关重要，他手握半辈子天下至权，到了地下又怎肯松手。

造地宫，铸兵俑，死后也野心勃勃要做阴间皇帝。

祈伯璟知他宏愿，是以今早看了折子下午便来向他禀告，免得耽搁了他当地下皇帝的要事。

龙榻上，皇帝沉思片刻，缓缓开口问道："你觉得，这差事该交给谁？"

陵寝由工部所建，一部上下串着气，便不能由工部的人来查验。

祈伯璟听他这么问，似早早准备好了答案，开口便道："父皇若不放心旁人，不如由儿臣跑一趟。"

陵寝修建在别地，祈伯璟这一去少不了一两月，朝中事便要交给他人处理。

大权和差事，怎么看都是前者更重要。

皇帝隔着纱幔看了他一眼，不置可否，只是道："你有心了，容朕再想想吧。"

"是。"祈伯璟应道,仿佛没听懂皇帝的话,抱着折子安静地站在原地,似在等皇帝就这一会儿的工夫想清楚。

姜锦侧目,不动声色地看了殿中立着的祈伯璟一眼,思索着祈伯璟巡查陵寝的目的。

想明白后,她下意识地蹙了下眉头,而后又极快地松开了。

皇帝见祈伯璟杵着没动,开口道:"此事改日再议,你若无别事,先退下吧。"

祈伯璟这才反应过来似的,弯腰行礼:"是。冬寒,父皇千万保重龙体。儿臣告退。"

祈伯璟离开后,殿中再度安静下来。

姜锦看了眼合目沉思的皇帝,心事沉沉,面上却盈盈一笑,开口道:"巡查陵寝是要事,也是苦差。这一路山高水远,太子体贵,大可安安稳稳地在望京待着,此番主动提出揽下差事,实属有心了。"

皇帝听见她的话,没睁眼,只神色如常地轻哼了一声。

姜锦伴他二十来年,见他如此反应,知道自己的话进了他的耳朵。

山高路远,太子又尊贵,这一去,便少不了要派军队保护。

朝中李奉渊与太子走得近,太子不放心别人,必会点他护送,皇帝便又要把部分兵权放给李奉渊。

李奉渊平定西北,无论在朝中还是军中,都甚有威,战功赫赫不输其父,如今朝中已无人能与之制衡。

臣子的恩威过重,并非好事。帝王最不愿看到的莫过于朝臣权势失衡。

姜锦抬眸扫了一眼皇帝的神色,见他不言不语,又感叹着道:"今冬真是冷,冻得人人都不痛快。听说京中来了位名医,去了安远侯府,不如将他请来,为皇上瞧瞧。"

她身处后宫,该是两耳不闻宫外事,皇帝睁眼看着跪坐在地的姜锦,眼色锐利:"你如何知道?"

姜锦仿佛没看出他神色探究,笑着道:"午间皇上小憩时,铮儿进宫与我说的。他一直在外为皇上寻访名医,得到医师入城的消息,马不停蹄便来告诉我了。"

姜锦说着,又叹了口气:"铮儿也是,每日跑里跑外,除了这些,也不知在忙什么。"

她提起祈铮,不说好也不说不好,仿佛就只是这么随口提一句。

皇帝倒是忽然想起自己还有这么个儿子,沉默片刻,道:"许久没见他了,传他明日进宫一趟吧。"

姜锦颔首道:"是,皇上。"

刘二安顿好常安的一众徒弟,又赶去给李奉渊通信。

李奉渊得知消息,连公务也顾不得,从军营里随手牵了匹马便往府里赶。

急匆匆的,不知在急什么。

刘二驾着车在身后喊他:"侯爷!雪大,咱乘车吧。小姐忧心您的身体,特意叫我赶车来接您呢——"

李奉渊充耳不闻,骑马奔去,远远将他甩在身后。

侯府,李姝菀与常安煮茶聊了几句闲话,从房中出来,便见李奉渊撑着伞,三步并作两步入院。

他看见李姝菀,心里顿时敲起闷鼓,有些担心常安将他在西北的经历告诉李姝菀。

她若知道,恐又要掉泪。

李奉渊快步步入廊下,收伞靠在墙边,细细打量着她的神色,见她面色如常地看着自己,稍微松了口气。

"回来了。"李姝菀道,她瞧见他鬓面有湿色,微微蹙眉,上前握他的手。

果不其然,一股风雪吹拂后的寒意。

她不悦地看着他,开口热气成雾:"不是叫你乘车,怎么又骑马回来?"

李奉渊随便找了个借口:"骑马快些,免得常先生久等。"

他抬手,用冰凉的手背去探她温热的颈窝。李姝菀下意识缩了缩脖子,往房内看了一眼,低声训他:"别闹,常先生在房中呢。"

李奉渊唇边漾出一抹轻笑,李姝菀握着他的手,将自己的袖炉塞给他:"总不听话,这样受冻,夜里又要咳。"

李奉渊垂眸看了眼手中的粉袖炉,捂在掌中烤了两下,正准备答话,门内突然响起一声稚嫩刻意的轻咳。

二人回头,见雪七端着半盆水,目光淡淡地望着他们。

李姝菀松开李奉渊的手,往后退了半步,与他稍微拉开了距离。

雪七的目光在二人之间转了转,最后落到李奉渊身上,竟然主动打了声招呼:"将军。"

这是李姝菀头一次听雪七说话,他语气平平如水,带着抹外族的口音。

李奉渊显然也认得他,微微颔首,问他:"此刻方便入内吗?"

雪七不语,只是出门让开了路。

李姝菀嘱托李奉渊道:"常先生方才还问起你的病症,你一五一十告诉他,不要觉得伤痛能忍便隐而不言。我去让厨房准备晚膳。"

她转身欲离开,李奉渊出声叫住她:"菀菀。"

雪七扬手将铜盆中的水倒在院中,听见这话,忽然扭头看了过来。

"怎么了?"李姝菀问李奉渊。

他把袖炉递给她:"袖炉,已经暖了,你拿着。"

他说着,握了握李姝菀的手。李姝菀察觉他掌中暖意,伸手接了过来,但又忍不住唠叨了一句:"别受寒,下次乘车。"

"知道了。"李奉渊应下,入了房内。

李姝菀也准备离开,一旁的桃青瞥见雪七的目光,提醒李姝菀:"小姐。"

她抬了抬下巴示意李姝菀。

李姝菀转身,看见廊下雪七端着铜盆,正一动不动地盯着她看。

少年的目光依旧平静,却又隐隐透着一股好奇。

雪七似不觉得目不转睛地盯着人看乃冒犯之举,被李姝菀发现后,他也没有收回视线。

李姝菀与屋檐下面容沉静的少年四目相对，心里有些奇怪，开口问道："小先生可是有话要说？"

雪七沉默了一会儿，似乎在思索该不该讲。

片刻后，他才用口音明显的齐语开口："他在临死之际，一直喊着你的名字。"

李姝菀闻言有些疑惑，没明白他这一句没头没尾的话是从何而来："什么？"

雪七解释道："菀菀。他那时候快要死了，意识不清的时候，嘴里念着的就是这两个字。"

他说罢似担心她没听清楚，又重复了一遍："菀菀。"

这一次声音要低些，第二个字的音放得轻，比方才硬巴巴的二字听着要温柔许多。

像是李奉渊唤她时的语气。

李姝菀神色微微僵住，睫毛也颤了一颤，后知后觉地意识到他所说的"濒死之人"指的是李奉渊。

"雪七——"

房中传来常安呼唤的声音，雪七闻声，没再多说，撇下李姝菀，跑着进门了。

李姝菀立在院中，神色茫然地站了好一会儿。桃青有些担忧地看着她："小姐……"

李姝菀察觉自己失态，正了正神色，袖中手掌徐徐紧握，压下心中的情绪："……我没事，走吧。"

常安在侯府仅仅小住了三日，替李奉渊施了两回针，又开了两副外用内服的药方，便被宫中的人接走了。照顾常安起居的雪七也跟着一道进了宫。

李姝菀本有话想问雪七，没料到人突然匆匆离去，留给她满腹疑虑。

这日夜，李奉渊按常安留下的方子泡过药浴，绕过长廊往东厢去。

夜色浓，庭院中盏盏石灯的烛光映着雪色。房中，李姝菀孤身坐在窗前，正望着窗外的飞雪发呆，连李奉渊进了门也没能察觉。

李奉渊见她神游天外，走到她身后，和她一起看窗外幽深夜色下的落雪："在想什么？"

李姝菀回过神，扭头看他。她定定地看了他一眼，回道："我在想，西北的雪也像这样大吗？"

她难得提起西北，李奉渊望着庭中雪，回道："比这更猛烈。风雪一个赛一个急，大雪一起，常接连下上几日。待停时，雪厚得能埋住双腿。一脚陷进去，不知靴底踩着的是黄沙还是积雪。站在高处朝大漠眺望，天地苍茫一片，不见三色。"

李姝菀听着他的描述，默默想象着那该是怎样壮阔的场景，可她从没见过大漠，对西北的了解也仅仅限于书中古板的文字和寥寥几笔粗糙勾勒的画作。

她脑海中空空，复述起书上所述："书中写，西北风沙重，少水多旱，是块贫瘠之地。"

"是。"李奉渊道，"种不了水稻，也产不出丝纱。望京名贵娇养的花儿在那里更是见所未见，栽种下去不过三个日夜便枯萎了。西北有的只是粗犷的长河落日与漫天黄沙。"

他说着，垂眸看她："你若好奇，等闲下来，我带你去西北亲眼看看。战事平定，异族归顺，今后大齐应会与西北各族开通互市，会很热闹。"

他说完，李姝菀却没有应声，李奉渊似才察觉出她今夜情绪有些低落，低声问："怎么了？"

李姝菀沉默了好一会儿，才开口："常先生说，曾见过你读我写给你的信。"

李奉渊听她忽然说起书信，神色稍怔，还未开口，便听李姝菀问出了那个他难以回答的问题："你既然收到了我的信，为何从不回信给我？五年来你一字未书，难不成西北辽阔之地，贫瘠到连一张纸、一方墨也没有吗？"

这话李姝菀在心里埋了一年又一年，如今终于问出口，心里却并不及预想中畅快。

经年深藏的苦痛与旧恨借由这句话再度从她心底翻出来，撕扯着从未愈合的伤口，像是折磨。

"菀菀……"李奉渊伸出手，想去碰她的脸，却被李姝菀躲开了。

他难以回答，李姝菀索性替他说。

"你觉得你随时都可能战死疆场，所以干脆与我断绝音讯，叫我不得不忘了你。若有朝一日你身亡的消息传来，我也不会为你而痛，是不是？"

她一语道破，李奉渊不置可否。他静默须臾，低声道："战场上瞬息万变，眨眼间不知倒下多少人。自我入军营那一刻，我的命便悬在刀尖之上，再由不得我。与你书信，无非是为你徒增困扰。"

李姝菀不想听这些，提声道："可你连问都不肯问我一句！倘若我情愿在千里之外为你担惊受怕呢？"

"我不愿意。"李奉渊坚决道。

心神不安最伤身，洛风鸢便是因忧思过重才早早亡逝。李奉渊幼时亲眼看她一日日消瘦最终病亡床榻，又怎么肯让李姝菀承受相同的心病。

她被李瑛从江南抱来，才过了几年锦衣玉食的日子，今后自有坦荡大道可走，不该为了他日日惶惶不安地盼着一封又一封不知何时能抵达的家书。

李奉渊蹲下来，看着李姝菀的眼睛，放柔了声音，哄道："菀菀，都过去了。"

他不哄也罢，这一哄，李姝菀眼眶立马泛了红，她倔强又委屈地看着他："说得轻松。"

她似怨非怨："种种事都瞒着我，什么事都不和我说，还想我安心，我如何能安心？"

雪七说过的话浮现在脑海，她看着他颈侧狰狞的疤，眼中满是怜惜与后怕。

发颤的指尖落在颈侧，李奉渊握着她的手，动着脖子，将伤疤在她掌心轻蹭了蹭。

第十章 爱恨

　　李姝菀抿紧了唇。她想问他在西北历经的一切，想知道他在西北吃过的每一粒沙子。

　　但话到嘴边，却不知道从何问起。

　　语言难诉，她倾身靠近，将唇轻轻压在了他的唇瓣上，低低呢喃："我恨你。"

　　一滴泪从她眼中滚落，顺着脸庞流下来，苦涩的湿意润入二人相贴的唇缝间。李奉渊掌着她的后颈，安抚地回应着她颤抖的吻。

　　"我知道。"

第十一章 风雨

西北大漠的春寒与望京的冷冬没有区别,一样冻人。

盛齐四十三年的初春,一望无际的漫漫黄沙上,覆着几处将化未化的薄雪。

枯木野草埋根于稀松沙雪之下,大漠上风声凄惨悠长,犹如弱鬼长吟。

寡淡残阳睡躺在天与地的交界处,昏沉晚光照在冷寂的大漠上,犹如一片死地。

寒风拂过一处人迹罕至的高耸沙丘,湿润的细沙从丘顶滚落,发出细微的声响。

沙丘下,一匹瘦骨嶙峋的饿狼睁着灰绿的眼,小心谨慎地朝前方被沙雪掩埋住半身的男人走去。

男人闭着眼昏倒在沙漠里,若非胸口有着细微的起伏,他看着如同一具尸体。

他身形高大,身着黑色盔甲,盔甲上覆着一层半干的血迹,不知道是从他身上流出来的还是别人的血。

他手边躺着一把长剑,剑身半离鞘,露出染血的、锋利的剑身。

浓烈的血腥味刺激着面前的野狼,它鼻尖嗅动,嘴里淌出恶臭的口水,俨然已经饿极。

锋利的爪子踩在沙地中,就在它即将靠近男人时,昏迷中的男人仿佛察觉到了危险,他的手忽然动了动。

细沙滚落,长剑随之微动,出鞘的剑身反射出一缕暗淡的银光,倏然闪过饿狼的眼底。

它警惕着后退，龇牙咧嘴地盯着男人，喉咙里发出了一声威胁的低吼。

吼声在空荡的沙漠上响起，男人从昏迷中惊醒，猛然睁开了双眼。

野狼见此，忽然压低身躯，露出利齿，先发制人，用尽力气朝男人扑去。

黑影袭来，男人来不及起身，反手抽出手边长剑，只见银光一闪，鲜血喷射而出，面容狰狞的狼首便落了地。

只一击，男人却似耗尽了力气。

长剑脱手，他虚弱地撑坐起来，身上的剧痛令他拧紧眉头，喉咙里发出了一声压抑痛苦的哼吟。

数日前，一支大齐的军队深入大漠上百里，于夜色中奇袭了烈真部的粮营。

粮营失火，双方交战。

漫天流矢如雨，男人受了两箭。

一箭破开了他颈侧的皮肉，一箭射穿了他的左膝，险些送他去见阎罗。

烈真部的将士截断了他们撤退的路，漆黑夜色里，男人与几名将士失去方向，在追兵的追击下分散而逃。

他骑马奔出一日一夜，最终马儿累亡，他也于筋疲力尽下倒在了此地。

男人抬手探向颈侧，缠覆住箭伤的布已被血染透，触手一片冰冷的湿意，但幸运的是布料下的伤口止住了血。寒冷救了他一命。

他收回手，拖着被箭身贯穿的左膝，靠近了野狼的尸体。

他俯身而下，仿佛一头饿极的野兽吸食着野狼断裂的脖颈处源源不断流出的血液。

温热的鲜血润入干涩的咽喉，流入空荡荡的胃部。

过了许久，他才抬起染血的面颊。

他取下腰间的水囊，灌满狼血，随后又拿起剑，从野狼的腹部划开它的尸体，剥下它的毛皮，将它身上的每一块可食用的肉都切割而下，

第十一章 风雨

装进了自己的布袋里。

他脱下盔甲，将野狼温暖厚实的毛皮系在身上，而后又穿上部分盔甲，用剑支撑着身体，拖着残腿朝前方走去。

每行一步，男人左腿都传来钻心的疼痛，但他并没有发出任何痛喊。残阳落尽，月色升起，男人一步未停，饿便食狼肉，渴便饮狼血。

他走了足足两日，最终于夜色里，倒在了一处商队落脚的营地外。

男人再度醒来，不知又过了多久。

他睁眼时，已身处于商人的营帐中。

帐中除了他，只有一位七八岁大的男孩守在一旁。

男孩穿得单薄，面容似齐国人又似异族，见男人睁开眼，立马跑了出去通知他人。

男人勉强支撑着坐起身来，侧耳仔细听着帐外的动静，听见了细雨敲在帐面的声响。

片刻后，一位异族中年商人踩着雨声入内，没走近，只站在门口仔细打量着男人。

探究的目光一寸寸扫过男人身上未经处理的恐怖伤口，那眼神里没有善意或者怜悯，并非看一个人的眼神，更像是在衡量一件货物的价值。

在察觉男人还算有精神后，他用生疏的齐语问男人："齐国的士兵？"

男人抬起眼皮看他，没有说话，只轻点了下头。

商人得了回答，用异族语言对一旁的男孩道："盯着他，别让他死了。"说完便离开了。

男孩听话地守在帐内，他看见男人皱眉靠着墙，似在隐忍着疼痛。

男人听见帐外传来方才的商人和其他人用异族语交谈的声音。

"我问了，他就是齐国的士兵。他身上的盔甲精致，他的地位也一定非同一般。我们把他带去附近齐国驻扎的营帐，运气好的话我们能得到一大笔钱，那或许比我们一辈子赚的都多。"

另一人道："你疯了！我们应该杀了他，或者把他交给我们部落的勇士。"

商人并不认同这种做法:"如果那样做,我们什么也得不到。"

另一人安静了一会儿:"我们是羌献族,齐国人会杀了我们。"

商人果断道:"不会。我们不是士兵,齐国的士兵不会伤害普通人。齐国人贴了告示,只要救下齐国的军人,无论你是什么人,都能得到一笔报酬,我的兄弟亲眼看到了那张告示……"

男人闭着眼,静静地听着外面的声音,没有任何动作。

男孩看了他一会儿,忽然起身跑了出去。

外面交谈的商人见他擅自跑出来,厉声斥责:"谁让你出来,不是让你看着他?"

男孩解释道:"他的嘴唇裂开了,他需要水,不然会渴死。"

商人道:"那就给他水,但别给他吃东西,半死不活的货物最好控制。"

男孩应下,片刻后,他用一只粗糙的石碗端着雨水进来,缓缓靠近墙角的男人,将水递了过去。

男孩抬高了手臂,单薄的衣袖滑下去,瘦弱的手臂上露出被烙下的奴隶印记。

男人的目光扫过他冻裂的手掌,伸手接过碗,有些急切地喝起来。

男孩退远,警惕又好奇地打量着男人,用蹩脚的齐语道:"你从哪里来,要到哪去?"

男人没有说话,只顾低着头大口喝水。

男孩又问:"你是将军还是小兵?"

男人还是没开口。他放下碗,闭眼靠在了墙上,似乎没有多余的力气说话。

男孩并不气馁,看了男人一会儿,接着问:"'菀菀'是谁?"

男人听见这个名字,倏然睁开眼睛看向了男孩。

男孩被他凌厉的眼神吓了一跳,解释道:"你在昏迷的时候,喊着这个名字。"

他的眼神干净纯粹,仿佛大漠晴朗的天,没有任何恶意。

男人听见这话,又闭上了眼。

第十一章 风雨

男孩见男人不搭理自己，有些失望地低下头颅。他拿起石碗，准备再去给男人接一碗雨水。

就在他转身时，身后的男人忽然低声开了口。

声音低哑无力，却又平静安稳。

"……是我的家人。"

这场雨下了足足两日，寒雨阻路，大漠里寸步难行。李奉渊于商人的营帐中半昏半醒地躺了两日。

商人多疑，担心他起祸，拿走了他的剑，每日只给一口吃食吊着他的命。

男孩听从商人的命令，寸步不离地盯着他，夜里也与李奉渊共睡在营帐中。

不过商人实在多虑，李奉渊重伤之下又少进水食，根本没有逃跑的力气。

李奉渊在清醒时，试图与商人商量，求得一些药物或更多的吃食。

然而在这草木难生的沙漠里，许多寻常药物比粮食更珍贵，商人不舍得将昂贵的药物浪费在一个或许随时会死去的人身上。

在他们看来，如果李奉渊死了，那他们将得不到任何好处。在他身上投入过多，绝非一件合算的买卖。

第二日夜里，李奉渊身上未处理的伤口变得越发严重，甚至开始溃烂。他昏睡在营帐中，浑身发起了高热，身上热汗犹如雨水。

蜷睡在破木桌旁的男孩于寒冷中醒来，迷迷糊糊地看向角落里的李奉渊。他小心翼翼地摸黑靠近，和之前一样去查看李奉渊的状况。

夜色深深，外面风雨未停，帐中没有灯烛，也透不进星月光辉。

他看不见，只能用手去触碰。

带有冻疮的粗糙手掌抚摸过李奉渊的脸颊，摸到一手湿热的汗水和一双紧闭的眼睛。

男孩一惊，这才发现不对劲。

他曾见过被马鞭抽伤后病死的奴隶，在死之前，他们的身体就像他

513

此刻触摸到的身体一样热。

男孩意识到这一点,心头倏然变得极其慌张。

在他的主人眼里,这个人就如同一块闪闪发光的金子。如果这个人死了,他一定会被他的主人用马鞭狠抽一顿,说不定会气急败坏地失手打死。

他会像那些奴隶一样悲惨地死去。

恐惧犹如蛛丝缠覆在男孩心头,他摇晃着李奉渊的身体,用异族语担忧地道:"喂,醒醒!"

然而他并没有得到任何回应。

男孩慌了神,不知道该不该去叫醒熟睡中的商人。

因为他清楚,即便叫来商人,他们对此也无能为力。他们不会将药物浪费在他身上,他们最多会多给这个男人一点食物。

只有一点。

男孩想了想,拿起桌上的石碗,跑出去接了一碗冰冷的雨水。他回到营帐,挂起帐帘一角,让微弱的月光透进来,又返回李奉渊身边。

男孩端着碗,将雨水顺着李奉渊干燥的唇灌向他的口中。

雨水润湿了李奉渊干裂的嘴唇,可他根本无法吞咽。

男孩没了办法,情急之下,忽然想起了李奉渊昏迷时叫的那个名字。他回忆着李奉渊的语调,用生涩的齐语开口:"菀菀,你还记得菀菀吗?你的家人菀菀来了。"

他说完,在昏弱的光亮里,看见李奉渊的眼皮竟然细微地动了动。

男孩只是侥幸一试,没想到当真会起作用。

他面露喜色,接着用齐语道:"你能听见对吗?她就在这里,菀菀就在这里。"

男孩说着,抬起李奉渊的头颅,让他的脑袋靠在自己身上,而后捧起石碗,将碗沿抵在他唇边,让清透的雨水沿着唇缝流进去。

"喝水,她希望你喝水。"男孩一边喂水,一边观察着他的反应,在看见李奉渊喉咙有明显的吞咽动作后,庆幸地松了口气。

"喝吧,喝吧,多喝一些。快快好起来,你就能见到她。"

第十一章 风雨

男孩说着，忽然看见李奉渊动了动唇瓣，似说了什么，然后缓慢地抬起手，握住了他的手。

李奉渊闭着眼，这一切动作似乎都出自昏沉意识下的本能，男孩知道他或许是将自己当成了菀菀。

男孩没有家人，他生来就是奴隶，他不懂在生死之际想起家人是怎样的感受。

安心又或者痛苦？会后悔远离家人来到这遥远的边疆吗？

男孩想不明白，看着李奉渊的面容，忽然见他徐徐睁开了眼睛。

他的眼白里布满红色的血丝，眼神有些茫然，显然意识还昏沉着。

李奉渊定定地看了男孩一眼，在看清他的面容后，有些失望地松开了他的手，再度闭上了眼睛。

男孩害怕他再次陷入昏迷，焦急地不停和他说着话："醒醒！别睡，你不能死，你的家人还在等你！

"想想他们，想想你的家人。你的母亲会为你难过，你的菀菀会因你哭泣……喂，醒醒……"

李奉渊没有回答，他的身躯隐在黑暗里，没有发出任何声音，仿佛一具了无生气的尸体。

深夜的寒雨敲打着营帐，似催命的低曲。

男孩跪坐在李奉渊身旁，用手去试探他的鼻息，手掌蹭过他的面庞，不料忽而被他攥住了手腕。

力道很重，远不像是一个将死之人该有的力气。

男孩浑身僵住，又惊又惧地看着他。

李奉渊推开面前的手，男孩听见他虚弱而低缓地开口："我不会死，别再吵了。"

低哑的嗓音在营帐响起，男孩愣了片刻，随后安静地退到两步外的地方，蜷缩着身体坐下。

他睁着眼睛看着黑暗里无声无息的男人，仿佛羚羊窥视着受伤的猛虎，没再发出任何声音。

第三日，雨依旧未停。

晨曦方露，一串密集而冷肃的蹄步声于密雨声中快速接近了商人的营地。

营帐外，负责守夜的奴隶听见异声，自浅睡中惊醒。他裹着身上厚重的破旧毯站起来，眯眼探头，朝声音传来的方向张望。

昏蒙的雨雾中，一队不知从何而来的高大人马穿过雨幕，乌泱泱地来到了营地前。

天际方明，晨光微弱，来者皆身披黑色斗篷，遮住大半身躯。

这一行人未佩戴任何彰显身份的饰物或高举任何旗帜，奴隶辨不清来人的身份，但他看见这一行人的斗篷下皆佩有武器。

拴在营地雨棚下的骆驼和瘦马似被这一队人马身上的肃杀之气所慑，躁动不安地喷着粗气，在棚下来回踱步。

忽而，来人中一人下马，翻过了营地周围形同虚设的木栅栏。

他冒着雨水，大步朝面色惊疑的奴隶走近，远远用异族语道："别害怕，我们只是途经此地来寻失散的朋友。你最近可曾见过什么人？"

奴隶听来人说着自己部族的语言，惊疑之色里陡然又增添了几分恐慌。

大漠辽阔，多的是无人管辖的地带，商人营地所处的地方便是一块无主之地。

此地靠近齐国边境，出现在这种地方的一般只有游走各地的平民商人和齐国的将士。

如果遇见他们的同族，是一件极其危险的事，这说明对方极有可能是盗匪。

尤其是在下雨降雪的坏日子里，因为盗匪常在这些日子前往各处商人歇脚的营地抢掠。

对于身怀货物的商人而言，宁愿遇上齐国治军有方的将士，也不愿遇见更加危险的同族盗匪。

不过让奴隶稍微放心的是，只有一人入了营地，其他人都安静地候在营地外，没有擅闯之意。

奴隶知道营帐中藏着一个齐国人，但没有主人的命令，他不敢随便告诉外人，于是只好回道："我并不清楚，大人。"

来人察觉出他言语搪塞，手搭上剑柄做出威胁之意，冷声道："有或没有，很难回答吗？"

奴隶见此，脸色愈发苍白，点头哈腰道："我这就去请我的主人出来，大人您可以问他……"

他说着，裹着身上的破毯子，一溜烟儿跑进了营帐内。

营帐外，一人同为首的人以齐语道："将军，我们已经找了三日了，这一片的商人营地都快翻遍了，如果还是打探不到侯爷的消息……"

他话音顿住，为首之人拧眉看着面前的营地，也没有说话。

雨水浸湿了帽檐，顺着头发滑过坚毅的面庞，帽下是一双担忧的眼。

片刻后，男人道："找不到也要找。商人营地没有消息，便去大漠沿路寻。总之活要见人，死要见尸。侯爷若死得不明不白，等到了地下，我如何与大将军交代。"

雨声骤急，忽然，一人发现营地外的栅栏上一处不起眼的地方系了一块半只巴掌大的碎布。

碎步染血，连绵的雨水未能冲刷干净布上的血迹，微风拂起碎布，可见布上绣有黑色绣纹。

他下马上前取下那布，打开一开，上面竟是个"李"字。

他面色一喜，将之交给马上的周荣："将军，你看！"

周荣伸手接过，瞧见那布上的字后，稍怔了一瞬，顿时露出了惊喜又激动的神色："是侯爷衣上的绣纹！"

他抬手抹了把面上的雨水，同身后的亲兵道："入内，搜！"

说着，一众人接连下马，冲向了营地中。

被奴隶叫醒的两名商人钻出营帐，就见周荣一行人直朝他们而来。

二人被对方的气势吓得连连后退，几乎要退回营帐。一人以异族语大声道："你们是什么人？！想做什么？！"

"不想死就让开！"周荣大吼道，没工夫理会他们。

十数人分散了冲进各帐，很快一人便在一处破败漏风的营帐里，找到了被血腥味浸透的李奉渊。

"将军！找到了！"

周荣闻声而来，在看见如一具尸体躺在角落里的李奉渊后，愣了一瞬，急道："侯爷！"

听命看守李奉渊的男孩被闯入营帐中的众人吓了一跳，躲到一旁动也不敢动。

然在看清周荣等人的齐国人的长相后，他明白这些人是为救李奉渊而来，心里不禁为李奉渊松了口气。

商人们不会冒雨而行，如果再拖下去，这个男人或许真的会死。

周荣单膝跪在李奉渊面前，检查着他身上的伤，唤道："侯爷！醒醒！"

李奉渊生生熬了一夜，退了高热，暂时撑过了生死关，只是人却变得越发虚弱。

他睁开眼，定定地看了片刻似才辨别出周荣的脸。

见到自己的人，李奉渊总算放松下来，浅提了下嘴角："别喊了……死不了……"

周荣听他还有力气插科打诨，压在心头的石头骤然一松，可目光扫过李奉渊脖颈上发黑的血布后，又蓦然沉了脸色。

他解下自己的水囊，从怀里掏出一个药瓶，倒出三粒药丸，喂给李奉渊。

待李奉渊吞下，他又小心翼翼地拆开李奉渊脖颈间与伤口粘连在一起的血布。

一亲兵上前，拿出提前准备好的伤药，在看见李奉渊的伤后，狠狠地皱了下眉。

颈侧，数寸长的箭伤已化脓溃烂，一掀开布料，温热发黑的污血立即从伤口浸了出来，凝成一股缓缓顺着脖颈往下流。

李奉渊饿了几日，本就虚弱得很，此时不禁眼前发黑。他皱着眉头，脖颈间青筋凸起，却是一声没吭。

周荣快速替李奉渊割下烂肉处理伤口，嘴里还骂道："这群乌龟骑王八下出来的东西，竟就这么把你扔这破营帐里，人都要死了也不管！"

第十一章 风雨

李奉渊听罢竟轻笑了一声,只是声音依旧低弱无力:"不没死吗……"

一旁站着的男孩听见李奉渊的笑声,下意识将目光看向了他。

男孩没有亲眼见过李奉渊的伤,不知道他竟伤得这么重。

他也不明白,这么重的伤,这个男人究竟是如何做到每日仅仅靠着一口吃食撑下来,又是如何做到一声痛也不喊的。

他从来没有见过这样强大的人。

菀菀。男孩又想起了男人嘴里喊过的那个名字,心里忽然有些好奇,这个菀菀究竟是什么样的人。

男孩看着男人苍白的脸,默默地想:在男人的心里,这个叫菀菀的家人一定是犹如桑河神一样的存在,是他活下去的信仰。

周荣迅速处理过李奉渊脖颈上的伤口,又查看起他膝上的箭伤。

被贯穿的膝盖经过之前长途跋涉,瘀血堵在体内,此刻膝盖肿得骇人。

黑色血痂糊在惨不忍睹的伤处,实叫人不忍直视。

周荣没想到竟然这么严重,他想说什么,可最终只是深深地叹了口气。

这伤他不敢乱动,他小心翼翼地避开箭身敷了厚厚一层去腐化瘀的药膏,只能等回军营后交由医师处理。

周荣脱下李奉渊身上沉重的盔甲交给一旁的亲兵,脱下自己的斗篷披在李奉渊身上,避开李奉渊脖颈上的伤,扛起他一条手臂,半驮起人缓慢地朝外走。

营地里的商人早已被周荣一行人的动静吵醒,纷纷钻出营帐,拦在了众人面前。

他们面色各异,显然有些畏惧周荣一行人,但又不舍得就这么放李奉渊离开。

将军。他们听见了这些人对周荣的称谓。

在他们眼中,这称谓象征着钱权,而治军严苛的齐军,不会对百姓出手。

最初和李奉渊打过交道的那名商人眯着眼睛扫过周荣搀扶着的李奉渊，又快速上下打量了一眼周荣。

他露出一抹谄笑，以语调奇怪的齐语道："这位将军大人，我们收留你们的将士，花了极大的代价从阎王手里救回了他的性命。你们张贴在兀城城墙上的告示上写着，只要对齐国的将士出手相助，无论是……"

他语气谄媚，毫不掩饰自己的贪婪。话没说完，周荣已知道他想要什么。

周荣面色恼恨，怒不可遏地打断对方未尽的话："你关着我们的人不管不问，还有脸找老子要钱！"

周荣气急之下语速极快，还带着家乡的浓重口音。商人看得出他满面愤怒，却没能听懂他说了什么。

周荣咬牙切齿地骂了几句出气，但该给的钱还是要给。

齐军花了多年才在大漠各族的百姓眼里立下的诚信和名声不能坏在他手里，在这种情况下和斤斤计较的商人讨价还价绝非明智之举。

周荣骂骂咧咧地从怀里掏出钱袋，正要扔给他，李奉渊却忽然按住了他的手，低声道："等等。"

周荣见他突然开口："侯爷？"

李奉渊回头，看向帐中站在角落里的瘦弱男孩，忽然用流利的异族语同他道："想去齐国吗？"

男孩听见这话，显而易见地愣住了。

他呆呆地看着李奉渊，不知是惊讶于李奉渊竟会说他们的语言，还是惊讶于李奉渊的问题。

他生来就是奴隶，如果幸运，他能跌跌撞撞地长大，然后在某个不幸的日子里死在主人的鞭子下。

这是几乎所有奴隶的宿命。

但是，齐国……

男孩听其他奴隶说过，齐国人不会随意用马鞭鞭打他们的奴隶。

男孩下意识看向他的主人，意识到这或许是他这辈子唯一能逃离马鞭的机会。

第十一章 风雨

他的主人没有看他,只是盯着周荣手里的钱袋。

男孩收回目光,再次看向面前这个虚弱但强大的男人,他并不知道为什么这个男人想带他离开,他只是些许茫然但异常坚定地点了点头。

他张了张嘴巴,想出声回答,但最后又咽下了所有声音,似在害怕自己不小心说错了话,令对方改变主意。

李奉渊见他点头,松开了按着周荣的手,低声道:"带这孩子一起走。"

周荣没有多问,直接应下,他将钱袋递给商人,但并没有松手:"钱可以给你,但这孩子我也要了。"

不过一个瘦小的奴隶,商人并不在意。只要有钱,各部族多的是年轻力壮的奴隶任他挑选。

商人死死盯着周荣手中金珠撞响的钱袋,忙不迭地答应下来:"当然,将军大人,这奴隶是您的了。"

周荣这才将钱袋给他。

商人打开钱袋,望见袋中金光,喜不自胜。他合上袋子将钱袋牢牢捂在掌心,同身边人说了句话。那人进营帐,很快便取来了男孩的奴籍。

会异族语的那名将士接过奴籍,快速扫过,确认无误后冲周荣点了下头,递给了李奉渊。

李奉渊看也没看,低声道:"烧了。"

将士听令,用帐中烛火点燃奴籍,在男孩讶异的眼神里烧了个干净。

事情办完,周荣又问:"走吗,侯爷?"

李奉渊微微摇头:"还有件事。"

李奉渊看向商人,声音稍沉:"我的剑在哪儿?"

那商人本以为李奉渊忘了这一茬,没想他还记得。

商人讪笑一声:"大人稍等,这就拿来。"

他钻回自己歇息的营帐,翻箱倒柜好一阵,取出了深藏在一堆货物中的李奉渊的佩剑。

原先血迹斑斑的佩剑如今已擦洗得干净,剑身微露,在晦暗的营帐里发出锋利的暗光。

中年商人捧着李奉渊的佩剑递过去，李奉渊伸出手，一将士见他虚弱不堪，上前接过："侯爷，我来吧。"

李奉渊放下手，气若游丝地道："有劳……"

帐外雨仍未停。周荣一行人带着重伤的李奉渊和茫然的男孩离开营地，上马远去，很快便消失在了晨曦的雨幕之中。

在此之前，李奉渊其实写过信给李姝菀。

他第一回写家书，不知要写些什么，一字一句斟酌着落笔，写得很慢。

他写写改改，抽空写了好些日都没写完，便忽然上了战场。

烈真部粮营被烧，奇袭大成。李奉渊于茫茫夜色逃出敌军围困，精疲力竭地倒在沙漠里，意识昏迷之际，他心中只有一个念头。

幸好那封信还没有写完送出去。

否则信还未送到望京，他或许就已丢了性命。

当李姝菀在家中读着千里之外而来的家书，她是会欣喜终于得知了他的消息，还是在今后的每一次看到那封信时，都痛于收到信的那一刻他其实已经殒命。

从那以后，李奉渊再没有写过任何一封家书。

他也逐渐明白，当初李瑛为何一走数年从不寄信回家。

只因报回的平安永远不及危险来得措手不及。

大雪纷飞里，又迎来新年。

入宫为皇上诊治的常安在宫中待了十来日，于元宵节前才出宫，恰好能在元宵佳节与徒弟们团聚。

李姝菀听说常安与雪七出了宫，翌日便去了二人落脚的客栈。

当初常安从侯府离开，走得太急。她一为向常安致谢，二为问雪七当日那话是何意。

客栈包间里，李姝菀与雪七隔茶桌对坐。李姝菀挽起袖子，不紧不慢地烹着茶，等雪七开口。

雪七跟随李奉渊回到齐军的军营，被常安收作最小的徒弟，如今已有五载之久，早已不见当初弱小无助的奴隶模样。

然而雪七总归年纪还小，不太懂大人心里的弯弯绕绕，看着李姝菀，道："为何来问我，你为什么不直接问他？"

李姝菀有些无奈地叹了口气："小先生既然与我说那话，我想小先生一定同他相处过一段时日。小先生若了解他，该知道他这人嘴比蚌还紧。他不想说的事，便是我耗尽口舌，也难从他口中得知三分实情。况且他这人不报喜，更不报忧，我怕问了，也只是白问。"

她说着，替雪七斟了杯花茶："我便只好来问小先生，还望小先生如实相告。"

雪七对李奉渊寡言少语这一点深有感悟，当年在营地中，他两日里说的话一只手都能数得过来。

他思索着，端起李姝菀煮的茶，捧着杯子缓缓饮了一口，饮完顿了顿，似觉得这茶合口味，又饮了一口。

李姝菀见他喜欢，问道："这花茶是去年从江南所采，小先生觉得如何？若能入口，我送小先生一些。"

雪七听见这话，忽而不再饮了。他放下杯子，摇头拒绝道："不麻烦了。"

"无妨，茶本就是给人喝的。"李姝菀说着，出声朝门外道，"柳素，将马车里那一盒花茶取来。"

雪七见此抿了抿唇，似有些不太能习惯旁人的好意，但又不知该如何婉拒。

他抬眸看了眼李姝菀的侧脸，默默地想：她和大将军一样，都是心善之人。

雪七收回手，将手放在膝头，望着李姝菀，忽而缓缓道："我可以告诉你，只是这事情有些长，或许要说上一两个时辰。你要此刻听吗？还是找个闲暇的时日再来？"

他说着，又补了一句："我问过师父，这几日我们不会离开望京。你随时可来问。"

李姝菀还以为要花些工夫才能请雪七开口，没想到他看着性子冷淡,却是格外好哄,一盒茶便松了口。

李姝菀抚袖坐正了身,道:"就今日吧,有劳小先生了。"

茶水添了又添,天色渐晚,两个时辰后,李姝菀才从包间出来。

柳素、桃青等人都在包间门外候着,并不知李姝菀和雪七具体谈了什么花了这么久。

二人等李姝菀出来,有些好奇地道:"小姐和小先生谈得如何?"

李姝菀轻点了下头,只道了两个字:"挺好。"

柳素见她不愿多说,便没有多问。几人出了客栈,朝停在街边的马车走去。

李姝菀面容平静,却在扶着柳素的手上马车时不知怎的晃了神,脚下忽而绊了一下,身子一倒,脑袋"咚"一声撞在车门上。

发髻间珠钗撞响,流苏缠绕,桃青和柳素心一紧,双双扶住她:"小姐!"

这一下撞得不轻,李姝菀额头瞬间肿了起来,然而李姝菀却似不觉得痛,倒像在这一撞里回了神。

她抚了抚头上的钗环,低声道:"松开我吧,无事。"

她提起裙摆,钻进马车,好一会儿都没听见有声音传出来。

柳素和桃青有些担忧地对视了一眼,柳素打开车窗,朝内看了一眼。

李姝菀坐在车座中,双目失神地望着面前的小桌案,不知在想什么。

她发现柳素的目光,微微动了动脑袋,还是那副平淡的神色。她问柳素:"怎么了?"

柳素心里关切,却又不知如何开口。她知道,李姝菀心里装着事时从不愿和人多说。

这一点,小姐与侯爷格外像。

柳素微微摇头:"没事,小姐。现在回府吗?"

李姝菀看了眼窗外的天色:"行明哥哥是不是还在军营,去接他一起回家吧。"

在他们面前,李姝菀称李奉渊从来都守礼得疏离,不是"侯爷"便是"将军",柳素忽而听见这声称呼,怔了一瞬。

直至桃青轻扯了下她的衣角,她才回过神,喜道:"是,小姐。"

她关上车窗,同刘二道:"走,去军营接侯爷一起回府。"

刘二扬鞭驾马驱车:"好嘞!小姐坐稳。"

李奉渊听说李姝菀忽然来接他,还以为发生了什么事。

他匆匆从军营出来,一掀衣袍钻进马车,人还没坐下,目光先在李姝菀脸上扫了一圈,见她面色平静,心头这才稍安。

他靠着李姝菀坐下,关切地道:"今日怎么忽然过来,出什么事了吗?"

李姝菀没提见过雪七,拿了个软枕垫在他背后,回道:"没什么事,只是顺路过来接你。"

军营位置较偏远,哪里顺路,李奉渊浅浅扬了下嘴角,没有戳穿她的托词。

马车徐徐前行,李奉渊的目光扫过李姝菀额头,忽而眉心一拧,抬手拨开了她额前的碎发。

白净的额角此刻不知为何青了一小块,她本面如白玉,稍染青红便格外显眼。

李奉渊凑近细看,担忧道:"这儿怎么伤了?"

李姝菀方才已用凉水打湿帕子冷敷过,已经消了肿,不过还有些青紫。

她坐着没动,任由李奉渊靠近看了又看,道:"没事,只是碰了一下。"

她身上带伤,又忽然来寻他,李奉渊觉得有些不对劲。

他抿了抿唇,望着她的眼睛,认真问道:"菀菀,告诉我,是不是有人欺负你?"

李姝菀见他胡思乱想,拉下他的手,有些无奈地道:"你在,谁敢欺负我?当真是方才上马车时不小心撞了一下。"

朝中局势纷乱,李奉渊身为太子一党,便是行君子之路,也难免树有政敌,保不准有人行不耻之策,以李姝菀相要挟。

525

李奉渊虽听她否认，可仍旧放不下心，叮嘱道："今后若遇什么事，第一时间派人来告诉我，定不要瞒我。"

李姝菀听得这话，抿了抿唇，问他："那你呢？你有事瞒我吗？"

自李奉渊回到望京，除去朝堂事，他无一事瞒她，便是朝中事，除非隐秘要事，只要李姝菀想知道，他也不曾吝啬不言。

此刻李奉渊突然听见李姝菀这么问，不禁愣了一瞬，认真思忖了片刻后才道："除了秘事，不曾有事瞒你。"

李姝菀定定地看了他一眼，没有接话，但摆明了并不信他。

回府用过晚膳，二人如往常一样在李姝菀房中聊着寻常琐事。

李奉渊将李姝菀在马车中那话记在了心头，他手里点着香，嘴里闲聊般地说着近来朝中的消息。

"今日早朝皇上下令，遣四皇子祈铮元宵过后带兵离京，南下巡视皇陵……"

李姝菀单手支着脸，点了点头，安静地听着。

她往日夜里总习惯边忙自己的事边听他讲，今日一双眼落在他身上，似听得入神，似又只是单纯望着他。

李奉渊只当她关心朝中事，是以也讲得格外仔细。

他点燃香，盖上铜炉盖，又道："前不久地方官员递上折子，称南方疫后有土匪起祸。你手下的商队常押货北上南下，你可派人提点他们一句，让商队行官道，切莫走野路，更忌夜行。"

李奉渊说着，抬眸看她。

四目相对，李奉渊望着烛光中神色安然的李姝菀，总觉得她今日过于安静，好似她心中藏着事。

见她不声不响，李奉渊低声问："在听我说话吗？"

李姝菀应声："嗯，听着。"

她说着，净如秋水的眼珠忽而动了一动，从他的眼挪到了他的唇上。

而后她忽然起身，单手撑着桌面，倾身靠近他，毫无征兆地吻上了他的嘴角。

柔软的唇瓣压上来，李奉渊蓦然怔住，少见地失神了片刻。

第十一章 风雨

他看着近在咫尺的眼,疑惑又些许意外地道:"菀……"

然第二个菀字还没出口,李姝菀仍嫌不够,微微偏头,柔软的唇瓣微微一抿,轻含住了他的下唇。

熟悉浅淡的馨香入鼻,李奉渊脑子还没反应过来,手先下意识地顺势抬起,掌住了李姝菀的后颈。

他靠坐椅中,微仰着头,顺从地接受着她温暖轻柔的吻。

烛光昏黄,映照在她眸中,似有莹润水色。

李奉渊抬手欲碰她的眼睫,想知道那是烛火荧光还是湿润水痕。

然而手才抬起来,唇上忽而被李姝菀用牙齿咬了一下,刺痛感传来,李奉渊下意识皱了皱眉。

她难得主动吻他一回,动作稍有些急躁。李奉渊抓着她按在他胸膛上的手,轻喘了口气,声音含糊地安抚道:"别急……菀菀,慢些来……"

李姝菀听见李奉渊的话,动作微微一顿,轻抬眼睫,望向他黑沉的眼眸。

她就这么专注地望入他的眼底,往后退开了半寸,听他的话放慢了动作,在他唇瓣上蜻蜓点水般碰了一下。

很轻,连亲吻的声音都听不见。

然后又一下。

缠绵温柔的吻落在唇上,李奉渊回望着李姝菀的目光,颈间喉结缓慢地上下滚了滚。

在唇瓣分开的间隙里,他忍不住低声问她:"是不是方才偷喝了酒?"

不然实在难解释她为何今夜这般主动。

李姝菀往前一步,抬手抚上他的脖颈,温热的掌心贴着他脖颈间的疤痕,一边浅浅亲他一边回道:"没有……"

柔软的唇碰着李奉渊的,分明是他劝她慢慢来,可当她当真慢下来,他自己反倒有些按捺不住。

高大挺阔的身躯靠坐在宽椅中,李奉渊仰着头,在这静谧的夜里,堪称乖巧地接受着李姝菀落下的一个个亲吻。

掌在她后颈的手顺着薄背滑下去,牢牢握住李姝菀纤柔的腰身,然后稍一用力,将她又往自己身前带了带。

　　温柔最是磨人心,李奉渊的呼吸逐渐变得急促,似已不满足于此,可他又不舍得打断李姝菀难得主动的亲近。

　　他喘了一口气,启齿用力咬了一下李姝菀的嘴唇,而后忽然起身将她拦腰抱起,阔步走向了床榻。

　　层层床帐落下,宽厚的身躯半压在李姝菀身上,李奉渊俯身有些急切地吻她,哪里像他劝李姝菀说的那样"慢慢来"。被勾起的爱欲烧着了身体,热烈得难以压抑,李奉渊一边吻着,一边熟练地去解李姝菀的衣带。

　　无论做过多少次宽衣解带的亲密之事,李姝菀都难掩羞赧,可今夜却又格外大胆。她伸手去扯他腰带,开口时,声音轻得几乎难以听清:"进来……"

　　李奉渊一双耳利如猫虎,听见这话,明显地愣怔了片刻。

　　亲密虽有,可三书六礼未定,他从未想过做至最后一步。

　　李奉渊叹了口气,轻吻她发顶,无奈又无情地拒绝道:"不行,菀菀。"

　　他显然不太习惯拒绝她,拒绝也只是这简单二字,还怕惹她难过,再轻轻加一声"菀菀"。

　　可话说完,李姝菀忽然抬手抚上了他的脸庞。

　　李奉渊下意识抬眸看她,见她神色平静又柔和,漂亮的眼睛里满是难抑的爱意,显然她并非一时冲动。

　　李姝菀眨了下明净的眼,用手掌轻轻地抚摸着他的脸,就像他平日喜欢对她做的那样。

　　而后她抓着他的手,望着他的眼睛,轻轻地在他掌心落下了一个吻。

　　紧接着唇瓣轻微动着,无声地贴着他的掌纹唤了声什么。

　　在这寂静的夜里,除了李奉渊,没人听得见。

　　他心间一颤,无法拒绝,也再难拒绝。

　　他反握住李姝菀的手,低头反吻她的掌心,面色满是无可奈何。

　　他抓着她的手放在自己的裤腰上,嗓音沉哑道:"解开。"

第十一章 风雨

　　李姝菀动作生疏，但听话照做。李奉渊俯身而下，细细密密地吻李姝菀的脸庞。

　　身体相贴，李姝菀羞赧地抿了抿唇，红着耳根子别开了脸。

　　要的是她，羞的也是她。

　　李奉渊不让，他掰回她的脸，垂首将额头抵上她的，直直望进她躲闪的双眼，开口时犹如命令："菀菀，看着我。"

　　李姝菀眼中倒映着他乌黑的眸子，她无措地眨了下眼，睫毛因心绪颤动起来，几乎要与他的扫在一起。

　　李奉渊看出她紧张，亲了下她的唇，温柔地道："疼便叫我停下。"

　　李姝菀轻点了下头。

　　蜡烛燃半。窗外云月相依，夜色下山水相融，床帐中，有情人相偎。

　　李姝菀看着身上的李奉渊，目光落在他脖颈上的疤痕，眨了眨眼睛，忽而流下几滴泪来。

　　她握住李奉渊的手，拉至唇边，在他修长的指节上亲了一下。

　　很轻，安抚又充满了怜惜之意。

　　柔软温热的触感压在手上，这轻轻的一吻令李奉渊微微一怔，他抬眼看她，动作却不曾停。再气派端庄的君子，到了床上与交心至重之爱缠绵之际，也粗野如兽。

　　李姝菀的双目失了神，她展开他炽热的掌心，微微歪着脑袋，将脸庞贴在他掌心轻蹭了一下。

　　李奉渊心尖颤了颤，整个人都要化成春水，但隐隐地，他总觉得她今夜有些不对劲。

　　他抚着她发热的脸庞，望着她含泪的眼，语气温柔含情："怎么了？"

　　李姝菀唇瓣微张，似想叫他的名字，可却难说出完整的字音。

　　李奉渊见她如此，难掩笑意，但笑未出声，又被李姝菀拉低脖颈。

　　她轻轻仰头，带泪吻住了他颈上的旧疤。

　　月圆月满，此夜漫长。

　　事毕，床帐中已是一片狼藉。

李奉渊叫人烧了热水，穿上衣裳，拿起李姝菀的外袍将她裹住，同她一起去浴房沐浴。

二人方才在房中动静闹得有些响，屋外忙活的仆从见二人出来，皆低着头，不敢多看。

李姝菀耳根子还红着，李奉渊倒坦然，同她的侍女道："将房中枕被换了。"

"是，侯爷。"

冬日冷，柳素和桃青特命人将水烧得热，好供李姝菀泡汤解乏。

浴房中水汽氤氲成白雾，弥漫满室。窗扇半开着，夜里冷风涌入，吹得墙上烛火轻晃。

平日这浴房中的木桶只李姝菀一人用，她用着宽大，此刻多了一个身形高大的李奉渊，便稍显拥挤。

她侧身而坐，将脑袋轻靠在他胸前，李奉渊一手拥着她，一手替她揉捏着腰腿上的穴道。

热水将将漫过她胸口，泡舒了她一身乏累的筋骨，她双目半合，昏昏欲睡。

一只手却抬出水面，轻抚着李奉渊脖颈上的旧疤。

李姝菀从未问过他这伤疤是怎么来的，李奉渊也不打算告诉她。

今夜她忽然在意起来，李奉渊倒有些害怕她问这疤的来由。他身上大大小小二十来道疤，其中一半都差点要了他的命。

哪一道说给她，都怕惹她难过。

周荣曾玩笑说，许是李瑛在地下看着他，他才能屡次把命捡回来。

李奉渊任李姝菀摸了几下，低声道："别摸了，痒。"

虽这么说，他的脑袋却微微偏着，露出自己的疤痕给她碰。

李姝菀抬眸看着眼前的疤痕，手指顺着凹凸不平的表面细细抚过。笔直的一道，疤痕狰狞，并不好看。

李姝菀抿了下唇，问他："还会疼吗？"

李奉渊听她语气关心，低头吻她额心，面不改色地撒着谎安抚她："不疼，只是道轻伤，看着吓人罢了。"

第十一章 风雨

李姝菀自然知道他是为了安慰她才说这话，雪七已将所有的事都告诉她了。

不过他既然想瞒着她，李姝菀也不打算追问。

只是每当她想起李奉渊曾一身重伤地倒在那遥远破败的营帐中，于伤病中独自撑过了一日又一日，她心中便忍不住泛起酸苦。

若非雪七偶然的一句话，她或许永远都不会知道在她与他分别的那些年里，他独自受了多少苦楚。

倘若他当真没能撑过去……

李姝菀后怕地闭上了眼，不敢再想。

悔意涌上心头，她拉住李奉渊的手，与他十指紧扣在一起。

她不该断了与他的书信的。

她该好好地将自己的事全部告诉他，即便他一字不回也无妨，至少他会知道千里之外有人在思他、念他，日日盼他平安。

浅泪从眼中溢出，润湿了浓长的眼睫，李姝菀将脸庞靠在李奉渊肩头，压下喉咙酸楚。

她这半生都在历经别离。

襁褓中离开生母，七岁时离开寿安堂，就连"父亲"李瑛也只短暂地和她相处了一段从江南到望京的路。

后来她有了李奉渊，李姝菀曾天真地以为她与他会永不相离。

直到李奉渊头也不回地消失在那场冬日的落雪里。

洛佩去世之后的那段时日里，李姝菀操持着洛佩的身后事，每日忙里忙外，看似清醒冷静，但只有她自己清楚，她恍惚间仿佛回到了当初李奉渊离开的那日。

每个夜里她一闭上眼，便不受控制地想会不会有一日李奉渊也真正离她而去。

直到那个时候，李姝菀忽然意识到，她一直深陷在李奉渊丢下她远赴西北的那场大雪里，从没能出来过。

浴桶水温渐凉，李姝菀闭着眼靠在李奉渊身上，忽而轻柔地哼唱起来。

是一首哄孩子的歌，李姝菀小的时候睡不着，寿安堂的婆婆曾给她唱过。

　　"星子闪闪，月牙晃晃，山间有小狼。

　　"别害怕，快睡吧，明日好长大。长大后削把箭，造把弓……"

　　李姝菀低声唱着，牢牢地握着李奉渊的手。

　　李奉渊回握着她，抚着她的乌发，安静地听着，没有出声。

　　水雾漫漫，有泪水从李姝菀的眼角流出来，流过李奉渊的胸口，汇入水中。

　　低缓温柔的歌声传出窗户，向皎月而去。

　　李姝菀往李奉渊颈窝靠了靠，将额头贴上他的疤痕，口中继续唱着："别怕它，别怕它，我在你身旁，伴着你长大……"

　　元宵过后，祈铮带兵南下巡视皇陵。祈铮离京，其朝中党羽暂时偃旗息鼓。

　　然而皇上身体每况愈下，以吏部尚书姜文吟为首的四皇子一党日日盯着元极宫，唯恐老皇帝哪日乍然撒手人寰，他们的四殿下又远在数百里之外，祈伯璟顺应天命登基称帝，连造反都来不及。

　　二月，春寒将散。皇帝忽而再度病重，卧榻不起。

　　元极宫中，昔日的帝王而今形如枯槁，再无往日威仪。

　　姜锦坐在龙榻旁，垂眸静静地望着榻上闭目睡着的帝王，不知在思索什么。

　　一太监双手高捧玉食盘，小步进殿，垂首立于殿中，嗓音尖柔道："娘娘，今日的丹药送到了。"

　　姜锦眼皮子都没抬一下，只淡淡地道："端上来。"

　　"是。"太监缓步上阶，屈膝跪在龙榻旁，将食盘捧过头顶。

　　姜锦捻起玉盘中赤红的丹药，正要唤醒皇上，忽而手指没拿稳，丹药落地，掉下阶去，滚出许远。

　　那太监见此，立马放下食盘，提着衣摆快步跑下阶梯，将那丹药捡了起来，用力吹净了灰，赤手捧到姜锦面前，谄笑道："娘娘。"

姜锦捻起那丹药，眉心蹙着，嘴上却笑骂着："混账东西，落地的东西也敢奉给皇上。"

殿中伺候的宫女太监听见了姜锦的话，但无一人出声。

姜锦看了太监一眼。太监拿起食盘，点头哈腰地退了下去。

姜锦扶皇上起身，娇媚地唤着睡梦中的皇帝："皇上……皇上……"

连唤几声，老皇帝才从睡梦中醒来，艰难地将眼睛开一道细缝，迷糊地看向姜锦，喉咙里发出几道含糊不清的哼声："嗯，嗯……"

这世间最公平之事便是人人都得赴死，即便天下至尊，寿数将至时也不过是任人摆弄的糊涂老人。

"皇上，该吃药了。"姜锦还是笑着，一如从前温顺柔媚，好似满心满眼都是面前这位帝王。

她将丹药喂进皇帝口中，又倒了半盏茶耐心地慢慢喂给他："皇上，慢些喝。"

皇帝咽下这红如蛇信子的丹药，又喝了半杯茶，抓着姜锦的手，恍恍惚惚又躺下了。

姜锦哄孩子似的哄皇帝睡着，轻轻抽出手，放下了纱帐。

一太监进殿，伏地道："娘娘，皇后娘娘在殿外，想见皇上。"

姜锦抚袖起身："太后不是命她后日去山中为皇上祈福，她不收拾收拾准备动身，跑来这做什么？"

太监不知如何回这话，只道："回娘娘，奴婢不知。"

姜锦瞥他一眼："行了，下去吧，本宫亲自去见她。"

殿外，年过四十的谢真对门而立，静静地候着。

她不似姜锦，既无妖异容，也无娇媚态，一身素净青裳，未敷妆华，神色冷静自持，宛有君子之质。

姜锦笑着步出殿门，一副姐妹情深的模样："好姐姐，今日怎么得空来，太后要的经书可都抄完了？"

谢真不动声色地往后退了小半步，面色冷淡地看着她："我来见皇上，劳姜贵妃让让路。"

姜锦见她态度冷漠，也不恼，抬手抚了抚耳边玉坠，无奈道："哎呀，不是妹妹不让路，是皇上才睡下，特命人不许打扰呢。"

她说着，一抬手："这不，妹妹也被赶了出来。"

她的话，谢真半个字都不信。谢真道："元极宫中里里外外的宫女太监都是姜贵妃的人，如何说全凭姜贵妃一张嘴，还是劳贵妃让开路吧。"

她说着，脚下一动，就要绕过姜锦，然几乎同时，门口禁军倏然上前半步，持器沉默地望着谢真。

谢真似早有所预料，并不惊讶。她停下脚步，看了眼两旁的禁军，神色自若地问姜锦："贵妃这是何意？"

姜锦叹气道："此乃皇上的禁军，听的是皇上的旨意，姐姐为何问我？"

她同谢真轻笑着道："听闻太后让姐姐去山中道观为圣上祈福，山高路险，姐姐还是回去早做准备吧，可别在路上出了什么事，皇上若知道了，可是要心疼的。"

皇上对皇后敬有之，可未曾有过怜爱之情，何来的心疼。

谢真听她挑衅，仍是不动声色。

姜锦从前最恨她这风雨不动的神色，恨她不谄媚不屈膝，仅凭家世荣登皇后之位，在这宫中除了太后和皇上，谁也不能拿她如何。

可如今时过境迁，谢家终不复以往。姜锦想到这，便觉得痛快至极。

她轻挑眉心，笑容愈深，正准备继续开口，可谢真看着她的笑，忽而抬手，以极快的速度掐住了她的咽喉。

宫女太监见此，脸上瞬间满是诡异之色："娘娘！"

谢真出身武将之家，自幼随父习了几年武，比起娇柔的姜锦多得是力气。

铁掌钳住姜锦脆弱的咽喉，姜锦乍然露出惊骇之色，然眨眼间，喉间剧烈的疼痛感便使她脸上浮现出难以掩饰的痛苦。

周围禁军显然也同样未料到谢皇后竟会动手，怔了一瞬，而后竟毫不犹豫地将手中利器对准了谢皇后。

谢真身边的宫女上前一步，竖眉怒道："放肆！此乃皇后娘娘，还不将兵器收起来！"

第十一章 风雨

禁军无动于衷，警惕地盯着谢真的一举一动，显然他们听命的不是皇上，而是眼前的姜贵妃。

姜锦死死地抓住谢真的手，想将她的手拉开，可即便尖长红润的指甲抓破了谢真的手，换来的也只是谢真更用力的禁锢。

谢真扫了眼手上被抓出的血痕，脸上还是那副淡漠的神色。她垂眸望着狼狈而痛苦的姜锦，淡淡地道："姜贵妃这样，皇上见了，怕更会心疼。不如等皇上醒了，姜贵妃拿着这伤去向皇上告状讨怜。"

姜锦听见这话，眼露恨意，她最恨别人将她比作摇尾乞怜的狗。谢真的话，无疑刺痛了她。

姜锦不信谢真敢杀了她，也不怕谢真杀了她。

她面上浮出一个有些疯狂的笑，说不出话，便以唇语道：乞怜也得有怜可乞，姐姐可得过枕边人怜惜？

谢真眉眼冷意更甚，看着姜锦的脸一点一点充血涨红、眼中浮出血丝，等到她身子开始无力下坠时，才用力甩开了手。

姜锦脱力地倒向一侧，宫女太监忙上前扶住。

"哎哟娘娘！"

"娘娘！您没事吧？"

谢真看着乱作一团的众人，接过自己宫女递过来的帕子，擦了擦手，道："闹成这样，皇上也没醒，看来的确是睡着了。"

她说罢，扫了一眼狼狈不堪的姜锦，未再理会她，直接转身离开了。

姜锦抬起发颤的手捂住喉咙，面色憎恨地看着谢真离去的背影，良久才收回视线。

谢真离开后，一名华乾宫的宫女匆匆而来，附在姜锦耳边低声道："娘娘，姜大人在华乾宫等您。"

姜大人——吏部尚书姜文吟，姜锦的表哥。

姜锦要帮自己的儿子争权夺位，背后少不了姜文吟在朝中助力。

本是同一条绳上的蚂蚱，然不知为何，姜锦本就冷漠的脸色在听见姜文吟来了后陡然变得更加难看，甚至隐隐有些恐惧在其中。

她按捺下心中翻涌的情绪，道："知道了。"

宫女跪地为她抚平衣摆，扶着她缓缓往华乾宫去。

华乾宫是姜锦的宫殿，姜文吟身为朝臣，擅入后宫乃是重罪。

然而如今姜锦联合宦官、禁军软禁皇帝，背后又有太后支持，后宫之权如今几乎全握在姜锦手中，姜文吟出入后宫如出入自家门府。

姜锦回到华乾宫，见姜文吟背对殿门立在她的桌案前，正颇具雅兴地摆弄桌上今日新摘的红山茶。

鲜嫩花瓣宛如女人柔嫩的皮肤，指尖一掐，艳红的汁水便破皮流出。

姜锦厌恶地看着姜文吟的背影，却在他回身时，扬唇露出了笑。

眉眼间的冷意随笑意压下去，她款步入殿，道："表哥今日怎么有空来了？"

姜文吟定定地在姜锦媚容上凝视了片刻，这才抬手行礼："下官见过贵妃娘娘。"

姜锦快步上前，在他手臂下虚扶了一把："表哥这是做什么，你我之间还何需虚礼？"

她嘴上客气，手却与姜文吟的手臂之间隔着距离，不曾当真碰到他。

她擅会假装，姜文吟这样的老狐狸也没看出她的疏离，反倒对此极为受用。

苍老的面庞上露出笑意，眼尾皱纹横生，宛如枯木沟壑。

姜文吟前来后宫，必然是有要事相商，姜锦朝左右看了一眼，道："都下去吧。"

待宫女太监退下后，姜文吟朝姜锦迈近数步，低声道："下官已收到殿下消息，殿下已在返京途中，轻骑秘密过城，明夜便可自西南门入望京。"

他说着，顿了顿，压低声问道："不知皇上情况如何？"

皇上糊涂不省事也就是这两日的事，消息被姜锦封锁后宫，朝中暂且无人知晓。

就连祈伯璟与太后，想来目前也不知消息。

姜锦笑着道："皇上的龙体，全看所食丹药之量，生死一线间。"

姜文吟佩服道："娘娘手段高明，下官自愧不如。"

姜锦未理会他的奉承之语，望向窗外树上一双叽叽喳喳的母子鸟，慢条斯理地道："母子情深呐，后日皇后离京，祈伯璟自己不便离开皇城，必然会派亲信护送。"

祈伯璟手中拥兵的臣子，为首便只一个李奉渊。

姜锦接着道："堂堂大将军，不逢战时，手中也不过几百兵卒，不足为惧。"

姜文吟明白她话中深意：趁李奉渊入山，便是祈铮入城的好时机，数年谋划，就在这一时之间。

他看向窗外的天色，道："听闻后夜有降雨之相，是个好日子。"

二人谋定断头的反罪，面上神色却坦荡，尤其姜锦，神色玩味，好似不过玩笑话。

她笑望着姜文吟："那这其中，便劳表哥费心周旋了。"

姜文吟颔首："下官明白。"

姜文吟应下，却没离开，而是缓步靠近姜锦，一双老目盯着她的脸，由衷地叹道："世人都言为人妇，容颜衰。可娘娘这么多年，却依旧美如画中仙，不似下官，都已老了。"

听见这话，姜锦胸中又翻涌出了那股难以言喻的恶心感。

当年在姜府所受的强迫与屈辱涌上脑海，一幕幕都凿刻在脑海中，每想起来都叫姜锦作呕。

姜文吟伸出手抚向她美艳如画的脸，苍老的面庞上充满欲望，声色沙哑道："娘娘，时候尚早，不如陪陪下官吧。"

当年在姜府无依无靠的姜锦被醉醺醺的姜文吟压在身下时，他用的也是大差不离的借口。姜锦至今都记得。

时辰已晚，表妹，今夜陪陪表兄吧。

当初寄人篱下的姜锦无力挣脱，如今的她需要姜文吟的权力，也无从拒绝。

兜兜转转，这么多年，她仍旧屈居人下，似没有任何区别。

只是当初的她哭喊着救命，而如今的她，已经可以妩媚地笑着道上一句："都听表哥的。"

姜文吟走后,殿内长久静寂无声,过了许久,屏风后才响起姜锦平如死水的声音:"来人,替本宫更衣。"

宫女端盆捧衣入内,不敢乱瞧,安静地替姜锦擦身换衣。

她脖颈间被谢真掐出的痕迹此刻更深了几分,宫女跪在她身前,用手指替她上药时,一股黏腻至极的恶心忽而再度从她体内涌出。

她面色苍白地伏在榻旁,猛然呕了出来,眼泪从她眼眶浮现,猩红的眼眸中,尽是恨意。

宫女惊呼"娘娘",端来茶水奉其漱口,扶着她躺下歇息。

姜锦闭上眼靠在榻上,一个个默数着厌恨的名姓。

总有一日,她要把他们都杀了。

两日后。

春日多阴,晨间薄雾散去,李奉渊一早带兵候于宫门外,准备护送谢真前往道观。

祈伯璟忙里抽闲,撂下政务,送谢真出宫。

谢真下了步辇,祈伯璟扶她入马车,提醒道:"母后当心脚下。"

前往道观的山路崎岖难行,谢真又素来不喜铺张,因此上山的马车也小。

谢真弯腰钻入马车,车内的桌案上摆着厚厚一叠经书。

前日她一时没忍住气对姜锦动了手,姜锦不日便到太后面前告了她的状。

这些经书都是太后让人送来的,意叫她在道观中为皇上祈福时诵读抄写,让她静心忍性,自省过错。

姜锦惯懂得示好拿捏人心,太后孤居深宫多年,被她哄得高兴,二人又都视谢真为眼中钉,姜锦送上借口,太后自要趁机为姜锦出气。

不受宠爱的皇后,头顶还顶着个福寿绵延的太后,这日子过得还不如寻常百姓。

祈伯璟瞧见车中经书,唇边本就浅淡的笑意倏然散去。他紧锁双眉,看向车中的谢真:"是儿臣无能,才令母后受累。"

第十一章 风雨

谢真摇头,安慰道:"太后厌我并非一日两日,你不必自责。"

太后福薄,膝下无子,先皇曾将其他两名妃嫔的皇子养在她膝下。后来宫乱又起,子杀子,权争权。

谢氏一族助当今皇上弑其兄以登至高之位,太后痛失一爱子,满腔无处可去的恨意自然也就落到了谢真头上。

上一辈的恩怨,怎么都怪不到祈伯璟,不如说是她这做母亲的连累了他。

她望着祈伯璟,以母子二人才能听见的声音道:"宫中多变,今内外皆不得安稳。我这一去,一月后才能归。你在宫中,自要小心。"

她说着,透过窗户看向马上高坐的李奉渊:"你手下那么多人,何必非要李将军护送我。你留他在身边吧,不然我如何能放心你一人在这风谲云诡的朝堂中。"

祈伯璟摇头:"此去道观,山路险远。若无得力之人在母后身边,儿臣又如何能放心?"

他说着,压低了声量,以耳语之音道:"再者,有大将常伴身侧,小鬼又怎敢现身?"

谢真微微一愣,祈伯璟没再解释更多,替谢真关上车门,看向前方的李奉渊:"出发吧。"

车马徐徐远去,消失在视野里。祈伯璟回头看向高不可攀的宫墙,顺着红墙看向头顶阴云聚散的天际,转身入了宫门。

就要下雨了。

申时末,元极宫,外殿。

姜锦倚在贵妃椅中,问方从外打探消息回来的宦官:"人到哪儿了?"

宦官道:"回娘娘,已经上山了。"

姜锦淡淡地"嗯"了一声,半垂着双目,屈指瞧了瞧扶手,思索片刻后,忽而道:"王公公。"

殿柱旁,一道隐于阴影中一直没有出声的身影缓步而出,朝姜锦垂首:"娘娘。"

王培在皇上身边多年,如今主子病重,他这做奴才的心里也不好受。

姜锦见他现身,摘下腕上的玉镯递给身边的小太监,抬了下眼,示意他递给王培。

小太监会意,用袖子用力擦了擦手,捧着镯子奉到王培面前,笑着道:"干爹,娘娘赏的。"

王培看了眼这玉镯,却没收下,低首垂眸,没有抬头:"无功不受禄,娘娘,此物贵重,奴才不敢收。"

姜锦这些年送他的金银玉器多得都快能装下他在宫外置办的宅子,可近来他不在皇上身边近身伺候,倒不敢随意收下。

他日日在这大殿中,立着耳朵睁着眼,或多或少能察觉到些事。

这行贿之物,他不收,姜锦如何能安心?

姜锦含笑道:"算不得无功不受禄,自然是有事要请公公帮忙。劳公公落日前跑一趟,去请安远侯府的小姐入宫。"

王培闻言有些诧异,不知姜锦要请李姝菀入宫做甚。他看向姜锦,问道:"敢问娘娘,请李小姐入宫所谓何事?"

姜锦随口道:"先前皇上醒了会儿,说要见安远侯府的小姐,本宫也不知是因何事。"

元极宫伺候的人早换了一波,王培也许久没亲眼见过主子,他看了眼紧闭的内殿,并不是很信姜锦这话。皇上鲜少召见臣女。

他正犹豫不决,姜锦忽而淡淡扫了一眼那高捧玉镯呆站着的小太监。

小太监眼尖,余光瞥见姜锦看过来,立马屈膝跪地,面朝王培伏地不起:"干爹,收下吧。"

他这一跪,殿中一众伺候的太监也纷纷跪下,脑袋不要钱似的往地面碰,乌泱泱磕了一地。

"干爹,收下吧。"

"干爷爷,收下吧。"

王培看着这一地他看顾着长大的孩子孩孙,轻叹一声,总算接过了镯子:"奴才这就去办。"

姜锦见他终于点头,满意地笑了笑。她起身行近,在王培身侧低声道:"本宫已经备好车马,公公只需出面,将人请来就是了。"

"……是,娘娘。"

王培走后,姜锦又招手唤来贴身伺候的宫女,低声在她耳边吩咐了几句。

宫女认真记下:"是,奴婢这就去。"

大殿中再度安静下来,姜锦看着殿外阴沉的天,眯起了眼。

要变天了。

云天阴暗,晚霞如雾。霞色将起时,天色已暗如晚暮。

王培心思忡忡地来到安远侯府,请李姝菀入宫。

李姝菀此前没见过王培,但听说过王公公的名号。

在宫中,他是皇上身侧的红人;宫外,他乃替皇上传旨的口舌。无人不敬他三分。

李姝菀见他忽而登门,未问来由,先邀他入门落座,奉上好茶,做足了礼数。

等王培饮茶解过渴,她才问道:"不知公公今日来是为何事?将军他护送皇后娘娘前去道观,眼下不在府中,怕要过上几日才归。"

王培是皇上身边伺候的人,李姝菀便以为他来是有事找李奉渊,完全没往自己身上想过。

然而却听王培道:"奴才今日来,是奉皇上旨意,请李小姐入宫面圣的。"

李姝菀没料到王培这话,不由得愣了愣。

皇上染病未愈,突然召见她做什么?

李姝菀心里疑惑,看向王培,温声问道:"敢问公公,皇上可有说是何事传召?"

王培哪里知晓,他甚至不清楚这究竟是皇上的意还是贵妃的意。

李姝菀以礼相待,王培心中隐生出些愧疚,想将实情告知她,可他一想起自己那一帮子在后宫观姜锦脸色过活的干儿子们,又只好将心思埋回了肚子。

王培硬着心肠，面上浮出笑："皇上的心思，奴才哪儿敢过问啊。马车在门外候着呢，李小姐，请吧。"

今早李奉渊走时特意叮嘱过，让她近日不要出门。

李姝菀疑心不减，拖延道："我初次入宫，能否请公公稍等片刻，待我换身得体的衣裳。"

王培颔首："李小姐动作快些，皇上急召。"

李姝菀回到房中，关上门窗。

柳素和桃青动作麻利地为她梳妆更衣，柳素问道："小姐，皇上召您入宫做什么？"

桃青接话道："皇子无故召见官家子女，无非两件事——要么指婚，要么纳入后宫。小姐名貌出众，在望京素有好名声，皇上一把年纪了，选妃是不大可能了，恐怕是要为小姐指婚。"

李姝菀觉得这事没这么简单，若因这小事，皇上也不急于非要今日日暮召见她。

她吩咐道："待我走后，你们立马让宋叔派人将此事去告诉侯爷。"

柳素问道："小姐觉得此事有蹊跷？"

李姝菀说不上来，微微摇头，示意自己也不清楚。可圣旨不可违，她不得不去。

她道："入宫后就知道了。"

与此同时，数条街外，太后宫里的嬷嬷也于日暮登了杨府大门。

"太后要见我？"

正堂，杨惊春看着面前的老嬷嬷，疑惑摆在脸上，半点没藏。

"是啊，太后要见小姐，请杨小姐即刻随老身……"老嬷嬷话到嘴边，一双眼扫过杨惊春一身不伦不类的骑射装扮，又改口道，"请杨小姐换身衣裳，随老身入宫吧。"

杨父与杨修禅皆不在府中，太子党与四皇子党斗得满朝皆知，杨惊春又是皇上亲奉的太子妃。太后此刻突然要召见杨惊春，杨母心里实难放心。

然懿旨难违,又不能相拒。

这嬷嬷祈宁认识,是太后宫中的人不假,不过与她的母妃却走得近。

祈宁察觉到杨母担忧,提议道:"母亲,我同惊春一起去吧。"

老嬷嬷只打算请杨惊春入宫,可没打算多请回个出嫁的公主。

她正要婉拒,祈宁笑了笑,提前开口道:"说起来,好久没见过母妃了,前些日母妃还写信怨我不回宫看望她,今日恰好得便。"

请杨惊春入宫本就是姜锦的意。祈宁搬出姜锦,老嬷嬷倒不知如何拒绝,她只好应下:"既如此,就请公主和杨小姐一道入宫吧。"

杨惊春回房更衣,祈宁也回了自己院子稍作梳妆,一道上了宫里来的马车。

祈宁端坐车中,坐在一旁的杨惊春似觉得身上的衣裳过于庄重,穿着不舒服,低着脑袋摆弄着腰间衣带。

祈宁在宫中长大,沉稳得体,有她做伴,杨母放心不少。

杨母看着马车里的祈宁,嘱托道:"宁宁,你看着春儿些,别让她惹事。"

祈宁应下:"我知道的,母亲。"

她说着,又低声道:"太后召惊春入宫一事来得突然,母亲你待会儿派人去见修禅,将此事告诉他。"

杨母给了她一个眼神,示意自己明白。

杨母看向祈宁身边坐也坐不安分的杨惊春,见她这不知事的样儿就有些头疼。

之前还请了人来教她宫中礼仪,结果规矩了没几日,她又开始骑马射猎,没个姑娘样。

杨母叹了口气,叮嘱道:"跟着你嫂嫂,别像在家里似的随性,听见没?"

杨惊春摆弄着她的腰带,头也没抬,"噢"了一声。

马车于暮色下徐徐前行,踩着将落的暮色自南门入宫,入宫后又行了一段路,忽而听见另一辆马车的声音,紧接着便停了下来。

车中人察觉马车停下,以为是要让另一辆马车中的贵人先行,是以静坐了片刻。

然后片刻后,既没听见那一辆马车离去,自己的马车也停止不动。

车内,李姝菀竖着耳朵听了听,小声问马车外:"王公公,怎么忽然停了?"

她问完等了片刻,却没听见回答。

风声起,拂过树梢,外面一片寂静。

李姝菀稍加思索,伸出了手,准备推开车窗朝外看,就在此刻,忽然听见马车外传来了一阵密集的脚步声,似有人朝着马车靠了过来。

而后两辆马车旁各响起一道尖柔的嗓音——

"李小姐,请下车吧。"

"杨小姐,请下车吧。"

李姝菀钻出车门,正见头对头的马车上,杨惊春也弯腰钻了出来,身后还跟着个祈宁。

苍苍暮色下,三人相视,面色皆有些诧异,显然都没料到会在这里遇见对方。

李姝菀察觉出不对劲,蹙紧了眉:"惊春、公主,你们为何在这儿?"

杨惊春亦微微睁大了眼:"菀菀?"

马车停在僻静处,眼下天将尽,这处却连宫灯都不见。

事情万般不寻常,三人神色凝重地朝四周看去,发现不知何时,本带他们入宫的公公和嬷嬷都已不见,马车旁围了一圈冷面的宦官。

那为首的宦官瞧见祈宁,面色怔忡了一瞬。他附耳对一名小太监说了什么,那小太监扭头朝着宫道跑了,看起来似是向什么人通风报信去了。

为首的宦官清了清嗓子,直腰看着李姝菀与杨惊春,不客气地道:"二位小姐,随奴才们走吧。"

眼下情况不明,李姝菀等三人看着这神情不善的宦官,心里隐隐察觉出了端倪,自不可能就这么跟着这面生的宦官走。

李姝菀快速地扫了眼周围的宦官,与杨惊春和祈宁站在了一处。

她心中有些紧张,面上却佯装得平静,开口问:"不知公公是要带我们去哪儿?"

那为首的宦官没回答这话,只是道:"小姐们随我们去了就知道了。"

祈宁的目光定定地落在那宦官脸上,忽然接话道:"是我母妃派你们来的?"

李姝菀和杨惊春扭头下意识看向祈宁,神色有些诧异,似乎不明白祈宁为何口出此言。

比起冷面相对李姝菀和杨惊春,那宦官对祈宁的态度倒是毕恭毕敬。

他似有些不知该如何回答祈宁的话,沉默须臾,不置可否地道:"公主今日不该入宫。"

这话一出,三人皆知道了答案。

祈宁心头叹了口气,一脸果真如此的凝重神色。

她知她母妃,对权势虎视眈眈,疯得彻底。今日此举绝非贸然而行,今夜宫中必有大事发生。

那宦官不再与几人废话,阴冷的眼盯着李姝菀和杨惊春,迈步上前,嗓音尖柔地道:"二位小姐,别站着了,请吧,娘娘还等着呢。"

周围的十几名宦官皆是年轻力壮之辈,其中几人宽袖垂落,杨惊春快速扫过,瞧见好几人手中皆拿着绳索。

她上前一步,将李姝菀和祈宁护在身后,一双眼盯着为首之人,微抬下颌,开口询道:"哪位娘娘,你要将话说清楚。今日召我来的乃是太后娘娘,你听着却像是贵妃娘娘的人。"

杨惊春的身量比娇娇弱弱的李姝菀与祈宁要高些,李姝菀看着她的背影,忽而想起幼时在学堂她也是这样拦在欺负自己的人面前。

可当初对面站着的只是豆丁大的孩童,如今她们面对的却是来者不善的宦官。

李姝菀看着周围的宦官,有些担心地悄悄去拉杨惊春的手:"惊春,别靠他们太近,我们见机行事。"

祈宁清楚自己母妃所谋,也大抵猜到姜锦想方设法请李姝菀和杨惊春入宫的目的,无非是为了牵制李奉渊与祈伯璟。

她微拧双眉,同李姝菀和杨惊春小声道:"我母妃此人,从不打无备之仗,今夜宫中必然有变,你们不能待在宫中,待会儿我想法拦住他们,你们朝左侧小路跑。"

马车停留处僻远,前方宫道是条死路,马车已不能行。后方乃南门的来路,看守宫门的乃姜锦的人,也不能去。

面前唯有一条破败狭窄的青石小径可走。

李姝菀看向祈宁:"可公主,那您呢……"

不等祈宁回答,那宦官似已察觉她们三人在悄声商议,忽而用力一挥手,招呼手下众人朝三人围拥上来。

众人一拥而上,祈宁神色倏变,肃容立到杨惊春面前,厉声道:"放肆!本宫乃皇上亲封的抚安公主,谁敢不敬!"

周围宦官似被她的气势所慑,动作一顿,竟当真纷纷停了下来。

祈宁脚底迈着缓步,不动声色地靠近就近的马车,口中高声道:"你们既是母妃的人,就该对本宫放尊重些,若不慎伤了本宫,待本宫见了母妃,定要母妃剐下你们一层皮!"

她面容肃然,语气严厉,宦官们听着祈宁直白的威胁,左右相顾,面色有些迟疑。

为首的宦官扯出笑来,点头哈腰道:"公主,奴才们也都是按娘娘的吩咐办事。公主只要不护着两位小姐,离她们远些,又怎会被伤着?"

他这话的意思,若祈宁非要与李姝菀、杨惊春同谋,他们即便不惜伤着祈宁,也要将李姝菀和杨惊春带走。

然祈宁压根没听进他的话,他话音刚落,祈宁突然提裙爬上马车,坐在车前,用力一拉缰绳。

烈马跷起前蹄,众人没反应过来,只见祈宁持鞭用力一抽马腹,不管不顾地驭马驾车朝他们冲了过来。

同时她扬手朝李姝菀和杨惊春指明道路,喊道:"李小姐、惊春,快跑!不必担心我,他们不敢拿我如何!"

李姝菀和杨惊春对视一眼,默契地趁乱冲向了小径。

为首的宦官反应过来,狼狈地躲着冲过来的车马,随手指了两名宦官,尖声高喊:"你二人拦住公主,其余人随我追!"

祈宁何曾御过马、又何曾会驾车,烈马嘶鸣着左右乱窜,倒也为李姝菀和杨惊春二人逃跑争得些时间。

只是没一会儿,宦官便冲上来拽住缰绳,制止住了她。

两名宦官一左一右站在她身侧,既不敢上手抓她又不敢就这么放她走。

祈宁看着众人消失在青石小径的转角处,面容担忧地收回了视线,看向左右的两名宦官,命令道:"带我去见我母妃。"

两名宦官正不知该拿她怎么办,听见这话,反松了口气:"是,公主。"

杨惊春拉着李姝菀,沿着小路朝远方亮起宫灯的方向一路狂奔。

沿途横生的枯枝划破了衣裙,刺伤了脸颊,二人都不曾停下过,只顾迈着双腿朝着前方奔跑。

杨惊春身形矫健,然而李姝菀的速度却跑不过宦官。

冷风入喉,喉咙干涩得喘息之间犹如刀割,李姝菀胸膛下一颗心脏跳如擂鼓,危急之际,她心里突然涌出一个念头。

若此番逃脱,回去后定要让李奉渊教她习武,今后若再遇见此种困境,便是不能杀他十个来回,起码也能脚底生风逃之夭夭,而不像此刻坠着石似的沉。

身后追逐的声音越来越近,李姝菀忽而松开杨惊春的手,推了下她的手臂,气喘吁吁地道:"走!"

杨惊春手里骤然一松,不由得一愣,回头看着扶着树干急喘的李姝菀,不由分说地将李姝菀拽直了身,正色道:"别说傻话。"

她怎么可能丢下菀菀一人在这儿。

天色渐暗,此刻还能看清路,但再过上小半个时辰,怕就只能摸黑了。

李姝菀迈开步子,努力跟上杨惊春的步伐,咽了咽喉咙,断断续续地劝道:"惊春,你听我说,你先跑出去,叫人来救我便是,如此才有一线生机。你带着我,我们两人都逃不掉。"

李姝菀离家前,已让人去告诉李奉渊自己入宫的消息,她这样说,无非是想劝杨惊春先走。

杨惊春怎么会听不出这是个借口,她不听:"母亲已将此事去告诉了爹爹和哥哥,会有人来救我们。菀菀你不要说了,我不会丢下你不管的。"

李姝菀摇头,还欲再劝:"惊春——"

杨惊春打断她:"若是你,你会丢下我不管吗?"

李姝菀愣了一下,随后立马道:"会!"

"你才不会。"杨惊春反驳她,"不许说了,节省些力气跟着我跑,前方已看见点亮的灯火了。"

李姝菀听她语气坚决,知道自己劝不过她,只好用尽全力迈步,尽量不拖累她。

然而姜锦派来的这些人都是身强力壮之辈,她们身后的脚步声越追越紧,眼看就要被追上。

李姝菀回头看了一眼,瞧见那些人只离她们数十步远,甩开杨惊春的手,急道:"走!趁我有些力气,还能拦他们一拦!"

杨惊春手中再次一松,回头,看着李姝菀红了的眼,没有丝毫犹豫地道:"不走。"

她说罢,反身回头朝着宦官而去,站到李姝菀身前,将她护在了身后。

李姝菀见此一愣:"惊春!"

十来名宦官如苍蝇般从小道齐齐冲上来,高声道:"抓住她们!"

十数人涌上前,杨惊春面不改色,伸手摸向腰间半掌宽的衣带,只听一声布料撕裂脆响,她变戏法般突然从缝制的衣带间抽出一小截泛出银光的没有剑柄的剑身。

而后她翻袖露出藏在袖中的铁器剑柄,手握剑柄将之与剑身相对,只听一声嵌合轻响,她手按剑柄上某处细小机关,二者便成了一把完整的银剑。

她速度极快,从取剑到合剑只在眨眼之间,离她极近的李姝菀没反应过来，宦官也没反应过来。

杨惊春盯着冲上前来的宦官，倏然抽出剩下绕藏在腰间的软剑，趁之不备挥臂，一剑封喉。

冲在最前方的宦官身体一僵，而后温热的鲜血如泉般从他喉间喷涌而出，溅洒在杨惊春的裙摆上。

他后知后觉地抬手捂住喉咙，脚步一软，连声音都没来得及发出，便朝前倒了下去。

"咚——"

身躯倒地，灰尘溅起，众人面色惊恐地看向杨惊春和她手里的剑，不约而同地纷纷顾忌着后退，显然没料到她会武艺。

李姝菀也神色惊讶地看着杨惊春。她知杨惊春习武，但杨惊春在她面前耍剑时，大多时都慢慢悠悠如舞剑一般，刚柔并济，衣裙纷飞，更似舞姿。

杨惊春耍完刀剑，也总笑眯眯地问她："菀菀，我舞得好不好看？"

李姝菀从没想过有朝一日，她手中的剑会用来杀人。

地上的尸体仍在抽搐，李姝菀望向杨惊春的侧脸，心中倏然镇定了不少。

突然，天边一道雷光乍现，照亮了杨惊春一双璨如星的眼眸和她手中染血的剑。

杨惊春习武多年，却从没杀过人，今日佩剑饮血，莫名令她心中畅快又悲凉。

杨惊春横剑身前，看着这一群吓破了胆的宦官，朗声道："我师从杨炳，师兄乃大将军安远侯，若有不怕死的，便上来试试我手中的剑！"

她话音落下，龙吟般的惊春雷声紧接而至。

轰然一声，震得人心发颤。

杨惊春终归是第一次夺人性命，虽掷地有声，可心中却并不如表现得那般镇定。

她习武是为自保，但从未想过杀人。

股股鲜血从地上尸体的脖颈涌出，顺着脚下的青石流至杨惊春的鞋底。

她神色肃然，没有退后一步，可李姝菀看见她垂落袖中的另一只手握得很紧。

李姝菀抿紧了唇，收回目光，看向对面的宦官。

人总是贪生怕死的多，这些宦官虽体格健壮，然手无寸铁，面对手持利剑的杨惊春，并不敢贸然上前。

不过也无后退之意。

这二人身份尊贵，若今日事成则罢，若让她们侥幸逃脱，等待他们的必然是血溅三尺的下场。

局面一时僵持在此时，宦官们面面相觑，不知如何是好。

忽然，其中一人从一旁草木中捡起一只粗木树枝，壮着胆道："一起上，今日她二人若逃了，你我必死无疑！"

话音落下，宦官们纷纷醒过神来。他们将目光投向小径两旁的杂乱草木中，欲掰下树上粗枝或捡起地上断木，以之作剑。

杨惊春自不可能给他们寻找兵器的机会，她见此，倏然持剑上前，于苍茫暮色中，与他们缠斗起来。

杨炳这些年教她的多是战场上两兵交战时杀人的招，招招狠戾，意在快速夺人性命。

她手中剑势如虹，如游龙而出，快速且刚猛。

宦官手中的木棍无力抵挡，断木落地，剑刃斩开皮肉，下一刻便听哀号声起。

枝上飞鸟惊去，哀声长鸣。

李姝菀第一次在这样近的距离亲眼见证厮杀搏斗，比起恐惧，更多的是无力与自厌。

恨自己体弱无能，竟连忙也帮不上。

血飞溅如雨，分不清是谁的血喷涌而出。杨惊春净如芍药的明艳面容已被温热的鲜血染红，宛如红山茶一般的艳。

李姝菀目光紧随杨惊春的身影，神色担忧，却不敢出声，唯恐自己会打扰她。

第十一章 风雨

她四下寻看,弯腰拾起地上一块松动碎裂的青石板,想看看自己能否帮上忙,然才直起腰,竟见一倒地的宦官悄声从杨惊春身后爬起,捡起手边粗棍,高高扬起,就要砸向杨惊春的背。

李姝菀瞳眸一缩,喊道:"惊春小心——"

她声未落,人已快步冲上前,抬起石头自那宦官背后朝他头顶砸去。

她用尽了力气,砸下的一瞬,连手臂都震得发麻。

只听见一声仿佛骨头碎裂的声音响起,很快,就见宦官发间流出了鲜血。

温热的血顺着他发蒙的脸上流下,宛如一道自头顶裂开的伤痕。

宦官手中还握着木棍,颤颤巍巍地回头看向举着青石的李姝菀,还没能有所反应,杨惊春忽而反手一剑自他颈侧刺出,利落地割开了他的喉咙。

锋利的剑尖稳稳定在李姝菀眼前,又倏然收回。鲜血喷溅而出,李姝菀下意识闭上眼,只觉溅在脸上和颈侧的血温热如泉。

她再睁开眼,就见与她面对面的宦官软如一摊烂泥倒了下去。

地上已横七竖八地倒了七八具尸体,身叠身,头叠脚,有些已经死透,有些还在颤抖。

各个身上的伤口皆血流如注,如一摊浅显的血河不停地向四方扩散。

杨惊春已杀红了眼,抬剑向前,以剑尖直指仅剩的数人。

血液顺着她手中的剑滴落,摔入脚下的河流,她此刻宛如一尊血人。

她猩红的眼盯着宦官,口中气喘,步伐仍坚定向前,逼得众人不停后退。

天边春雷惊闪,细雨如丝,从远方淅淅沥沥飘至头顶,打在密叶间。

凉雨未能浇灭杨惊春心中半分火焰,凉意却令她颤动不定的心绪冷静下来。

她挽起左臂,将剑上血用力在臂间衣裳上擦净,露出刃身锋利的剑光。

她再次抬剑指向面露恐惧的宦官们,脚下步步紧逼,声嘶力竭地道:

"来啊！"

脚下尸体尤温热，余下数位宦官惊惶地看着被血染透的杨惊春，再无人敢小觑她与她手里的剑。

浓厚的血腥气融入温润的春雨中，天地忽而在这细密的雨声中变得静谧。

远方，几团宫灯忽明忽暗，就在这对峙之际，李姝菀听见背后忽然响起一串踏雨而来的沉缓脚步声。

她警惕回首，见一队禁军不知何时出现在了身后数十步远的小径尽头。

天阴带雨，此处又无灯火，李姝菀难以看清为首之人的容貌，只见他手握长弓，拉弦挽箭，将箭尖对准了细雨中背身持剑的杨惊春。

变故只在一瞬之间，昏暗暮色中，箭头寒芒如星，那箭微往旁斜了肉眼难以察觉的微毫之距，随后长箭离弦，破风穿雨而来。

李姝菀呼吸一滞，倏然瞪大双眼，根本来不及出声提醒，脚下一动，下意识飞奔向前护向杨惊春。

冷硬锋利的箭簇擦过李姝菀的身体，她只觉背上一凉，随后一股难以言喻的剧痛从背上传开。

杨惊春毫无防备地被李姝菀扑倒在地，手中剑蓦然松落，摔了出去。

箭簇擦背而过，钉入树干，箭尾游颤，铮响长鸣。

杨惊春闻声，面色凝重地扫过钉在树上的箭，又回头看向扑倒在自己身上的李姝菀。

她抬手扶住李姝菀，面色惊忧："菀菀？！没事吧？"

李姝菀面容已被细雨淋湿，唇色有些苍白，她蹙眉摇头道："我没事。"

杨惊春眉间深锁，看了眼半百步远的禁军，伸手就要去拾剑，可下一刻，又是一箭飞来，箭头斜入青石，钉在她的指尖与剑间。

差一点就射穿了她的手背。

一道冷漠的声音穿过雨幕从小径尽头传来："弓箭无眼，杨小姐千万当心。"

第十一章 风雨

杨惊春和李姝菀听见这声音，皆是一怔，因这声音二人都分外耳熟。

四方天上，划过一道闪电，立在禁军之首的持弓之人在雷光下露出熟悉的面容。

竟是昔日同窗，姜闻廷。

三人都曾在杨家的含弘学堂读圣贤书，朝暮共闻君子之道，李姝菀此刻见到姜闻廷，面上难掩意外。可转念间，她又很快冷静下来。

姜文吟与姜锦同谋，姜闻廷乃姜文吟之子，怎会置身事外。

世家子弟，何人不是以家族利益为先。

昔日同窗今日背道而驰，杨惊春心亦有怒骂万千，可到嘴边又觉得是徒然。

杨惊春收回手，扶李姝菀起身，然而手才扶上她的背，李姝菀却猛然一颤，唇缝里溢出半声痛吟。

很短，轻细一声后，她又将声音吞了回去，似不愿杨惊春担心。

杨惊春察觉不妙，抬手一看，竟染了半掌温热的血。

方才那箭划开了皮肉，伤及了肩胛骨，血肉翻卷，鲜血不断流出，背上已是一片猩红色。

"菀菀……"杨惊春心头一颤，眼睛立马红了，撕下衣袖按住她的伤口。

姜闻廷将长弓递给身边禁军，远远看着雨中狼狈的李姝菀和杨惊春，高声冲宦官道："愣着干什么？还不押了带去见娘娘？"

宦官们这才反应过来，纷纷上前。

他们看了看受伤柔弱的李姝菀，用唯一一捆未被杨惊春的剑斩断的粗麻绳绑住杨惊春的双臂，提着两人站了起来。

杨惊春大骂道："别碰她！她受伤了，你们看不见吗？"

李姝菀眨去眼睫上的雨水，安抚道："我没事的，惊春。"

宦官押着杨惊春和李姝菀沿着小径走，经过姜闻廷时，李姝菀开口道："我原以为姜公子光明磊落，行正途明正道，竟也牵扯进谋反之中，铸下大错。"

他看着李姝菀，不冷不热地道："两党相争，不是你死，就是我亡，何来的对错?"

是啊,何来的对错。

姜家与姜锦一心一体,若祈伯璟登位,姜锦等人活不过三日。而姜家世代累积的财富权势,也要随之归于尘土。

这样的账,姜闻廷又如何会算不清楚。

李姝菀也没想过能劝他归善,她定定地看着姜闻廷的眼睛,道:"姜公子坦荡,只可惜若姜家事败,不仅祸及自己,也牵连万姑娘。"

提起万胜雪,姜闻廷神色微动,扫了眼李姝菀背后的伤,冷漠地道:"比起我,李小姐还是多担心自己吧,别等好戏还没上场,自己便死了。"

杨惊春一听这咒言,立马恼了,若非被宦官压着,恨不得跳起来踹姜闻廷一脚。

她骂道:"狗嘴里吐不出象牙!阿雪姑娘怎会嫁给你这样的人!"

姜闻廷皱起眉,冷冷地扫了杨惊春一眼:"带走!"

第十二章 定局

两个时辰前。

天色阴沉,雨还未落下。

谢真的马车徐徐入山,在将士的护卫下前往山上道观。

今日天阴,行至山脚时天还亮着,一入山,山间深雾很快便掩住了车马的行踪。

山下,有两人鬼鬼祟祟地隐在街边的人群中,他们见马车入山后不见了踪影,立马往皇城方向赶去,不知是向何人通风报信。

山上道观年时久远,颇具声望,香客络绎不绝,山路也常年修缮,马车倒也行得平稳。

今日谢真凤驾入山,李奉渊提前派人清过山路,途中一路不见行人。

马车内,谢真靠坐在软枕上,闭目沉思。

离宫时祈伯璟的话犹在她耳侧,谢真意识到近来宫中必有大变,不免忧心起独在宫中的祈伯璟。

她子嗣福薄,就这么一个孩子,万不能有任何闪失。

谢真睁开眼,屈指轻轻敲响车壁。马车外随行的侍女闻声,开口询问道:"娘娘?"

谢真的声音从车中传出:"去请李将军来,我有话和他说。"

侍女应声:"是。"

没片刻,骑马行在队伍前方的李奉渊来到车旁。

骏马打了个响鼻,迈着铁蹄缓缓与谢真的马车并行。

一人一马在车窗上投落下一道模糊的剪影,李奉渊端坐马上,隔窗问道:"皇后娘娘有何吩咐?"

谢真沉默须臾，缓缓开口："将军明智，想来清楚贵妃费尽心思借太后之口谴我离宫的原因。"

李奉渊持缰望着前方山路，回道："调虎离山。"

谢真微微颔首："是，也不是。太后在上，我在后宫对姜锦并无太大威胁，姜锦想调走的，是将军这只手握兵权的真虎。将军与我入山，太子身边便少一员心腹。太子手无兵权，若宫中生事，岂不危矣？"

谢真此行人尽皆知，祈伯璟与谢真母子情深，担心有贼子匪徒埋伏途中，派心腹李奉渊护送谢真，也无人疑心。

谢真如今虽知道祈伯璟为引蛇出洞而将计就计，但总觉得此计过于冒险。

李奉渊听得谢真的话，忽而侧目朝车窗看了一眼，道："殿下高明远见，娘娘不必过于忧心。"

他或是不知情又或为守密，并未多做解释。谢真听出他话中有话，想要追问，但又担心隔墙有耳，便没再多问。

偌大的队伍护送马车穿行山路间，伴雾而行，一路平静。

又行了半个多时辰，队伍于半山腰停下，稍作歇息。

李奉渊来到马车旁，叩响车窗，恭敬道："此处景色宜人，娘娘可否要下车透透气？"

越靠近山顶道观，山路越陡。谢真颠簸得身子快要散架，合目靠在座中，抬手揉了揉额角，有些疲倦地道："有劳将军，不必了。"

然而李奉渊却像是没听见她的话，接着道："观天色或要下雨，车中备有一顶帷帽，娘娘戴上吧。"

他再三询问，谢真若有所思地睁开了眼，看了眼窗上李奉渊的身影。

他立在车外，似在等谢真回答。

谢真看向车中帷帽，稍加思索后，改口道："也好，那便透透气吧。"

谢真戴上帷帽，遮住面容，侍女打开车门，扶她下车，压低声音道："娘娘，随奴婢来。"

这侍女是临行前祈伯璟送来她身边的，谢真隔着帽纱看了眼一旁的李奉渊，李奉渊以眼神示意，谢真明了，跟随侍女沿小路往林中深处去。

第十二章 定局

众将士只当谢真要去远处方便,并未多想。

片刻后,李奉渊朝另一个方向绕路而行,在山间一隐秘处与谢真汇合。

谢真见他前来,问道:"将军这是?"

李奉渊道:"人人都知娘娘要前往道观为皇上祈福,若宫中有变,道观并不安全。殿下让微臣送娘娘下山。"

李奉渊说罢,忽然以口作哨,从喉咙里发出三声短促的鸟鸣。

啼如春莺,逼真不已,似鸟伴身侧。

春莺声落,前方密树后忽然传来几声窸窣声响,而后从中钻出一名牵着两匹骏马的女子。

那女子穿着与谢真一模一样的衣裳,身形步态都与谢真极为相似。

她牵马上前,向面露讶异的谢真与面容平静的李奉渊行了一礼,而后从马背取下一包袱,将其中两件披风和两张面纱各自递给谢真和李奉渊:"娘娘,将军,请换上。"

说话时,竟连嗓音都与谢真无比相似。

到此时,谢真已大概明白祈伯璟和李奉渊的打算。她没有多问,取下帷帽递给那女子,覆上面纱,系上披风遮住一身锦衣。

那女子戴上帷帽遮住面容,看起来已和方才的谢真一般无二。

侍女搀扶着那女子走向回路,等二人离开,谢真问李奉渊:"李将军,接下来是何打算?"

李奉渊将一匹马牵给谢真,道:"队伍继续上山,微臣护送您前往城中太子殿下的一处别院。"

谢真问:"之后呢?"

李奉渊道:"见机行事。"

谢真早年习武,善马术,她跟随李奉渊骑马沿崎岖小路下山,二人于苍茫暮色里混在人群中回了别院。

别院由周荣带兵把守。李奉渊刚进门,外面便下起雨来,还没喝上一口茶,周荣又火急火燎地找了过来。

他朝谢真行过礼,正色道:"将军,出事了。"

李奉渊少见他如此肃容，眉心不由得微微一蹙："何事？"

周荣快速道："守在侯府和杨府外的眼线来报，李小姐和杨小姐还有抚安公主，半个时辰前皆被请入宫了。"

李奉渊闻言脸色倏变，问道："谁带走的人？"

他走时三番两次叮嘱过李姝菀，若非必要，她必然不会贸然入宫。

周荣看了眼谢真，欲言又止，似担心接下来的话冒犯皇室。

谢真看出他迟疑，开口道："无妨，将军直言便是。"

周荣这才回答李奉渊的话："说是皇上和太后的旨意。"

谢真闻言，直接道："皇上病重，连我去元极宫都被姜锦阻拦在外，没理由他会在此刻召见官家小姐。"

谢真对宫中情况最熟悉不过，她顿了顿，思忖着道："皇上宠幸姜锦，太后又素来与姜锦同谋。请二位小姐入宫和祈宁入宫，多半是姜锦的意思。"

周荣闻言，心头一震："那姜贵妃岂非假传圣旨？"

假传圣旨是诛全族的死罪，姜锦不会不知，她敢走这一步险棋，必有赢局的把握。

谢真看着李奉渊目中惊忧之色，提醒道："李将军，这是计，姜锦这是为了引你入局。"

李奉渊如何不知，可有些局不得不入。

他握紧剑柄，向谢真行礼道："别院重兵把守，娘娘在此处可安稳无虞，微臣先行告退。"

谢真起身叫住他："李将军！"

李奉渊止步，回头看去："娘娘还有何吩咐？"

谢真道："宫中除由皇上亲辖的北衙禁军外，南衙诸军皆是祈宁的人，你统兵有限，一半上了山，一半留在别院，你贸然只身前往，不过以肉喂虎，不如从长计议。"

门外雨声渐密，李奉渊拱手道："多谢娘娘提醒。"

说罢他未再停留，转身步入雨中，阔步消失在阴雨绵绵的暮色里。

谢真见他意决不改，长叹一口气，徐徐坐下。

第十二章 定局

周荣望着李奉渊远去的方向，安慰道："娘娘放心，为将者，手底下再不济，也能挤出来三百兵。"

夜幕深深，元极宫外，宫道两旁禁军沉默伫立。

宫灯映照着禁军手中剑戟，于雨夜下散发出森森寒光。

李姝菀和杨惊春被宦官领着穿过静寂无声的空阔宫道，近至殿门，听见殿中隐隐传出祈宁与姜锦的话声。

声音时高时低，似在争论。

王培持拂尘立在殿门外，看见缓步走近的李姝菀与杨惊春鬓发微散、衣裙带血，心头不由得一惊。

他看着被粗绳绑住的杨惊春，又胆战心惊地扫过李姝菀背上的伤口，露出诧异之色，似没有料到姜锦会命人如此对待两位官家小姐。

李姝菀是由他带进宫的，此刻二人再见，王培对上她的双眸，神色难掩愧疚，有些难堪地避开了目光。

小太监手脚利索地跑进殿内通报："娘娘，人带来了。"

殿内争执声停，宦官领着李姝菀和杨惊春进殿。祈宁压平心绪，回头看来，见李姝菀与杨惊春一人面色苍白血湿背衫、一人满身血色被捆着，方才压下的悲怒又冒上心头。

她看向押着二人不松手的宦官："将人带来也罢，为何还要伤人，还不解开！"

宦官闻声，下意识扫了一眼座中悠哉品茶的姜锦，见姜锦没开口，便也没松绑，躬身讪笑着解释道："回公主，杨家小姐身手了得，杀了奴才们好多人，若松了绑，再动起手来奴才们怕按不住啊。"

杨惊春体轻手纤，哪像是会伤人的武夫，祈宁见识过这帮子宦官凶神恶煞的容貌，只当这是借口。

宦官见祈宁不信，将打斗时身上不慎被剑划开的口子露给她瞧："公主您瞧，这可都是杨小姐伤的。"

不等祈宁开口，杨惊春冷眼睨着他，忽而反问道："难道不该杀吗？"

她浑身被雨水淋湿,衣裳紧贴在身上,勾勒出手臂上若隐若现的结实肌理。

雨水混着血色从她身上滴落,落在地上汇成一摊淡红色的血水,血腥气盖过殿中暖香,闻着格外瘆人。

姜锦抬眸看向面不改色的杨惊春,似欣赏她的气魄,扬唇笑道:"该杀。飞龙走狗,这世上有什么杀不得的人呢。"

她说着,轻挥了下手,示意扣押杨惊春和李姝菀的宦官退下。

祁宁上前,仔细查看着杨惊春和李姝菀身上覆血之处,担心道:"惊春,李小姐,伤着没有?"

杨惊春冲着李姝菀的背抬了抬下颌,小声同祁宁道:"我没事,但是菀菀背上中了箭伤。"

李姝菀背上血虽已止住,但伤口被雨水泡得发白,祁宁拧紧眉心,同一名宫女道:"去取伤药来。"

那宫女恭敬垂首,却不敢应下,将目光投向姜锦,等她的意思。

这宫里,里里外外都是姜锦的人,她不发话,无人敢擅作主张。

祁宁扭头看向姜锦,急道:"母妃,李小姐伤得太重,你既要以她为人质,也要保她性命无虞才是。"

姜锦听得这声焦急的"母妃",看向祁宁担心得发红的眼眶。

母女对视片刻,姜锦垂下眼帘,似怨非怨地叹了口气:"许久不见,你不问一问母妃过得好不好,尽帮着外人,真叫人寒心。"

她向那宫女缓缓开口:"听公主的,取伤药清水来。"

"是,娘娘。"

很快,宫女送来伤药清水。这里没有太医,只能由祁宁为李姝菀处理伤口:"李小姐,请忍着些。"

清水洗过微微翻卷的皮肉,药粉撒上伤口,刺痛得发麻。李姝菀死死咬住唇,冷汗直下,浑身绷如石头。

杨惊春被绑着,帮不上忙,探头看着祁宁动作,教祁宁如何给她包扎。

等李姝菀处理过伤口,杨惊春心里终于缓了口气,毫无形象地盘腿

第十二章 定局

坐下，靠在殿柱上，稍作休息。

李姝菀痛得身体轻颤，脚下有些站不住，靠在柱上，同杨惊春待在一起。

祁宁蹲下身，给坐在地上的杨惊春松绑。

姜锦见她忙里忙外，一心帮着外人，慢悠悠地道："他们都说杨小姐身手了得，你给她松绑了，伤及这殿中人该如何是好。本宫暂且又不能杀她，只好斩下她的双手，才能安心了。"

祁宁知她脾性，语气说得缓和，话却从不作假。她抿紧了唇，不得不停下动作。

杨惊春听姜锦要砍自己双臂，心头骤然漏了一拍，扭了扭身子藏住手上绳结，同祁宁道："别解了，嫂嫂，你娘的话听着怪吓人的。"

祁宁缓缓松开手，心头又恨又痛，沉默良久，看向姜锦，再次开口劝道："母妃，收手吧。太子殿下……"

她话没说完，姜锦似已厌烦她喋喋不休的絮叨，开口打断她："我是你生母，祁铮是你哥哥，你失了魂还是迷了心，不站在娘家身边，一天到晚向着祁伯璟那个外人？"

祁宁袖中手紧握成拳，反驳道："儿臣并非站在祁伯璟一侧，而是站在忠义天理一侧。古来谋反者，有几人得以善终？"

姜锦听得这话，徐徐敛了笑，冷面反问道："忠义？天理？"

她一步步走向祁宁，盯着自己冥顽不灵的女儿："我看你是读多了书，听多了讲学，读蠢了脑子。"

李姝菀和杨惊春看着这对争执的母女，皆没有出声。

姜锦站在祁宁身前，垂眸望入她眼底，讽刺道："你当真以为祁伯璟是什么宽宏大量的君子吗？太傅给他讲的是什么课，他学的是什么道，你可曾亲耳听过？

"他习天子之术，掌控权势、制衡朝臣，绝情断义、以理为首，是天底下最薄情寡义之人。你当真以为他称帝后，会放过我们一家人？"

她说着，冷冷看了一眼角落里的杨惊春，又看向祁宁："一荣俱荣，一损俱损。你是我的女儿，你以为逃出宫去嫁给杨家，他今后就会放过你?"

祈宁红着眼眸道:"不嫁给杨家,难不成要在你的安排下嫁给哪位连面都没见过的逆臣之子,做一枚你手中的棋,这辈子都钉死在谋反的棋局上?"

四目相视,姜锦眼里似有怜惜,又似乎只剩一片烧灼的愤恨:"那你就恨吧,恨你没有投到皇后的肚子里,长在了我的血肉中。"

祈宁用力抓住她的手:"母妃,别斗了!收手吧,趁现在还来得及。"

姜锦看了眼臂上的手,厉声道:"斗还有一线生机,不争便只有一个死字。这么清楚的账,你怎么就算不明白?!"

"您若不在哥哥年幼无知时便教他争权夺位,若这些年不和皇后、太子作对,又怎会走入死局?!"

"便是死局,本宫也要拉着所有人一起死!"

"轰隆——"一道雷光划破夜幕。

祈宁望着姜锦偏执冷漠的面庞,缓缓松开了她的手,摇头呢喃:"你疯了……"

殿外,密雨骤急。

殿中银盏烛泪成堆,明烛已燃过半,殿外大雨依旧未停。

一番争执后,祈宁似已筋疲力尽,站在殿门内,轻仰着头,失神地望着夜色。

夜幕如炭木烧尽后残留下的厚重余灰浮在天际,暗得看不见一丝月光。

忽而,宫道尽头浮现出几抹火光,火光于雨中匆匆靠近,姜闻廷带着一队手持火把的禁军匆匆浴雨而来,湿着盔甲大步入殿。

姜锦显然一直在等他,见他入殿,正了神色,忙询问道:"如何?"

姜闻廷扫了一眼柱旁的李姝菀和杨惊春,拱手向姜锦行礼,回道:"禀娘娘,微臣已派人以皇上旨意请太子前往元极宫,然太子闭门不见,抗旨不应宣召。"

雨水从他眉间滴落,他顿了顿,接着道:"属下未见太子身影,不知他是否在东宫。"

第十二章 定局

违抗皇上谕旨，避身隐而不见，祈伯璟显然已经察觉到了风声。

姜锦讥笑道："披着王八壳的狐狸，倒是会躲。棋局已开，我倒要看看他能躲到什么时候。"

她言之凿凿，似笃定今夜谋划必成。

姜闻廷直起腰，抹了把脸上冰凉的雨水，又道："娘娘，还有一事。"

姜锦侧目看他，姜闻廷道："方得到消息，李奉渊带三百将士，两刻钟前从北门进了宫，眼下正朝元极宫来。"

殿柱旁，李姝菀听见这话，倏然抬眼看了过来，很快便想明白了姜锦的计谋。

无圣上旨意，将军私自带兵入宫，在外人看来，实乃谋反之举。

姜锦命禁军把守在元极宫外，只要李奉渊带兵进宫，她便可借平乱之由将李奉渊就地处死。

李姝菀看向伫立在雨中的数百禁军，面上看似平静，可袖中的手却紧握得颤抖。

姜锦想看见的便是李奉渊自乱阵脚：他带兵入宫，太子一党便成反贼；他犹豫不定，祈伯璟今夜便得孤身葬身宫中。

他来或不来，都在姜锦的预料之中。

姜锦目露喜色，痛快道："好！"

李奉渊护送谢真入山调走大半，余下三二兵卒，在姜锦看来，实在不足为惧。

为将又如何，皇城脚下，无兵权虎符，也不过任人宰割的凡胎肉身。

姜锦出门，从袖中掏出一只巴掌长的烟火，朝着天燃放。烟火直飞入天，于夜幕下炸开，一抹红光乍现，眨眼而逝，绚烂至极。

姜闻廷沉默地看着那一闪即逝的烟火，而祈宁也看着那抹红光，她忽而意识到什么，看向姜锦，低声问："哥哥是不是在京中？"

姜锦闻言，含笑看着她："怎么，现在总算忘记你的太子殿下，想起你血浓于水的亲哥哥了？"

她心情大好，话中笑意动人，好似寻常百姓家母女话家常，可祈宁看着她的笑，却只觉得心中一阵阵冷寒。

姜锦见她面色苍白，抬手轻轻抚过她被夜风吹得冰冷的脸庞："乖女儿，怕什么？怕事成之后，母妃和哥哥抛下你独享荣华？"

不等祈宁回答，姜锦又笑着问："还是怕事成之后，母亲杀了你的太子殿下与你的夫君？"

祈宁动了动嘴唇，想说些什么，姜锦却竖起食指抵在她唇瓣做了个噤声的动作："别急，夜还长，何止他们，有得杀呢。"

姜锦收回手，轻笑一声，将目光投向殿柱旁面色苍白的李姝菀："今夜，就从李奉渊杀起。"

她抬步缓缓走向李姝菀，抬指轻轻指向李姝菀，思忖着轻言细语地道："杀了他，再杀你，让你们二人黄泉团聚，如何？"

李姝菀宛如看疯子般看着姜锦，眸色冰冷，没有应答她的疯话。

被绑着的杨惊春忍不住骂道："疯女人。"

姜锦被骂，不怒反笑，看向地上盘腿而坐的杨惊春，夸赞道："真是漂亮明艳的一张脸，难怪祈伯璟要亲自求皇上封你为太子妃。"

她嘲弄地扬起唇角："可越是位高权重者，越是重权轻情，你说，你这位太子妃得他心中几分情？不如本宫帮你个忙，将你的手砍下来，血淋淋地送到他宫中去，看看他会不会来救你？你也帮本宫一个忙，引他现身，看他避而不出，究竟在谋划什么。"

姜锦笑着道出令人心惊的话，可在场之人却没有一人敢将她的话看作玩笑。

姜锦说完，转身看向姜闻廷手中的剑，似打算现在就斩下杨惊春的手。

姜闻廷搭在剑柄上的手微微握紧，而靠在殿柱上的李姝菀也变了脸色。

杀意猛起，李姝菀看着背对她仅仅三步远的姜锦，忽而动了起来，在众人都没来得及反应之时，她抄起一旁梨木架上的玉瓷瓶，快步上前，用尽力气朝姜锦头上砸了下去。

元极宫里里外外都是姜锦的人，宦官、宫女，乃至姜闻廷的一队手持兵器的禁军。所有人都没有料到李姝菀会不要命地突然发难。

可李姝菀就是持瓶砸向了姜锦。

一声清脆的瓷器碎响，全然碎了一地。姜锦痛吟出声，有些狼狈地跌倒在地。

这一声惊醒了殿中愣神的众人，宦官宫女大喊着"娘娘"，一脸惊慌地涌上前，颤抖着手跑去扶姜锦。

李姝菀仿佛听不见外界之声，一双眼死盯着倒地的姜锦，抓起地上的一块碎瓷，犹如一只突然暴起的伤鹿，猛然朝姜锦扑了过去。

便是祈宁也被李姝菀此举吓住了，她只知自己的母妃是疯子，没想到温婉的李姝菀也疯魔至此，她下意识道："母妃！"

只可惜李姝菀慢了一步，一宫女见李姝菀扑来，反身挡在了姜锦面前。瓷片割开了她的后颈，但未伤及姜锦分毫。

姜闻廷见此，大步上前，提着李姝菀的手臂拉开她。

李姝菀这一击看似猛烈，也不过憋着一口气，呼吸一乱，气血上涌，眼前阵阵发白。

手中瓷片落地，露出被割伤的掌心。

温热的鲜血顺着掌纹流下，李姝菀呼吸粗重地喘着气，如一摊烂泥坠下去。

姜闻廷察觉手上下沉的重量，微微怔了一瞬，低头看向冷汗如雨下的李姝菀。

她苍白的脸紧绷着，可一双眼恨意滔天，仍锐利非常，不似深闺里的姑娘，更像是蛰伏已久的雌豹。

从前在学堂被欺辱也不敢应声的姑娘如今也已生出了血性。

姜闻廷提着李姝菀的手臂将她拖离姜锦数步之远，松开她的手，任由她瘫倒在地。

杨惊春膝行至李姝菀身侧，焦急地道："菀菀，你没事吧！"

姜闻廷拧紧了眉，焦心地看着殿中这场乱局，深深地叹了一口气。

姜锦扶着流血的脑袋，在宦官宫女的搀扶下缓缓站起身，回首满目恨意地盯着李姝菀，俨然已起了杀心。

然就在此时，脚下的地面忽然微微震颤起来。

一探子快步入门，跪倒在姜锦面前，垂首道："娘娘，安远侯芾三百兵卒，已在宫门外！"

姜锦看了眼手上的血，怒极反笑。

她眯眼望向宫道尽头，数百人乌泱泱连成一片，持器杀入宫门。

宫道旁等候已久的禁军一围而上，抽刀拔戟，面向来人。

李奉渊持剑而立，冷眼扫过这禁军人墙，看向灯火通明的大殿。

冷而沉的声音远远传入殿中："微臣李奉渊，请见皇上。"

李奉渊来得及时，若晚上片刻，李姝菀或便会被怒极的姜锦杀死在这大殿之中。

姜锦推开搀扶她的宦官宫女，独自缓缓站直了身。

她用手擦去从发中流至额前的温热鲜血，瞥向李姝菀，冷笑了一声："哼，来得巧，恰好送你们二人下黄泉。"

"押她出来。"姜锦说着，一甩宽袖，朝殿门走去。

李姝菀这一下砸得太狠，细看之下，姜锦脚步虚浮，竟行不大稳。

宫女心惊胆战地看着她一步步缓慢走出大殿，却又不敢去扶她。

祈宁虽怨姜锦，可姜锦终究是她母妃，她看着身形微晃的姜锦，手臂下意识抬起，想上去搀扶，可最终又握拳收回了手，站在原地没动。

宦官押着李姝菀行至殿外，面向李奉渊所在的方向站着。

冷雨斜飘入檐下，打在身上，夜风一吹，阴冷气似渗进了骨头里。

李姝菀身上的衣裙已经湿透，她的身体有些控制不住地抖，或是冷的，又或是背上的伤太疼。

然而即便身体颤抖，但她脸上并没有表现出丝毫脆弱之色。

她隔雨看着持剑站在三百将士前方的李奉渊，只是眼眶有些红。

她没有喊他，也没有哭闹，强撑着摇摇欲坠的身体，宛如一根柳木立着。

她不想他担心。

相隔半百步的距离，李奉渊也看着她的方向，在看见李姝菀被宦官压着后，李奉渊面上虽没有表现出任何关切之色，却下意识紧了紧手中的剑。

第十二章 定局

夜雨如丝，落在将士手中一把把锋利的刀剑上，刀面剑身映照出将士坚毅冷肃的面容，数百人持器冷面相对，而场面却诡异得没有一丝声响。

姜锦眯眼远远地看着李奉渊，高声开口："宫禁已下，安远侯此刻带兵入元极宫，是要谋反不成？"

一旁的宦官清了清嗓子，正要替姜锦传声，然而远处的李奉渊却仿佛听得见姜锦的声音，回道："微臣奉太子殿下之命，肃妖妃，清君侧。"

"清君侧？"姜锦冷冷扬起唇角，信口雌黄道，"依本宫看，是太子等不及，要趁皇上病重弑君父夺位，何必假借这样一个冠冕堂皇的借口。"

她颠倒是非，抢占忠正之名。李奉渊冷眼看着她，沉声道："后宫干政，妖妃祸国，其罪当诛。"

姜锦似觉得有趣，闻言面露讥色，没忍住笑出了声。

诛？

她望向宫墙外若隐若现的、靠近的火光，唇边笑意愈深。她倒要看看，他这区区三百将士，今日如何诛她。

姜锦行至李姝菀身侧，抬手抓住李姝菀的发，用力往后一拽，迫使她抬起头。

发丝扯拽着头皮，疼得厉害。李姝菀蹙起眉心，抿紧了唇，没有发出一点痛声。

她冷眼扫过李姝菀苍白的面容，顺着李姝菀不屈的视线看向远处的李奉渊，大声道："素闻李将军与李姝菀二人情深，羡煞旁人，不知道她的命，能否让李将军放下手中诛本宫的剑？"

殿门处宫灯明亮，李奉渊远远看去，虽看不见李姝菀的神色，却能看见夜雨宫灯下她被身旁的宦官反剪着双臂的纤细身影。

他护在心尖上的人，此刻却被如此对待，李奉渊心头说不出是痛更多，还是怒更重。

他屈起左臂，横刀胸口，擦去剑刃上冰凉的雨水，声音冷得没有丝毫情绪："我若放下刀剑，怕会被贵妃娘娘让人砍得连骨头都成渣子。"

他分明听见了姜锦的话,但没有问起李姝菀一字,也没有多看她一眼,似压根不在意姜锦拿她做威胁。

他装得太平静,连姜锦一时都信了。

她察觉出李奉渊漠不关心的态度,有些可惜地松开了李姝菀的发:"我道你二人情有多深,原也不过如此。"

宫墙外,火光逐渐变得越来越亮,也越来越近。

脚下的地再次震颤起来,祈铮带领着数百将士如鱼涌而入,形前后包围之势将李奉渊与他的三百亲兵围在其中。

祈铮勒马停下,淡淡地扫了眼被围的李奉渊,朝姜锦远远拱手行礼,正色道:"儿臣祈铮,前来救驾!"

"好!"姜锦等的就是祈铮的将士。

她大笑两声,看着李奉渊,讽刺道:"三百将士与近千禁军,本宫倒要看看,安远侯今日要如何破局诛本宫!"

祈铮闻言,一声令下,僵持许久的局面终于在夜幕中被这声带着血腥气的嘶哑长吼打破。

"杀——!"

雨夜,声震屋瓦,刀光剑影,杀意盈天。

短兵相接,一人接一人倒在染血的金戈下。将士已分不清倒地的究竟是敌是友,身上溅的又是谁的血。

追随李奉渊的亲兵大多都曾隶属李瑛旧部,在西北吃了十多年黄沙,历经大小战事,浴血杀出的一身本领,实骁勇难敌。

护卫锦绣皇宫的近千禁军对上李奉渊手下杀敌无数的三百兵蛮子,本以为是轻松压制的局面,可一时间,祈铮所领的禁军竟未占到多少便宜。

然而在这开阔之地面对面持器拼杀,终究是寡不敌众,照这样下去,李奉渊三百将士迟早会被这一千禁军围绞得连骨头渣子都不剩。

殿门前,李姝菀面色忧急地看着憧憧人影中李奉渊拼杀的身影。

一旁的姜锦同样望着雨幕中的乱局,只是相比李姝菀紧绷的脸色,她神色镇定自若,显然并不担心今夜一千禁军会输给李奉渊区区三百将士。

她扭头瞥向姜闻廷,给他使了个眼色,而后朝李奉渊的方向轻抬下颌。

姜闻廷了然,朝一旁抱弓背箭的禁军伸出手:"弓来。"

禁军奉上弓箭,姜闻廷往前两步,站在阶前,挽弓搭箭,缓缓拉紧了弓弦。

箭尖寒芒如星,直指持剑拼杀的首将李奉渊。

李姝菀见此,面色惊变。

她领教过姜闻廷的射艺,箭裂青石,足以射穿人身肉骨。

李姝菀看了眼人群中毫无察觉的李奉渊,下意识猛然挣扎起来。宦官未料及此,只觉手中抓着的双臂如泥鳅般滑出去,竟当真被她挣脱开了束缚。

李姝菀两步猛冲上前,千钧一发之际,用尽力气撞向了姜闻廷。

弓弦紧绷,弦上箭蓄势待发。这一撞,姜闻廷身体不受控制地微微一偏,手中箭倏然离弦斜飞而出,射在李奉渊一步之距的一禁军脖颈上。

箭穿喉颈,那人僵硬了片刻,不可置信地抬手抚上身前的箭,口吐血沫倒了下去。

李奉渊听见身后人倒地,惊觉回头。他从面前的敌军胸膛抽出剑,扫了眼尸体胸口震颤的箭尾,抬起溅满血液的脸,看向箭来的方向。

李姝菀看见李奉渊无恙,神色微微一松,浑身强撑起来的半分力散去,整个人站都站不太稳。

失手的宦官不等姜锦发怒,淌着冷汗快步上前,反扣住李姝菀双臂,将她粗暴地压跪在冰冷的地面上。

姜锦满面怒气地看了眼李姝菀,骂道:"废物,连个受伤的女人都压不住!"

宦官不敢应声,纷纷垂首跪地,大气都不敢喘,可手底下的力道却压得更重,压得李姝菀直不起腰。

一时,李姝菀眼前阵阵发黑,只觉得手臂仿佛要被折断,背上的伤口也裂开了。

鲜血浸透纱布,被血染红的衣裳此刻颜色更重,仿佛数层血衣粘在她身上。

她的身体微微颤抖着,唇上的血色从伤口流走,本就白净的脸庞此刻在昏黄的宫灯下苍白得几乎发透。

一箭不成,姜闻廷又搭一箭。然而对于李奉渊这样身经百战的将士,一旦察觉暗箭所在,生出警觉之心,下一箭便很难再中。

姜闻廷连射三箭,箭箭被李奉渊斩断。

姜锦似已失去耐心,面色一点点冷了下去。

她忽而抽出一禁军腰间的剑,走近跪地的李姝菀,将剑抵在了李姝菀的脖颈上。

冰冷锋利的剑身搭在肩头,靠上颈侧,立马割出了一道猩红的血线。

一缕温热的鲜血顺着脖颈流入衣襟中,李姝菀身形一僵,不敢乱动。

姜锦望着下方的李奉渊,冷面高声道:"李将军骁勇善战,让人钦佩。可李将军若执迷不悟,还不缴械投降,本宫便斩下李姝菀的头颅来祭将军剑下我亡故的禁军!"

声音远远传来,淹没在周围厮杀的怒吼中,本该听不清这声音,然而李奉渊冥冥之中却似乎听见了这威胁。

他抬起挂着血水雨珠的眼睫,朝殿门的方向看去,深沉的目色落在李姝菀脖颈间泛着银白光泽的长剑上。

李奉渊瞳孔一缩,蓦然慌了神。

他下意识朝李姝菀的方向行了一步,就这失神的短暂瞬间,背后便中了一记重刀。

刀身嵌入盔甲,没入皮肉,瞬间见了红。

李奉渊被这一刀砍得往前倒了半寸,半边身子都麻了。

剑架颈侧,李姝菀却顾不得自己,她见李奉渊中刀,蓦然睁大了眼,面色忽而空白了须臾,气声吞进喉咙,恐惧得发颤。

隔得太远,李姝菀看不清晰那一刀究竟有多重,只见人群中的李奉渊整个人脱力般往前倒了下去。

身影消失在视野中,而周遭见李奉渊受伤的禁军统统持器朝他涌了

第十二章 定局

上去。

李姝菀见此，茫然的神色突然变得极其焦急恐惧。她奋力挣扎起来，连抵在喉间的剑也不顾得。

"放开！"她膝下前挪，想要到李奉渊身边去。

然而无论她如何挣扎，都被宦官擒住双臂压跪在地动弹不得。

"放开我！滚开！"泪水从眼中涌出，李姝菀喉咙仿佛被细针密密地缝了起来，紧得发痛。

挣扎换来更加粗暴的压迫，李姝菀半个身子都被迫弯了下去。

她用力仰起细颈，抬起一双发红的眼死死盯着下方的混战，寻找着李奉渊的身影，可怎么也不见他起身。

"李奉渊……"

一时间，莫大的恐慌宛如冰冷的湖水将她淹没。

她唇瓣颤抖着，用尽力气徒劳而又声嘶力竭地喊着他的名字："李奉渊！！！"

重刀落下，李奉渊顺力朝前倒地。

禁军围上前，欲以长戟将他困于地面，李奉渊滚地半圈躲开背后接连袭来的刀戟，而后迅速跪地直起上身，架剑挡住迎面而来的利刃。

他周身肌肉紧绷如石，脚底发力，蹬地直膝起身，挥开面前滴血的刀剑，侧身一斩，以蛮力生生断了对方的剑戟，举剑砍下敌军的半个头颅。

半颗脑袋落地，鲜血从齐整的断口喷溅而出，宛如血雨溅洒在一围而上的禁军身上。

头骨坚硬，他这一剑之力不容小觑，禁军被他的勇猛之气所震慑，不由自主地后退了数步，警惕地盯着他手中被血覆住看不出原貌的利剑，迟疑着不敢上前。

敌人的鲜血顺着李奉渊的眉骨流下，将他的面容染得猩红。他周身腥气浓烈，已分辨不出是他的血味还是他人的。

将士退开，李奉渊染血的身影再次显于夜色下。

李姝菀茫然无助的目光在看见那身影时，瞬间安定下来。她停止了挣扎，仰起头颅远远地看着他，脸上的神色呆愣而复杂，说不清是忧痛更多还是失而复得的欣喜更深。

左右拼杀的将士见李奉渊受伤，迅速围上来，护在他身侧。

"将军！您受伤了？"

李奉渊感受着背上的伤口，能察觉到鲜血顺着背脊流出的些微痒意。

他微蹙了下眉，道："小伤。"

"上前围住他们！"忽而，祈铮一声令下，禁军持剑戟围绕成圈，将李奉渊和他身边的部下围困其中，警惕地盯着他们的一举一动。

李奉渊左手摸索到盔甲下的系带，用力拉紧，止住背上涌流的鲜血，挽起长剑，将剑身上的血污在护臂上拭去，抬起一双血眸定定地看向了殿门前被扣押跪地的李姝菀。

相隔百步之距，李奉渊看不清她的眼，可在这相交于夜雨的模糊目光中，他能清楚地感受到她此刻的忧惧。

姜锦抓起李姝菀的发，迫使她露出纤细的脖颈，将手中剑抵上她的咽喉，怒声道："李奉渊，还不让你的人放下刀剑！你连她的命也不要了吗？！"

李奉渊红着眼盯着这一幕，久久没有应声。

伤重之时，血涌过急，人反而察觉不到痛苦。

然而此刻，李奉渊却觉得自己背上才受的伤仿佛裂开溃烂了，痛得他手指都忍不住地颤抖。

可既然如此，他手中的剑却没有丝毫抖动，仍旧紧握在他掌中。

冰冷的雨水打在李奉渊的脸上，他脸上没有一丝表情。

身边的将士看着周围虎视眈眈的禁军，手持兵器，无声地等待着李奉渊的命令。

他们信任他，信任他们的将军这一次仍旧能够带他们杀出重围，犹如从前所经历的每一次必败的死局。

而李奉渊不能辜负他们的信任。

他是将，为将者，绝不会拿手下将士的命为自己的私欲去冒险。他

第十二章 定局

可以放下剑,但他的将士不能随他一起缴械投降。

李奉渊紧绷着脸,有水在他眼中,分不清是泪还是雨水。

淅沥雨水敲在檐上,又滴落进檐下的水缸。一时,雨声盖过了金戈声,这偌大的元极宫竟又平静下来。

李姝菀知李奉渊,也懂他的选择,她看着与将士共立雨中的李奉渊,生死之际,脸上浅浅地露出抹笑意。

她忽然想起自己刚到李府被姜锦派来的嬷嬷欺负的时候,李奉渊那时并不喜欢她,可在别人欺负她时,依旧会毫不犹豫地为她出头。

是非面前,李奉渊从不以自己的喜恶行事,而是选择正确的决定。

从前一样,今日也会一样。

李姝菀并不难过,反而因姜锦失算而觉得格外痛快。

姜锦见李姝菀不惧反笑,用剑身抬起她的下颌,问她:"笑什么?"

李姝菀笑声轻细,可却不曾停,仿佛在嘲笑姜锦。她低声开口:"你威胁不了他,他若是受胁便降之辈,又怎能平定西北?"

成败已定,姜锦让李奉渊缴械,无非是想在面对祈伯璟时手上多握一枚活着的棋子。

李奉渊不肯降,姜锦也不怒,她露出抹疯笑,轻声开口:"既然不能以你胁迫他,那留你也无用,不如直接杀了你。"

她说着,就要动手。

"母后,不可!"殿中的祈宁见此大惊失色,想要上前阻拦,却被禁军持戟拦住。

场面凶险,仅隔着两步立在姜锦身侧的姜闻廷,紧盯着姜锦的一举一动,缓缓握住了腰间悬着的长剑。

姜锦双手持剑,高高举起。

姜闻廷随之无声地拔剑而出。

就在这时,一支漆黑铁箭从宫门外暗中飞出,铁箭刺破夜风冷雨,掠过众人头顶,如笔直闪电般直冲姜锦而去。

"叮——"

一声铮响。

铁箭射中姜锦手中的剑，随之方向一转，斜飞入檐柱中。

姜锦只觉手臂一麻，猛然脱了力，手中剑倏然掉落，剑刃朝李姝菀脖颈落下。

姜闻廷神色一凛，手疾眼快地出剑，将那剑挑飞出去，摔落在地。

人群之中，李奉渊后怕地闭了闭眼，紧得发涩的喉咙里松出一口颤抖的气息。

他抹了把脸上的血雨，高声道："众将士听令，随我破围！"

身侧将士齐声回道："是！"

声音一落，乱战又起。

可姜锦却不再胸有成竹，握着钝痛发麻的手腕，惶惶不安地看了眼那柱上的铁箭，退后数步，躲在了一禁军身后。

夜色太深，姜锦没有看见这铁箭是何人放出，但绝对不是在场之人。

她意识到什么，抬眸望向漆黑无光的宫门。

忽然间，脚下的青石仿佛地动般微微震颤起来，如有千军朝此处逼近。

漆黑的宫门外，重重脚步声响起，抬眼看去，只见一片乌泱泱的人影直奔元极宫而来。

声势浩大，比祈铮所领的近千禁军强数倍不止。

祈铮察觉出不妙，眼睛紧盯着宫门，边战边缓缓地朝殿门处退去。禁军见主将后退，心中也生出了退意。

数人御马快步驰入宫门，身后紧跟着望不到头的数千大军。

为首之人手持长弓，身着玉冠蟒袍，正是一夜也未现身的祈伯璟。

他勒马停下，高坐马上，居高临下地扫过场上的局势，只语气沉冷地道了一个字。

"杀。"

螳螂捕蝉，黄雀在后。眨眼之间，攻守易形。

祈伯璟命令一出，将士蜂拥而入，迅速与李奉渊的亲兵合围对祈铮所领的禁军进行反扑。

援军来势汹汹，禁军慌乱迎战。然寡不敌众，数千大军一半包围在宫外，一半如蝗虫涌入宫门，席卷过战场。

姜锦胆寒地望着这不知从何处冒出来的将士，心头一时冷如冬日死湖。

祈伯璟哪里来的兵……

兵败如山倒，禁军一个接一个倒在剑戈之下，庭中哀号惨叫声此起彼伏，又逐渐归于平息。

祈铮看着庭中成堆的尸体，最终退无可退，苦笑一声，弃了刀剑。

将士持器上前，束缚他的双臂，押着他朝马上高坐的祈伯璟跪下去。

青石地面已看不出原色，覆着厚厚一层流动的鲜血，温热似流泉，雨水也冲刷不净的腥热黏意。

祈铮膝盖砸地，"咚"的一声，仿佛被死死定住，再直不起腰身来。

祈铮没有看眼前的祈伯璟，而是回过头看向了姜锦所在的方向。

他歉疚地扬起唇角，脸上露出了一个寥落的笑。

抱歉，母妃，儿子终究敌不过太子。

殿门前，姜锦的目光凝在如犯人般被扣押在地的祈铮身上，脚下往前踉跄了一步，又在一地尸体面前生生停了下来。

将士上前，围在殿门外的阶梯，手中染血的剑戟指向姜锦。

直至此刻，姜锦不得不承认她败了，败得彻底。

祈伯璟骑马跨过地上尸体，不疾不徐地朝她走近。

姜锦厌憎地看着马上的祈伯璟，缓缓朝后退了半步。

然而——

她忽而想起什么，扭头看向大殿，随后一把夺过禁军腰间的长刀，快步入殿。

姜闻廷见此，皱了下眉，亦随之入内。

姜锦步子迈得极快，仿佛身后有阎罗索命。她半步不停，径直朝着内殿去。

然而忽然间，她余光瞥见殿柱旁的杨惊春，不带任何情绪的目光定定地在她脸上凝视了一瞬，脚下陡然掉转了个方向。

杨惊春盘坐在地，仍旧被绑着双手，看守她的宦官和宫女知道外界起了宫乱，但不知究竟发生了什么。

但他们观姜锦手持长刀、容色苍白如鬼魅，也大概猜到今夜注定不祥，齐刷刷跪了一地，恭敬中又带着说不出的恐惧："娘娘……"

姜锦没理会他们，一双眼死死盯着杨惊春的脑袋。

杨惊春见姜锦面无表情地提刀朝自己走过来，神色一变，蹭一下站起身就要跑。

姜闻廷亦看出了姜锦的意图，暗道不妙，上前赤手夺过刀。

姜锦手中一空，猛回头看去，还没瞥清，下一瞬那锋利的刀刃便抵上了脖颈。

冰冷触感若即若离地抵在喉间，姜锦身形蓦然僵住，低头看了眼横在颈前的剑，目光寻着刀身一寸寸看去，最终落到持剑之人的脸上。

"姜闻廷？你想干什么？！"

杨惊春靠立在柱侧，紧张又不解地看着姜闻廷，显然也不明白他为何临阵倒戈，与姜锦反目。

姜闻廷还是端着那副冷淡的神色，看了眼杨惊春，道："不干什么。只是杨小姐乃太子妃，玉体尊贵，不容有损。"

他说着，刀刃一转，割开了绑在杨惊春身上的粗绳。

杨惊春身上一松，意外地看着姜闻廷。她动了动酸痛的手臂，跨过地上一众太监，躲至一旁。

祈宁上前同她站在一起，一起看着这出乎意料的冲突。

姜锦后知后觉地反应过来，看了眼殿门外踏上阶梯的祈伯瓓，又看向姜闻廷，警惕地后退："你是太子的人？"

事已成定局，姜闻廷也不再隐瞒，坦荡地承认："是。"

姜锦神色僵硬，目中满是愤怒："姜文吟这贱人，竟然叛我？！"

姜闻廷挑起眼皮看她："娘娘误会，父亲他自始至终都是站在娘娘一边的。"

姜锦缓缓明白过来，不可置信地道："你将你父亲卖给了祈伯瓓，弃家族于不顾？"

姜闻廷反驳道："父亲昏聩，利欲熏心与娘娘合谋造反，架族中百人于断头刀下，这才是弃家族于不顾！弃我母亲与其家族于不顾！"

造反，是诛三族甚至亡九族的死罪。

姜氏一族、姜闻廷外祖父一族，甚至万家，都要受牵连。

成则为逆臣贼子，败则满族白骨。

当年在含弘学堂读书时，课上先生所讲的棋坛旧案姜闻廷一直记得。

一人之失，满族受害，他的母亲、妻子都难逃一死。

蒋氏明笙在前，姜闻廷绝不会让怀有身孕的万胜雪成为下一个无辜受牵连的蒋氏。

先生的课没有白教，姜闻廷自幼读的圣贤书也没有白读，忠义礼法，总有一字听入了耳中。

姜锦仔细端详着姜闻廷的神色，忽而粲然一笑，了悟地道："你知道了。"

姜闻廷没有说话，姜锦笑意更浓："你知道你父亲与本宫的事，你要替你母亲杀他。"

不等姜闻廷回答，她又疯道："杀得好！那畜生早就该死！"

祈宁看着宛如失了心智的姜锦，眼中泪光闪烁。

这人祈宁恨不得，舍不下爱，眼睁睁地看着她走到这一步，走入穷巷，成为众矢之的。

"母妃……"

姜锦闻声，脚步一顿，看向朝她走近的祈宁。

她抬手轻抚上祈宁的脸颊，此时此刻，她眼中竟流露出些许温情。

但不过须臾，她又被心中恨意所覆盖。她瞥见祈伯璟入殿，用力一把推开祈宁，大步朝内殿走去。

祈宁狼狈地后退了数步，流泪看着姜锦。

姜锦拔下头顶簪子，攥紧手中，姜文吟必死无疑，但还不够，她还有一人可杀。

内殿窗扇紧闭，空荡静寂，只能听见外界的雨声敲打屋檐的声响。

殿内燃着的灯烛已经熄灭大半,只剩墙角寥寥数盏宫灯还亮着。

微弱的宫灯照不亮高阔的大殿,半明半暗中,姜锦快步踏上阶梯,走向龙榻。

华丽的裙摆拖在身后,在干净的地面留下一道湿长逶迤的水痕。

"皇上,皇上您醒醒!"她侧身在龙榻旁坐下,声声唤着昏睡的老皇帝。

皇帝闻声转醒,徐徐睁开了浑浊的双眼。

姜锦低头看着他,脸上挂着疯癫又焦急的神色:"皇上,大事不妙,太子反了!"

皇帝早已被姜锦的丹药毒害得昏聩痴呆,听见这话,也只是睁着迷茫又昏沉的眼看着她,像是没能认出她是谁。

姜锦掌中尖锐的簪子就隔着一线的距离抵在他的喉咙间,轻易便能刺进那松弛疲老的皮肤中。

皇帝没有察觉到这近在咫尺的危险,偏头缓缓看向一旁案几上的茶壶,有气无力地伸出手:"水……我要喝水……"

姜锦见他痴傻,恼羞成怒地掀开床幔,扶皇帝起身,指着大开的殿门,语气阴狠地在皇帝耳边道:"您瞧瞧!睁开您的眼睛仔细看看,您的儿子造反了!"

兵甲与脚步声逼近内殿,浴血的将士手持灯火,涌入殿门,镇守在门口。

灯火照在将士手中的利器上,染血的刀刃反射出血红的光亮。

祈伯璟一身湿透的锦衣踏入内殿,抬起眼眸,看向床榻上的皇帝和姜锦。

姜锦挑起眼角斜睨过去,抬手盈盈一指殿中央的祈伯璟,又一个个指过站立不动的将士,附在皇帝耳边,蛇蝎般低语:"您瞧瞧,太子带兵杀进了元极宫,要夺您的权、篡您的位呢,您还不下旨杀他?!"

皇帝佝偻着身躯坐在床榻边,几缕枯草般的银丝散落在脸旁。他睁着昏花的眼一动不动地望着殿中孤身独立的身影,干燥苍白的嘴动了动,嗫嚅了两声听不清的胡话。

第十二章 定局

若非龙袍加身，此刻的皇帝看起来就犹如一个失智的老者，不见半分当初的威仪。

祈伯璟看着龙榻上消瘦如柴且神智痴愚的皇帝，缓缓皱紧了眉头。

但他脸上并无诧异的神色，似乎早料到皇帝会在姜锦的照拂下变成这副模样，也清楚姜锦在给皇帝下毒药。

他站在内殿中央，垂首抬袖，恭敬而端庄地朝着皇帝行了一个礼："儿臣祈伯璟，拜见父皇。"

清朗的嗓音响在大殿中，很快归于沉寂。

然而这话一出，皇帝竟有了些反应，动了动眼珠，像是认出了他，艰难地扶着床架起身，迟缓地朝他行了半步，嘴巴里含糊不清地道："太子……太子……"

不是儿子，而是太子。

临到头，这位皇帝连身边人都不记得了，唯独记得他亲立下的太子，将来的帝王。

父子情薄，然君臣义厚。

对于皇帝而言，比起那些个多得记不清名字的儿子，大齐的储君显然才最为重要。

姜锦随皇帝起身，搀扶着皇帝，而她握着簪子的手，一直没离开过皇帝的喉颈。

她用往日那柔媚含情的声音在皇上耳边道："下旨吧，皇上，命您这不忠不义的太子自戕谢罪，以血告苍天。"

姜锦说这话时，神色中带着一抹难以掩饰的疯狂，好似当真想用这样简单的法子令祈伯璟就范。

可今日祈伯璟兵立殿中，便是皇上清醒如常，下旨要他自裁，祈伯璟怕也不会听令。

祈伯璟听见了姜锦的话，没什么表情地看了她一眼，同身后的将士道："带秦王进来。"

将士一层层传话，殿外，跪在雨血中的祈铮被人押着，脚步沉重地走进外殿。

外殿，祈宁含泪地看着一步步行得狼狈的兄长，开口喊了他一声："哥哥……"

祈铮侧目，透过散落的发看向她。他自知活不过今夜，然脸上竟还挂着半抹笑，只是眼神深刻，似想用这一眼将祈宁烙印在眼底。

他什么话也没说，短短片刻，便收回了视线。将士领祈铮进入内殿，将他押跪在祈伯璟身侧。

穿戴铁甲护膝的双膝砸在冷硬的地面，发出沉重的一声响。

祈宁站在门口看着他的背影，想要入内，却被将士拦住。

姜锦看着自己宛如囚犯跪在祈伯璟脚下的儿子，徐徐变了脸色。

祈伯璟扫了地上的祈铮一眼，拱手朝皇帝道："禀父皇，秦王与贵妃联合姜尚书等人发起宫变，意图谋反，现乱已平，请父皇处置。"

皇帝而今这状况，哪里还像是能处理国事的模样，怕是连祈伯璟说的话都听不清楚。

祈伯璟显然清楚这一点，他这烦琐冗杂的无用之举是做给众人看的。

不等皇帝回答，他又道："取纸笔来。"

身后的将士拿来纸笔，祈伯璟示意放在祈铮面前，道："松开秦王右臂。"

祈铮闻言，挑着眼尾看他，有些不明白他这是想做什么。

祈伯璟蹲下，亲自给他磨墨，将吸饱墨水的笔递给他："皇兄既已知错认罪，劳请亲自写一纸请罪书，给朝臣、天下子民一个交代。"

祈伯璟平了乱，要杀祈铮与贵妃，也要杀得叫人挑不出错。待这请罪书昭告天下，世人自会清楚知晓这一切的过错都是姜锦等人所酿就。

祈铮似觉得祈伯璟此举好笑，仰头看着祈伯璟，吊儿郎当地笑了笑："我一条必死的命，凭什么要在死前为你铺路。"

祈伯璟不动声色地看着他，压低声音道："皇兄一心求死，那祈宁呢？她汲汲营营只为求生，何其无辜。皇兄死罪已定，但祈宁能否周全，全在皇兄的一念之间。"

祈铮倏然敛了笑意，面无表情地看着祈伯璟静如深潭的双眸，冷嗤

第十二章 定局

了一声:"你素日以君子之面示人,我都快忘了,你自小便是心思深沉的蛇蝎。"

祈伯璟垂眸睨着祈铮,眼中没有一丝情绪:"我是怎样的人,皇兄还不清楚吗?"

祈伯璟温和,但从不是心慈手软之人,他既然拿祈宁做威胁,若祈铮不允,祈宁定会受到牵连。

祈铮知自己与母妃必死无疑,但祈宁还有生机。她还年轻,才成亲不久,还能好好地活下去,在杨家锦衣玉食、荣华富贵地活。

祈铮想着,忽而笑着回头看了门口的祈宁一眼。

姜锦不知祈伯璟说了什么,却看见祈铮妥协地接过了祈伯璟手中的毛笔,怒不可遏地道:"祈铮!你敢!"

声震大殿,祈铮苦笑着看了阶上的姜锦一眼,终是低下了头,落字成书。

墨笔游走纸面,发出细微的声响。祈铮跪地俯身,影子在地面拉得狭长,犹如折断脊骨、弃了尊严与矜贵的败犬。

姜锦被这一幕刺激得红了眼,握紧了手中簪子,死死地盯着祈铮的身影,似不敢相信他就这么认下了罪。

他有什么罪?!她又有什么罪?!

姜锦满目生恨地盯着祈伯璟,忽然发觉有什么地方不对。

她仇视的目光望向殿内的一众将士,仔细地扫视过他们身上的兵器盔甲,姜锦忽然发现祈伯璟带来的将士身上的兵器盔甲与李奉渊所领的亲兵的装备不同,这些人不像是军营中精养的兵。

之前没能想明白的问题再次回到姜锦的脑海中:祈伯璟手无兵权,李奉渊那点兵又分派大半在皇后身边,祈伯璟从哪变出来这么多兵?

姜锦难以置信地看着祈伯璟,质问道:"你竟擅养私兵?"

这些兵是祈伯璟命李奉渊私下所练,就藏在杨家已经空置的含弘学堂中。

此事做得隐秘,养兵走的账也没从太子府出。当初李奉渊从府邸支出去的一半家产,便是用来养了这支私兵。

然而祈伯璟自不可能承认，他面不改色地道："父皇已将兵权交付予我，何必多此一举。"

姜锦闻言面色一僵，扭头看向糊涂的老皇帝，厉声追问："皇上，他所说是真的吗？"

姜锦谋划算计了半辈子，一直以为自己有可与祈伯璟一斗的权势，然而若皇帝给予了祈伯璟兵权，那她从一开始便无一丝胜算，所做的一切都不过是枉然。

她这样的人，怎么甘心承认。

红指甲死死掐着皇帝的手，姜锦盯着皇帝，追问道："皇上，当真吗？您当真给了太子兵权？！"

姜锦虽这么问，但心里却几乎已经有了答案。

李奉渊身为太子一党，在西北短短五年便直任大将军，从一开始，皇帝便有意在扶持祈伯璟。

只是帝王制衡权术之下，让姜锦以为自己有可与祈伯璟一斗的可能。

皇帝不知有没有听懂姜锦的话，他喃喃地点头，干燥的唇瓣动了动，似要说话，然而姜锦心中紧绷的弦却被怒火烧断，她突然毫不犹豫地将手中簪子朝皇帝的脖颈刺了进去。

尖锐的簪子深深刺入皇帝的脖颈，祈伯璟神色一怔，脚下不由自主地朝皇帝走去："父皇！"

然而他脚下才动了一步，就看见姜锦又面无表情地拔出了簪子。

鲜血飙出，眨眼便喷了姜锦一脸，她抓着老皇帝的头发，眼神阴冷得宛如恶鬼。

在场众人，包括祈铮，全都愣住了，似乎没有人会想到姜锦竟疯到当着众人的面刺杀皇帝。

老皇帝瞪圆了浑浊的眼睛，颤抖地抓住了姜锦的手，血沫从他口中溢出，面色痛苦地看着姜锦的脸。

然而他没有得到他曾宠爱了数十年的女人丝毫的怜悯，等来的只是被簪子一下又一下刺入喉咙的痛苦。

姜锦发了疯地举簪刺向皇帝的喉咙，口中怒骂不断。

祈伯璟快步上前,高声道:"护驾!"

将士纷纷涌上前,聚在阶梯下。姜锦拔出手中滴血的簪子,冷眼看着众人,手里用力一推,皇帝干枯战栗的身躯便无力地从阶梯上滚了下去。

祈伯璟跪在阶梯下,接住滚下来的老皇帝,哀痛地道:"父皇!"

他面色悲戚,宛如忠臣孝子,可他眼中却无多少悲意。

姜锦见他如此,指着他,哈哈大笑起来:"装!装得真像!蛇蝎一窝,你们祈家人哪有亲情!"

眼泪从她的眼角流出,苦得发涩。

祈伯璟抬眸看她,冷声道:"贵妃刺杀皇上,就地诛之!"

将士持兵器踏上阶梯,然而姜锦却突然扬手推倒了床榻旁的宫灯。

轻薄的纱幔瞬间被火引燃,眨眼间,大火便烧上了床架,热气扑涌,整座内殿瞬间明耀如白日。

火势一起,将士下意识退下阶梯,迟疑着不敢上前,打算等姜锦受不住火烧自己下来。

然而姜锦就站在高阶上,躲也不躲。大火蔓延上她的衣裙,点燃她的身躯,火焰宛若一身华贵耀眼的裙裳披在她身上。

"母妃!"祈铮大喊道,然而姜锦却没有理会。

火光照亮了她的容颜,一如年轻时妖媚惑人。这容貌曾为她招来蛆虫,也带来权利,然而此时此刻,都要被这火毁去。

她站在火中,任由熊熊火焰舔舐她的皮肤,好似丝毫感觉不到痛苦。

她推倒案几,摔倒灯架,让这大火愈燃愈烈,哭笑着道:"都该死,都去死……烧吧,烧吧,哈哈哈哈……"

众人看着大火里姜锦覆满火焰却依旧稳稳站立的身影,心头满是震撼,他们从没见过有人能够生生承受大火灼烧的痛苦而不发出一声痛呼。

祈铮起身冲上前,嗓音凄厉:"母妃!不!"

凄厉的声音回荡在大殿,阶下的将士死死拦着他,不让他靠近大火一步。

祈伯璟回头看着他,沉默了一瞬,道:"让他去吧。"

祈铮三两步登上阶梯，毫不犹豫地投身火海去救姜锦。他并不深惧死亡，可并没想过看着姜锦活生生被火烧死。

火焰烧断了他身上的绳索，他抱住姜锦，想带她脱离火海，然而姜锦却不肯离开，反而还死死拽着他，让他与自己一起被火焰吞噬。

就如她曾将祈铮拽入这皇权争斗的旋涡，今夜也要拖拽着他一起死在这场大火里。

姜锦抚上他的脸，痴笑着道："同娘一起死吧，铮儿……"

剧烈的、难以忍受的疼痛令祈铮忍不住惨叫起来，他跪倒在姜锦脚下，蜷起身躯，很快便痛得叫不出声来。

然而姜锦却依旧挺直了背站立着，还在大笑，嘶哑的、宛如鬼鸣的声音响彻大殿，充满了恨意："烧吧……烧吧……把一切都烧尽……"

殿门处的祈宁一动不动地看着熊熊大火里的姜锦和祈铮，早已是泪流满面。

她胸口似被人生生掘开了个洞，有风刃灌入血淋淋的洞中，痛得她全身发抖。

"哥哥……母妃……"

姜锦似乎在人生最终之际察觉到了祈宁悲伤的视线，透过火光，看向祈宁的身影，停下了笑声。

那双被火烧着的眼里倒映着祈宁小而又小的身影，似有万千情绪，又似乎什么也没有。

忽然，姜锦的身体在大火中晃了一晃，接着便如一根烧透的木柱般倒了下去，与祈铮的身体靠在了一起。

红烈的火焰猛然摇晃了一下，而后所有的一切都在大火中归于了沉寂。

殿外，夜雨未止。

尸身漂浮在血水中，满地断首残肢、弃刀断戟。

扣押李姝菀的宦官看着手持刀剑而来的将士，面色惊惶地松开李姝菀，膝行着后退，双股战战地跪伏于地。

一名将士收剑入鞘，快步上前，小心翼翼地扶面色苍白的李姝菀起身。

第十二章 定局

"多谢。"李姝菀轻声道。

她背上伤口疼得抽痛,将士松手退开,她扶靠着廊下檐柱才得以立稳。

李姝菀抬起眼眸,看见李奉渊穿过收敛满庭尸骨的将士,踏过尸身血水,大步朝她而来。

他虽身上有伤,但身姿依旧挺拔,步履平稳,不见伤重之态。李姝菀见此,不由得松了口气。

夜雨如雾影,明净地照在她身上。李姝菀浅浅扬起唇角,望着朝她奔来的李奉渊,如释重负地露出一抹笑。

她笑得出来,李奉渊却心急如焚,笑不出半声。

离她越近,李奉渊面上的担忧也越清晰,脚下步子也越急。

"菀菀!"他奔行数步,跨上阶梯,然就这短短几步,却让李姝菀温婉的笑意倏然僵在了脸上。

她错愕又茫然地看着近身的李奉渊,不是因为他身上浓烈的血气、或盔甲下骇人的伤口,而是因为——

李姝菀有些恍惚地眨了下眼,低下头,愣怔地看向了李奉渊曾受过伤的左腿。

因为他方才近身那几步……腿是跛的。

寒凉的夜风拂过身周,颊边乌黑发丝飘舞,自李姝菀眼前晃过。

她愣住似的,直到李奉渊站到她面前,仍一动未动。

李奉渊抚上她冰凉的脸颊,低下头,惊魂未定地看着她背上衣裳浸出的血色,想碰又怕弄疼了她。

他心疼得声音都是颤的:"菀菀,伤着哪儿了?疼不疼?"

李姝菀抬首,对上他担忧的视线,有些呆地摇了摇头。

"你……"她伸手轻轻去摸他中了一刀的背,颤声问,"你呢,伤得重吗?"

柔嫩的手虚抚在他的甲胄上,连一点力气也不敢用。

李奉渊满心满眼都在她身上,顾不得自己,随口道:"背上挨了一下,盔甲挡着,无碍。"

李姝菀听罢,眼眶忽然就热了。

她仰头看着李奉渊被雨血打湿的脸,嗓音干涩地问:"那其他地方呢?有伤着吗?"

李奉渊拧眉看着她脖颈上那一线细浅的伤口,道:"没有。别担心,我没事。"

李姝菀听见这话,水色几乎瞬间便涌上了眼眸。

"那为什么……"

为什么你的左腿是跛的?

她唇瓣颤抖着,低头看着他的左腿,又抬起头紧紧看着他的脸,启唇想问,可喉咙被强烈的情绪堵住,干涩得紧痛,不敢问出后半句话,又不忍问出后半句话。

回想过去,李姝菀忽发现,李奉渊自从西北回来,从未在她面前跑过。他行走时脚步总是沉缓,遇上再急的事也不过快步而行。

李姝菀只当他性子沉稳,可现在想来,他原是害怕在她面前露出跛态。

划开皮肉,挑出碎骨,再缝合重生,这样险的治疗之法,怎么可能只留下区区寒痛。

背上受了伤都要她上药博她怜惜的一个人,却千方百计隐瞒腿伤不让她知晓,她早该猜出他另有事瞒着她的。

一股酸意涌上鼻尖,李姝菀难过地抿紧了唇,本就苍白的唇上,最后一抹润红褪去,露出失血的白。

老天不公,他分明还这样年轻,怎么会留下如此隐疾。

李姝菀低下头,忍了又忍,可最终还是没忍住。

豆大的泪忽然从她红热的眼眶中滚下来,滑过惨白的脸颊。

压抑不住的低弱哭音从李姝菀唇缝流出,除了小的时候,李奉渊再没见她露出这样难过的神色。

她忽然落泪,李奉渊只当她受了惊,抬手将她抱入怀中,温柔地安慰道:"没事了,菀菀,别怕,别怕。"

温热的体温透过盔甲传至脸颊,李姝菀强忍的情绪终于再压抑不

第十二章 定局

住,抬手抓着李奉渊的盔甲,哭声闷在他胸前,好似受了天大的委屈。

眼泪不断涌出,渗入他身上染血的盔甲缝隙,洇入他胸口的衣裳。

她哭得那样悲伤,又那样痛苦,如同幼兽在他胸口悲鸣,几乎叫李奉渊心碎。

他眼眶渐渐红了,抬手温柔地抚着李姝菀的发,低声安慰:"没事了,没事了,菀菀,我在这儿。别哭……"

他不知道,李姝菀哭不是因为害怕。

而是因为心疼他。

盛齐四十九年,秦王祈铮反,兵夜至元极宫,太子领兵平乱。秦王母姜锦挟帝,簪杀之,后与秦王畏罪自焚元极宫。

元极宫的雨下了一夜,血也流了一夜。将士、宫人,一千三百多人的血命在史书中,凝成的也不过短短几十字。

自此,太子祈伯璟继位,改年号元启。

随着新帝继位的消息,祈铮的请罪书也昭示天下,而罪书中所述的包括姜文吟在内的一众乱臣贼子则在新帝继位的三日后于午门外斩首示众。

而这乱臣贼子中,有多少是当真参与了谋反,又有多少人是祈伯璟借机清理的秦王余党,又有何人说得清。

宫乱当夜,杨修禅持太子令带兵围姜府,拿姜文吟入狱,行刑这日,亦由他亲自监刑。

刑场上,不乏有人当众喊冤,然终究难逃一死。十几颗人头落地,染了他一身血腥气。

杨修禅入宫交过差,回家脱下带血气的官服,沐浴更衣,换了身常服。

祈宁不在房中,杨修禅问过下人,听说杨惊春与她在后园赏花,便去寻二人。

姜锦与祈铮乃祈宁的母兄,她亲眼见二人火焚而亡,心气大伤,这些日夜里辗转反侧,常难入眠,即便睡着,梦中亦常惊醒。

短短几日，她便瘦了一大圈。

亲人惨死，即便杨修禅巧舌如簧，亦不知该如何安慰，他能做的，也只是多陪陪她。

他到后园时，杨惊春与祈宁静静地坐在八角亭中，出神地望着园中落花，就连杨修禅近了也没发现。

他走到祈宁身边，轻轻握住她一只手，拢入掌心，柔声问："在看什么？"

宽大温暖的手掌握上来，祈宁愣了一下，抬头看来，见是杨修禅，她面色松缓了些，但什么也没说，只将身体轻轻地往他身上靠了靠。

她不想开口，杨修禅便也不多话，就站在她身边陪着她。

祈宁近来泪眼愁眉，杨修禅心疼得也跟着吃不下饭。然不知为何，自宫乱之夜后杨惊春亦是成日萎靡不振，心里不知揣着什么伤心事。

杨修禅从没见她蔫儿巴成这样，之前只当宫变之夜她受了惊，然而这都好些日了，她不见好转，反倒越发死气沉沉。

他看向歪着脑袋靠着柱子发呆的杨惊春，心中思忖着该如何关切两句，忽而却听杨惊春冷不丁地开口道："哥，我想离开望京。"

她话一出，杨修禅倏然怔住，不明白这话从何而来。

杨惊春说话时并没有看杨修禅，仍望着眼前园林。她语气平静，显然思虑已久，并非一时兴起。

杨修禅仔细地看着她，见她神色认真，也正了容色，开口问："你想去哪儿？"

祈宁也扭头看杨惊春，但并不惊讶杨惊春的话，因杨惊春已与她说过此事。

不止如此，她还劝了几句。

宫门深深，表面是片金莲池，实则踏入其中，才知底下是烂泥沼泽，要再抽身，就难了。

杨惊春还是没动，静默须臾，缓缓地道："阿沈前不久给我和菀菀写了信，说西北一带春日烂漫，草盛云垂，美若仙境，我准备去找他，和他一起去看看天地各处。"

第十二章 定局

她说着,似见到了西北美景,眼中渐渐有了些亮色。

她自小向往天地,小时候举着木剑有模有样地比画,立志要当侠女。

后来她一日日长大,也渐渐没再提起。杨修禅以为她儿时的远志是孩童时的玩笑话,可此刻见她目光,才知她从未忘记过那志向。

杨修禅问杨惊春:"你同爹娘说了吗?"

杨惊春听见这话,忽而回头看他,露出一个有些谄媚的笑:"他们定然不会答应,你帮我去劝劝他们嘛。"

言下之意,便是她还没开口。

杨修禅没有应下,但也没有拒绝。

他沉默了许久,最后轻叹一声,放缓语气道:"可便是说通了爹娘,那皇上呢?你是先帝定下的太子妃,虽礼未成,但仍旧是正太子妃,若无意外,之后便是母仪天下——"

他话没说完,忽而想到什么,皱紧了眉,压低声音问杨惊春:"莫不是……皇上他改了心意,要另立皇后?"

提起祈伯璟,杨惊春缓缓敛了笑,低下头,看着自己的靴尖,含糊道:"不是,他没说什么。只是、只是我……"

她想起宫变那夜及时带兵赶到的祈伯璟,支吾了几声,蹙着眉头小声道:"只是我现在不想嫁他了。"

帝王丧礼毕后,两道圣旨分别送入了李府与杨府。

一任李奉渊为禁军统领,二将杨修禅调职吏部,升任吏部尚书。所谓从龙之功,平步青云,大抵如此。

杨府。新任的太监总管文公公笑眯了眼看着跪地听旨的杨修禅,祝贺道:"杨大人,恭喜了!"

杨修禅提衣起身,从怀里掏出两锭金子,上前塞给文公公,而后双手接过圣旨,道:"有劳公公跑这一趟。"

文公公道:"不敢。"

虽得升任之喜,杨修禅背上却不由得冒了一背冷汗。他一想起杨惊春要去找祈伯璟说离京的事,便觉得自己这吏部尚书怕难坐得稳当。

杨修禅捧着圣旨，回头看了一眼杨惊春。

杨惊春察觉到他的视线，抬眸看过来。

祈伯璟还是太子时，这位文公公就在他身边伺候，杨惊春见过几次，算是熟人。

文公公恭敬地朝杨惊春行了个礼，和善地道："奴才今日来，还有一事。皇上口谕，请杨小姐入宫一叙。"

话音一落，杨父杨母纷纷将目光看向了杨惊春，她抿了抿唇，微微红了耳朵。

她习惯了与当太子时的祈伯璟私下偷偷会面，如今祈伯璟成了皇上，光明正大地派人来请她入宫，她反而有点不自在。

杨父看她一眼，拱手问文公公："敢问公公，皇上说让小女何时入宫？"

杨父杨母暂且还不知道杨惊春想离京，杨修禅也还没说。

照他的话，等杨惊春说服祈伯璟放她走，他再去吓唬老爹老娘也不迟。

悔天子婚，这等离经叛道的事也只有杨惊春干得出来。

文公公笑着道："宫里的马车此刻就在大门外候着呢。"

意思是现在就要把人接走了。

先帝驾崩，国丧三年，新帝不得立后选秀。杨惊春与祈伯璟大礼未成，随随便便入宫，于名声有损。

祈伯璟显然明白这一点，提前提点过文公公。文公公见杨父不作声，便又道："杨大人不必多忧，皇上只是请杨小姐入宫小叙，宫禁前便会将杨小姐送回来。"

杨父闻罢，冲杨惊春微微颔首，道："去吧。见了皇上，不可无礼。"

杨惊春"噢"了一声。她想了想，又同文公公道："烦请公公稍等片刻，我去取个东西。"

文公公笑着应道："是。"

杨惊春不知拿了什么，回房打了个转儿，又出来了，连衣裳都没换一身。

出门前，杨修禅不放心地拉住她，以耳语提醒道："今非昔比，你若要提那事，可千万别心直口快一句话扔过去，态度软和些慢慢说，别惹了圣怒。"

今时不同往日，祈伯璟从前是太子，如今是皇帝，是一句话就能让杨家万劫不复的天子。

杨修禅知祈伯璟对杨惊春有情意，可情在手握权势之人的心中，恐怕是最不值一提的东西。

杨修禅此前没将杨惊春想离京的事告诉爹娘，是因他根本不觉得祈伯璟会放杨惊春离开。

祈伯璟筹谋多年坐上了皇位，心爱的女人他又怎会放手。

杨惊春看得出杨修禅的思虑，也听得懂他的话。她轻点了下头："我知道的，我会好好和他说。"

杨修禅叹了口气，心道：这恐怕不是好好说就能说通的事。

宫里的马车就在府门外的墙边停着，杨惊春没带侍女，文公公上前，伸手扶杨惊春上马车。

杨惊春道："有劳公公。"

她正思忖着待会儿入宫见了祈伯璟该如何开口，心不在焉地推开车门，没想车门一开，竟见车中已坐着个人。

龙袍玉带，珠玉冠冕，浅笑着看着她。

不是祈伯璟又是谁。

他刚即位，应是忙得头不沾枕，杨惊春没想到祈伯璟会亲自来接她，愣了一下："你、你怎么来了？"

这马车周边没几个侍卫，杨惊春怕人看见他，忙反手关上车门。

"想见你。"祈伯璟直白道，握着杨惊春的手，往自己身前拉，似想让她坐自己腿上。

杨惊春扫过他龙袍上精致繁复的绣纹，腰身一歪，坐在了软座上，道："别弄皱了你的衣袍。"

祈伯璟不以为意地笑了笑："皱就皱了。"

他说话声轻、也缓，眼下瞧着有乌青，脸色也不太好，显然这段时日都没怎么休息过。

杨惊春本想说的话在见到他的倦容后统统都卡在了喉咙，只觉得心疼他。

但她又觉得自己此刻不该心疼他。

她蹙了下眉头，似有些不知如何面对他，索性垂下脑袋，伸出手指挠腰上挂着的玉佩。

祈伯璟见她脸色不对，抬手轻轻抚上她无意识抿着的唇角，问道："不开心？"

杨惊春不晓得该如何开口，只是道："没有。"

祈伯璟道："惊春，不要瞒我。"

杨惊春忍不住转头看他，可她一见他疲倦的模样，又觉得说不出话。

她欲言又止，收回视线盯着手里的玉佩，好片刻后才小声道："你现在已经是皇上了，那何时选秀女啊？"

祈伯璟闻言愣了一下，而后忽而大笑起来。头上冕旒轻晃，珠玉相撞，发出清脆悦耳的响。

杨惊春不明所以地看他，不知道他在笑什么。祈伯璟含笑看着她："因为此事不高兴？"

杨惊春还是道："没有不高兴。"

她这么说，眉却是皱着的。

祈伯璟还是笑，笑得杨惊春忍不住戳他："不要笑了。"

祈伯璟伸手抚平她的眉，温柔道："不选。"

杨惊春讶异地看着他。祈伯璟伸手撑在她另一侧，倾身吻她唇角，道："我无意选秀女，更无意立别的什么妃嫔，你不要担心。"

温柔的吻落在唇上，冰凉的冕旒划过面颊，杨惊春有些愣怔地接受着祈伯璟的吻，睫毛轻轻颤了颤，过了片刻才反应过来他说了什么。

都言后宫佳丽三千，自古没有哪个帝王不立妃嫔。祈伯璟与她如此承诺，杨惊春若说自己不心动必然是假的。

可是、可是——

她透过冕旒看着祈伯璟漂亮的眼睛，低声道："你是皇上，不能没有妃嫔，还是选吧。"

话音一落，马车中的空气似乎瞬间安静了下来。

祈伯璟动作一顿，缓缓往后退开，定定地望着杨惊春的神情。

她神色认真，俨然是真情实意想他选嫔妃。

"为何？"祈伯璟拧起了眉，声音也稍稍沉了下去，可听着仍是温和的。

"是哪位女先生教了你女德女戒？还是有谁劝你要做贤德的皇后？"

杨惊春道："不是。"

祈伯璟眉头拧得更深，追问道："那是为何？"

杨惊春将所有的借口都在脑中细细思索过一遍，无言许久，最后只是干巴巴地道："没有为什么，就是我不喜欢你了。"

杨惊春说完，有些不敢看祈伯璟的脸色。她盯着他黄袍上栩栩如生的威严飞龙，和那龙目四目相对，做好了承受帝王之怒的准备。

然而祈伯璟定定地看她半晌后，却只是有些无奈地道了四个字："胡说八道。"

祈伯璟在风谲云诡中长大，听遍了谗言，见惯了众人脸上的假面，怎么会看不出杨惊春拙劣的谎言。

杨惊春下意识想狡辩，可一抬头对上祈伯璟黑如深潭的眼，又哑然失声。

祈伯璟捞起她的手，握在宽大温暖的掌中，静静地等着她开口解释。

她是个大方的姑娘，可也没有慷慨到心甘情愿地将他分享给别的女人。

祈伯璟知道，一定有什么地方出了问题。

二人之间安静下来，街道上嘈杂的人声和车轮滚滚而前的声响传入车内。

祈伯璟闭上眼，有些疲倦地靠在榻中，仔细回忆着二人的相处，抽丝剥茧地分析起来。

上次二人见面，是在宫变那夜。再上次，是在他的别院。

别院相处时她同他亲密无二，和以往并无任何不同，那便是在宫变事后她才改了心意。

那是血流成河的一夜，鲜血腐烂了皇宫表面辉煌的荣华与金贵，露出其中深藏的污秽和不堪。

祈伯璟出生在宫中，长在宫中，知道宫里是个压抑得让人喘不过气的牢笼。

他早已习惯了宫里的明枪暗箭，见识过宫里腌臜的一切。

可杨惊春没有。

祈伯璟握着杨惊春的手，问她："是害怕了吗？害怕入宫后再不如在宫外快活？"

杨惊春没说话，手指却轻蜷了蜷。祈伯璟察觉到了，睁开眼望着她，没有松手，反而握得更牢。

他缓缓开口问："是怕我像我父皇一样盛宠妃嫔、扶持其他皇子吗，叫你最后像姜锦一样因恨逐权，为权势争得头破血流，最后变成人不人、鬼不鬼的疯子？"

他语气平缓，但言词却又刺耳，杨惊春下意识地抬眸看他。祈伯璟望着她的眼睛，轻声保证道："惊春，我与我父皇不同，也非滥情纵乐之辈，你所担心之事，绝不会发生。"

他轻轻叹气："若我贪图声色，早在你之前，就该纳了数不尽的妾室，叫她们背后的家族为我所用。可你知道，在你之前，于情之一事，我亦白纸一张。"

他说得很慢，言语真挚，说话时，他握着她的手一直没放开。

杨惊春听罢，终于肯开口："……我不是害怕这些。"

祈伯璟追问："那是怕什么？"

那夜的血雨腥风再次浮现在杨惊春脑海，她思忖着这些日想了又想的话，慢慢道："宫乱那夜，你带兵来得好及时。"

她没有看他，自顾自般地说着话："你晚来一步，菀菀和奉渊哥哥或许便会命丧祈铮的刀兵之下；你早一步现身，亮明兵力，祈铮有所顾忌，便不敢贸然入宫。可是，可是你就是来得恰逢其时。"

恰逢其时，便是早有应对，早知姜锦和祈铮会造反。

第十二章 定局

或许也早料到姜锦会以她和菀菀做人质,早知她有危险。

可即便知道,他还是选择顾全大局,而置她于险境之中。

他置办别院,出宫与她私会,请旨立她为妃,人人都知素来不近女色的太子对杨家的那位嫡女动了真情。姜锦又何尝不知?

祈伯璟在意之人寥寥无几,除了谢真、老皇帝,便只得一个杨惊春。所以姜锦才设局拿住杨惊春以胁迫祈伯璟。

老皇帝与她,都是祈伯璟刻意暴露在外的软肋,是祈伯璟故意让姜锦以为他毫无戒备,让姜锦错以为他对秦王谋反的计谋一无所知。

深宫少有真情,多是算计,杨惊春知晓他多思多谋,可没想过祈伯璟也会将她算在计中。

祈伯璟听明白了她话中之意,紧紧握着杨惊春的手,有些急切地解释道:"姜闻廷是我的人,有他在姜锦身侧,你不会有性命之虞。"

"我知道。"杨惊春说。

她知道,可她还是觉得难过。可她也清楚,若祈伯璟防备周全,那姜锦又如何会上钩。

她看得太通透,知他身处险境,明他难处,所以才对祈伯璟如此难爱难分。

祈伯璟难得地慌了神:"惊春……"

"我是棋子吗?"杨惊春忽然道,直直地望着祈伯璟的眼睛,不遮不掩地问,"我是吗?阿璟。"

她微微红了眼睛,祈伯璟看着她委屈蹙着的眉,喉咙紧涩得发痛。

良久,他才叹息着道:"是。"

她是,谢真是,李奉渊是,他的父皇是,就连他自己也是。

在这生死局中,所有人都是棋盘上布局多年的子。祈伯璟没有别的选择。

杨惊春抽了抽鼻子,明白他的苦楚,所以不怨他,可是却难消心中芥蒂。

祈伯璟用拇指蹭去她眼睫上的泪珠,安抚道:"今后再不会了,惊春,我保证,此事再不会发生了。"

杨惊春声音有些低:"我没有怪你。"

祈伯璟听她这么说,心头愈发慌乱。他从未见她这样难过,不如怨他得好。

杨惊春平复片刻后,开口道:"你记不记得我和你说过,我年少时许下过一个愿——我要做天地间最厉害的女人,浪迹天涯的侠女,路遇不平,惩恶扬善?"

祈伯璟怔了怔,下意识地紧紧扣住她的手:"你要走?"

杨惊春看了眼他用力的手掌,没有回握住他,但也没有松开。

她抿了抿唇,抬头看着他:"我想离京,阿璟,我想去看看这天地。"

祈伯璟没有答应,而是问:"会回来吗?"

杨惊春点头:"我的家人、朋友……还有你,你们都在望京,我自然是会回来的。"

祈伯璟闻言,不知是该松一口气还是提心吊胆。

他静默须臾,问她:"想去哪?"

杨惊春也没有头绪,道:"不知道。揣上剑,带上钱,想去哪儿就去哪儿。"

祈伯璟没有接话,靠在软榻上,似在思索究竟要不要放她离开。

他是天子,只要他想,他可以永远困她于金丝笼中,不允许她离开半步。

可爱不是私藏,也不是占有,爱当令心爱之人欢喜,而非叫她愁苦。

可祈伯璟自诩并非圣人,做不到当真就此放手。

祈伯璟闭了闭眼,沉默良久,低声道:"天地之宽,游历一生也不足够。你何时回来?"

杨惊春早已想过这个问题,道:"五年。"

祈伯璟不假思索:"五年太长,两年。"

杨惊春坚持道:"五年,我算过了,要将这世间糊涂地走一遭,至少也要五年。"

五年,他们相识都不及这样长的时间,祈伯璟怎么肯放心让她在外游历五年。

他神色微沉:"一年。"

杨惊春听他一年比一年短,觉察出他不是当真想和她商议,闭上嘴,低着脑袋又不肯看他了。

祈伯璟见她如此,一颗心仿佛泡在了烈酒缸子里,又涩又痛。

他看着她脸庞,伸手去抚她忧愁的眉眼,苦笑一声,妥协道:"三年,最多三年。多一日都不行。"

杨惊春听他没得商量的语气,最终也退了一步,点了点头。

说定此事,她想了想,从袖中掏出一只细长的红木盒,递给祈伯璟:"这个还你。"

她迟疑着道:"你若愿意,等我回来,你再给我吧。"

祈伯璟拧眉看着她手中的盒子,良久没有说话。

他记得这盒子,也知道这木盒中装着的是什么——是他当初送给她的白玉簪。

是他们的定情信物。

她离开三年,此刻把这玉簪给他,便是想告诉他,若他在这三年里有了其他心仪之人,也可改意另立皇后。

祈伯璟伸手打开盒子,漂亮的白玉簪静静地躺在柔软的丝布上,和当初他送她时一样,剔透无瑕。

祈伯璟取出簪子,杨惊春见他收下,说不出是该高兴还是难过,她只觉得心头堵得慌。

然而下一刻,又察觉头上一重。

祈伯璟伸手扶着她的发髻,轻轻将白玉簪簪在了她发间。

杨惊春愣愣地看着他。祈伯璟放下手,缓缓道:"我这一生所求不多。真正想要的,除了皇位,便是娶你为妻。想了多年,不曾改过,今后也不会改。"

杨惊春有些愣怔地摸了摸头上的簪子。祈伯璟捧着她的脸,低头轻轻吻她的唇,低声道:"我等你回来,做大齐的皇后。"

马车缓缓驶入皇宫。这一夜,帝王违背了他的金口玉言。

杨惊春留宿宫中,没有回府。

杨惊春离京这日，是个天清云白、春风和煦的良日。

杨惊春不喜离别，不愿他人泪眼相送。城楼下，只祈伯璟一人执意来为杨惊春送别。

祈伯璟今日微服出宫，没让侍卫跟随。他戴了当初同她初见时的那张面具，白袍玉冠，看着不像是高高在上的帝王，只是一位送妻子离家的儒雅夫君。

杨惊春离京所带之物不多，祈伯璟替她准备的千里良驹、李奉渊和李姝菀给她准备的袖箭和一把钢刀、家里人给她准备的盘缠……

最为贵重的，是祈伯璟亲手所书的玉玺加印的文书。

有这道文书，杨惊春可在大齐畅行无阻，无论在齐国哪片地界，都可以祈伯璟的名义差遣当地官员，使之相助。

除此外，还有祈伯璟暗中安排在她身边的护卫。

不过暗卫一事，杨惊春暂且还不知。

晨风拂面，扬起祈伯璟颊边发丝。他看着杨惊春调整罢马鞍，将身上的小包袱系在马背上。

她摸了摸马儿的脑袋，回头看祈伯璟。

"阿璟，我要走了。"

祈伯璟微微低头，抬手摘下脸上的面具，上前轻轻戴在了她的脸上。

他曾拥有过这只勇毅无畏的鸟儿一段时日，如今不得不放手，亲眼看着她飞往她向往的天地。

杨惊春摸了摸脸上的面具，祈伯璟垂眼，隔着面具在她脸颊上落下一吻。

很轻，但那温热的触感却似乎透过面具传到了杨惊春的皮肤上。

祈伯璟握着她的手放在自己胸口，沉稳但快速的心跳传至她的手掌。

他看着面具下她明亮的眼睛，道："三年。三年之后，你若不回来，我便去抓你。"

他是皇上，是天下之主，他说抓她，就一定能抓到她。

他言语分明是在威胁，可杨惊春却并不觉得生气，她点头："好。"

祈伯璟又道："记得写信给我。"

第十二章 定局

"嗯。"

"照顾好自己。"

"嗯。"

她越是听话，祈伯璟越是不放心。他叮嘱道："天地辽阔，除去游历山川林原的盛景，你也一定会结识许多的朋友。你是这世上最好的姑娘，这一路必定会有人对你献殷勤。"

他语气不安，杨惊春抬起眼眸看他。祈伯璟伸手虚点了点她的心脏："别动俗心。若你和别的男人生了情意，我立刻叫人带你回来成亲。"

堂堂皇帝，竟也会为情之一字担心。

杨惊春本觉得难过，听他这么说，又忍不住想笑："噢。"

她乖乖地站着，耐心听他叮嘱了一句又一句。最后直到无话可说，祈伯璟才终于松开了手："去吧。"

临到离别，所有的情意倒变得比相处时更加清晰明了。

杨惊春认认真真地看着祈伯璟的眼睛，忽而用力地抱住了他。

她踮着脚，柔嫩的脸颊贴上他的，在他的耳边柔声道："阿璟，谢谢你。"

祈伯璟很浅地扬了下嘴角，侧首在她耳郭落下一个吻，什么话都没说。

杨惊春松开手，转身上马，回头看了孤身而立的祈伯璟一眼，道了一句"我走了"。

祈伯璟微微颔首，示意她去吧。

杨惊春不舍地深深看了他一眼，眨了眨有些湿润的眼睛，手持缰绳，轻呵一声，朝着晨曦初现的方向策马奔去。

骏马踏起尘土，驰行在宽阔的官道上，头也不回地奔向了辽阔的天地。

街道角落，一辆不起眼的木马车中，杨修禅掀起车帘偷偷地望着杨惊春远去的背影，久久没有眨眼。

他眼里有泪，但更多的是因杨惊春如愿由衷的欣喜与骄傲。

祈宁握着他的手，安静地陪着他。

城楼上，李姝菀与李奉渊看着尘土飞扬的宫道，一直等杨惊春的背影消失在视野中，才收回视线。

好友相别，李奉渊本以为李姝菀会不舍地哭上一哭，没想到她却一直笑着目送杨惊春远去。

正逢春时，城墙下花飞如雨，随风而上，于云天下飘舞，仿佛倒浮在天幕的灯花。

李姝菀看着这眼前的画面，忽然想起了很多年前的除夕夜里，他们曾在河灯上许下的愿。

时过境迁，今日想来，虽然这些愿望都抱有遗憾或残缺，但大多也已实现。

李奉渊见她笑得双目弯弯，问她："笑什么？这样开心？"

他握着她的手，和她一起慢慢往城楼下走。

李姝菀伸手接住一朵细小的花朵，偏头将花轻轻簪在李奉渊耳侧。

她伸手轻轻拨了一下他耳侧的花瓣，笑着道："因为春色盈盈啊，大将军。"

李奉渊低头看着她明媚的笑意，也忍不住轻轻扬起唇角："嗯，春色盈盈。"

春景满城，天地盛大。世间人忙忙碌碌，历经无数离别。

而这春色去而复始，不曾真正断绝。

相信在某一个花开之际，相思离别之人，终会如这春色一样，再相逢人间。

（正文完）

番外一 春日

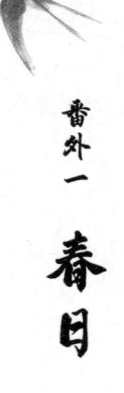

一　撒娇

宫变事后,李姝菀待在家中安安静静地养伤。

她伤重之余又淋了凉雨,裹了几个时辰的湿衣裳,回来后便发了高热,头脑昏沉地烧了数日,今早才退热。

李奉渊忧心不已,只要无公务便守在她的床榻边,宫中如有要事需他出面,也是尽量去去就回。

朝中局势尚不稳,做武官的在这时候和农忙时犁田的牛也没什么两样,便是带伤也得赶去办差。

他身上同样伤势未愈,李姝菀又怎么忍心看他守在自己身边照顾自己。

然而无论她怎么劝他去休息,李奉渊都不肯离开,只道一句"自己没事"。

他说没事,是当真身体无碍。

李奉渊精猛如虎,身体强健远超常人,宫乱中那一刀砍下来时又有盔甲护着,伤口看着吓人,但只伤了皮肉,未伤及要害。

加之他多年征战,对这等小伤习以为常,每日瞧着和没事人一样。

他倔起来李姝菀也劝不动,便只好由着他。

这日入夜,李姝菀半褪里衣,趴在床上,露出小半薄背,李奉渊拿着伤药和纱布,坐在榻边给她换药。

他小心翼翼地拆去李姝菀背上洇出血色的纱布,看见她背上生脓的伤口后,不自觉皱紧了眉。

她发热卧榻数日,每日勤换两次药,都是李奉渊亲自换的。

今早他便见她伤口有些红肿,料到或许会生脓,但此刻亲眼所见,仍心疼得发紧。

床帐高挂,灯烛明亮,明光照在雪白的背上,衬得那道结了血痂的伤口狰狞得刺眼。

李奉渊将她的长发拨至另一侧,看着李姝菀有些紧张的侧脸,安抚道:"忍着些,菀菀。"

他要她忍,那必然是要疼上一疼。

李姝菀闻言,默默地抓着软枕,将脸埋入了枕面。

她从未受过这样重的伤,年少时在江南的日子过得虽贫苦,但老郎中和婆婆疼爱她如亲女,不曾叫她经受此等皮肉之痛。

李奉渊专注地盯着伤口,用一把柳叶薄的窄刃利落地挑开了血痂。

血痂连接着新长出的皮肉,即便李奉渊尽量放柔了力道,然李姝菀仍疼得厉害。

她没叫出声,身体却紧绷如石。

李奉渊看了眼她扣着枕头紧得发白的手指,眉头一时皱得更紧。可心疼归心疼,他手上的动作却不曾留情。

脓水不挤出除净,和血肉长在一起,日后她只会更遭罪。

李奉渊看出她疼,和她说起话来,想转移她的注意力。

他一边动作一边低声道:"姜闻廷昨日亲自登门,送来好些珍贵药材,向你赔罪。你当时睡着了,我替你见的客。"

趴在枕头上的脑袋轻轻动了动,李姝菀闷声道:"他也未做错什么,这罪赔得倒是受之有愧。"

李奉渊已从杨惊春那儿知道李姝菀这伤是如何来的,他想来后怕:"你那时若不扑上去保护惊春,兴许便不会受伤。"

姜闻廷那箭本就是做给旁人看的,射出时便偏了方向,并非当真要伤及杨惊春。

李姝菀那一扑,刚好撞在箭上。

李姝菀疼得难受,听李奉渊这么说,有些委屈地含糊道:"我又不知姜闻廷是太子殿下的人,你又没有告诉我。"

姜闻廷是祈伯璟费了大工夫才安排在姜锦身边的眼线,此事隐秘,知晓者不过寥寥数人。

李姝菀明白这道理,她这么说,无非是疼狠了,随口一说。

李奉渊听罢,却像是当真后悔起来:"是我之错。"

李姝菀听他自责,立马解释道:"不是你的错,我没有怪你。"

李奉渊没说话,只轻轻摸了摸她的脑袋。

他上完药,握着李姝菀的肩,将她上身从床上捞起来几寸,绕过她胸前在伤口上缠上纱布。

李姝菀配合着他,没骨头似的任他摆弄。

"好了。"李奉渊打上结,松开手,李姝菀又趴回了枕头里。

李奉渊见状,怕她闷着,捞出她的脸,让她侧着脸躺着。

他单手撑在她枕边,垂首心疼地看着她,屈着食指刮了刮她闷红的脸庞:"还疼得厉害吗?"

他知她怕疼,用的药膏是请了宫中的老御医专门配制的,有清凉止疼的功效。

当时中箭,李姝菀未发出一声痛哼,此时有人心疼,她倒显露出几分女儿家的脆弱之态。

她蹙着眉看他,眼里含着一层水色,说不出的可怜劲儿。

她轻轻摇头,关心起他来:"你呢,背上不疼吗?"

"不疼。"李奉渊道。

他那时流了那么多血,怎么可能不疼,李姝菀不信。

李奉渊察觉她的心思,俯下身,在她唇上蜻蜓点水地碰了一下。

李姝菀没想到他会突然亲下来,愣了一愣,有些茫然地睁着眼睛看他。

李奉渊捧着她的脸,拇指摩擦着她的脸颊,再度低下了头。

温热的气息拂过面颊,他看着她的眼睛,声音温柔地道:"你亲亲我,我便不觉得疼了。"

李姝菀轻轻眨了下眼,抬手握着他抚在自己脸庞上的手掌,微微抬头,吻上了他的唇。

唇瓣相碰,又轻又柔,好似当真在为他消痛。

李奉渊轻笑了声，在温暖的烛光下，与她吻得更深。

二　痛痒

李奉渊与李姝菀在家养伤养了半月，李奉渊背上的伤口便长出了粉嫩的新肉。

他耐不住闲，辰时又如从前一般开始习刀练剑，活络一身懒散了半月的筋骨。

他伤势大好，李姝菀的伤却还没痊愈。她背上的伤口不长，但有些深，锋利的铁箭挫伤了肩胛骨。

近来皮肉包裹着的骨头开始生长，每到夜里，难抑的痒便从骨头缝里钻出来，叫李姝菀睡不安稳，常半夜从梦中醒来。

李奉渊当初伤了腿的那数月里，夜里一静，伤口便开始发作，也是孤枕难眠。

他那时常常躺在床上，忍着左腿传来的疼和痒，不动也不挠，睁着眼望着黑漆漆的军帐生生挨到天亮，等到困意盖过痛痒，才能眯上一会儿安稳觉。

军营里的将士受了伤，无论轻重，都是靠自己扛过来，人人都如此，倒也不觉得苦。

可如今见身边人伤病，李奉渊俨然又是另一番心境。

李姝菀忍得痛，却忍不住痒，夜间半梦半醒，总想伸手去挠。

可手一动，才发觉被人握着，不紧，却又挣不开。

李姝菀蹙着眉，抽了两下手，抽不出，难受得翻来覆去，翻上两下身，睡在一旁的李奉渊便醒了。

月色浅淡，一片薄如浅水的月色透过床帐照进来。李奉渊睁开眼，借着这微弱的亮光看向床里侧身蜷躺着的李姝菀。

她掀了被子，折着另一只手，想去挠肩胛发痒的伤口。

李奉渊睡意还没散，见此手却快，一把将她的手按下来，低声劝道："不能挠，伤口会破。"

半夜被扰醒，他声音有些低哑，又缓又沉。

李姝菀蹙着眉："痒。"

李奉渊松开她的手，搓热自己的手掌，轻轻覆在她背上的伤处。

炙热的触感透过薄薄的衣衫，贴着那一片皮肉，很快痒意便散了些。

李姝菀似觉得舒服，迷迷糊糊间，下意识把脑袋往李奉渊怀里钻，问他："要多久才能长好？"

这倒是把李奉渊问住了，换作他，或许要不了一月便痊愈了。

可李姝菀身娇体弱，这已经快一月了，长出的新肉还嫩生生的。

李奉渊闭着眼，将下颌抵在她头顶，想了想："估摸着要两月余吧。"

李姝菀沉默片刻，探出一只手，从他衣摆下伸进去，顺着结实的侧腰抚摸他背上的新伤。

细腻如玉的指抚过皮肤，蹭起一片酥麻。李奉渊不由自主地绷紧了身体，片刻后，又徐徐放松下来。

他背上这道新伤与从前在西北所受的旧伤有些不同，在家中养得精细些，伤疤没那么狰狞，也没那么硬。

李姝菀顺着这道笔直的伤疤从下往上抚去，没摸到头，便被一道硌手的旧疤截断了。

伤痕交错，新伤叠旧伤，李姝菀一道道抚着他的军功与过往，一言不发。

李奉渊任由她摸了一会儿，有些受不住，低声道："菀菀，痒。"

李姝菀轻轻应了一声，手却没停，抚摸着他练得结实的背肌，顺着背中间微微凹陷的脊椎一寸寸缓慢往下滑，滑过后腰也不见收手。

食指碰到裤腰，李奉渊动了动喉结，反手将她不安分的手掌拉出来，有些无奈地道："听话。"

李姝菀从他怀里抬起头，在昏暗的光亮里看他。

二人盖着一床软被，身贴着身，肉贴着肉。他加快的心跳、压抑的欲望，她都感受得清清楚楚。

　　李奉渊咬了下她的手指，威胁道："再不安分，便别睡了。"

　　李姝菀抽出手，不闹腾了。

　　她枕在他枕头上，安静地躺了一会儿，却没了睡意。

　　她动也没动，李奉渊却也不知怎么察觉出来了，低声问："睡不着？"

　　李姝菀在他怀里找了个舒服的位置，"唔"了一声。

　　李奉渊也不知道怎么哄人入睡，想了想，问："要听故事吗？"

　　李姝菀来了兴致："你会讲故事？"

　　李奉渊听出她语气质疑，轻笑着道："不太会，不过无趣的话，不是刚好催困？"

　　李姝菀静默片刻，道："那和我讲讲你在西北的事吧。"

　　李奉渊没想到她会这么说，西北那几年，他不是在打仗，便是在养伤，并没多少欢声笑语可以讲给她听。

　　他正思索着要讲什么趣事，忽然察觉一只手轻轻抚上了他的左腿。

　　李姝菀隔着裤子触碰着他膝盖上方的伤疤，声音低若耳语："我想知道这儿是怎么伤的。"

　　怎么会跛……

　　热意从眼底升起，李姝菀紧紧闭着眼，纤细的手掌轻轻盖在他腿上，而李奉渊的掌还抚在她肩胛骨处。

　　寂静深夜里，二人宛如依偎着互相舔舐陈旧伤口的两只兽。

　　李奉渊一时没有开口，这件事他并不想说给她听。

　　可有些事只能瞒一时，久了，便会长成病根，扎根心里，叫人生痛。

　　他沉默了好片刻，终于缓缓开口："那是一个寒冷的春日……"

三　家书

盛齐四十三年，初春。

周荣一行人带着伤重的李奉渊和奴隶男孩离开商人营地后，披星戴月地赶往大军驻扎的营地。

大漠无边，望不到头。路途中，李奉渊时而昏睡时而清醒，只要他一闭上眼，周荣便吓得伸手去探他的鼻息，生怕他就这么亡命途中。

直到一行人回到军营，周荣将吊着半条命的李奉渊交到常安手里，才稍微松了口气。

常安在军中多年，见惯了重病伤患，然而瞧见重伤之下还勉力维持着两分清醒的李奉渊，仍不由得有几分惊讶。

大漠残阳将落，营帐中烛火明亮。众人听常安的吩咐将李奉渊置于矮榻上，褪下了他一身脏污的衣裳。

常安坐在榻边，替李奉渊擦拭过身体，迅速细致地处理过他身上轻重不一的伤口，而后从自己的医箱中取出一把锋利的短刀。

烛灯下，银白色刀刃反射出亮光，不像是救人之物，倒像是杀人所用。

周荣站在一旁，担忧地皱紧了眉头。他看见常安手中稳稳握着的刀，愣了一下："常先生，这是？"

常安神色严肃，只道了两字："治腿。"

他看了眼李奉渊肿胀的、被箭刃贯穿的左膝，在明亮的烛火上缓慢燎过刀身。

李奉渊尚清醒着，平躺在榻上，望着帐顶，听见常安的话后，动了动眼珠，扫过常安手里的刀。

常安看他一眼，取过一块用软布包着的木片，送到他嘴边："侯爷。"

李奉渊清楚自己的伤势，俨然也知道常安想做什么。

他没有说话，张嘴咬住木片，闭上了眼。

周荣这时终于后知后觉地反应过来常安打算怎么治李奉渊这腿，他咽了咽喉咙，声音有点颤："常先生，这开不得玩笑，没有别的法子了吗？"

"箭穿肉骨，骨头碎裂在肉里，这条腿侯爷若还想要，只有这办法。"常安说着，拿刀在李奉渊的腿上比画着从何处下手，找准地方后，同放心不下的周荣道，"按住他。"

周荣欲言又止，还想再说什么，可最后，他只能重重地叹了口气，和两名将士一同上前，紧紧将李奉渊按在榻上。

常安挪近灯烛，照亮李奉渊的左腿，低声道："侯爷，忍住。"

声音落下，刀身快而准地刺入李奉渊的小腿。紧接着，常安握紧刀，以缓慢得残忍的速度划开了李奉渊的腿。

软布包裹着的木片猛然碎裂在坚硬的牙齿间，而后似有痛极而颤抖的闷哼响起，又被硬生生阻断在喉咙里。

常安听见了这痛哼，抬眸看了面色苍白的李奉渊一眼，用铁钳夹住他膝上的箭头，匀速平稳地朝外拔。

乌黑的鲜血顺着伤处徐徐涌出，周荣察觉到掌下的身体本能地挣动了一瞬，那力道极重，几乎叫周荣脱手。

"摁住！"常安沉声道。

周荣咬紧了牙，下死手摁紧李奉渊的身躯，不忍地别开了眼。

腥热的血湿了软榻，染红了刀刃，被鲜血浸透的箭头弃于地面，发出一声闷响……

帐中明亮的烛火轻轻晃了一晃，始终未灭。

不知何时，也不知过了多久，大漠上下了数日的雨终于停了。

常安一刀下去，李奉渊烧了几日，也在榻上昏睡了几日。

这段时日里，前方时而传来捷报，算得是寒春中不可多得的好消息。

此战大胜，李奉渊领兵火烧敌军粮营之策功不可没，消息传到望京，皇上大喜，封赏的旨意连带着辎重粮草一并送至西北。

将士战意高升，夜围篝火起舞作乐。而李奉渊封了将，却没显得多高兴。

他伤病卧榻，不知是因伤势未愈还是生死关走过一遭，本就寡言少语的人比以往更加沉默，时而合目静坐着，不知在想什么。

跟着从商人营地回来的那男孩被常安要了去，在他身边学着帮忙照料受伤的将士。

常安给他取了个名字，叫雪七。

春生草长，西北暂得安稳，大军拔营回到兀城。

李奉渊伤势渐好，终于能勉强下床。

这日，信使来到军中，为将士带来远方亲人寄满忧思的家书。

周荣收到妻子的信，笑意满面地来到李奉渊的营帐，给他捎来李姝菀送来的书信。

李奉渊腿未痊愈，还不能正常行走，正靠在床上看兵书。

周荣将李姝菀的信给他，笑着道："侯爷，您家中寄来的信。"

李奉渊接过信，道了声谢，问道："信使离开了吗？"

周荣道："还没，一个个被将士缠着代笔书信呢，没个几日哪走得掉。"

他看了看李奉渊的左腿，好意地问道："您要送信回家？要不我替您拿给信使？"

李奉渊看着手里的书信，欲言又止，沉默片刻，道："没有。你忙去吧。"

周荣摸了摸怀中的信，道："行，您好好休息，我先出去了。"

周荣离开后，帐内再度安静下来。

李奉渊放下兵书，拆开李姝菀寄来的信封，展信一字一句地读起来。

李姝菀不知道他受了伤，更不知他伤重难行。

如之前的信一样，她在信中絮絮叨叨说着些她近来发生的寻常琐事，寥寥几句后，便迫不及待地询问他是否安好，有未受伤，是否军务烦琐，怎么不见他回信……

三张信纸，写满了字，李奉渊几乎能想象到她坐在桌案前斟酌着提笔落字的模样。一字未提思意，字字都是思情。

最后的最后，李姝菀落下一句平淡而可贵的祝愿：

行明哥哥，万望你在西北一切安好。

李奉渊读完最后一字，久久未言。

粗糙的拇指轻轻摩擦着细腻的信纸一角，良久，他才将信收回信封。

他拿起手边看了一半的兵书，翻开某页，里面竟夹着一张对折的信纸，折痕清晰，不知道在里面夹了多久。

他抽出纸，是一张写了大半页的信。

信上字迹与李姝菀的字相似，但笔锋更锐利。

李姝菀学字时，临的便是李瑛与他的字，如今二人虽远隔万里，却总有着斩不断的关联，那是曾经久久相伴所留下的痕迹。

信中开头写着：

菀菀，见字如面。我是哥哥，李奉渊。久别未见，你是否一切安好？

这是一封没写完的信，是李奉渊还没来得及寄出去的信。

他这些日忍不住时而会想，倘若这信在此前已交由信使送往江南，倘若他此番未得侥幸命丧大漠，那么究竟是这封报平安的家信先送到李姝菀手中，还是他的丧讯。

李奉渊看着手中曾字字斟酌写下的书信，面色平静地将信纸揉成一团，欲丢进不远处将熄未熄的火炉。

可抬起手，他又忽而犹豫。

他张开手，垂眸看着掌心里团成一团的信纸，良久未动。

炉中火苗微晃，干柴爆裂发出轻响。片刻后，李奉渊将李姝菀的信和纸团揣进怀中，缓缓地挪着伤腿，撑着床架起身。

他一步一顿地徐徐挪到帐中一只木柜旁，打开抽屉将李姝菀的信放了进去，而后又挪到桌案边，在椅中坐了下来。

他掏出怀中皱巴巴的纸团，摊开抚平用镇纸压住，从桌上一摞兵书下抽出一张干净的白纸，提起了笔。

案上油灯燃得旺烈，明黄色的灯光照在他脸侧，将瘦削坚毅的面容染上了几分柔意。

李奉渊盯着信纸，思虑顷刻，落笔的第一句仍是：

  菀菀，见字如面。我是哥哥，李奉渊。久别未见，你是否一切安好？

李奉渊不擅长写信，更不善于诉相思情，问候过罢，便是一长串避重就轻的絮叨。

信中没有提起不知几时能结束的战事，也未提及他在西北所受的伤，只是以略显平淡的语句写着西北苍茫的天色与广袤无垠的春景。

好似他在此处游山玩水，而非领兵打仗。

李奉渊既不报近来战胜的喜讯，也不报忧事。他没有在信中写自己是否安然，也没有保证自己会平安归家。

刀剑悬颈，所有的承诺都是虚妄，生死关走过一遭，李奉渊深知这个道理。

思念如流水，落笔难停，然李奉渊写满一页纸，却迫使自己止住了笔墨，似怕自己写些不该叫她知道的东西。

他腿伤未愈，不能久坐。李奉渊搁下笔，抚上痛得钻骨的左腿，默默望着信纸，不言不语。

西北未平，他今又负伤，心中压着重负，他笔下的话总透着一股淡淡的悲意，好似明日就要战死沙场，马革裹尸。

李奉渊将墨笔置于笔搁，看着这封更像是遗书的家信，闭上眼，仰头无声地长叹了口气。

厚重的帐顶仿佛一方紧密的天罩在他头顶,他静默了好片刻,理清思绪,又从兵书下抽出一张白纸,继续提笔蘸墨。

这一次,他下笔几乎没有停顿:

> 菀菀,我是哥哥,李奉渊。当你看到这封信时,说明我已战死。

写遗书似乎比写家书更简单,他事无巨细地在信中向李姝菀交代起李家的家业田产,叮嘱在他死后,李姝菀当寻何人做庇佑,以全余生。

白纸数张,尽在交代后事。

写罢,李奉渊将信晾干,连同先前那张一并塞入一纸信封,在信封上写下"李姝菀亲启"几字。

笔墨浓烈,洇入纸页,李奉渊看着信,等待字迹干透。

他知道,即便他死后,凭借家中产业和杨修禅的照拂,李姝菀余生也会过得安稳无忧。

左腿痛极,然而此时此刻,李奉渊竟轻笑了一声。压在心头的巨石滚落,他心中渐渐安定下来。

李姝菀之于李奉渊,如暖春之于四季,盈盈三尺春色,扎根长在他心脏间,无论他身处西北还是别地,无论他能否活下去,只要知道她还在某处好好地活着,他便觉得心静。

李奉渊轻抚过信封上的"菀"字,将信夹在书的封底前,缓缓合上了书。

他少有期盼之事,但他此刻希望,这封信永远不会有被李姝菀打开的那一日。

几年后,西北平定,大军返京数日前。

李奉渊身着青衣,孤身伫立在城楼高处,安静地眺望远方。

一名年轻的将士登上城楼,朝他跑来,拱手笑着道:"将军,信使来了!周将军让我来问问您,有无家信要寄回去。"

战事已平，将士们报平安的家书多得能当柴烧，李奉渊前些日也早早写好了寄回去的信。

他望着远方雪下新绿，头也不回地道："在我桌案上的书中夹着，去拿给信使吧。"

"是，将军。"

将士来到李奉渊的营帐，在桌上翻找片刻，从一本兵书末页翻出了一封有些厚的书信。

信封不起眼的边角有些发黄，不像近日所写。然而将士并没多想，拿着信离开了营帐。

他没看见，桌案上未被翻开的另一本书里，赫然夹着另一纸薄而新的信封。

当那封写于五年前的遗书阴差阳错送到五年后的李姝菀手里后，又被她原封不动地收捡起来，藏于暗处。

书信人不知信送了出去，收信人不知这便是期盼多年的家书，兜兜转转，叫人唏嘘。

不知最后是否会如书信人所期盼的那样，这信永远不会有被收信之人打开的那日。

四　蔻丹

时入夏日，暑气渐热。

这日李奉渊下值后，顶着暑热打马回府，回到栖云院，起了一身汗。

天热，李姝菀不愿出门。李奉渊回来时，她正坐在矮榻上，同柳素、桃青围在一起悠悠闲闲地做蔻丹。

矮榻上放了一方小桌，桌上堆了一堆做蔻丹的器具，玉石研钵里捣碎的凤仙花汁混着明矾,色泽明艳,宛如浮现在远天上的烈烈红霞。

已至傍晚,然夏日昼长,天色仍亮。李奉渊进门,倏然挡去大半的光,正涂着指甲的三人齐齐回头看他。

柳素、桃青瞧见李奉渊的身影,起身屈膝行礼,奉上凉茶。

二人颇有眼力见儿地让出了李姝菀身旁的位置,到一旁待着去了。

李奉渊刚从宫中回来,身上还穿着禁军统领的银甲,剑眉锐目,气宇轩昂,身形笔直如青松,立在李姝菀这金丝软玉环绕的屋子里,惹眼得紧。

李姝菀每次见他穿着甲胄都忍不住多看几眼。

李奉渊见她停了动作,挑着眼眸直勾勾地看自己,唇边没忍住扬起抹浅笑。

虽不大明显,但心里指不定有多高兴。

李姝菀似没瞧见他唇边的笑,问他:"饿了吗?膳食已经备好,要不要先用膳?"

他看着她没涂完的指甲,道:"待会儿用吧,不急。"

他穿着甲胄,又起了汗,没挨李姝菀太近,隔着小桌案在她对面坐了下来。

房中置了冰鉴,凉意舒爽。李姝菀涂罢指甲,往指甲上缠同样浸了花汁的蚕丝纱布。

动作间宽袖滑到手肘,露出白净匀称的手臂,手臂内侧隐隐有李奉渊夜里留下的痕迹。

李姝菀没发觉,李奉渊瞧见了,伸手欲盖弥彰地替她将衣袖拉高了些。

下人在,李奉渊没多说什么,拉完袖子就把手收了回去。

李姝菀有些莫名,抬起眼眸看了他一眼。

李奉渊少见李姝菀做蔻丹甲,看了一会儿,忽然道:"我来吧。"

李姝菀半信半疑:"你会吗?"

李奉渊笑着道:"你教我,我就会了。"

他接过一指宽的丝纱,学着她的动作替她把指甲挨个缠了起来,动作间掌心的粗茧不经意蹭着她的手指,有些痒。

他手倒是巧,将李姝菀的手指头包得匀称,五指纤细修长,像是戴了红笔帽的玉笔。

李姝菀举起手看了看,满意地点了点头。她看了会儿,忽而捞起李奉渊的手端详起来。

习武之人惯动刀剑,手掌也大,但并不粗犷。

指甲修剪得整齐圆润,浅浅一丁点儿指甲缘,不似她将莹润的指甲留长了些。

李姝菀左右看了会儿,在他的指甲上也薄薄涂了一层花汁,包上了纱布。

未曾听过有男子做蔻丹甲的,李奉渊道:"做成红指甲,叫他人看见,怕要笑话我。"

他嘴上这么说,却没把手抽回来,任着李姝菀动作。

李姝菀道:"你这样的身份,谁敢当着你的面笑话你。"

李奉渊摇头失笑。

李姝菀虽这么说,但还是顾及着他的脸面,他那指甲只用纱布缠了半刻钟便取了。

净水一擦,原本偏浅的指甲如今红润了些,竟也格外好看。

李姝菀轻挑了下眉,去捞他右手,继续给他指甲上涂花汁。

李奉渊垂眸看着她涂,等她涂罢大拇指,他忽而将食指与中指往桌案上一扣,只留给她余下两指。

李姝菀一愣,不明白他这是做什么,伸手轻轻去掰他扣起来的两根长指,问道:"合上做什么?"

李奉渊解释道:"这二指不涂,要用。"

涂个指甲,能妨碍什么事?

李姝菀不解,正欲追问。不等她开口,李奉渊忽然伸出那扣住的手指,并拢伸入她掌心,在她掌中轻轻动了两下。

不轻不重,指腹压着她柔软细腻的掌心,画圈似的揉了揉。

简简单单一个动作,叫他做得暧昧至极。

李姝菀稍愣，随后脑子立马转过了弯。

她耳根子微微一热，有些不自在地垂下视线，拍开了他的手。

李奉渊见她抿着嘴唇不说话，低下头，闷笑了一声。

他看了看自己的手，想了想，将无名指也扣下了，道："留三指吧。"

李姝菀听见他这话，耳根子都要红透了，这人说话真是越发放浪了。

她嗔他一眼，蹙眉推开他的手，不再管他，道："沐浴去。"

李奉渊捞过她的手，低头在她掌心亲了一下，心满意足地往浴房去了。

李姝菀拿起研钵，重新捡了几朵洗净的凤仙花花瓣放进去，黑玉杵捣烂嫩花蕊，花汁点点，溅落在小桌案。

她心思被李奉渊三言两语带偏了，此刻看着这溅出的花汁，脑中不合时宜地浮现出些暧昧的画面。

她看了眼李奉渊离开的背影，轻抿起了唇。

分明年岁渐长，人怎么越来越不正经了……

番外二 如愿

春日盛,晴光好。

李奉渊于一个暖春晴日同李姝菀携礼拜访杨家,与杨家结义亲。

自杨惊春离京,李姝菀几乎每月都会拜访杨父杨母、陪杨老爷子说说话。

她性格温婉,颇讨长辈喜欢。今日结义亲,杨府众人皆喜笑颜开,尤其杨母,她只得杨惊春一个女儿,如今杨惊春在外闯荡,她身为母亲,难免担忧害怕。

好在常有李姝菀来伴她说几句贴心话,她心中才宽慰许多。李姝菀与杨惊春多年好友,她看着李姝菀长大,而今李姝菀认她作义母,她自是喜不自胜。

李奉渊面上也带着笑,陪李姝菀向座上的杨老爷子和杨父杨母敬茶。

唯独杨修禅,皮笑肉不笑地在一旁瞅着李奉渊,对于李奉渊打着的鬼主意,他心里明镜似的清楚。无非是近水楼台先得月,李奉渊这是等不及要把明月拥入怀了。

杨修禅看着李奉渊脸上藏不住的笑意,轻哼了一声。

可惜哼的声儿大了点儿,叫杨炳听见,抬腿不着痕迹地给了他一脚。

杨炳年事虽高,可一身功力仍在,这一脚看着没使劲,却踹得杨修禅身子微微一晃,要不是靠着祈宁,怕得踉跄半步。

他摸了下鼻子,看向杨炳,却见杨炳压根没瞧他。

老爷子一双眼落在李奉渊和李姝菀二人身上,活似看孙子和孙媳妇儿,怎么看怎么满意。

杨修禅见他这神情，心里嘀咕：莫不是老爷子心里头知道什么。

李奉渊曾写了封信，让杨惊春带给杨炳，他在信里半清不楚地告知了李姝菀的身份，亦坦明了自己对李姝菀的心意。

如今李杨两家结义亲，李奉渊独独让李姝菀认义父义母，自己却撇开不认，这其中心思在杨炳看来可谓明白如镜。

杨炳深知李瑛为人正直，并非贪色放荡之徒，曾对李姝菀的身份生过疑，而今知道李奉渊的打算后，不仅未相阻，反倒松了口气。

杨炳看着李奉渊一岁一岁地从半大小子长成顶天立地的男人，这几年明里暗里替他的婚事操心了不知道多少回，眼见他后半辈子有了着落，总算能放下心。

李奉渊迎上杨炳慈爱的眼神，上前一步，以只有二人能听见的声音道："师父，今后我同菀儿的事，还需您费心。"

他说着，侧目看了眼亲昵地拉着李姝菀说话的杨母。以后他要娶李姝菀，需杨家送嫁，少不了要过杨母这关。

杨炳明白他的意思，抬手拍了拍他的肩，笑道："只要能看着你成家，天王老子我也替你说通了。"

李奉渊闻言，笑着向杨炳恭恭敬敬地拱手行了个礼："多谢师父。"

午间，杨府设下家宴，清酒美食，一应呈上。

众人热热闹闹地用过膳，李姝菀同杨家的女眷们在花树下品茶闲话，杨修禅与李奉渊避开众人，负手行于杨家的林园，论起近日朝事。

数月前的朝会上，棋坛事变这桩陈年旧案被一位老臣翻了出来。

新臣或许不知，但老臣皆清楚当年在此案中被先帝下旨诛灭满门的蒋家原是新帝一党。

那老臣或是当真与蒋家有非同一般的旧情，又或是其他缘由，总之义正词严要替蒋家平反。

这桩案子时隔久远，当年又办得隐晦，如今要翻出旧案册再查一遍，多半也查不出什么新鲜东西。

不过祈伯璟并未驳回那老臣之意，而是顺意为蒋家平反，借此旧案下了一批姜家在朝中尸位素餐的门生，亦以平反旧臣污案之名收拢了一帮子朝臣的热血忠心。

在臣子看来，皇上心里既然都还惦记着亡故多年的臣子，那他们这些新臣只要尽忠竭力，将来必受重用。

当年蒋家落难时杨修禅还是个翻墙爬树的毛头小子，并不了解这桩旧案，今日和李奉渊提起，也为蒋家惋惜。

他如今已知晓李姝菀乃蒋家遗孤，和李奉渊说起这事，只是为她的身份着想。

杨修禅放低声音，缓缓道："旧案已反，蒋家而今洗去了污名，你既然想迎娶姝儿，何不让她认祖归宗，也能昭告外人你与姝儿的关系，将来成亲时也不至于落人口舌。"

这话不无道理，不过李奉渊却摇头道："蒋家已故，我上赶着到皇上跟前去为菀菀找回这蒋家女的身份也无大用处。菀菀是我父亲当初从江南带回的望京，我若认下她的身份，反会替我父亲招来个欺瞒先帝的罪名，不妨忘了此事，再不提起，对众人都好。至于这身份，我有办法。"

他既已经考虑周全，杨修禅便没多说："也好，多一事不如少一事。做不了蒋家女，姝儿做我杨家的姑娘也必不会受委屈。"

杨修禅抬手轻撇开挡路的桃枝，接着道："我娘早早便叫人收拾出一间院子，准备让姝儿之后住下。那时收拾出来后，又收到春儿的信。她不知从哪得到的消息，在信里嚷嚷说想要姝儿住她那屋子。"

杨修禅说着似觉得好笑，摇了摇头："她人都离家八百里了，心里却还念着姝儿得紧，比念我还念得多……"

他絮絮叨叨地说着，许是因为午间喝了几口酒，心中又有些思念离家一年的杨惊春，话有些多。

春风拂面，吹去他周身几分酒气。李奉渊听他像是就这么把李姝菀住在杨家的事定下了，没忍住打断道："伯母的好意我替菀菀心领了，不过菀菀不住杨府，待会儿要跟我回去。"

李奉渊如今夜夜宿在李姝菀的东厢，不搂着人睡不香，哪里舍得把李姝菀送到杨家来住。

他同杨家结义亲是为了借杨家义女的名娶李姝菀，可不是为了把李姝菀送走。

杨修禅听他这小气话，重重地啧了一声，瞪他："你既打算要娶姝儿，还不紧着时日把人送我杨府住几日，等到成亲之时，再接回去便是。否则日日同住，成亲时闲言一起，你不嫌难听，难不成姝儿也不觉得刺耳？"

杨修禅这话说得头头是道，李奉渊无力反驳，欲言又止，想了想，叹气道："那我待会儿问问她。"

杨修禅看出他颇有些不情不愿的意思，拍了拍他的肩，安慰道："做男人，大大方方的，胸怀宽广些。"

李奉渊摸了摸鼻子，没应声，他大方不起来。

二人又聊了会儿正事，才沿着来路转回去，瞧见花树下女眷们还热热闹闹地围在一起闲话。

杨惊春不在望京，除了柳素和桃青，李姝菀少有能一起玩的姑娘。

李奉渊远远见李姝菀聊得高兴，没去打扰，去和杨老爷子下了会儿棋，待到女眷们慢慢散了，他才去寻李姝菀。

花树下人已散得差不多了，杨修禅比李奉渊先一步来寻祈宁。他大大咧咧地坐在之前女眷们坐的椅凳上，喝祈宁煮的花茶。

李姝菀见李奉渊过来，起身迎向他："事情谈完了？"

李奉渊道："没聊什么正事，去看师父，同师父下了会儿棋。"

他说着，看了眼树下坐着的杨修禅，同李姝菀道："方才修禅说让你这段时间住在杨府，之后等你我成亲时，名声要好听些。"

他这还是第一次跟李姝菀说成亲的事儿，就这么直白地说出了口，倒叫李姝菀愣了一下。

花树繁盛，风一吹，落花纷飞，她身上也染了花香。李奉渊伸手摘去她肩头一只小花骨朵，凑到鼻前闻了闻，又别在她耳后。

李奉渊看她仰头呆看着自己，低声问她："是想同我回去，还是在杨府住下？"

李姝菀抿了下唇，戴着小花的耳朵尖有一点不明显的红，声音轻轻的:"想回去。"

她不想同他分开。

她少有黏人的时候,李奉渊听她这么说,低头轻笑:"好,那就回去。"

正巧,树下的杨修禅回过头来,看二人正说话,以为李奉渊同李姝菀商量好了,扬声问:"如何,姝儿,要住哪个院子?春儿以前那儿还是新收拾出来的?"

祈宁也含笑看向二人。

李奉渊道:"都不住。"

杨修禅一听李奉渊这话,皱着眉摇头:"你这人,不是说定了,怎的还变卦?"

李奉渊开口解释道:"菀菀她想……"

他话没说完,李姝菀袖下的手忽然在他腰间不轻不重地捏了一下。

李奉渊话语一顿,下意识低头看她,李姝菀满脸写着三个字:不许讲。

姑娘家面子薄,缠绵腻歪那一面只能给心上人看,哪里容得李奉渊说给旁人听。

李奉渊自知失言,轻轻握住李姝菀的手,面不改色地改口道:"菀菀她觉浅,我怕她在外睡不习惯,思来想去,还是不麻烦了。"

杨修禅还想再劝,但祈宁看了一眼李奉渊与李姝菀握着的手,看出二人不愿分开,轻轻拉了下杨修禅的袖子。

杨修禅收回到了喉咙的话,哼着嘟囔了声:"官做得大,心眼却芝麻小。"

李奉渊失笑,没有反驳。

天色微暗,李奉渊与李姝菀离开花园,去同杨父杨母道别。

待二人走后,杨修禅忽然后知后觉地反应过来一件事:李奉渊怎么知道姝儿觉浅?

他扭头看了眼两人离去的方向,不可置信地同祈宁道:"他说姝儿觉浅,他莫不是,他……这可连亲都还没成呢!"

祈宁见他操心过头,放了杯热腾腾的花茶到他面前,劝道:"李将军有分寸,别瞎想,喝茶吧。"

杨修禅端杯嘬了一口,思来想去还是不放心,小声问祈宁:"你觉得,他俩有没有……"

祈宁轻飘飘地抬起眼眸看了他一眼,像是觉得他这话多余。

她捧着茶倒在椅中,慢吞吞地道:"不知道,但若是我同你没成亲却住在同一屋檐下……"

她话留半句,杨修禅不禁顺着她的话思索起来,眨眼便有了答案。

他一拍大腿,李奉渊这小子,肯定没老实!

他思及此,喝了两口茶,越喝心头越热,火烧似的急,再坐不住,腾的一下起身就要走。

祈宁见他火急火燎,抬头看他:"欸,去哪儿?"

杨修禅头也不回地丢下一句:"去找老爷子,商量李奉渊的婚事。"

没两日,李杨两家结义亲的消息便传入了坊间。

李姝菀待字闺中,又是李家唯一的姑娘,好些人都想攀李家的枝儿。而今李姝菀又与杨家结亲,眼见这枝儿是开得越来越盛。

这家的主母,那家的媒人接二连三登门,都快踏平了李府的门槛,但李奉渊左挑右选,也没能为李姝菀择出一门好夫婿。

同时,城内不知又从哪传出消息,说李姝菀不是李家亲生的女儿,她与李奉渊,无半分相似之处。

这话有些了不得,李奉渊下朝后,有些好奇的官员见了李奉渊,忍不住询问此事真假。

比起李姝菀迟迟择不定的亲事,有关李姝菀身世的事李奉渊倒回答得利索,说李姝菀的确不是他父亲的亲女,而是他父亲一位旧友的遗孤,那日友临终将女儿托付给了李瑛,李瑛这才把人接回李家。

而他也是前些日收拾李瑛遗物,从李瑛生前与人来往的信件里才得知这事。

至于这位旧友是谁,信中也没写明白,旁人再问,李奉渊只道不知情。

此事从李奉渊口中说出来后,坊间关于李姝菀的话语声便更频繁了些,既怜她原不是权贵出身,又羡她真是好命,自小养在李府。

更有甚者,猜测李姝菀是因身世暴露,不能再享用李府的荣光金玉,这才想方设法攀上杨家,做了杨家的义女。

李奉渊自是不爱听旁人道自家闲话,但悠悠众口难堵,他也管不住旁人的闲言碎语,索性暂且也就任他们去了。

一时碎语,也好过一世闲言。

等李姝菀身世的消息几乎传得众人皆知,李奉渊终于有了行动。他于一日早朝,在满朝文武面前求了一道赐婚的圣旨。

圣旨由皇上朱笔亲拟,赐的正是他与李姝菀的婚事。

佳偶天成,鸳鸯艳羡。此后,坊间便少了许多笑讽。

圣旨赐下后,杨修禅便赶紧将李姝菀接到了杨府住。李奉渊独留府中,随宋静操持接下来的婚娶之事。

婚娶乃人生大事,事情繁乱冗杂。宴请宾客、门府装饰……大小琐事,事事皆需李奉渊点头定夺。

李奉渊头一回成亲,头上没个长辈,好些事拿不定主意,三天两头跑去杨府求问杨母和成过亲的杨修禅。

李姝菀倒落得清闲,每日在杨府无事可做,除了偶尔看看账,过着未出阁小姐般的悠闲日子。

日月穿闲而过,很快便至九月的大婚前日。秋收尽,天未寒,天地闲休,正是好时候。

这夜,李姝菀早早用过膳,便入房准备歇息。

明日天不亮就要起,若是没睡好,容色有损便难看了。

桃青和柳素在房门外事无巨细地交代侍女明日忙活的事宜,一遍又一遍,侍女们听得耳朵起茧,李姝菀都快记下来了。

房中灯火明亮,梨木衣桁上挂着艳若朝霞的喜服,李姝菀坐在妆奁前,拿起面脂瓷瓶,仔细地涂面抹唇。

镜面如水,照出一张芙蓉面。李姝菀看着镜中的自己,余光瞥见镜中角落里的大红喜服,忽而有些出神。

身边人都在为她的婚事忙碌,可李姝菀对自己明日便要同李奉渊成亲一事却有些恍惚,少了几分实感。

明日便要成婚了啊……

正当这时,窗外忽而传来两声叩响,将她唤回了神。

夜色安静,这叩窗声轻而又轻,李姝菀只当是夜鸟啄窗,没有在意。

然下一瞬,又听窗外几声轻响。李姝菀微怔,正要叫柳素去屋外瞧瞧是哪来的夜鸟,然声到嘴边,她忽然想起曾经李奉渊在夜里爬过她的窗户。

李姝菀迟疑地放下手中的瓷瓶,起身开窗,下一刻,窗户便被人从外拉开了。

紧接着,一道高大而熟悉的身影利索地翻窗而入,站在了她面前。

窗户落下,深夜到访的李奉渊看着李姝菀诧异的神情,不等李姝菀开口,他似已压不住心底的相思意,张开双臂上前,将她拥了个满怀。

他将脑袋埋在李姝菀肩颈,深深地吸了口气。

他抱得重,结实的身躯靠上来,李姝菀脚下没站稳,往后退了半步,又被李奉渊追上来,紧紧抱着。

李姝菀有些茫然地眨了眨眼,手却下意识回抱住了眼前人。

"你……你怎么来了?"她声音不敢太大,怕被人听见。

按礼,大婚当前,郎君不应见新娘子。他夜间翻窗,若叫人知晓,传出去不知道多难听。

李奉渊在她脖颈间亲昵地蹭了蹭,回了句话,声小又闷着,李姝菀没听清。

她轻轻推他:"明日有得忙,怎么这时还不好好歇息,跑这儿来了?"

李奉渊慢慢直起身,垂眸含笑望着她,低声道:"睡不着,就想来看看你。"

府里大小事一应要他操办,他这段时日实在没空好生休息,柔黄的灯光下,瞧着眼底有些发青。

许久未见,李姝菀心里也想他。她顺了顺他稍稍蹭乱了的鬓发:"明日就见了,何必非要今日看。"

李奉渊握住她的手,偏头在她掌心蹭了蹭,直白道:"想你。明日虽是你我的婚事,可事一忙,这样同你说话起码要等到夜里。"

李姝菀道:"等一等也没什么,不过十来个时辰罢了。"

李奉渊不肯,侧首吻她掌心:"等不得,一想起明日要娶你,便望今宵是明日,又觉得不如今宵便来见你。不想等,也不想让你等。"

李姝菀闻言,心头颤了颤,狠着心正要劝他回去,又听他轻轻唤了她一声。

"菀菀。"

"嗯?"

他目不转睛地看着她,温柔地问她:"你高兴吗?"

李姝菀不知他怎么突然这么问:"什么?"

李奉渊认认真真地望着她的眼睛,嘴角笑意稍敛,似有些紧张:"同我成亲,你高兴吗?"

李姝菀见他如此,手按在他胸口,感受着他有力的心跳,露出一个温婉的笑:"我如你一样欢喜。"

李奉渊好似就为了这句话来。他得了她的答案,忍不住笑起来,笑声有些高,吓得李姝菀去捂他的嘴:"小声些,快走吧,别叫人看见了。"

李奉渊依依不舍地点了下头。他推开窗,又突然回头,手撑在桌沿,低下头快速在李姝菀唇上碰了一下。

很轻,柔软的触感稍纵即逝,李奉渊道:"等我,菀菀,明日我便来娶你。"

李姝菀一怔,还没反应过来,人已翻窗离去,不见了影。

今宵月圆,夜风穿窗入内,拂动房中衣桁上挂着的大红喜服。

月色照人影,窗前,李姝菀垂眸,很轻地笑了笑,对着欢喜的夜色无声道:好,等你来娶我。

(全文完)